# 솔칸의 연인

지은이 | 최원
펴낸이 | 권순남
펴낸곳 | 마롱
디자인 | 박소연
편 집 | 안효진
마케팅 | 유소정

1판1쇄 인쇄일 | 2023년 7월 17일
1판1쇄 발행일 | 2023년 7월 31일

등록일자 | 2008년 1월 7일
등록번호 | 제310-2008-00001호

주소 | 서울시 노원구 상계 1동 1049-25 신영산업 BD 602호
대표전화 | 02-2091-0291
팩스 | 02-2091-0290
이메일 | marubooks@mayabooks.co.kr

979-11-368-3039-5 (04810)
979-11-368-3038-8 (set)

값 9,000원

* 저자와 협의하여 인지를 붙이지 않습니다.
* 잘못된 책은 교환하여 드립니다.

MARONG
ROMANCE STORY

최원 지음

# 솔칸의 연인

## I

# CONTENTS

1. 단기 고액 알바는 어때? 7

2. 너인 줄 알았으면……. 29

3. 만지고 싶다. 55

4. 꿈에서 깨어날 시간. 79

5. 또 보자, 돌고래. 97

6. 우리 어디서 만난 적 있나요? 119

7. 산책 같이하실래요? 윤이 형님. 143

8. 우리가 같은 별사람인 건 맞는 거 같은데. 165

9. 한번, 안아봐도 될까? 191

10. 마법 같은 건 처음부터 없었어. 215

11. 보이는 것만이 전부는 아니다. 245

12. 왜 내가 아니었을까? 261

13. 우리 연애해요. 기다릴게요. 281

14. 나한테 왜 이래요? 305

15. 더 많이 좋아한다는 건. 329

16. 잃어버린 열쇠를 찾다. 353

17. 키스하면 안 될까? 375

18. 아무도 몰랐던 둘의 인연. 395

# I.
단기 고액 알바는 어때?

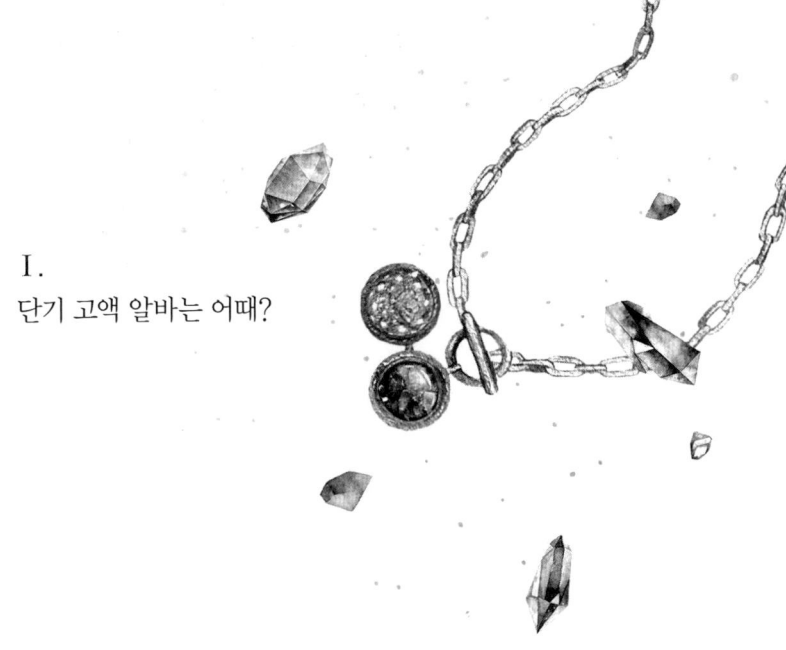

 바람이 칼이 되어 얼굴을 베고 스친다. 점퍼에 달린 모자를 쓰고 목도리까지 했음에도 이가 딱딱 부딪칠 만큼 추웠다. 아직 낫지 않은 목감기 탓에 침을 삼킬 때마다 목구멍에 묵직한 이물감이 느껴졌다.
 '진짜 더럽게 춥네.'
 훅하고 내뱉은 입김마저 얼려버릴 것 같은 추위였다. 웅크리고 앉아있으니 차라리 체조라도 하면서 몸을 움직이는 게 나을 것 같았다. 은효는 차가운 나무 의자에 붙였던 궁둥이를 떼고 일어섰다.
 한 시간만 더 기다리면 첫차가 온다. 지긋지긋한 강원도 시골 구석에서 드디어 탈출하는 것이다.

'두고 봐! 나는 꼭 성공할 테니까!'

어떻게 한 결심인데 이따위 추위에 약해질 순 없었다. 은효는 추위에 굳은 몸을 펴고 팔을 이쪽저쪽 휘두르며 스트레칭을 했다. 그녀가 배낭을 고쳐 메고 체조를 막 시작했을 때, 어딘가에서 미세한 땅의 울림과 굉음이 들려왔다.

끼이익—쿠쿵! 쾅!

가깝지 않은 곳인 듯 소리 자체는 크지 않았다. 자동차가 급히 멈출 때 나는 소리, 그리고 무언가가 심하게 부서지는 소리 같았다. 은효는 동작을 멈추고 소리가 난 쪽으로 시선을 돌렸다.

아직 해가 뜨기 전이라 사방이 캄캄했다. 어둠 속에서 자동차 불빛 같은 것이 보였다 사라졌다. 은효는 소리가 난 방향으로 다가가며 좀 더 집중해서 바라보았다. 도로 위에 쌓인 흙더미와 쓰러진 나무, 그리고 그 밑에 깔린 자동차가 보였다.

으으……으윽.

남자의 신음! 많이 다친 듯 거친 숨소리가 섞여 들렸다. 은효는 반사적으로 그곳을 향해 달렸다. 전력을 다해.

'내 코가 석 자인 주제에 뭐 하는 짓인지 모르겠다.'

사고가 난 지점은 그녀가 있던 정류장에서 꽤 멀리 떨어진 곳이었다.

산사태가 나면서 지나가던 차를 덮친 듯 보였다. 흙과 돌덩이에 묻힌 차를 살피던 그녀는 처참한 광경에 눈이 휘둥그레졌다. 부러진 나무가 자동차 앞 유리를 깨고 박혀 있었다.

은효가 운전석 쪽으로 다가가며 입을 열었다.

"이봐요! 살아있는 거죠?"

새벽에 찬 바람을 쐰 탓에 목 상태가 훨씬 좋질 못했다. 탁하게 갈라진 자신의 목소리에 은효는 인상을 찌푸렸다.

"여기……."

운전석에서 남자의 음성이 들렸다. 은효는 재빠르게 달려가 차 문을 열었다.

남자는 눈을 감은 모습이었다. 이마엔 검은 액체가 흐르고 있었고, 팔도 다친 듯 움직임이 없었다. 뒷좌석에 다른 사람은 보이지 않았다.

"빠져나올 수 있겠어요? 아니, 먼저 휴대폰 있으면 주세요. 119에……."

"재킷 오른쪽 주머니에 폰이 있습니다. 119 말고 2번을 눌러서 내 귀에 대줘요."

"구급차를 안 부르고요?"

그가 신음을 삼키며 대답했다.

"부탁합니다."

뭐지? 설마 범죄자? 짧은 순간 의구심이 들었지만, 은효는 일단 시키는 대로 폰을 꺼내 단축키를 눌러 남자의 귀에 댔다.

"사고가 있었어. 다리는 괜찮은 것 같은데 팔과 눈을 다친 것 같다. 위치 찾아서 지금 바로 와."

-병원에 준비를…….

"아니. 현 박사님께만 연락해. 별장에서 치료하는 거로 하고. 최대한 조용히 움직여."

통화가 끝나고 은효는 멀뚱히 들고 있던 폰을 다시 남자의 주머니에 넣었다. 뭐가 이리 은밀하지? 정말 어둠의 조직원이라도 되는 건가?

"같이 가주시겠습니까?"

슬금슬금 뒷걸음질 치던 은효는 남자의 음성에 흠칫 놀라며 동작을 멈췄다.

"구해준 보답을 하고 싶은데……."

"보…… 보답 바라고 도와준 거 아닌데요."

"부탁하고 싶은 것도 있고."

이봐요, 나는 가출을 하러 나온 사람이라고! 내가 누구의 부탁을 들어줄 그런 여유가 있는 사람이 아니야! 은효는 점점 더 갈라지는 목소리에 흠흠, 헛기침을 했다.

"바, 바쁜 일이 있어서……."

"목소리가 어려 보이는데…… 학생?"

"네, 뭐. 이번에 고등학교 졸업해요."

아놔, 왜 쓸데없이 솔직하고 난린데! 은효는 오만상을 찌푸리며 바닥을 괜히 툭 찼다.

"방학 중이겠군. 그럼 단기 고액 알바는 어때?"

고액 알바라는 단어에 짧아진 남자의 말은 전혀 신경 쓰이지 않았다. 고액? 리얼리? 어찌 됐든 그녀에게 지금 필요한 건 가출 후 써야 할 돈이었고, 일자리였으니까.

"저, 전 어둠의 일 같은 건 안 합니다."

한 번쯤은 튕겨 주는 것이 인지상정! 은효는 눈을 감고 있는 남자의 기색을 살폈다. 멀쩡하게 말을 해서 괜찮은 줄 알았는데 힘겹게 숨을 몰아쉬는 모습이 힘들어 보였다. 왜 아픈 걸 굳이 숨기려고 하는 거지?

"내가 그렇게 위험해 보이나?"

어디가 많이 아픈지 가슴이 크게 들썩였다.

"치료 후 회복할 때까지만 내 눈과 손이 되어줘. 힘든 일은 안 시킬 테니 미리 걱정하지 말고."

내가 너님을요? 다 큰 처자한테 지금 어른 남자의 병수발을 들라고 하시는? 은효가 뭐라 말을 하려고 할 때, 앞 유리에 박힌 나무가 움직이며 흙이 쏟아져 내렸다.

"움직일 수 있겠어요? 아무래도 차에서 나와야 할 것 같은데."

"그러는 게 좋을 것 같군. 벨트 좀 풀어줘."

은효는 아슬아슬하게 박힌 날카로운 나무를 피해 고개를 숙여 안전벨트를 풀었다. 그 과정에서 본의 아니게 남자와 몸이 닿았다. 태어나 처음 맡아본 향기가 났다. 아주 잠깐 가슴에 여진이 일었다. 고1 때 짝사랑했던 교생 선생님을 쳐다볼 때와 같은 두근거림이었다.

"진짜 큰일 날 뻔했네. 나무가 조금만 더 깊게 박혔으면…… 으어 끔찍하다!"

뜬금없는 감정에 멋쩍어진 은효는 너스레를 떨며 그의 몸을 부축했다. 머리가 문에 닿지 않게 손으로 받치며 천천히 그를 차에서 빼냈다.

"그나마 다리는 안 다친 것 같아 다행이네요."

축 늘어진 양팔과는 달리 멀쩡히 서 있는 거로 봐선 다리엔 문제가 없는 듯했다. 은효는 잡았던 남자의 몸을 놓았다.

'와우! 키 엄청나게 크네!'

구부정하게 서 있음에도 남자의 키는 185cm는 족히 넘어 보였다. TV에서나 본 근사한 슈트 차림이 어둠에 익숙해진 은효의 눈에 들어왔다. 속으로 감탄을 지르며 감상을 하던 그녀는 남자가 떨고 있음을 깨달았다.

'이런……'

은효는 재빨리 차 안 조수석을 살폈다. 예상대로 코트가 반으로 접힌 채 놓여있었다. 그녀는 얼른 그것을 꺼내어 남자의 몸에 걸쳐주었다.

"아프면 더 추울 텐데……"

은효는 자기 목에 감겨있던 목도리를 풀어 남자의 목에 칭칭 감아주었다. 이 정도면 얼어 죽진 않겠어! 스스로 만족하며 남자의 옆에 섰다.

"버틸 수 있겠어요? 차는 언제 와요?"

"곧."

"그럼 다행이고."

은효는 썰렁해진 목을 감싸느라 점퍼의 지퍼를 턱에 닿을 때까지 끌어올렸다. 한참을 가만히 서 있으니 한기가 느껴져 빠르게 제자리걸음을 했다. 팔까지 앞뒤로 흔들며 걷던 그녀가 갑자기 멈춰 섰다.

"어? 차 소리! 차오는 소리가 들려요!"

"차 소리가…… 들린다고?"

얼어붙은 사람처럼 가만히 서 있던 남자가 놀란 듯 물었다. 은효는 대수롭지 않게 대답했다.

"제가 매의 눈과 돌고래의 귀를 갖고 있거든요."

자기가 말해놓고도 썰렁했다 싶어 그녀가 얼른 부연 설명을 했다.

"그냥 제가 보통 사람들보다 쬐끔 시력이 좋고 청력도 괜찮은 편이에요."

"조금 좋은 정도가 아닌 것 같은데?"

"에이, 뭐 좋은 게 좋은 거죠. 덕분에 그쪽 사고 난 것도 바로 발견하고 달려왔으니까. 제가 밤눈도 무지 밝거든요."

차 엔진소리가 좀 더 가까워졌다. 못 보는 것을 알면서도 은효는 힐긋 그의 눈치를 살폈다.

"저기, 알바를 하고 싶긴 한데 그……."

내가 간호사도 아니고 어른 남자 간호를 어떻게 하냐고요. 그녀가 차마 입 밖으로 꺼내지 못하고 머뭇거리는 순간 남자가 파격적인 제안을 했다.

"구해준 보상은 따로 하고, 하루 일당 30!"

"네?"

"단, 내가 다 나을 때까지 같이 지낼 것. 세부 사항은 나중에 일러주도록 할게."

"아니, 그게……."

하루에 30만 원이라니……. 얼마를 줄지 모르지만, 보상비까지 합치면, 어쩌면 대학을 갈 수 있을지도 모른다. 하지만 아무리 눈을 다쳤다고 해도 남자 어른이랑 어떻게 한집에 같이 살 수 있을까. 그녀의 고민을 알 리 없는 남자는 다음 말로 상황을 정리했다.

"고졸 남학생 알바로는 나쁘지 않은 조건일 텐데?"
은효는 입을 다물었다.

별장에 도착한 은효는 자신이 머물 방으로 안내됐다. 키 175cm에 짧은 머리, 진한 카키색 패딩 점퍼, 검은색 코듀로이 팬츠. 혼자 남겨진 은효는 거울에 비친 자신의 모습을 보았다. 늘 있는 일이었지만, 아무 의심 없이 남자로 오해받는 것은 절대 익숙해지지 않았다.

'오늘 사고에 대한 것은 일체 함구하셔야 합니다. 급하게 간병인을 구하기도 번거롭고 해서 학생을 고용하는 것이니.'
'저는 간병 같은 거 해본 적이 없는데요.'

이 실장이라 불린 남자의 한쪽 눈썹이 미세하게 움직였다. 뭔가 마뜩잖은 기색이었다.

'의료진은 따로 항시 대기 중일 테니 학생은 도련님 불편하지 않게 잔심부름 정도만 하면 될 겁니다. 학생이 여학생이었다면 아마 이런 아르바이트 제의는 안 했겠죠.'

'그…… 그런가요.'
'그런데, 그 시간에 학생은 그곳에 왜 있었는지 말해줄 수 있습니까?'

네! 저는 시골구석에서 벗어나기 위해 가출을 하려고 첫차를 기다리고 있었습니다! 라고는 절대 말할 수 없는 일. 은효는 어색한 미소와 함께 여전히 나아질 기색이 없는 목소리를 가다듬으며 대답했다.

'택배 상하차 알바 자리가 있다고 해서 첫차 타고 나가려고 기다리던 중이었어요.'

다친 남자는 미리 대기하고 있던 사람들에 의해 휠체어로 옮겨졌다. 의료진이 도착할 때까지 안정을 취한다고 했다. 도대체 얼마나 대단한 사람이기에 의사와 간호사를 이 시간에 오라 가라 할 수 있을까?
은효는 메고 있던 배낭을 아무 데나 내려놓고 침대에 앉았다. 남자의 별장이란 곳은 그녀가 사는 동네에서 20분 정도 떨어진 산 아래에 있었다. 거리상으론 가까웠지만, 사유지라고 입구부터 출입을 통제하는 곳이었기에 한 번도 와본 적은 없는 곳이었다.
'설마 여기 있다가 들키는 건 아니겠지?'
에라 모르겠다! 은효는 그대로 침대에 벌렁 드러누웠다.
가출하겠다고 한숨도 안 자고 짐 싸서 새벽에 나왔던지라 눈꺼풀이 무거웠다. 이렇게까지는 하고 싶지 않았다. 하지만 그대로 집에 있다가는 평생 엄마 식당에서 밥이나 퍼 나르고 살 게 뻔했기에 특단의 선택을 할 수밖에 없었다. 남들은 가고 싶어도 못 가는 대학에 합격했는데 쓸데없는 짓했다는 소리나 듣고…….

'나는 언니가 아니라고! 가족한테 연락 한 번 안 하는 그런 무책임한 인간이 아니란 말이야!'

나중에라도 만나면 반드시 따질 것이다. 연은정, 너 때문에 내가 얼마나 큰 손해를 봤는지 아느냐고.

돌발상황에 이곳이 낯선 공간이라는 건 까맣게 잊은 채, 은효는 쏟아지는 잠 속으로 빠져들었다.


윤이 베개를 등에 받치고 침대에 기대어 앉았다. 눈은 치료 후 붕대를 감았고 양팔은 깁스를 한 상태였다.

"스케줄은?"

이 실장이 전자노트를 들여다보며 대답했다.

"유럽의 모든 일정은 한 달 뒤로 미뤘습니다. 심하진 않더라도 각막 손상은 충분한 치료를 받으셔야 합니다."

"사고 현장은?"

"흔적 없이 치웠습니다. 좀 더 조사해야 확실해지겠지만 자연재해는 아닌 것 같다고 합니다. 도련님을 노린 사고가 맞는 것 같습니다."

윤이 양 손가락을 까딱까딱 움직였다.

"손가락은 멀쩡하네. 팔도 이 정도면 다행이라고 해야 하나? 아, 그 녀석 신분은 알아봤어?"

"아직. 알아보고 있습니다."

"슈피르…… 아닌 것은 확실해? 뭔가 미심쩍은 점이 있어서 말이야."

"홍채는 분명 사피가 맞습니다."

사피(sapi). 현생인류. 또는 보통의 인간. 호모 사피엔스 사피엔스(Homo sapiens sapiens), 윤과 같은 자들은 사피(sapi)라고 통칭하여 불렀다.

진화 과정에서 도태되어 멸종된 것으로 알려진, 현생인류보다 월등한 능력을 지닌 호모 사피엔스 수페루스(superus). 인간이지만 과학적으로는 엄연히 DNA 구조가 다른 아종(亞種). 그들은 스스로 슈피르라고 칭했다.

인간이 지닌 오감(五感)은 말할 것도 없고, 신체 능력, 지능, 자연치유력, 그리고 겉으로 보이는 외모 또한 사피보다 뛰어났다. 그런 이유로 몇 안 되는 개체 수임에도 불구하고 전 세계에 분포되어있는 슈피르들은 국가의 요직이나 기업의 수장, 혹은 고위 연구직 등을 맡고 있었다. 그리고 그들만의 네트워크는 철저히 비밀리에 구축됐다.

윤은 잠시 뭔가를 생각하는 듯하다 입을 열었다.

"입단속 철저히 시키고 잘 지켜봐. 은인이 아니라 심어둔 스파이일 수도 있으니."

"네, 알겠습니다."

"갑갑해서 미쳐버리겠다."

주먹을 쥔 윤의 손이 부르르 떨렸다.

"나 이렇게 만든 놈, 가만 안 둔다."

남자는 꽃미남이었다. 비록 붕대로 눈이 가려진 상태지만 알 수 있었다. 반듯하게 오뚝한 코와 적당히 도톰한 입술, 침이 저절로 삼켜지는 섹시한 턱선……. 남자의 얼굴을 멍하니 쳐다보던 은효는 그의 질문을 제대로 듣지 못했다.

"네? 죄송해요. 다시 말씀해주시겠어요?"

"넋 놓고 쳐다보지 마. 이름이 뭐냐고 물었다."

은효가 떫은 감 씹은 표정을 지었다.

"연은효입니다."

"키는 175 정도에 마른 몸, 요즘 아이돌처럼 예쁘장하게 생겼다고 이 실장이 말해줬는데 맞아?"

"요즘 아이돌 누구요? 난 잘 모르겠는데."

"목소린 원래 그래? 아님, 감기냐?"

은효는 괜히 헛기침을 한번 하고 대답했다.

"목감기가 안 나아서 이래요. 저기 근데, 저는 뭐라고 불러야 합니까? 그…… 그쪽을."

남자가 잠시 뜸을 들였다.

"형님이라고 불러."

"님을 꼭 붙여야 하나요? 그냥 형이라 부르면 안 됩니까?"

"어. 안 돼."

네네, 알겠쭙니다. 은효는 표정을 잔뜩 구기며 입을 삥긋거렸다.

"당분간 내 모든 생활은 네 도움 없이는 안 돼. 보다시피 눈과 팔이 묶여버렸으니."

"그럼 잔심부름 정도가 아닌데요? 솔직히 알바가 탐나긴 하지만 저는 전문 간병인도 아니고…… 불편하실지도 몰라요."

"대충하려고 미리 쉴드치는 건가?"

"아, 그게 아니라 양심적으로 말씀드리는 겁니다. 지금이라도 전문 간병인을 쓰시라고요."

"됐어. 네가 있는데 왜 따로 구해?"

너님이 남자라서 내가 불편하단 말이야! 앞으로 씻기고 밥 먹이고 화장실도 데려가…… 헉! 화장실! 은효의 시름이 한층 깊어졌다.

"저기 화장실이랑 속옷은 어쩝니까? 설마 제가 다 해야 하는 겁니까?"

잘생긴 윤의 입이 슬쩍 웃음을 그렸다.

"네가 한다고 해도 내가 싫다. 그런 일은 따로 해줄 사람이 있으니 걱정 마. 내가 널 뭘 믿고 은밀한 부분까지 맡기겠냐?"

"그, 그죠? 절 뭘 믿고! 하하하…… 그럼 그분에게 간병도 맡기시는 것이……."

"연세가 있으셔서 이것저것 부탁하긴 좀 무리가 있어. 어릴 때부터 날 돌봐주셨던 분이거든."

"아……."

그가 불편한지 등을 들썩거렸다.

"나 좀 쉬어야겠다. 눕혀주고 너도 가서 쉬어. 돌고래 귀라고 했으니 내가 부르면 바로 튀어와."

은효가 머뭇거리며 다가가 그의 어깨를 안아 뒤로 눕혔다. 몸이 가까이 닿자, 저번에 맡았던 향기가 났다. 따뜻한 나무 향기……

괜히 기분이 이상해진 은효는 얼른 침대에서 뒤로 물러섰다.

"저…… 여기 구경 좀 해도 되나요? 아까 잠깐 봤는데 무슨 테마파크 같더라고요. 건물도 여러 채가 있고 연못도 있는 것 같던데……"

"그래. 부르면 늦지나 마."

"근데 저기…… 형님도 이름 가르쳐 주시면 안 됩니까?"

"윤."

"아, 네. 그럼 쉬세요. 윤이 형님!"

은효가 문을 열고 나가려고 할 때, 뒤에서 윤의 나른한 음성이 들렸다.

"구해줘서 고맙다."

은효는 가슴이 간질거려 어깨를 으쓱였다. 기분 좋은 설렘에 그녀는 얼굴에 웃음을 가득 머금고 방을 나섰다.

'구해줘서 고맙다.'

별말도 아니었는데 거참. 이상하게 계속 입가에 웃음이 가시질 않는다. 목소리가 좋아서 그런가.

은효는 가슴 언저리를 손으로 문지르며 정원을 걸었다.

부모는 아무 말도 안 했지만, 친척들이 수군대는 말을 들어 알고 있었다. 외동딸이었던 은정이 학생 때, 남자와 눈이 맞아 외국으로 떠났다고. 그때 마침 은효가 늦둥이로 태어났고 그 여파는 고스란히 그녀의 몫이 되었다.

다른 건 그래도 참을 수 있었다. 어릴 때 너무나 다니고 싶었던 피아노학원을 보내주지 않았을 때도 하루 정도 울고 말았다. 남자처럼 짧은 머리에 어울리지도 않는 교복 치마를 입어야 했을 때도 잠깐 투덜거렸을 뿐이었다. 하지만 남들이 다 부러워하는 대학에 합격했음에도 집에서 다닐 수 없다는 이유로 못 가게 하는 것은 너무 한 것이 아닌가.

'고등핵교까지 댕겼으면 됐어. 에미 식당일이나 돕다 일찍 시집이나 가. 그게 여자 팔자는 제일이여.'

'지금이 조선 시대도 아니고 내가 왜 그러고 살아야 하는데요! 언니가 집 나간 거랑 나랑 무슨 상관이냐고!'

'그만하지 못해!'

'나는 왜 내가 하고 싶은 대로 살 수가 없는데? 이럴 거면 왜 낳았냐구요!'

어머니의 손이 금방이라도 따귀를 때릴 듯 올라갔으나 내려오진 않았다. 그저 허공에서 부들부들 떨기만 할 뿐이었다.

"에이, 짜증 나!"

가출을 결심했던 날이 떠오르자 은효는 신경질적으로 바닥을 걷어찼다. 흙길에 얼어붙어 있던 돌부리가 발끝에 닿았다. 문지방에 걸려 새끼발가락을 부딪쳤을 때와 버금가는 고통이 밀려왔다.

"어우씨! 짜증 나! 짜증 나!"

그녀의 산책은 그렇게 짜증으로 끝이 났다.

"돌고래!"

저녁 무렵, 방에서 뒹굴뒹굴하고 있던 은효는 자신을 부르는 윤의 음성에 쏜살같이 달려갔다.

그는 바닥에 발을 딛고 침대에 앉아있었다. 베이지색 면바지에 버건디 빛 스웨터 차림이었다. 인기척이 느껴지자 윤이 고개를 움직였다. 결 좋은 갈색 머리카락이 붕대를 덮으며 흘러내렸다.

'아, 나 또 심쿵했어.'

은효는 가슴을 주먹으로 토닥이며 그에게 다가갔다.

"일어나셨네요?"

"다리는 멀쩡하니까."

"팔은 부러진 거예요?"

"아니. 인대가 늘어났대."

"눈은요?"

윤이 대답 없이 고개를 옆으로 기울였다. 은효는 아차 싶어 질문을 얼버무렸다.

"그, 금방 나을 거예요. 기운 내세요."

"넌? 목은 계속 그래? 괴물 목소리, 언제까지 들어야 하지?"

대놓고 듣기 싫다고 하네. 아, 어쩌라고. 은효의 음성에 불만이 섞였다.

"괴물 목소리라 죄송하네요."

"죄송하면 이따 저녁 먹고 이 실장한테 약 달라고 해. 말해놨으니까."

"네?"

"감동하지 마. 내가 듣기 싫어서 그런 거니까. 밥 먹으러 가자. 배고프다."

윤이 침대에서 일어섰다. 어둠 속에서 봤을 때보다 훨씬 큰 느낌이었다. 그리고…… 멋있다.

은효가 옆에서 그의 허리를 잡고 부축했다. 깁스를 한 그의 팔이 은효의 등에 닿았다.

"많이 말랐다던데, 여기 있는 동안 밥 많이 먹어라."

윤의 음성이 머리 위로 내려앉았다. 그의 숨결이 은효의 머리카락을 미세하게 건드렸다. 그녀의 맥박이 점점 빨라졌다. 윤의 침실에서 식당까지의 거리가 너무나 멀게 느껴졌다.

스테이크를 먹기 좋게 썰어 윤의 입에 넣어주며 은효는 넋을 잃고 그를 쳐다보았다.

우아하다, 고급스럽다, 도대체 어떻게 이런 표현이 고기 먹는 남자의 입을 보면서 떠오를 수 있을까. 문득 이 남자의 눈이 궁금했다.

'설마 단춧구멍 같거나 쌍꺼풀 수술 실패한 눈처럼 느끼하진 않겠지? 아아! 제발 저 완벽한 하관에 어울리는 눈이기를!'

은효의 생각을 읽기라도 한 듯 그가 미간을 찡그리며 음식물을 삼켰다.

"그만 쳐다봐. 체하겠다."

"아, 안 쳐다봤거든요!"

"어찌나 뜨겁게 쳐다보시는지. 너 설마 남자 좋아하냐?"

"아니라니까 그러시네! 얼른 드시기나 하세요!"

은효는 괜히 제 발이 저려, 얼른 고기를 찍어 윤의 입에 들이댔다.

"어, 어엇!"

허둥대며 서두른 바람에 고기는 그의 입 주변에 소스를 잔뜩 묻히고 입속으로 들어갔다.

"죄, 죄송해요. 티슈가 어디……."

"됐어."

윤이 입술 주변을 혀로 핥으며 물었다.

"됐지?"

"이쪽에 조금 남았어요."

은효는 무의식적으로 그의 아랫입술에 남은 소스를 엄지로 문질렀다. 예상치 못했던 짜릿한 감촉에 그녀는 움찔하며 얼른 손을 거두었다.

윤이 고기를 씹다 말고 한쪽 눈썹을 슬쩍 올렸다.

"너 지금, 내 입술 만지고 침 삼켰지?"

"하, 배고파서 그렇거든요!"

시선이 다시 그의 촉촉한 입술에 닿았다. 흐읍, 숨이 저절로 멈춰졌다.

"뭔 짓 하려고 이리 조용해."

"이, 이상한 사람 만들지 맙시다."

"다음부턴 네 것도 같이 놓고 먹어. 부담스럽게 쳐다보지 말고."

은효는 손으로 가슴을 쓸어내리며 앞 못 보는 그의 눈치를 괜히 살폈다.

"너……."

"네?"

"나 왜 당근 안주냐? 스테이크에 분명 익힌 당근이 있을 텐데? 브로콜리도 있을 테고."

"아, 제가 그것들을 안 좋아하다 보니 무의식적으로 고기만 드렸네요. 근데, 익힌 당근 좋아해요?"

"어. 맛있잖아."

은효가 혀를 내밀며 끔찍하단 표정을 지었다.

"저는 카레에 든 당근 먹기 싫어서 한꺼번에 모았다가 약 먹는 것처럼 물로 꿀꺽 삼켜버려요. 남기면 엄마한테 등짝 스매싱을 당해서……."

저도 모르게 나온 엄마란 단어에 은효는 급우울해져 입을 다물었다. 대신 큼직한 당근조각과 브로콜리를 한 포크에 찍어 그의 입에 갖다 댔다.

윤은 입을 벌리는 대신 의자에 등을 기대었다.

"이 실장에게 들었다. 너 집에 연락 안 했다며. 폰도 없는 것 같고."

있으나 마나 한 2G폰은 집에 두고 왔죠. 돈 벌면 최신형 스마트폰부터 살 겁니다. 은효는 들고 있던 포크를 접시 위에 올리며 말했다.

"여기 있는 거 비밀로 하라고 하셔서 그냥 전화 안 했어요. 딱히 둘러댈 말도 없고, 춘천 친구 집에서 알바하기로 하고 나왔으니 그런 줄 아시겠죠, 뭐."

"가출이군."

"아, 아닌데요!"

"맞네. 가출."

그가 다시 등을 세우며 바로 앉았다.

"너한테도 나름의 사정이란 게 있을 테니 당장은 대답 안 해도 돼."

"저 가출 아니라고요."

"가출청소년 잘못 데리고 있다가 덤터기 쓰기 싫으니까 충분히 생각해보고 말해."

은효는 더 둘러대는 것을 포기했다. 집에 전화 안 해도 된다는 그녀의 말에 이 실장의 표정이 바뀌었던 게 기억났다. 언젠가는 밝혀질 문제였던 거다.

"아 하세요. 좋아하는 당근 줄 테니까."

"다 식어서 맛없겠다. 그만 먹을래. 나 데려다주고 너 식사해라."

"솔직히 말해 봐요. 윤이 형님도 당근 싫어하죠?"

"오래 앉아있었더니 눈이 아프네. 일어나지."

자기가 싫어하는 당근을 용케도 안 주니까 궁금해서 물어봤던 게 분명했다. 은효는 어처구니없다는 표정을 지으며 그의 옆으로 다가갔다.

"내일부턴 당근만 골라서 드릴게요. 걱정 마세요."

"너, 내가 남긴 당근이랑 브로콜리 다 먹어라. 하나도 남기지 말고."

"아, 그런 게 어딨어요!"

"이 실장에게 검사하라고 할 거다."

생각이 바뀌었다. 제발 이 남자의 눈이 단춧구멍이었으면 좋겠다. 그의 침실로 가는 내내 은효의 구겨진 표정은 펴지질 않았다.

약발이 좋은 건지 아니면 나을 때가 되어서 나은 건지, 아침에 일어나니 목 상태가 한결 좋아졌다. 은효는 양치를 하고서 소리를 내보았다.

"아! 아!"

그래, 역시 이 목소리야! 라고 감탄을 하다 금세 우울해졌다. 괴물 같은 목소리가 사라지고 나니 영락없는 여자 목소리가 남았다.

'나 여자였지.'

형님이라고 몇 번이나 불렀다고 그새 남자가 된 줄 착각하다니. 아니면 진짜 남자였으면 좋겠다고 생각한 건가? 은효는 젖은 앞머리를 손가락으로 대충 쓸어 넘기며 거울을 들여다보았다.

'녀석, 잘 생겼네.'

자기가 봐도 부모가 물려준 얼굴은 마음에 들었다. 보기 좋게 튀어나온 이마, 일부러 그리지 않아도 가지런한 눈썹, 얇은 쌍꺼풀의 동그란 눈, 웃는 모양의 시원한 입매, 그리고 콧날이 살아있는 반듯한 코는 그녀의 자랑이었다.

나름 홍천의 얼짱 고딩이라고 소문이 났지만, 아이러니하게도 그녀의 팬들은 전부 여자였다.

'그냥 확 성전환수술을 해버릴까? 아니지. 그럼 연애는? 난 남자가 좋은데 여자랑 연애를 할 수는 없잖아? 어우, 내 팔자야.'

은효가 목소리를 가다듬었다.

"윤이 형님! 흠흠, 윤이 형님? 아! 아! 윤이 형님!"

여러 톤의 남자 목소리를 흉내 내보았다. 차라리 감기 걸린 괴물 목소리가 나은 것 같아 절망적이었다.

'으아! 다시 감기라도 걸려야 하나.'

은효는 깊은 시름에 잠겼다.

II.
너인 줄 알았으면…….

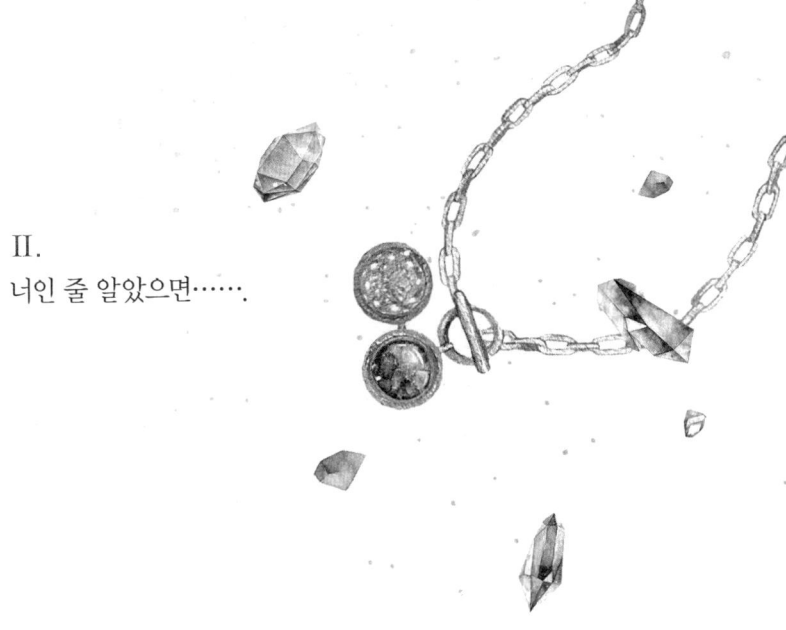

"쟤 지금 나 부르는 거 맞지? 뭐 하는 거지?"

침실에서 업무 이야기를 하던 두 사람은 작지만 확실하게 윤을 부르는 은효의 음성을 들었다. 이 실장이 괜히 헛기침했다.

"아무래도 여자인 게 드러날까 싶어 저러는 것 같습니다. 은효 학생 잘못은 아닌데…….."

"그래. 내 잘못이야. 목소리만 듣고 남자라고 먼저 단정 지어 버렸으니. 어린 마음에 돈은 벌고 싶고 답답했겠지."

"제 잘못도 있습니다. 딱히 남자처럼 생긴 얼굴도 아닌데 의심해보질 않았습니다."

이 실장이 문 쪽을 한번 힐긋 쳐다보며 말했다.

"여고에서 매우 우수한 성적에 모범생이라고 합니다. 대학도 합격했는데 집에서 안 보낸다고 하는 것 같고요. 아마 그게 가출의 이유인 것 같습니다."

"쉿, 조금 작게 대화하는 게 좋겠어. 저 녀석 생각보다 귀가 꽤 많이 밝거든."

"그보다 이젠 보내줘도 될 것 같은데요? 이쪽 세계와는 연결이 전혀 없는 게 확실해졌으니까요."

윤이 깁스한 팔을 위아래로 움직여 보였다.

"괜찮아진 것 같은데 이거 언제 풀지?"

"도련님. 어쩌실 생각이신지?"

화제 전환에 실패하자, 윤이 슬쩍 혀를 찼다.

"확실하다고 장담할 수 있어? 사피 여고생이 하필 딱 그 시간에, 왜 그 장소에 있었는지 설명이 안 되잖아. 좀 더 조사해 볼 필요가 있어."

"이른 시간에 집을 나왔다가 우연히 사고 현장을 보게 된 게 아닐까요?"

"이 실장, 언제부터 추측만으로 결론을 도출했지?"

윤의 싸늘해진 음성에 이 실장은 입을 다물었다.

"티끌 하나라도 이쪽과 연결이 되어 있는지 더 조사해 봐. 당분간은 데리고 있어도 나쁘지 않을 것 같으니까. 어떻게 생긴 녀석인지 궁금하기도 하고."

"제가 말씀드렸잖습니까. 요즘 남자 아이돌처럼 잘생겼다고."

"미안하기도 하고. 어찌 됐든 나 때문에 저 녀석 남자 됐잖아."

"여자는, 특히 사피여자는 싫다고 하시더니 의외군요."

"그러게. 처음부터 남자라 생각해서 그런지 편하네."

은효에 대해 말하는 윤의 음성이 미묘하게 누그러졌다. 이 실장은 특유의 못마땅한 표정을 지으며 어깨를 으쓱였다.

"도련님과 이렇게 오랫동안 말로 대화하는 것도 오랜만입니다."

"팔은 다 나은 것 같은데 눈이 좀 더디네. 저 녀석 청력이 진짜 좋아서 이럴 땐 오쿨리파시(oculipathy)가 절실하군."

블뤼(blue blood). 슈피르 중, 우월인자를 타고난 자들을 그리 칭했다.

그들만의 능력 중에는 눈을 통한 대화인 오쿨리파시가 있다. 서로의 시선이 맞닿은 상태에서 생각과 같은 원리로 대화를 하는 것이다.

물론 마주 본다고 해서 생각까지 아는 것은 아니다. 오직 상대방이 오쿨리파시를 시도했을 때에만 대화할 수 있었다.

"오후에 출국합니다. 다른 곳은 수습이 됐는데, 스페인은 직접 가서 확인해 볼 게 있어서요. 자세한 것은 다녀와서 말씀드리겠습니다."

"얼마나 걸리는데?"

"닷새 정도 걸릴 것 같습니다."

윤은 깁스한 팔을 들어 머리를 긁적였다.

"이 실장 없으면 불편한데……."

"머리나 감겨달라고 하십시오. 일단 식사부터 하시고."

"그래. 이따 가기 전에 보고 가."

"식당까지 모셔다드리겠습니다."

"아냐! 이 실장은 가서 일 봐."

윤이 어떤 생각을 하는지 눈에 뻔히 보이기에 이 실장은 고개를 저으며 한숨을 쉬었다.

"설마 계속 모른 척하실 건 아니죠?"

"아니, 모른 척할 건데? 어떤 녀석인지 의심스러워 뒷조사했다고 할 순 없잖아."

"완벽히 조사가 끝나고, 도련님 눈이 다 나으면 꼭 내보낸다고 약속하십시오. 그 이상은 안 됩니다."

"무슨 생각하는 건데?"

이 실장은 더는 말하지 않고 방을 나왔다. 몇 걸음 떼지 않았을 때 돌고래를 부르는 윤의 음성이 들려왔다.

지나친 노파심일지 모르지만, 윤의 변화가 이 실장은 못마땅했다. 사피의 여자라면 시선이 마주치는 것만으로도 불편해하던 윤이었다. 그러던 그가 거리낌 없이 은효와 가까워지는 것이 불안했다.

어머니의 생명과 맞바꿔 태어난 아이, 호윤. 유난히 금실이 좋았던 솔칸 호태준은 아내를 잃은 슬픔에 꽤 오랫동안 아들을 찾지 않았다.

솔칸(solkhan). 각 나라의 슈피르를 이끄는 수장을 일컫는 말이다. 솔칸은 대체로 세습에 의해 이어졌지만, 번식력이 약한 슈피르의 특성상 자손이 없을 경우엔 능력의 인정을 받아 새롭게 추대되곤 했다.

윤은 홍천의 별장에서 집사와 고용인들과 함께 유아기를 보냈다. 아버지의 집사이기도 했던 남 집사는 윤에게 아버지이자 할아버지 같은 존재였다. 미국에서 혼자 지내던 솔칸은 어느 날 불쑥 찾아와 아들을 데려가려 했고, 윤은 그런 아버지보다 남 집사와 한국에 있기를 바랐다.

미국에 간 어린 윤은 오랫동안 우울증 치료를 받아야 했다. 완치된 뒤에도 윤은 많이 외로워했고, 그 당시 치료 목적으로 배웠던 음악이 현재 그에게는 삶의 전부가 되었다.

윤의 말대로 은효를 남자로 대하고 있다고 믿기로 했다. 이 실장은 잡생각을 떨쳐버리기 위해 머리를 저었다.

윤의 식사를 돕고 자기도 배 터지게 아침밥을 먹고 온 은효는 그와 욕실 안을 번갈아 쳐다보았다. 언제 구해왔는지, 미용실에서 머리 감길 때 쓰는 의자가 욕실에 떡! 하니 자리하고 있었다.

"나보고 저기에 윤이 형님을 앉히고 머리를 감기라굽쇼?"

"내 눈에 물 들어가면 알바비로는 감당이 안 될 테니 잘해라."

"저기 이런 건 언니, 아니 누나들이 훨씬 잘하잖아요. 이곳에 일하시는 여자분들 꽤 많아 보이던데······."

마치 은효를 쳐다보기라도 하는 듯, 윤이 고개를 삐딱하게 들었다.

"이 녀석이 거저먹으려고 하네? 그럼 넌? 이런 일 하라고 알바 시킨 건데."

"아니, 저번에도 말씀드렸지만, 저보다는 전문가적인 손길이 윤이 형님께 더 좋은 거 아니겠습니까? 저는 대신 맛있는 반찬만 골라서 밥을 먹여드리고 있잖습니까!"
"여자가 나, 만지는 거 싫다."
"예?"
이건 또 무슨 소리야? 은효가 두 손을 들어 자기 머리를 움켜잡았다.
"여자가 나 건드리는 거 싫다고. 가까이 있는 것부터가 싫어."
"맙소사!"
"그러니까 네가 해. 잔소리 말고."
은효는 우는 얼굴이 되어 팔을 이리저리 흔들며 몸부림을 쳤다.

투덜거린 것에 비해 은효의 손길은 제법 부드러웠다. 가끔 멈칫거리는 이유는 뭔지 알 수 없지만, 꽤 열심히 머리를 감겼다. 저도 모르게 입꼬리가 올라가던 윤은 아차 하고 무표정으로 일관했다.
윤의 말은 거짓이 아니었다. 미국에서 보낸 사춘기 이후, 그는 여자를 멀리했다.
업무상의 만남이나 공적인 자리의 어쩔 수 없는 관계 유지를 제외하면 여자와 마주하는 일은 없었다.

'윤이 형님!'

은효가 그렇게 불러주는 것이 좋았다. 형제 없이 혼자 자란 윤에게는 처음 느껴보는 감정이었다. 지켜주고 싶은 동생이 생긴 것 같았다.

이 실장의 말대로 녀석을 보내주는 것이 맞지만 그러고 싶지 않았다. 유치하게도 은효에게 '윤이 형님'이라고 계속 불리고 싶었다. 여자라는 것이 아무 상관없을 만큼.

"윤이 형님?"

잠깐의 침묵이 어색했던지, 은효가 말을 걸었다. 뭐라 대꾸를 할까 고민하다 그냥 잠이든 척해보기로 했다. 녀석을 놀리는 재미가 쏠쏠했으니까.

"설마 주무시는 건 아니죠?"

황당해하는 그녀의 음성에 윤은 삐져나오는 웃음을 꾹 참았다.

"아, 이 형님! 나의 프로페셔널한 손놀림이 좋으셨구만. 이러다 맨날 감겨달라고 귀찮게 하는 거 아니야?"

은효가 구시렁거리며 그의 어깨를 잡고 살살 흔들었다.

"윤이 형님, 자다가 고개라도 떨구면……."

자는 척하던 윤이 손을 뻗어 그녀의 손목을 확 움켜잡았다.

"악! 깜짝이야!"

"너 뭐냐?"

은효가 잡힌 손목을 빼려고 필사적으로 힘을 주며 소리쳤다.

"뭐, 뭐긴 뭐예요! 머리 헹구는데 고개라도 움직이면 낭패니까 깨우려고 그런 거지!"

"나 귀 안 먹었거든?"

"말로 깨울 때 안 일어난 사람이 누군데!"

"말이 짧다."

"머리 다 안 헹궜는데, 저 그냥 갈까요?"

윤이 한쪽 입 끝을 올리며 헛웃음을 뱉었다.

"약점을 이용하시겠다?"

"아 진짜! 저는 그냥 윤이 형님을 걱정한 죄 밖에 없다구요!"

샤워기를 튼 소리는 들리는데 머리를 만지는 감각은 없다. 설마 시위하는 건 아니겠지?

"거품 잘 헹궈. 탈모 되면 지구 끝까지라도 찾아가서 손해배상 청구할 테니."

"저기, 이 손을 놔 주셔야……."

어처구니없게도 윤은 자신이 쭉 그녀의 손목을 잡고 있다는 사실을 인지하지 못했다. 당황했지만, 그는 부러 까칠하게 손목을 던지듯 놓았다.

머리 위로 은효의 볼멘소리가 들렸다.

"건드리라고 사정을 하셔도 안 건드려요!"

곧, 머리에 미지근한 물이 닿았다. 처음과는 달리 그녀의 손길은 거칠었다. 은근 아플 만큼. 게다가 샤워기 조준을 대충 하는지 목 주변이 축축해지는 것 같았다.

'덤비겠다?'

윤이 불쑥 턱을 들어 올리며 말했다.

"제대로 안 하지?"

"움직이지 마요! 얼굴 가린 수건 떨어진단 말이에요! 붕대 풀어서 후덜덜하구만."

"아, 눈이 아픈 것 같은데? 수건 밑으로 물이 스며서 들어온 거 아니야?"

"어억! 지, 진짜요?"

은효가 수도를 잠그고 젖은 손을 닦는 것 같았다. 곧바로 윤의 눈을 가린 수건이 뽀송하다는 걸 확인한 그녀는 분노의 한숨을 뿜었다.

"나한테 왜 이러는 건데요? 정말 놀랐단 말입니다!"

"경각심을 일깨워준 거지. 잘하라고."

윤은 새어 나온 미소를 거두지 않았다.

경각심이라니! 사람 속도 모르고.

바로 전에 그의 손에 잡혔던 손목이 아직 후끈후끈했다. 도대체 누가 스킨십을 시도하는지 모르겠다. 꽃다운 소녀의 손목을 몰상식하게 덥석 잡고 말이야. 은효는 인상을 구기며 윤의 얼굴을 덮기 위해 수건을 들었다.

'하! 예술이네.'

수건을 들고 있는 그녀의 손이 저절로 멈춰졌다. 하마터면 만져보고 싶은 충동이 참아야 한다는 충동을 이길 뻔했다. 은효는 잘 참아준 자신의 손을 칭찬했다.

물이 튈까 봐 수건으로 덮어야겠다고 했지만 실은 다른 이유가 더 컸다. 잘생긴 얼굴이 부담스러워 가리고 싶었다.

"붕대 막 풀어도 되는 겁니까? 감염되면 어떡해요?"

"네가 책임져야지."

"이러지 맙시다. 정말."

은효는 드라이어의 시원한 바람을 선택하여 윤의 머리를 말렸다.

"윤이 형님 머리가 제 머리보다 긴 것 같아요."

"너 스포츠머리냐?"

"그건 아닌데, 윤이 형님 머리가 좀 더 기네요."

"맞다. 긴 머리 아무나 소화 못 하지."

이 남자는 미운 말만 골라 하는 재주를 가지고 있는 게 분명했다. 잘생긴 얼굴이고 뭐고 은효는 딱 한 대만 때려주고 싶단 생각을 했다. 드라이어 온도를 조금 높였다.

"진학은 결정했나? 아님, 취업 전선에 뛰어들 생각?"

갑작스러운 윤의 질문에 은효는 잠시 머뭇댔다.

"머리가 그리 썩 좋아 보이진 않지만, 혹시나 해서 묻는 거다. 대학에 붙었는데 경제적인 문제로 고민하는 거라면 말해. 장학재단 연결해 줄 수 있어."

"저 머리 좋습니다. 윤이 형님이 생각하는 것보다 훨씬 많이. 집안 형편도 넉넉한 편은 아니지만, 경제적인 문제는 아닙니다."

"그럼 뭐가 문젠데?"

은효는 드라이어 줄을 가지런히 정리해서 원래 있던 곳에 두었다.

"부모님이 저를 너무 사랑하셔서 과잉보호가 지나쳐요. 통학한다고 해도 너무 멀다고 안 보내주시겠대요."

대답하는 은효의 음성이 떨렸다.

"유, 윤이 형님. 더 시키실 일 없으면 나가볼게요."

더 있다간 거짓말을 하게 될 것 같아, 은효는 허둥지둥 밖으로 나갔다. 자신이 무슨 짓을 했는지는 까맣게 잊고서.

"흠, 흠흠."

남 집사가 방 입구에 서서 헛기침을 했다. 몸이 안 좋은 건 아닌가 걱정이 되어 윤이 의자에서 일어서며 물었다.

"집사님, 어디 편찮으십니까?"

"미움받을 짓을 하셨나 봅니다."

뜬금없는 그의 말에 윤은 대답하지 못했다. 남 집사가 낮은 웃음소리를 냈다.

"머리가 참 멋지십니다. 이렇게 하기도 힘들 텐데……."

"머리요?"

"앞머리가 정확히 반으로 나뉘어 있네요. 잘 어울리시는 것 같기도 하고……."

돌고래 이놈! 대화에 집중하느라 녀석이 머리를 어떻게 만지는지 미처 느끼질 못했다.

아, 이 녀석을 어떻게 혼내준다? 윤이 끙, 하고 앓는 소리를 냈다.

팔에 깁스가 사라졌다. 은효는 더 근사해진 윤의 겉모습에 입을 다물지 못했다. 돌고래라 그만 부르라고 따지려 했던 것도 잊어버렸다.

"반하지 마. 사내놈은 내 취향 아니니까."

"제가 언제 반했다고 그러십니까? 그리고 윤이 형님도 제 취향 아니십니다!"

속에도 없는 소릴 하고 나니 마른침이 절로 삼켜졌다. 은효는 혀로 입술을 적셨다.

"근데, 인대가 늘어났다고 하지 않으셨습니까? 이렇게 빨리 깁스를 풀어도 괜찮나요?"

"어. 이 몸은 슈퍼울트라 강철 몸이라 그까짓 인대 늘어난 것 정도는 금방 나아."

허세라고 하기에는 며칠 만에 사라진 깁스가 틀린 말이 아니라는 걸 증명했다. 하긴, 다친 데 낫는 속도는 은효도 만만치 않게 빠른 편이었다. 인대는 안 늘어나 봤지만, 넘어져서 까지거나 칼에 베인 상처는 다른 사람들보다 훨씬 쉽게 아물었다.

"그럼 저는 슈퍼울트라 캡숑 초합금 몸입니다! 감기 빼곤 재생력이 엄청 뛰어나거든요."

"어련하시겠어."

"근데 저 왜 부르셨어요? 점심시간 아직 아닌데?"

"나 잡고 길 안내 좀 해. 산책하자."

"휠체어 가지고 올까요? 그게 더 편할 것 같은데."

"됐어. 누구 편하라고. 운동 겸 나도 걸을 거다."

"자꾸 이러시면 마당 한복판에 놔두고 도망칠 겁니다!"

"하, 너 내가 어둠의 조직원이면 어쩌려고 이리 막 나가냐? 쥐도 새도 모르게 새우잠이 배로 끌려가는 수가 있으니 잘해라."

그가 마치 보이는 사람처럼 정확히 팔을 뻗어 은효의 머리를 마구 쓰다듬었다. 은효가 손을 피해 고개를 숙이며 그를 의심스럽게 쳐다보았다.

"윤이 형님! 안 보이는 거 맞아요? 혹시 붕대 투시해서 저 보는 거 아니죠?"

"보인다. 너 지금 완전 똥 씹은 표정인 거 다 보여."

"헐, 진짜 보이나 보네."

두 사람은 끊임없이 티격태격하며 건물 밖으로 나섰다. 차갑지만 청량한 바람이 그들을 반겼다. 바람에 섞인 친근한 흙냄새, 나무 냄새는 자연스레 둘을 암묵적 평화협정으로 이끌었다.

"어? 화덕이다! 여기서 고기 구워 먹으면 진짜 맛있겠어요."

징검다리처럼 돌을 얇게 깎아 만든 길을 따라 걷다 보니, 잔디밭 모퉁이에 흙으로 만든 바비큐용 화덕이 보였다. 한동안 사용하지 않은 듯 화덕 안엔 녹다 만 눈이 남아있었다.

"여름에 먹자."

길을 안내하느라 어쩔 수 없이 윤의 팔을 잡고 걷던 은효는 멈춰 서며 손을 놓았다.

"지키지 못할 약속은 하지도 마요. 저 가고 나면 금방 잊어버릴 거면서."

"네가 안 잊어버리면 되잖아."

"와, 저래놓고 나중에 찾아오면 쌩깐다. 백퍼!"

"말본새하고는. 너 날라리구나?"

"요즘 이런 말 다 쓰거든요? 그러고 보니 윤이 형님 나이를 모르네. 저도 가르쳐드렸으니 윤이 형님도 알려주세요."

그는 대답 없이 갈색 벽돌과 나무로 지어진 별채 쪽으로 혼자 걸어갔다. 눈에 붕대를 한 사람이라고는 믿기 어려울 만큼 조금의 휘청거림도 없이 자연스럽게 걸었다.

은효가 뒤를 졸졸 쫓아가며 물었다.

"아 진짜 보이나? 보여요?"

"수백 번을 왔다 갔다 한 곳인데 눈 감고는 못갈까. 네가 화덕 위치 알려줬으니 대충은 찾아갈 수 있어."

"몇 살인지는 말 안 해줍니까?"

"맞춰봐."

"하, 한번을 쉽게 안 가시네. 스물아홉? 서른?"

윤이 갑자기 걸음을 멈추는 통에, 바로 뒤에 쫓아가던 은효의 이마가 그의 등에 닿았다.

"아쿠! 깜짝이야!"

윤이 휙 돌아섰다. 그 바람에 이번엔 은효의 코가 그의 가슴에 닿았다. 그녀가 뒤로 몸을 빼려는 동작보다 윤의 손이 더 빨랐다. 그의 손이 은효의 머리 위에 얹혔.

"생각이란 걸 하는 녀석이냐? 내가 어디가 서른인데?"

"잘생긴 이 실장님은 많이 봐야 스물넷? 다섯? 윤이 형님이 반말하시니까 나이가 더 많을 테고 그래서…… 서른! 저는 그렇게 생각했는데요."

잘생긴 이 실장이라는 말에 윤의 얼굴 근육이 실룩하고 움직였다. 도망치려고 버둥거리는 은효의 머리를 더욱 꽉 움켜잡았다.

"아, 왜요? 이럴 거면 왜 물어봤는데!"

"말이 자꾸 짧아진다? 서른인 어른한테 말버릇이 이게 뭐지?"

"그냥, 생긴 거로만 봤을 땐 쫌 어려 보이긴 해요."

은효는 눈동자를 굴리며 벗어날 궁리를 했다.

"스물……일곱 정도? 악! 내 머리!"

윤의 손이 무자비하게 은효의 머리를 마구 흐트러뜨렸다. 멍멍이도 아니고 왜 자꾸 머리를 건드리냐고요! 은효는 입을 잔뜩 내밀면서 그를 째려보았다.

"알려주기 싫으면 관둬요! 나도 이제 안 궁금해졌으니까."

"여기 별채들 구경시켜주려고 했는데 맘이 바뀌었어. 밥이나 먹으러 가자."

"아, 치사하게!"

"나중에 잘생긴 이 실장한테 보여 달라고 해. 배고프다."

윤의 팔을 잡고 본채로 향하는 은효의 발걸음이 쉽게 떨어지지 않았다. 걷는 동안에도 자꾸만 뒤를 돌아보았다. 키 크고 잘생기면 뭘 하나, 마음이 밴댕이 소갈딱지인 것을. 은효는 아쉬운 마음에 입맛을 다셨다.

출장을 가기 전 윤을 찾은 이 실장은 여느 때와는 다른 기류에 긴장했다. 문을 열고 들어왔는데 알은 척도 하지 않는다. 뭔가 심기가 단단히 꼬인 것이다. 이 실장은 들고 있던 가방을 내려놓고 윤에게로 다가갔다.

"다녀오겠습니다. 현 박사님 말씀으론 5일 후면 눈 치료가 마무리될 것 같다고 합니다. 갑갑하시겠지만 조금만 더 견디세요."

"진수 형."

윤이 성인이 된 후로는 잘 부르지 않는 호칭이었다. 이 실장은 또 무슨 일인가 싶어 촉각을 바짝 세웠다.

"삼십 대인 형은 스물다섯이라고 하면서 왜 내 나이는 제대로 못 맞추는 거지?"

"무슨 말씀이신지?"

"나 요즘 옷은 제대로 입고 있나? 남 집사님이 본인 취향으로 막 입혀주시는 건 아니겠지? 머리는? 혹시 면도는?"

이 실장은 그제야 뭔 일인지 대충 짐작이 되었다. 분명 은효와 관계된 일이리라. 그는 손목의 시계를 들여다보고 가방을 집어 들었다.

"늘 입던 스타일 그대로십니다. 면도는 깨끗이 잘 되었고요."

"솔직히 말해봐. 나 몇 살로 보여?"

"스물다섯이요."

"아, 의미 없다."

"제가 없어도 심심하진 않으시겠습니다. 시간이 돼서…… 그만 가보겠습니다."

문을 열고 나가려는 이 실장의 뒤로 윤의 퉁명스러운 음성이 들렸다.

"누군 좋겠다. 잘생겨서."

윤의 심술 원인을 알게 되는 순간이었다. 이 실장의 이마에 주름이 그어졌다.

'짐을 줄이느라 옷을 너무 적게 가져왔네. 편한 츄리닝이 한 벌 필요한데……'

손빨래를 하던 은효의 고개가 저절로 윤의 침실 쪽으로 움직였다. 물기를 뺀 속옷을 수건에 감싸서 욕실을 나왔다. 밤에 잘 때 바닥에 널기로 하고 그녀는 생각난 김에 윤의 침실로 향했다.

윤의 침실 앞에 선 은효는 고민에 빠졌다.
'노크해야 하나, 아니면 조용히 문을 열고 자는지 확인부터 해야 하나.'

괜히 자고 있는데 깨우면 짜증을 낼지도 모른다. 어차피 깨어 있어도 보이지는 않을 테니 일단 확인을 하는 게 나을 것 같다. 그녀는 크게 심호흡을 하고 문의 손잡이를 돌려 앞으로 밀었다.
"누구야!"
소리를 거의 내지 않았다고 생각했는데, 문이 다 열리기도 전에 윤의 날카로운 음성이 날아왔다.
"어떤 몰상식한 인간이 노크도 안 하고 함부로 들어와! 미쳤어?"
이 집에 들어와서 한 번도 보지 못한 윤의 화난 모습이었다.

은효는 손잡이에서 손을 떼지도 못한 채 그 자리에 얼어붙어 버렸다.

"남 집사 불러. 그리고 넌 당장 이 집에서 나가."

당황한 은효는 선뜻 입을 열지 못했다. 처음 듣는 그의 차가운 음성에 정신을 차릴 수가 없었다.

윤은 침대 옆 안락의자에 앉아있었다. 노크를 안 한 것은 분명 잘못이지만, 이게 그렇게 화를 낼 행동인가. 그리고 정말 아무 소리도 내지 않았는데 빛의 속도로 반응한 그가 놀라울 뿐이었다.

"귀먹었어? 꺼지라고."

손에 쥔 리모컨을 집어 던질 것 같은 기세에 은효는 젖 먹던 힘까지 겨우 짜내 입을 열었다.

"죄, 죄송합니다. 윤이 형님."

올라갔던 그의 손이 멈칫했다.

"하, 너였냐?"

"주무실까 봐⋯⋯ 노크하면 깨실 것 같아서 확인만 하고 나가려고 했어요."

사과하는 은효의 음성이 점점 울먹거림으로 흔들렸다.

"부, 불쾌하실 거란 생각은 못 하고⋯⋯ 죄송해요. 죄송⋯⋯합니다."

"멍청하게 왜 말을 안 해서 욕을 먹어."

"화가 너무 나신 것 같아서⋯⋯."

어느새 그의 손은 내려져 있었고, 꼿꼿이 세웠던 등은 등받이에 느긋한 자세로 기울어져 있었다.

"몰래 들어와서 뭐 하려고."

"오, 옷을 빌……."

"나 화 안 났어. 그러니까 쫄지 말고 말해."

말투는 여전했지만, 싸늘하던 그의 음성은 원래대로 돌아와 있었다. 온몸의 긴장이 한꺼번에 풀리면서 은효는 바닥에 털썩 주저앉았다.

"츄리닝 빌리려고…… 저는 그냥 츄리닝…… 으흑 으흐흑."

참았던 울음이 터져 나왔다. 무서웠고, 서운했고, 만감이 교차했다. 그의 눈이 보이지 않는 것이 다행이란 생각이 들 줄은 몰랐다. 눈물 콧물 흘리면서 울고 있는 모습은 정말이지 보기 흉할 테니까.

"츄리닝? 트레이닝복?"

미처 깨닫지 못했지만, 침실엔 음악이 흐르고 있었다. 클래식인 것 같기도 하고 뉴에이지 같기도 한 연주곡이었다. 음악을 듣고 있으면서 문 여는 소리는 어떻게 들었을까? 울어서 눈이 퉁퉁 부은 은효는 슬금슬금 다가가 그의 맞은편 의자에 앉았다.

"네. 제가 챙겨온 옷이 별로 없어서요. 편하게 입을만한 옷이 필요한데, 혹시 안 입는 거 있으면 한 벌만 빌려주세요."

"이 실장, 아니다 그만하자. 너 내 옷 클 텐데? 그냥 한 벌 사 오라고 하지 뭐."

"싫은데요. 그럴 거면 처음부터 윤이 형님한테 빌려달라고 안 했어요. 저 그렇게 염치없는 놈 아니거든요?"

"염치는 있는지 모르겠지만 눈치는 쥐뿔도 없는 놈."

윤이 자리에서 일어나더니 손가락으로 은효를 불렀다.

"옷 방으로 가자. 입을만한 게 있을지도 모르니까."

"여기서 오래 지내시나 봐요."

"어. 말이 별장이지 집이나 마찬가지야. 나 잡아. 안보이니까 진짜 불편하다."

은효가 잠시 머뭇거리다 입을 열었다.

"아까는 정말 죄송했습니다. 가뜩이나 안 보여서 불안하셨을 텐데…… 다시는 그런 실수 하지 않을게요."

"너인 줄 알았으면…… 아, 빨리 와서 잡기나 해."

은효는 빠르게 다가가 그의 팔을 잡았다. 늑장 부리다가는 언제 마음이 바뀔지 모를 노릇이니까.

옷 방은 침실 바로 옆에 붙어있었다. 은효가 문을 열자, 윤이 먼저 들어가라고 손짓 했다.

남자의 옷장이 탐이 날 줄은 몰랐다. 가끔 드라마에서나 봤던 옷가게를 연상케 하는 옷장이 눈앞에 펼쳐졌다. 방 전체가 옷장이었다. 은효가 감탄사를 뱉으며 두리번거렸다.

"와! 금수저의 삶이란 역시 다르네요!"

"틀린 말은 아니지만 어째 좋게 들리지는 않는군."

"금수저도 능력이라고 누가 그랬잖아요. 비아냥거린 거 아닙니다."

그가 더는 대꾸하지 않고 서랍이 있는 쪽을 가리켰다.

"저쪽에 검은색 서랍 열어봐. 운동할 때 입는 옷 있을 거다."

"앗! 감사!"

은효는 얼른 쪼르르 달려가 서랍을 열었다. 여러 종류의 트레이닝복이 가지런히 개켜져 있었다. 은효는 무난해 보이는 회색 한 벌을 집어 들었다. 보들보들한 면 재질의 트레이닝복이었다.

"저 골랐어요!"

"입을 만한 거 몇 개 더 골라."

"아뇨. 오래 있을 것도 아닌데 한 벌이면 됩니다."

"바지 잘 접어 입어라. 괜히 밟아서 넘어지지 말고."

"잘 입겠습니다. 깨끗하게 빨아서 돌려드릴게요."

은효가 실실 웃으며 윤의 팔을 잡았다. 당분간 옷 걱정은 안 해도 되니, 역시 빌려달라고 하길 잘했다는 생각이 들었다.

"안 심심하세요? 제가 책 읽어드릴 수 있는데!"

"누구 때문에 음악 감상을 방해받았지 아마. 책은 됐고, 같이 음악이나 듣자."

"저 음악 좋아해요. 특히 피아노곡이요."

"그래, 쇼팽. 녹턴."

눈이 동그래진 은효가 팔을 잡고 있던 손에 힘을 주며 그를 올려다보았다.

"어라? 어떻게 알았어요?"

"너 가끔씩 습관처럼 콧노래 부르더라. 그것도 늘 같은 음악."

"와! 소오름! 대박!"

은효가 옷 방을 나서며 말했다.

"어릴 때 피아노 배우고 싶어서 진짜 많이 졸랐는데, 엄마한테 욕만 먹었어요. 그 왜, 어린 애들의 로망 같은 거 있잖아요? 저는 그게 피아노였거든요. 친구가 학예회 때 그 곡을 치는데…… 듣다가 저 울었어요. 너무 부러워서."

"지금도 배우고 싶나?"

"아뇨."

두 사람은 한 번도 가지 않았던 방 앞에 섰다. 은효는 말을 멈추고 방문을 열었다.

안에는 윤의 침실에 있는 것과는 비교도 안 되는 엄청 좋아 보이는 오디오 장비가 갖추어져 있었다. 한쪽으론 LP판으로 빼곡히 채워진 벽과 커다란 스피커가 자리했다.

은효는 편안해 보이는 벨벳 소파에 윤을 앉혔다.

"윤이 형님의 재력은 어디까지인가!"

"다른 건 몰라도 이방의 물건은 내가 벌어 산 거니까 금수저 타령은 하지 마라."

"와! 윤이 형님, 돈 많이 버는군요! 뭐…… 뭐로?"

"장기밀매로."

은효의 침 삼키는 소리에 윤이 피식 웃었다.

"듣고 싶은 곡 있으면 찾아봐. 오디오 사용법은 내가 알려줄 테니."

LP는 괜히 부담스러워 은효는 CD에서 골라 윤이 알려준 대로 음악을 틀었다. 의자라고는 윤이 앉은 긴 소파가 전부였기에 그와 조금 떨어지게 앉았다.

'설마 이 요란한 소리가 내 심장 뛰는 소리는 아니겠지. 아닐

거야.'

은효는 손을 포개어 가슴을 지그시 눌렀다. 제발 나대지 마라. 내 심장!

음악이 시작되고 은효는 경이로운 느낌에 두 손으로 팔을 감쌌다. 마치 다른 세계에 와 있는 것 같은 착각이 들었다. 감미로운 피아노 선율이 그녀의 세포 하나하나를 자극했다.

은효가 멍한 음성으로 중얼대듯 말했다.

"어떻게 이런 소리가 나요? 솜털이 다 곤두서는 느낌이에요."

"스피커의 힘이지. 잔잔한 곡이 취향이군."

"아는 곡이 별로 없어서요. 이 곡은 예전에 학교에서 수행평가로 들었던 거라 반가워서 골랐어요."

"어떤 식으로?"

"드뷔시의 달빛을 듣고 느낀 점을 서술하시오, 정도?"

윤이 얼굴을 찡그리며 등받이에 머리를 기댔다.

"넌 뭐라고 썼는데?"

"그때 쓴 건 기억이 안 나요."

"지금은?"

"그냥 막 행복해요. 아마 그때 이렇게 썼으면 0점 받았겠지만."

피아노 선율이 방안을 가득 채웠고, 둘의 대화는 거기서 끝이었다. 윤은 팔짱을 낀 자세로 비스듬히 소파에 기대었고, 은효는 눈을 감고 음악에 집중했다.

얼마가 지났을까. 은효는 문득 옆의 윤을 보았다. 그의 얼굴이 기울어져 그녀를 향하고 있었다. 은효는 최대한 소리 나지 않게 그의 옆으로 다가갔다.

붕대를 푼 모습을 보긴 했지만 지금도 나름 매력적이라 생각했다. 잘생긴 남자를 실제로 처음 봐서 그런 것일까, 볼 때마다 반하는 기분이었다.

"주무세요?"

혹시 몰라 작은 소리로 물었다. 그가 아무 반응도 하지 않는다. 은효는 괜히 마음이 놓여 그와 같은 자세로 마주 보며 소파에 기대었다.

다소 긴 앞머리가 윤의 잘생긴 눈썹을 가리고 있었다. 은효는 저도 모르게 손을 뻗어 그의 머리카락을 옆으로 쓸었다.

'헉! 나쁜 손! 이 나쁜 손 같으니!'

은효는 자신의 손을 때리며 그의 반응을 살폈다. 다행히도 그는 푹 잠이든 모양이었다.

티 하나 없는 피부, 근사한 코, 그리고 만져보고 싶은 입술……. 멍하니 바라보고 있으니 그에게 점점 더 빠져드는 느낌이었다. 반하고 아니고의 문제가 아닌 본능적 끌림이었다. 이성의 통제를 벗어난 유혹을 느꼈다.

따뜻하고 말캉한 느낌이 입술에 느껴졌다. 언제 감았는지, 은효는 깜짝 놀라 눈을 떴다.

눈앞에 윤의 붕대가 보였고, 자신의 입술은 그의 입술 위에 포개어져 있었다. 은효는 기절할 듯 놀라며 뒤로 물러났다.

'미쳤어! 미쳤어! 미쳤어!'

손으로 자신의 입술을 마구 때리며 소파에서 일어섰다. 열아홉 살의 아직 졸업도 안 한 여고생이 정확한 나이도 알지 못하는 어른 남자의 입술을 덮쳐버리다니!

'내 안에 변태의 피가 흐르고 있었나? 뭐 하는 짓이야!'

어찌해야 할지 몰라 한참을 허둥대던 은효는 옆에 두었던 빌린 트레이닝복을 챙겨서 조용히 방에서 나갔다. 잠에서 깬 윤이 부르면 화장실 갔었다고 둘러대면 그뿐이었다.

# III.
만지고 싶다.

"주무세요?"

 깜빡 잠이든 모양이었다. 은효가 부르는 소리가 들렸다. 윤은 대답하지 않았다.

 등받이가 미세하게 움직이며 천이 마찰하는 소리가 났다. 아무래도 은효가 소파에 기댄 것 같았다.

 은효의 시선이 느껴졌다. 남의 시선이 불편하지 않은 것은 처음이었다. 그녀를 마주 보고 싶다는 생각마저 들었다.

 떨리는 손길이 이마에서 느껴졌다. 아마도 은효가 앞머리를 쓸어준 듯했다. 곧이어 작지만 찰싹대는 소리가 들렸다.

 그대로 있고 싶은 마음과 그만 일어난 척해야겠다는 이성이 충돌했다. 어린애를 앞에 두고 뭐 하는 짓인가 싶어 말을 하려는 순간, 입술에 따뜻한 무언가가 닿았다.

믿기지 않은 전류가 온몸을 타고 흘렀다. 한 번도 경험해보지 못한 감각이었다. 키스도 아닌 단순한 뽀뽀에 맥박이 빨라졌다.

찰나의 순간이 이처럼 아쉬웠던 적이 있을까. 은효의 입술이 멀어지자, 당황스러울 만큼 깊은 상실감이 밀려왔다.

그녀가 방을 나가는 소리가 들렸다. 윤은 참고 있던 숨을 길게 내쉬었다.

원인은 밝혀지지 않았지만, 슈피르가 지닌 페로몬이 이성의 사피에게 주는 영향력은 무조건적이었다. 그러나 아이러니하게도 슈피르와 사피의 결합에 번식은 불가(不可)했다.

슈피르가 현생인류에 밀려 도태될 수밖에 없었던 것은 단 하나, 번식력의 문제였다.

이유는 난임(難姙)과 성비(性比). 임신이 매우 어려울 뿐 아니라, 힘들게 임신이 된다 하더라도 딸이 태어날 확률은 매우 희박했다.

슈피르만의 발달 된 의학과 과학기술을 총동원하여 해결방안을 찾았지만 성공하지 못했고 현상 유지에 급급할 뿐이었다.

사피 여성은 본능적으로 슈피르 남성에게 끌린다는 것을 사춘기 때 이미 경험했고 쓴맛도 보았다. 사랑이 아닌 화학적 반응에 의한 감정이란 것을 누구보다 잘 알고 있는 터였다. 그런데 왜? 얼굴도 못 본 어린 사피 여자에게 이런 기분이 든단 말인가.

늘 혼자 지내던 삶에 조잘대는 누군가가 곁에 있다는 것만으로도 좋았던 것 같다. 그게 남자든, 아니면 사피 여자든. 이 실장의 말대로 집으로 돌려보내는 게 맞는 걸까?

-아아! 미쳤어! 연은효, 이 음란 마귀야!

은효의 음성이 들렸다. 가까운 곳에서 혼자 중얼대고 있음이리라. 윤은 심각한 생각을 하다가 픽, 웃음을 터트렸다.

'음란 마귀는 네가 아니고 나인 것 같은데? 십 대 소녀의 뽀뽀에 설레기나 하고.'

다친 것이 그리 나쁜 일만은 아니었다는 엉뚱한 생각이 들었다. 쉼 없이 달려온 그에게 작은 포상이 주어진 것 같았다. 윤은 포상으로 얻은 휴가를 충분히 즐기기로 마음먹었다. 그냥 지금은 조잘대는 누군가와 함께 있고 싶었다.

저녁 식사를 도와주는 내내 윤의 입을 보는 것은 곤욕이었다. 죄짓고는 못 산다는 말이 괜히 나온 게 아니라는 것을 실감하며 은효는 식사를 마쳤다.

"과일 정도는 직접 드실 수 있잖아요. 제가 포크로 찍어드리면 되는데."

디저트로 준비된 사과를 윤의 입에 넣어주며 은효가 투덜거렸다.

"팔은 이제 다 나았으면서……."

"앞 못 보는 사람 방에 두고 사라진 사람은 누구더라?"

"화장실 간 거라고 했잖아요."

"사과는 너나 많이 먹어라. 변비가 심한 것 같으니."

거실에 둘이 앉아보기는 이번이 처음이었다. 고급스러운 카펫

과 진한 브라운 컬러의 가죽 소파, 과하지 않은 장식의 나무 탁자가 고풍스럽게 꾸며진 거실이었다. 남 집사가 벽난로에 불을 지펴주어 분위기는 더욱 아늑해졌다.

"여기서 혼자 지냈어요?"

"어."

"저번에 저보고 너도 외동이냐고 물은 걸 보면 윤이 형님은 외동이군요."

"어."

"일찍 독립했나 봐요. 부럽다."

타닥 타다닥. 벽난로에 장작이 불꽃을 뿜으며 타올랐다. 분위기에 취해 은효가 주절주절 떠들었다.

"홍천에서 태어나 한 번도 여길 벗어나 본 적이 없어요. 학교에서 가는 수학여행을 빼면 다른 도시는 구경도 못 해 봤어요."

"부모님이 그러시는 무슨 이유가 있는 게 아닐까."

"아니까 참는 거죠. 그걸 아니까······."

은효는 들고 있던 사과를 한입에 넣고 으적으적 씹었다.

"그거 혹시 내가 먹던 거 아니냐?"

"으엑!"

"그런 식으로 자꾸 애정 표현하지 마라. 부담스럽다."

"아니라니까요! 윤이 형님 내 취향 아니라고!"

"다행이네."

윤이 소파에서 일어섰다.

"오감을 사용한다는 게 얼마나 감사한 일인지 요즘 뼈저리게 느낀다. 안 보이니 한없이 무기력해지는 기분이야. 씻고 일찍 자야겠다."

은효가 머뭇거리다 물었다.

"이 닦아 드릴까요?"

"손 멀쩡한데 닦아주시게?"

"아, 저 뒤끝!"

"샤워나 도와주든가."

"그, 그건 하시던 대로 남 집사님께!"

은효는 얼른 윤에게 다가가 팔을 잡았다.

"가시죠! 모셔다드리겠습니다."

"같이 해도 좋고."

"저는 추워서 샤워 자주 안 합니다!"

은효의 머리 위로 윤의 웃음소리가 들린 것 같았다. 그의 팔을 잡고 침실로 향하는 은효의 입가에도 수줍은 미소가 머물렀다.

은효는 거실에 있는 전화기를 몇 분째 들었다 놨다 반복했다. 이른 아침이라 어머니는 아직 집에 있을 것이었다. 전화만 걸면 바로 통화가 가능한 것이다.

잘 있다고, 완전 꿀알바 중이니 돈 좀 더 모아서 가겠다고 그 말만 하면 된다. 하지만 어머니는 분명, 당장 거기 어디냐고 다 그치고 쫓아올 게 뻔했다.

걱정하고 있을 거란 것도 안다. 식사도 제대로 못 하고 어쩌면 여기저기 찾아다니고 있을지도 모른다. 그럼에도 은효는 선뜻 전화를 걸 수가 없었다.

'조금만 더 있다 갈게요. 윤이 형님하고 조금만 더 있다가요.'

은효는 결국 들었던 수화기를 내려놓았다. 죄책감에 마음이 무거웠지만 이미 찾아온 첫사랑의 감정을 이기진 못했다.

"윤이 형님."

은효가 디저트로 같이 차를 마시던 그를 불렀다. 윤은 입에 댔던 찻잔을 내리며 고개를 들었다.

"왜?"

"거짓말하는 사람과 여자가 있어요. 누가 더 싫습니까?"

"어떤 거짓말을 하느냐와 어떤 여자냐에 따라 다르지."

"여자가 옆에 있는 것도 싫다면서요."

윤은 대답 대신 찻잔을 입에 갖다 댔다. 그 모습을 바라보는 은효의 가슴은 다시금 울렁댔다. 물기를 머금은 촉촉한 입술! 아, 찻잔이 되고 싶다! 그 감촉을 알아버린 은효는 발갛게 볼을 붉혔다.

"굳이 말하자면, 거짓말하는 여자. 진짜 별로다."

"모든 여자가 다 싫은 건 아닙니까?"

"좋아하진 않아. 그렇다고 예외가 없는 건 아니지. 뭐, 좋아질 수도……."

"아……."

"근데, 그건 왜? 설마 내가 남자 좋아할까 봐? 그렇다고 해도 너는 안 덮쳐. 걱정 마라."

덮친다는 단어에 은효의 볼은 매운 음식을 먹은 아이처럼 활활 타올랐다. 자기가 저질렀던 만행이 떠올라 얼굴이 붉으락푸르락해졌다.

"피치 못할 사정으로 거짓말을 할 수도 있는 것 아닙니까? 상대방에게 피해가 되는 거짓말이 아닐 수도 있고요."

"오늘 대화의 주제가 왜 이래? 너 뭐 나한테 거짓말한 거 있냐?"

"아 뜨거!"

무심코 찻잔을 집어 들던 은효는 지레 화들짝 놀라며 손에 차를 쏟았다. 놀란 은효의 외침과 동시에 윤이 손을 뻗어 그녀의 어깨를 잡았다.

"괜찮아?"

그의 손이 어깨로 내려와 더듬더듬 은효의 팔목을 잡았다. 차를 쏟은 은효보다 훨씬 놀란 모습이었다.

"어디야? 많이 데었어?"

"괘, 괜찮아요."

뜨겁긴 했지만 데일 정도의 온도는 아니었기에 과하게 놀라는 윤을 보니 민망했다. 그에게 꽉 잡힌 손목을 바라보며 은효는 어찌할 줄을 몰랐다.

"여기! 얼음물 좀 가져와!"

괜찮다는 은효를 무시하고 윤은 주방 쪽에 대고 크게 말했다. 빠르게 얼음물이 준비되었고, 윤은 잡고 있던 은효의 손목을 들어 그곳에 담갔다.

"애냐? 차도 제대로 못 마셔?"

"저기……."

"흠 지면 어쩌지? 아, 왜 이렇게 조심성이 없어!"

"윤이 형님, 그쪽 손이 아닌데…… 그리고 저 진짜 괜찮아요. 제가 호들갑이 심해서……."

붕대 아래로 윤의 얼굴이 일순 붉어졌다. 그는 잡고 있던 손목을 얼른 놓고 자리로 돌아갔다.

"손 바꿔서 얼음물에 넣어. 혹시 모르니."

윤이 소파에 깊숙이 몸을 묻으며 기대었다. 그 와중에도 은효는 보기 좋게 꼰 그의 긴 다리를 넋을 잃고 바라보았다. 차를 쏟은 손등 보다 윤에게 잡혔던 손목이 훨씬 화끈대는 느낌이었다. 볼도 화끈, 손목도 화끈대는 티타임이었다.

삼십 분 뒤에 산책하기로 하고 둘은 일단 각자의 방으로 돌아갔다. 윤은 데려다준다는 은효를 마다하고 남 집사를 불렀다. 아마도 옷을 갈아입으려는 듯했다.

은효는 침대에 대자로 누워 천장을 쳐다보았다. 천장에 윤의 얼굴이 아른거렸다.

'내가 그 말로만 듣던 얼빠냐? 금사빠야? 만난 지 얼마나 됐다고 이래? 어? 어? 눈떴을 때 단춧구멍이라도 이럴 거냐? 자신 있어?'

누운 채로 몸을 이리저리 굴리며 생각했다.

'좋은 걸 어떡해, 그냥 좋은 걸.'

그러다 갑자기, 은효가 벌떡 몸을 일으켜 앉았다.

'좋아하면 뭘 해. 나는 남잔데. 고백도 못 해보는 남잔데!'
"으아아아!"
 은효는 다시 뒤로 벌러덩 누워 머리를 쥐어뜯으며 허공으로 발길질을 했다.
 '거짓말하는 여자가 여기 있어요! 윤이 형님! 저는 이제 어쩌죠?'
 윤이 듣고 있을 거란 건 꿈에도 생각지 못하고, 은효는 연신 괴성을 질렀다.

 은효는 나갈 준비를 하고 서 있는 그를 쳐다보고 이내 자신을 내려 보았다.
 윤은 체크무늬 칼라가 보이는 아이보리 스웨터에 편안해 보이는 검은색 코듀로이 바지를 입고 있었다. 뭘 입으면 안 멋있겠느냐마는 혼자 보기엔 아까울 만큼 근사했다. 반면 자신은 이곳에 처음 입고 왔던 후줄근한 복장 그대로이니……. 은효는 절로 나오는 한숨을 삼키며 그에게 다가갔다.
"들고 있는 코트 주세요. 입혀드릴게요."
"너 방금 거기 서서 나한테 반했지? 들어와서 뭘 그리 멍하니 서 있어?"
"생사람 잡지 마요. 자백이신가?"
"넌 든든히 입었냐? 오늘 춥다던데."
 한 번도 자신이 초라해 보인다고 느낀 적이 없던 그녀는 괜히 우울해져 음성을 높였다.

"그 추운 새벽에도 끄떡없던 복장 그대로입니다! 얼른 나가요!"

"아까 남 집사님이 세탁해 온 목도리가 그쪽에 있을 거야. 그것도 목에 둘러줘."

"저거 제 꺼 잖아요."

"줬잖아. 네가."

"아, 그건 그때 윤이 형님이 너무 추워 보이니까……."

이젠 마치 습관처럼 그가 은효의 머리에 손을 얹었다. 손에 자석이라도 붙은 것처럼 정확히 그녀의 머리를 찾았다.

"나 줘. 그때 정말 따뜻하더라."

"보고 나면 싸구려라고 버릴 거면서."

"어허! 날 뭐로 보고!"

윤은 여느 때처럼 은효의 머리를 사정없이 쓰다듬었다. 단순한 그의 손길에 의기소침했던 기분이 사라져버렸다. 은효는 그를 올려다보며 괜히 웃었다.

'버리지 마요. 안 쓰고 처박아 두더라도.'

은효는 털실로 성기게 짠 목도리를 윤의 목에 여러 번 감아주었다. 패션의 완성은 얼굴이라고 했던가. 무얼 해도 역시, 윤은 멋있었다.


은효는 며칠 전 가보지 못했던 별채 앞에 섰다. 본채보다 규모는 작았지만 붉은 벽돌과 나무가 조화를 이룬 예쁜 건물이었다. 은효는 앞장서서 윤을 위해 문을 열어주었다.

그를 따라 들어선 그곳은 작은 음악당이었다. 건물 안 전체가 강당처럼 트여있었고, 벽과 천장, 심지어 바닥까지 전부 나무로 되어 있었다. 벽의 창문들은 짙은 와인색의 두꺼운 커튼에 가려져 있었고 높은 천장엔 커다란 창문이 보였다.

"우와 그랜드 피아노다!"

윤의 뒤에서 두리번거리며 구경하던 은효는 무대처럼 보이는 곳에 놓인 피아노를 발견했다. 귀동냥으로 좋다고만 들은 유명한 스타인웨이(Steinway&Sons) 피아노였다.

바닥보다 조금 높게 만든 그곳엔 피아노뿐 아니라 첼로를 포함한 몇 가지 현악기와 관악기가 보기 좋게 진열되어 있었다.

자기를 향해 걸어오는 윤을 보며 은효가 물었다.

"여기는 뭐 하는 곳이에요?"

"음악가들이 연주하는 곳."

"대박! 저 이런 피아노 태어나서 처음 봤어요. 너무 좋아 보여서 만지기도 겁나네요."

"괜찮으니 만져봐."

그녀는 천천히 피아노 건반 뚜껑을 열었다. 그리고 손가락 끝에 긴장을 담아 건반을 눌렀다.

"도. 레. 미. 파…… 와, 소리 봐! 장난 아니다!"

윤이 옆으로 다가가 은효의 어깨를 잡았다.

"의자 좀 빼줄래?"

신나게 건반을 누르던 그녀는 갑자기 닿은 그의 손길에 얼어버렸다. 은효는 뻣뻣해진 몸짓으로 피아노 의자를 뺐다. 그는 여전히 은효의 어깨에 의지하며 의자에 앉았다.

"이리 와."

윤이 자기 옆, 의자 위를 손으로 톡톡 쳤다. 은효는 숨을 참으며 그의 옆에 앉았다. 윤이 옆에 앉은 은효의 머리를 다정스레 쓰다듬었다.

"잘 들어."

윤이 피아노를 향해 자세를 바로 했다. 두 손이 건반 위에 닿을 듯 말 듯 올려졌다. 그가 숨을 깊게 들이마셨다가 천천히 뱉어냈다.

윤의 손이 건반 위에 내려앉았다. 손가락이 춤을 추듯 우아한 곡선을 그리며 건반 위를 움직였다. 예상했던 것과는 달리 그가 연주하는 곡은 클래식이 아닌 현대 음악이었다.

광고의 배경음악으로 쓰이며 히트했던 뉴에이지풍의 잔잔한 곡이었다. 제목은 몰랐지만 가끔 들었던 곡이기에 친근하게 다가왔다. 은효는 눈을 감고 음악에 집중했다.

오디오를 통해서 들었던 음악도 훌륭했지만 바로 곁에서 듣는 악기의 소리는 비교할 수 없을 만큼 좋았다. 그리고 윤의 연주는 아마추어의 귀로도 알 수 있는 대단한 실력이었다.

은효가 눈을 뜨고 그의 손가락을 바라보았다. 길고 가는 줄 알았던 그의 손가락은 의외로 남자다운 단단한 느낌이었다. 손가락이 움직일 때마다 손등 위로 굵은 핏줄이 드러났다가 사라졌다. 저 손으로 머리를 쓰다듬어 주었다고 생각하니 상상만으로도 솜털이 파르르 떨리는 느낌이었다.

은효가 온갖 망상과 설렘으로 행복해하고 있을 때, 연주가 끝났다. 윤이 건반 위를 날아다니던 자신의 손을 천천히 거두었다.
　은효의 손이 자동으로 그에게 박수를 보냈다.
　"이야! 촌스럽다고 해도 할 수 없어요. 박수를 안 칠 수가 없네!"
　"이 곡, 들어봤어?"
　"당근! 큐브전자 휴대폰 광고 음악이었잖아요. 광고의 임팩트는 좀 떨어지긴 했어도 음악 자체는 히트했죠."
　"감상 소감은?"
　은효가 고개를 갸웃 움직여 윤의 얼굴을 노골적으로 바라보았다.
　"안 보이는데 이 정도의 연주가 가능하다니, 다시 한번 윤이 형님의 봉대 투시가 의심되는 순간이었습니다. 내가 정말 대단한 사람에게 밥을 먹여주고 있었구나, 하는 뿌듯함도 들었고요. 아마 앞으로도 이 곡을 들으면 윤이 형님이 떠오를 것 같습니다."
　"이번엔 매우 충실한 답변이네. 90점 줄게."
　"진짜 안 보이는 거 맞죠?"
　"저번과 같은 맥락의 대답이 될 것 같군. 이 건물을 수백 번 다녔던 것처럼 이 곡은 수십 번 지웠다 쓰기를 반복하며 만든 곡이니까. 눈감고도 치는 게 당연하지."
　다소 맹한 표정으로 그를 감상하듯 바라보던 은효는 저도 모르게 입이 벌어졌다.
　"설마…… 에이…… 진짜?"
　윤의 얼굴에 희미한 미소가 서렸다.

"윤이 형님, 작곡가예요? 레알?"

"저렴한 단어 선택하고는."

"와, 나 진짜 엄청난 사람의 머리를 감겨준 거군요!"

"음악은 취미, 본업은 회사원."

"회사원? 이렇게 부자 회사원도 있어요?"

윤은 대답 대신 팔로 은효의 등을 감싸며 어깨를 토닥였다.

"너는 나님의 머리를 감겨준 영광을 얻었으니 앞으로 무슨 일을 해도 잘할 거야. 원하는 건 절대 포기하지 마."

"교묘하게 자기 자랑을 하는 이 치밀함! 한 곡 더 연주해주시면 윤이 형님의 말씀을 가슴 깊이 새기겠습니다!"

"목도리 받은 답례를 하는 것으로 하지. 내 연주, 원래 비싸다는 것만 알아둬."

"네네. 알아 모시겠습니다."

서로 볼 수는 없었지만 둘은 얼굴을 마주하고 웃음을 교환했다. 그와 나란히 앉아 대화하고, 함께 웃고 있는 지금이 현실이 아닐지도 모른다는 의심마저 들었다.

가슴이 터질 듯 쿵쾅거렸다. 너무 행복하면 눈물이 날 수도 있다고 했던가. 꿈이라면 영원히 깨지 않기를 은효는 진심으로 바랐다.

"무슨 곡인지는 알고 듣는 게 좋겠지? 쇼팽의 발라드 3번. 내가 안 본다고 듣다가 졸지 말고."

"어허! 나를 뭐로 보고!"

"따라 하긴."

윤의 말을 끝으로 잠시 침묵이 흘렀다. 그리고 곧이어 연주가 시작되었다.

처음과는 달리 은효는 연주에 집중할 수가 없었다. 만약 연주가 끝나고 그가 감상을 묻는다면 은효는 아무 대답도 할 수 없을 것이었다. 그녀의 모든 감각이 오직 윤을 향하고 있었기 때문이었다.

윤은 간단히 씻고 평소보다 조금 일찍 침대에 올랐다. 다른 날보다 유독 조잘댐이 적던 은효는 피곤하다며 남 집사에게 윤을 부탁하고 먼저 일어섰다.

평소라면 독서를 하거나 음악 작업을 했을 터였지만, 보이지 않는 그가 할 수 있는 것은 없었다. 게다가 예상치 못했던 작은 변화가 윤을 당황케 했다.

침묵이 낯설었다. 태어날 때부터 혼자라는 것에 익숙했던 그였기에, 그 낯섦은 더욱 생소했다.

'네가 가고 나면 나는 많이 힘이 들까? 너를 곁에 둔 지 고작 며칠이나 됐다고······.'

사피의 조건 없는 끌림이라고 해도 상관없을 것 같다는 생각이 들었다. 이번엔 상처받지 않을지도 모른다는 기대도 생겼다. 은효라면, 저 아이라면······.

'정신 차려. 상대는 사피야. 게다가 아직 성인도 되지 않은 어린애라고.'

무슨 상관인데? 곁에 두고 가족처럼 지낼 수도 있는 거잖아.

이 실장과 그렇게 지내는 것처럼.

'솔직해지는 게 어때? 그런 걸 바라는 게 아니잖아.'

두 생각이 끊임없이 충돌했다. 아무래도 쉽게 잠이 들 것 같지 않았다. 윤은 누웠던 몸을 다시 일으켜 베개를 등에 기대고 앉았다.

-윤이 형님.

소리는 작지만, 마치 옆에서 부르는 것 같은 은효의 음성이 들렸다. 또 무슨 연습을 하려고 저러나 싶어 윤은 피식 웃었다.

-저 사실 여잡니다. 흠흠, 다시! 저 남자 아닙니다. 여자예요. 아, 이것도 아니야.

그녀의 혼잣말에서 깊은 고뇌가 느껴졌다.

-죄송해요. 거짓말을 하려고 했던 건 아닌데…… 저 실은 여자예요. 정말 죄송합니다.

괜히 맘고생을 시킨 것 같아 미안해졌다. 진즉에 알고 있었다고 말해줬어야 했나…… 죄책감이 밀려왔다.

-꿀알바를 놓치고 싶지 않았어요. 그래서 바로 사실을 말하지 못했습니다. 죄송합니다.

뭐가 저리 죄송한 건지, 말끝마다 죄송합니다, 죄송합니다……. 듣는 윤의 미간에 깊은 주름이 잡혔다.

-근데 저…… 어쩌면 끝까지 말하지 못할 수도 있어요. 윤이 형님한테 미움받고 싶지 않거든요. 제가 그…… 진짜 별로라는 거짓말하는 여자니까요.

발음이 부정확해지면서 소리가 점점 작아졌다. 아마도 중얼대다 잠이 드는 것 같았다. 그 모습을 상상하니 맘이 짠하면서도 웃음이 나왔다.

-이 말도 평생 못하겠지요. 윤이 형님…… 윤이 형님.

이젠 소곤대는 것보다 더 작게 들렸다.

-좋아합니다.

미소를 머금고 있던 윤의 입이 벌어진 채 굳었다. 평온했던 심장이 위험할 만큼 빨리 뛰었다. 그의 입술 사이로 뜨거운 숨이 내쉬어졌다. 자기도 몰랐던 진심이 어둠 속으로 흩어졌다.

"나도…… 어쩌면."

지난밤에 유독 추운 것 같더니, 아침에 창문 밖은 새하얀 세상이 되어 있었다. 부지런한 정원사가 길에 쌓인 눈을 치운 것이 조금 아쉽긴 했지만, 기분을 내기엔 충분했다. 은효는 들뜬 어린아이처럼 앞뒤 생각도 없이 윤의 침실로 달려갔다.

"윤이 형님! 눈이 왔어요! 진짜 많!"

평소와 달리 노크도 없이 문을 열었던 은효는 방안의 광경에 순간 얼어버렸다. 윤이 옷을 갈아입느라 상체가 전부 노출이 된 상태였다.

"어, 어…… 저 아무것도 못 봤어요!"

은효는 들어올 때보다 두 배의 속도로 빨리 방에서 사라졌다. 표정을 알 수 없는 윤과는 달리 옷을 갈아입혀 주던 남 집사의 얼굴엔 웃음이 번졌다.

음란 마귀가 제대로 씌고 말았다. 얼굴만 봐도 시도 때도 없이 두근거려 미치겠는데 맨살까지 보고 말았으니…….

'아아, 군살 하나 없는 탄탄한 복근과 매끄러운 살결!'

은효는 잡념을 떨치기 위해 찬물로 빠르게 세수했다.

'그러고 보니 안 보인다고 얼굴도 안 씻고 달려갔었네. 으하, 그렇게 보고 싶었냐? 어이! 정신 차려!'

전투적으로 양치질을 하고 입을 헹궈내고 있을 때, 윤이 부르는 소리가 들려왔다.

-음란 돌고래! 튀어 와라!

네네. 알겠습니다. 그런 말 들어도 할 말이 없습니다요. 은효는 수건으로 대충 얼굴을 닦고 욕실에서 나갔다.

보자마자 음란 어쩌고 하면서 면박을 줄 거란 예상을 깨고, 아침 식사 시간은 평온하게 흘렀다.

"윤이 형님, 눈 보러, 아니 형님은 못 보는구나."

식사를 마치고 식당에서 나오던 은효가 슬쩍 말을 꺼냈다.

"그럼 눈 밟으러 안 나가실래요?"

"음란 돌고래랑 둘이? 너랑 다니기 좀 무서운데?"

이 형님이 또 왜 이러시나. 은효가 입술을 실룩거리며 그를 흘겨봤다.

"내가 뭐 어때서요?"

"너 일부러 노크도 안 하고 문 열었지? 그 이른 시간에 말이야."

"아, 진짜! 눈이 와서 반가워서 그랬다니깐요. 그리고 저 아무엇도 못 봤다고 했잖아요. 같은 남자끼리 거 되게 그러시네. 그…… 매, 맨 팔밖에 안 봤어요."

"아아, 그러셨어?"

"정말이에요."

은효가 부축하며 잡고 있던 그의 팔을 조금씩 흔들었다.

"같이 나가실 거죠? 눈…… 왔는데."

"이거 뭐지? 사내 녀석이 지금 애교 부리는 거냐?"

"안에만 있으면 갑갑하잖아요. 바람도 쐬고 운동도 하고!"

"똥강아지처럼 눈 되게 좋아하네. 옷 든든히 입고 나와."

"네!"

윤의 팔을 처음보다 훨씬 세게 흔들고 있다는 것도 모른 채, 은효는 실실 웃으며 그의 침실로 향했다.

눈이 부실 만큼 사방이 하얀 세상이었다. 늘 푸르던 소나무와 가지만 남은 나무들도 하얀 눈으로 된 새 옷을 입고 있었다. 차가운 공기와는 달리 마음이 푸근해지는 풍경이었다.

은효는 당장이라고 눈 위를 뛰어다니고 싶었지만 참아야 했다. 성격도 그리 좋지 못한 윤이 혹여 넘어지기라도 한다면 그 히스테리는 전부 자기 몫이 될 게 뻔했기 때문이다.

"눈이 참눈이에요!"

"참눈이 뭔데?"

"잘 뭉쳐지는 눈이요. 눈사람 만들기 딱인 눈!"

"그럼 가서 놀아. 징징대지 말고."

"와, 서운하려고 그러네. 나는 윤이 형님 넘어질까 봐 놓고 싶은 것도 꾹 참고 잡고 있구만!"

은효가 잡고 있던 손을 놓았다.

"징지잉? 징징이라니!"

"어쭈? 눈으로 한 대 때릴 기세다?"

"어떻게 아셨습니까?"

"너 그러기만 해봐!"

은효가 눈이 쌓인 잔디밭 위로 달려가 눈덩이를 크게 뭉쳤다. 생각 같아선 뒤통수에 던지고 도망치고 싶었지만, 후환이 두려워 소심하게 몸쪽을 맞췄다.

"눈 안 보이는 사람하고 놀려니 진짜 재미없네. 이 실장님이라도 계셨으면 좋았을걸."

"너 지금 나한테 눈 던진 거? 막 나간다 이거지?"

"약 오르면 던져 보시든지요!"

"너 거기 서! 눈 한 번만 더 던져봐, 가만 안 둔다!"

은효가 눈덩이를 뭉쳐서 이번엔 윤의 엉덩이 쪽에 던졌다.

"능력이 되시면 잡아보시든지! 한 번 죽지 두 번 죽겠습니까?"

"너 내가 안 보인다고 못 잡을 것 같지? 잡히면 죽었어!"

"무리하지 마십시오. 다치십니다."

윤이 몸을 굽혀 눈을 찾아 뭉쳤다. 은효가 조심조심 눈덩이를 들고 그의 옆으로 다가갔다.

"악! 아 차거!"

가만히 때를 노리고 있던 윤이 정통으로 은효의 이마에 눈덩이를 맞췄다. 생각지도 못했던 공격에 은효가 당황하고 있을 때, 윤이 눈을 더 뭉쳐 그녀의 목에 집어넣었다.

"아 진짜! 윤이 형님 다 보이는 거 맞죠? 으씨 차가워!"

"안 보여도 네 녀석 정도는 상대할 수 있어. 그만 덤벼라."

"환자라고 봐 드렸는데 이러 깁니까? 치사 뿡이네. 윤이 형님하고 안 놀 겁니다!"

은효는 목에 들어간 눈을 털어내고 눈이 잔뜩 쌓인 곳으로 가 버렸다. 한참 동안 말없이 눈사람을 만들던 은효는 하늘을 쳐다보았다.

"어? 눈이 또 와요!"

쳐다본 하늘에선 떡가루 같은 눈이 포슬포슬 내리고 있었다. 그제야 잠시 버려뒀던 윤이 생각나, 은효는 그가 서 있던 쪽을 확인했다. 그곳엔 있어야 할 사람이 없었다. 눈사람에 정신을 팔고 있던 사이 윤이 사라졌다.

"윤이 형님? 윤이 형님!"

"버릴 땐 언제고 왜 찾는데?"

분명 소리를 못 들었는데, 그는 언제 왔는지 은효의 바로 뒤에 서 있었다. 은효가 깜짝 놀라 뒤를 돌아보았고, 그 바람에 그녀는 균형을 잃고 넘어졌다. 문제는 본능적으로 윤을 잡고 같이 넘어졌다는 것이다.

"아악!"

일단 소리는 질렀지만, 눈이 많이 쌓인 잔디밭 위라 아픔은 없었다. 은효가 벌떡 일어나 앉으며 윤을 살폈다.

"윤이 형님! 괜찮으세요? 어어엇!"

바닥에 누워있던 윤이 손을 뻗어 은효를 잡아당겼다. 그 바람에 은효도 그의 옆에 누운 자세로 넘어졌다. 윤의 팔이 은효의 머리를 받쳐주고 있었다. 말로만 듣던 그 팔.베.개!

하얀 가루들이 눈앞에 어지럽게 날아다니다, 얼굴 위로 떨어졌다. 갑작스러운 상황에 심장이 제멋대로 날뛰기 시작했다. 은효는 조잘대던 입을 다물어버렸다.

윤의 듣기 좋은 음성이 귓가에 나직하게 울렸다.

"안 춥네. 눈 위에 누웠는데도."

"옷이 두꺼우니까 그렇죠."

"아무 생각 없이 노는 것도 나쁘지 않구나."

"그, 그래도 나이 먹어서 백수는 옳지 않아요. 사람이 배웠으면 써먹을 줄도 알아야지."

나긋한 그의 음성에 웃음이 섞였다.

"따박따박 말대꾸도 잘해요. 우리 돌고래."

"거, 돌고래라고 좀 부르지 말지? 으아악!"

윤이 받혔던 팔을 들어 은효의 목을 조였다. 그의 옆구리에 목이 낀 채, 은효가 버둥거렸다. 윤이 눈을 한 움큼 집어 은효에게 뿌렸다.

"반항하시겠다?"

"앗 차거! 내가 왜 돌고래냐고! 멀쩡한 이름 놔두고!"

"한번 돌고래는 영원한 돌고래!"

"아, 그런 게 어딨어요!"

은효가 몸을 일으키려고 했지만, 윤의 팔은 꿈쩍을 하지 않았다. 오히려 애매하게 그의 품에 안기는 본새가 되고 말았다. 은효의 심장이 당장이라도 폭발할 듯 심하게 뛰었다.

'두근두근'이 아니다. '쿵쾅쿵쾅'이었다. 마치 거인들이 발을 구르며 아우성치는 것 같은 소리가 심장에서 들렸다.

은효가 고개를 들었다. 바로 앞에 윤의 얼굴이 있었다. 조금만 움직이면 얼굴과 얼굴이 닿을 만큼 가까운 곳에.

'만지고 싶다, 만지고 싶다……!'

머릿속으로만 생각했는데 은효는 어느새 몸을 들어 윤의 볼에 입술을 대고 있었다. 음란 마귀가 또 제대로 강림하고 만 것이다.

입술에 닿은 그의 살갗은 차갑고 보드라웠다. 혀를 대면 왠지 달콤한 맛이 날 것 같았다. 혀를 내밀고 싶은 충동과 싸우느라 그녀의 호흡은 거칠어졌다.

"뭐하냐? 음란 돌고래."

심장 뛰는 소리와 윤의 음성이 뒤죽박죽 섞이어 귓가를 어지럽혔다. 참았다고 생각했는데 은효의 혀는 입술 사이를 비집고 세상 구경을 하고 있었다. 그의 볼은 예상한 대로 달콤한 맛이 났다. 아니, 그런 것 같다.

'왜 또 이러니! 진짜 미쳤니?'

정신을 차리고 몸을 빼려고 했지만, 윤은 더욱 힘을 주어 은효를 안았다.

'에라 모르겠다.'

은효는 결국 본능에 백기를 들고, 그의 등을 감싸며 끌어안았다. 그 바람에 두 사람의 볼은 자연스레 겹쳐졌다. 곧, 그녀의 귀와 목덜미 사이로 윤의 뜨거운 숨결이 흩어졌다. 그리고 아주 짧은 순간, 촉촉한 무언가가 그녀의 목덜미에 닿는 느낌이 들었다.
　여전히 은효를 꽉 끌어안은 채 윤이 웅얼거리듯 입을 열었다.
"추워서 봐줬다. 눈에 오래 누워있으니 추워지네."
"너, 너무 꽉 잡아당기니까 얼굴이 닿았잖아요! 추우면 일어나세요!"
"언제 또 이렇게 눈밭에서 굴러보냐. 조금만 더 있자."
"부, 붕대 젖을 텐데요."
　윤이 손을 들어 은효의 머리를 쓰다듬었다.
"괜찮아. 죽기야 하겠어?"
"나중에 저 때문에 어쩌고저쩌고 그러시기 없깁니다."
"근데 너, 나 안 보인다고 이상한 짓하고 그러는 거 아니지?"
"저, 저기 뭐, 뭔 소리신지……."
　하늘에선 눈이 떠지지 않을 만큼 많은 눈이 내린다. 눈밭에 나란히 누운 두 사람은 한동안 아무 말도 하지 않았다. 윤의 숨소리, 은효의 숨소리, 그리고 두 사람의 빠른 심장 소리만이 눈과 함께 공기 중으로 흩어졌다.

## IV.
꿈에서 깨어날 시간.

 샤워하고 낮잠을 자고 일어난 윤의 모습은 부스스했지만 사랑스러웠다. 덜 말린 채 잤는지 위쪽이 조금 붕 뜨고 뻐친 머리가 보였다. 늘 완벽해 보이던 것과는 달리, 어딘가 빈틈이 보이는 윤의 모습이 좋았다. 멀게만 느껴졌던 그와의 거리라 조금은 가까워진 기분이었다. 은효는 저녁 시간 내내 개구쟁이 같은 윤의 모습을 흐뭇하게 바라보았다.
 "윤이 형님. 친구는 없습니까? 다쳤는데 왜 아무도 문병을 안 오나요?"
 찻잔을 들었던 윤이 잠시 멈칫하다 차를 마셨다. 은효가 눈치를 살피며 귤을 입에 넣었다.
 "아, 아픈 곳을 건드린 건가······."

"뭔 생각을 하는지 모르겠지만, 일단 나를 아는 사람들은 지금 내가 유럽에 있는 줄 알고 있어. 굳이 복잡한 일 만들기 싫어서 알리지 않을 뿐이야. 단순 무식한 고딩 소년은 어른들의 세계를 이해할지 모르겠지만."

"어둠의 일이란 역시 힘든 거군요. 아픈데 친구도 못 부르다니."

"친구를 부를 수 있었으면 알바를 굳이 썼을까?"

"친구가 있긴 한 겁니까?"

윤의 입꼬리가 보기 좋게 올라갔다. 은효의 입도 덩달아 웃었다.

"내가 너냐? 친구 하나 없게. 좀 이상하긴 해도 진짜 괜찮은 녀석이 있긴 해. 알렸으면 만사 제쳐놓고 올 녀석이지."

"여자…… 친구는 없어요?"

"있어."

"와, 있으면서 저번엔 왜 그랬어요? 여자가 건드리는 것도 싫고, 옆에 있는 것도 싫다면서요? 이랬다저랬다 완전 쩐다."

은효가 들고 있던 귤껍질을 테이블 위에 패대기쳤다.

"엄청 좋아하시나 보네. 걱정할까 봐 아픈 거 알리지도 않고."

"화난 목소리다? 내가 여자 친구 있는데 네가 왜 화를 내지?"

"화, 안 났거든요?"

윤이 여전히 웃음을 머금은 얼굴로 말했다.

"모르는 여자가 건드리는 게 싫은 것뿐이야. 도대체 날 어떻게 생각한 거냐? 설마 남자 좋아한다고 생각했나?"

"여친은 예뻐요?"

"어. 예뻐."

은효가 험악하게 귤껍질을 벗겨냈다. 저도 모르게 귤을 움켜쥔 손에서 즙이 주르륵 흘렀다.

"네네. 좋으시겠어요."

"넌? 여자 친구 있냐?"

은효가 귤을 통째로 입에 넣어 우걱우걱 씹어 먹으며 대답했다.

"많습죠! 아아주 많아요. 어우씨, 이 귤 너무 시다!"

정말 눈물이 날 만큼 시었다.

자려고 누운 윤의 얼굴엔 짓궂은 웃음이 가시질 않았다. 여자 친구의 유무를 묻기 위해 돌려 말하는 은효가 귀여워 심술을 부리고 말았다. 유치한 짓인 줄 알면서도 멈출 수가 없었다.

"너 그냥 내 동생 해라."

입 밖으로 꺼내 중얼거리고 헛웃음을 뱉었다.

'과연 그것으로 만족해?'

소나기를 맞은 기분이었다. 갑자기 찾아온 비에 어느새 너무 많이 젖어버린 것 같다. 은효가 떠나고 난 뒤를 생각하고 싶지 않았다. 그녀의 흔적을 지울 자신이 없어졌다.

문득 볼에 손등을 갖다 대었다. 은효의 입술이 남긴 감촉이 여전히 생생했다. 하마터면 감정을 드러낼 뻔했던 게 기억나 윤은 주먹을 꽉 쥐었다.

'이게 말이 돼? 얼마나 됐다고…… 너, 도대체 정체가 뭐냐.'

슈피르의 이성에게 속수무책이 된 사피가 된 기분이었다. 얼굴만 보고 돌려보내기엔 너무 커져 버렸다. 은효에 대한 마음이, 그리고 욕심이.

―솔칸의 행보에 유럽도 주시하고 있습니다. 물론 이쪽의 누군가에 의한 공작이 크지만, 좌시할 수는 없는 상황입니다.

자다 일어난 윤은 남 집사가 가져다준 전화를 받았다. 이 실장이었다.

―아직 주무시고 계셨나 봅니다? 이 시각이면 일어나계실 줄 알고 전화드렸는데.

"어제 좀 움직였더니 피곤했나 봐. 그래서 아버진 지금 어디 계셔?"

―얼마 전까지 스페인에 머무시다 다시 미국으로 건너가셨다고 합니다. 문제 되는 상황은 없지만, 충분히 가십이 될 만한 행동은 하고 계십니다.

"후우, 차라리 정식으로 재혼을 하라고 말씀드려도 그럴 생각은 없으신 것 같고······. 무슨 생각이신지 모르겠다."

윤이 이불을 걷고 나와 침대에 걸터앉았다. 대기하고 있던 남 집사에게 물을 부탁하고 다시 통화를 이었다.

"이쪽 세력은 아직 찾지 못했어? 어떤 놈이길래 꼬리가 잡히질 않는 거지?"

―심증은 있는데 물증이 없어······ 아직 보고드리기 애매한 상황이긴 합니다.

"누군데?"

이 실장이 잠시 뜸을 들이다 대답했다.

-현광그룹, 경수혁 회장입니다.

윤이 한숨을 내쉬었다.

"저번에도 말했지만, 수혁 아저씨는 아니야. 아버지와는 오랜 친구 사이고……."

-저번에도 말씀드렸지만 아무도 믿지 마십시오. 저도 포함해서 드리는 말씀입니다.

"이 실장!"

-그리고 노파심에서 드리는 말씀인데…… 사피 여고생과는 확실히 거리를 두십시오. 현재 솔칸의 입지가 좋지 못한 상황입니다. 도련님은 항시 준비하고 계셔야 합니다.

전화기를 들고 있는 윤의 손이 미세하게 떨렸다. 꽉 다문 그의 턱에 핏줄이 불거졌다. 윤이 조용히 숨을 골랐다.

"노파심 맞아. 쓸데없는 걱정 할 시간이면 배후가 누군지 더 자세히 조사해 봐. 은효를 어찌할지는 내가 정해."

-도련님까지 문제 될만한 행동을 하신다면…….

"이 실장. 지금 선을 넘고 있다는 생각 안 들어? 내가 정한다고 분명히 말했을 텐데."

-저는 죽을 때까지 도련님 사람입니다. 도련님께 누가 되는 일이라면 목숨을 걸고 지킬 것입니다.

"그 이야기는 그만해."

잠깐의 침묵이 흐르고 먼저 입을 연 쪽은 이 실장이었다.

-솔칸은 선택이 아닌 천명으로 정해집니다. 제가 솔칸의 보좌

를 위해 태어난 카루나인 것처럼 말입니다. 저는 도련님이 무사히 솔칸의 자리를 이어받고, 슈피르 결속에 중심이 되도록 만들 것입니다.

"능력이 된다면 누구나 솔칸이 되고 싶지 않을까?"

-어느 시대나 반역을 꿈꾸는 세력은 있었습니다. 지금의 솔칸께서 성실하지 않은 것은 사실이지만, 능력만큼은 누구도 따라올 수 없습니다. 그렇기에 표면적으로는 불만이 없는 것이기도 하고요.

"나는…… 아니다."

마침 남 집사가 물을 가져왔다. 윤은 핑계 삼아 통화를 끝냈다. 이 실장과 대화를 더 했다간 그동안 숨겨왔던 것들이 튀어나올 것 같았기 때문이었다.

'솔칸 같은 거 원한 적 없어. 슈피르로 태어나고 싶지도 않았어. 그냥 평범한 사피였으면 좋겠다고 수없이 생각했어. 진수 형은 아마도 죽을 때까지 모르겠지. 내가 말 할 수 없을 테니까.'

입안에 쓴맛이 돌았다. 늘 마셨던 물인데 쉽게 삼켜지질 않았다. 가슴에 묵직한 납덩이가 그득한 느낌이었다. 은효의 재잘거림이 듣고 싶어졌다.

윤이 여자 친구가 있는 게 뭐? 그게 무슨 상관인데……. 은효는 기운이 쭉 빠져 오전 내내 무기력한 상태였다. 눈앞에 윤이 근사한 모습으로 차를 마시고 있는데, 아무런 감흥이 없다. 그림의 떡, 남의 떡, 남의 남자…….

"돌고래! 너 어디 아프냐? 오늘따라 왜 이리 조용해?"

여느 때라면 없어서 못 먹는 마카롱을 만지작거리던 은효가 시큰둥하게 대답했다.

"저는 원래 과묵한 사람입니다."

"푸하! 너 이번엔 진짜 웃겼다."

"저를 무슨 개그맨 취급하시는데, 저 진짜 진중하고 점잖은 사람이거든요!"

"아하 그러셔. 재미없네."

윤이 찻잔을 테이블 위에 올리고는 은효를 향해 씨익 웃었다.

"난 재미있는 사람이 좋다. 내 주변엔 죄다 심각한 사람들뿐이라서."

"저 지금 놀리시는 거죠?"

"뭣 때문에 심통이 난 거냐? 뭐가 불만인데?"

"뭐, 뭔 소리예요! 제가 무슨 심술이 났다고······."

윤이 몸을 숙여 손을 뻗었다. 은효는 자동으로 그에게 가까이 고개를 숙였다. 윤의 손이 은효의 머리 위에 얹어졌다.

쓰담쓰담.

은효는 어느새 흐뭇한 멍멍이의 표정이 되었다.

'아놔, 이게 아닌데······ 어우씨.'

그녀가 인상을 찡그리며 혼자 괴로워하고 있을 때, 윤이 말했다.

"이 느낌, 은근 중독된다. 너 계속 내 돌고래 해라."

"됐거든요! 내가 무슨 애완동물도 아니고······ 나중에 여친 머리나 쓰다듬어 주시든가요!"

"어어? 너 설마 나 여친 있다고 질투하는 거냐? 나는 남자 부담스럽다."

"아오! 질투는 무슨!"

은효는 여전히 자신의 머리를 쓰다듬는 윤의 손을 걷어내며 몸을 뒤로 뺐다.

"제가 이래 봬도 여자애들한테 인기가 얼마나 많은지 아십니까? 밸런타인데이에 저 때문에 싸움도 났을 정도라고요!"

거짓말은 아니었지만, 말하고도 참담한 심정이었다. 그걸 지금 자랑이라고 지껄이다니. 은효는 제 머리를 잡아 마구 흔들었다.

"그래, 골치 아프지. 이 형님도 겪어봐서 안다."

"여친 있는 사람이 왜 골치가 아픕니까? 안 받으면 되는 거지."

"여친이라고 했지 애인이라고는 안 했는데? 여친 뜻 몰라? 여자 사람 친구."

이러면 안 되는데 얼굴에 급 미소가 번졌다. 갑자기 아드레날린이 분비되면서 기분이 좋아졌다. 누가 쳐다보는 것도 아닌데, 은효는 붉어진 얼굴을 손으로 감쌌다.

"그, 그럼 애인은 있습니까?"

"아니."

윤의 짧은 대답에 은효는 몸을 배배 꼬며 혼자 헤실헤실 웃었다. 들고 있던 마카롱을 통째로 입에 가득 넣었다. 행복하리만치 달콤했다.

은효가 굳이 책을 읽어주겠다며 서재가 어딘지 가르쳐 달라고 졸랐다. 오전과는 완전 딴판인 모습에 윤은 그녀가 마냥 귀여웠다. 무엇 때문에 기분이 좋아졌는지도 알기에 은효의 장단을 맞춰주기는 쉬웠다.

"어디서 읽어드릴까요? 거실?"

은효가 서재에서 나오며 말했다.

"사실, 이불 덮고 따뜻한 방바닥에 배 깔고 누워서 귤 까먹으며 읽는 책이 최곤데. 물론 이런 책 말고 만화책이 진리지만."

"혼자 해라. 나는 사양할 테니."

"아! 우리 벽난로 앞에서 담요 덮고 읽어요!"

"그러니까, 혼자 많이 읽으시라고. 나는 취미 없으니까."

"제가 감정을 듬뿍 실어서 읽어드릴 테니 한번 들어나 보시라니까요."

팔을 잡고 걷던 은효가 덥석 그의 손을 잡았다. 걸음을 재촉하느라 저도 모르게 한 행동 같았다. 잠깐 당황했던 윤은 웃음을 감추며 모른 척 그녀를 따라 걸었다.

'시각을 잃으니 다른 감각이 예민해지는 건가. 이런 사소한 접촉에도 설렐 수 있다니……'

사춘기로 돌아간 기분이었다. 유치한 감정이 싫지 않았다. 은효와 함께 하는 일 분 일 초가 아쉽고 소중했다.


"벽난로에 고구마도 구워 먹을 수 있으면 좋을 텐데."

은효가 옆에 앉은 윤의 다리에 남 집사가 가져다준 담요를 덮어주며 말했다.

"귤을 잔뜩 먹었더니 손바닥이 노래지는 것 같아요."

폭신한 카펫 위에 앉아 보들보들한 담요를 덮고 있자니 잠이 솔솔 올 것 같았다. 적당히 따뜻한 온기를 뿜어내는 벽난로도 한몫했다. 은효는 소리 없이 하품하며, 들고 온 책을 펼쳐 들었다.

"제목이 재미있을 것 같아서 가져오긴 했는데, 졸리면 어쩌죠?"

"이미 네 목소리에 잠이 그득하다."

"무슨 소리예요! 암튼 트집 잡는데 뭐 있다니까!"

"그냥 얘기나 할까 했더니, 읽고 싶으면 읽든가."

윤의 말에 은효가 잠시 뜸을 들였다. 솔직히 책은 구실일 뿐 윤과 함께 있는 게 목적이었는데, 이왕이면 대화를 나누는 쪽이 이득이 아닌가!

'그것도 개. 이. 득!'

은효는 슬며시 책을 내려놓았다.

"하긴, 이미 읽은 책일지도 모르겠네요. 본 거 또 들으면 재미없잖아요."

"제목이 뭔데?"

"아, 갑자기 눈이 침침하네. 날이 흐려서 그런가."

은효가 책을 멀리 밀어버리고는 간식으로 가져다준 쿠키를 집어 들었다.

"윤이 형님, 쿠키 드실래요?"

"운동도 안 하고 먹기만 하면 살찐다. 너나 많이 먹어."

"저 진짜 살쪘을 것 같아요. 여기 이모님들 음식 솜씨가 어찌

나 좋으신지. 빵이랑 쿠키도 완전 프로솜씨예요."

"뭐, 이모님?"

"성격들도 다들 좋으세요. 여기 살아도 재미있을 것 같아요. 책도 많고 음반도 많고 맛있는 것도 매일 먹고!"

은효가 두 개째 쿠키를 입에 넣을 때 윤이 말했다.

"여기 살고 싶으면 그래도 돼. 내 돌고래 하라니까."

놀란 은효가 입에 쿠키를 문 채, 옆의 윤을 쳐다보았다.

"돌고래 싫으면 내 동생 하든가. 너만 좋으면 부모님께 허락은 내가 받을게."

입이 벌어져, 물고 있던 쿠키가 아래로 떨어졌다. 은효의 가슴이 기대감으로 울렁거렸다. 상상만으로도 설 다.

"부모님께 잘 말씀드려서 대학도 다닐 수 있게 해보자. 물론 다른 길도 있겠지만 좀 더 배우는 쪽이 아무래도 나을 테니까."

"우리 엄마…… 설득하기 쉽지 않을 거예요. 그렇게 간단한 일이 아니거든요."

"무슨 특별한 이유라도 있나?"

은효가 잠시 망설이다 입을 열었다.

"나이 차이가 좀 많이 나는 언, 누나가 하나 있어요. 무엇 때문인지는 본인만 알겠지만, 외국으로 공부하러 가서 연락을 끊어 버렸대요. 저는 태어나서 한 번도 본 적이 없는…… 그런 누나가 있네요."

짧은 한숨에 은효의 많은 생각이 묻어났다. 잠깐의 두근거림이 서서히 사그라지는 기분이었다.

"대학은 어떻게든 엄마를 설득해볼 생각이에요. 올해는 이미 늦은 것 같고…… 이곳에서 형님과 지낸 시간은 아마 제가 살면서 가끔 꺼내 볼 수 있는 보물 같은 기억이 되겠지요. 저는 그것으로 만족합니다."
"내 생각만 했군."
"윤이 형님."
"어."
은효의 음성에 물기가 느껴졌다.
"고맙습니다. 말씀만이라도 정말 좋았어요."
"언제든 도움이 필요하면 찾아와. 물론 연락부터 하고."
"귀찮다고 내치지나 마세요."
"훗, 그럴지도."
은효가 힐끔힐끔 곁눈질로 윤을 보았다. 그가 안 보인다는 걸 알면서도 쉽게 쳐다볼 수가 없었다. 어려운 질문을 꺼내야 했기 때문이다.
"저기……."
"왜? 간식 다 먹었어? 더 달라고?"
"아오! 그런 거 아니고요! 윤이 형님은 왜 제가 진지한 이야기를 하려고 하면 훼방을 놓으십니까?"
"뭔데?"
"그…… 제가 만약 피치 못할 사정으로 형님께 사소한, 아니 사소하지 않을 수도 있지만, 암튼 거짓말 비슷한 걸 했다면…… 제가 많이 싫어지실까요?"

윤이 대답하지 않았다. 아무래도 질문을 괜히 한 듯싶었다. 은효는 시무룩하게 벽난로를 쳐다보았다. 장작에 빨간 점 같은 불꽃이 피어올랐다. 제발 무슨 말이라도 해주길, 길어지는 정적에 숨이 막혀왔다.

"너는?"

"네?"

예상 밖의 대답이었다. 아니 질문이라고 해야 하나. 은효는 담요 속의 발가락을 꼼지락거리며 머릿속을 굴렸다.

"내가 너한테 거짓말을 했다면 어떨 것 같은데?"

"어떤 거짓말이냐에 따라 다르죠."

"정말 그럴까? 어떤 이유든 속았다는 기분이 들면 너그러워질 수 없을 텐데?"

"그, 그럴 것 같기도 하고……."

"너, 나한테 숨기는 거 있지?"

꼼지락거리던 발가락에 순간 쥐가 난 기분이었다. 은효는 눈을 질끈 감았다 떴다. 역시나 바뀐 건 아무것도 없었다.

"저번부터 거짓말을 언급하는 걸 보면 뭔가 하고 싶은 말이 있는 것 같아서 말이다."

"거짓말이라기보다는……."

"뭔가 사정이 있어서 진실을 말하지 못했다 정도인가?"

은효가 고개를 끄덕이다, 우물쭈물 대답했다.

"네. 뭐 그런 비슷한……."

"나도 그런 거 있어. 너한테."

"에? 윤이 형님도 저한테 숨기는 게 있다고요?"
"어. 있어."

뭐지? 뭔데? 은효는 당장이라도 서로 숨기고 있는 것을 털어놓자고 하고 싶었다. 몰랐으면 몰라도 숨기고 있는 게 있다고 하니 궁금해서 안달이 났다.

"저는 정말 처음부터 그러려고 했던 게 아니고요. 어쩌다 보니 상황이 그리된 거거든요."
"나도."
"자꾸 따라 하지만 말고, 윤이 형님이 먼저 말해주시면 안 될까요? 그러면 저도 말씀드리기 편할 것 같은데."
"싫은데?"

그럼 그렇지. 순순히 먼저 말해주면 윤이 형님이 아니지. 은효는 뒷머리를 긁으며 쓴 입맛을 다셨다.

"에잇, 관둬요! 저도 말 안 하면 그만이에요. 치사해서 안 듣고 말지."
"그런 이야긴 서로 눈을 바라볼 수 있을 때, 그때 하자. 그래야 상대에게 진심을 더 잘 전달할 수 있을 테니까."
"후아! 이 형님 정말 반칙이 너무 심해."
"뭐?"
"아닙니다!"

치사하니 어쩌니 하고 있는데, 저렇게 혼자 멋진 말을 해버리면 어쩌란 거냐고요! 은효가 투정 부리는 아이처럼 다리를 버둥대고 있을 때, 윤의 머리가 그녀의 다리 위에 얹어졌다.

"따뜻한 데 있으니 졸리다. 귀찮으니 여기서 잠깐만 졸다 가야겠어. 돌고래가 베개 좀 해."

윤이 옆으로 비스듬히 누우며 자리를 잡았다. 은효는 손을 위로 든 채 뻣뻣하게 굳어버렸다. 그의 머리가 닿은 담요 밑의 허벅지가 화끈거렸다.

'윤이 형님! 도대체 저한테 왜 이러시는 겁니까!'

맥박이 너무 빨리 뛰면 핏줄이 터져서 죽을지도 모를 거란 어처구니없는 생각이 들었다. 그 와중에도 누워있는 윤의 얼굴은 심장이 터져 죽어도 좋을 만큼 멋있었다.

남자의 옆모습이 이렇게 아름다운 피조물이었던가. 괜히 바짝바짝 마르는 입술을 침으로 적시며, 은효는 그의 얼굴을 숨죽여 감상했다.

날렵하고 오뚝한 코, 이미 감촉을 알아버린 도톰한 입술, 만져보고 싶은 완벽한 턱선······. 긴장하여 올리고 있던 손이 자꾸만 움찔거렸다.

'안돼! 참아야 해. 참아야 하느니라!'

이마를 덮은 결 좋은 머리카락을 쓸어주고 싶었다. 좋은 꿈 꾸라고 속삭이며 쓰담쓰담, 머리를 쓰다듬어주고 싶었다. 욕구를 분출하려는 그녀의 오른손과 아직은 이성이 남아있는 왼손이 허공에서 맹렬히 전투를 벌였다.

종전을 선언한 두 손은 얌전히 그녀의 배 위에 포개어졌다.

온기로 가득한 거실은 어느 순간 시간이 멈춰 버린 듯했다. 창밖에서 간간이 들려오는 음산한 바람 소리, 그녀의 허벅지 위에서 들리는 그의 고른 숨소리…… 이 모든 것이 다 환상처럼 느껴졌다.

제대로 숨을 쉴 수 없을 만큼 두근거렸지만, 은효는 너무 행복했다. 꿈에서 깨고 싶지 않은 아이처럼 그녀는 눈을 꼭 감았다.

너무 쉽게 생각했는지도 모른다. 원하기만 하면 뭐든 얻을 수 있을 거라 자만했던 것 같다. 마음만 먹으면 은효를 주머니에 넣고 다닐 수도 있을 거라 착각했다.

너무 투명해서 속을 감출 수 없는, 그래서 사랑할 수밖에 없는 아이. 아마 은효는 지금보다 훨씬 근사하고 멋진 여성으로 성장할 것이라고 윤은 생각했다.

"나, 자는 동안 이상한 짓 하지 마라."

윤이 자세를 고쳐 누우며 말했다.

"호시탐탐 뽀뽀하려고 덤비는 사내 녀석인 줄 알았으면 알바 안 시켰을 거다."

"무, 무슨 말씀이신지! 생사람 잡지 마세요!"

"가끔 내 얼굴에 뭔가가 닿는……."

"아, 아니라니까요!"

그가 웃음을 참으며 아무렇지 않은 척 대답했다.

"아니면 말고."

은효의 심장 뛰는 소리가 점점 빨라졌다. 딴에는 조심하고 있는 듯했지만, 간간이 심호흡하는 소리가 들렸다.

어쩌면 은효도 듣고 있을지 모른다는 생각이 들었다. 그녀와

똑같은 속도로 빨리 뛰고 있는 그의 심장 소리를.

'이런 걸 갈증이라고 하나 보다. 네가 너무 보고 싶다.'

할 수만 있다면 흐르는 시간을 붙잡고 싶었다. 은효와 함께 숨 쉬는 이 공간, 이 시간 속에 조금만 더 머물고 싶었다.

새벽에 눈이 떠진 은효는 침대에서 몸을 일으켜 앉아, 멍하니 어슴푸레한 어둠 속을 응시했다.

지난 며칠간, 경험해보지 못했던 두근거림의 연속에 구름 위를 걷는 기분이었다. 좋아하는 남자와 산책을 하고, 음악을 듣고, 자기 전까지 차를 마시며 대화를 나누는 꿈같은 생활을 반복했다. 너무나 당연하게 처음부터 그랬던 것처럼.

내일이면 눈이 다 나을 것이라고 윤이 말했다. 출장을 마친 이 실장도 돌아올 것이고, 갑갑한 생활도 이제 끝이라고…….

'각자의 자리로 돌아갈 시간이 다가왔네요. 그만 꿈에서 깨어나야겠지요?'

왜 그 사람을 좋아하게 된 걸까. 다른 세계의 연예인같이 덤덤하게 좋아할 수는 없었던 걸까. 어쩌다 이렇게 돼 버린 걸까. 오만가지 생각이 은효를 괴롭혔다.

'좋아하는 마음을 감당해야 하는 것은 내 몫이지만…… 알지만, 너무 아프네.'

여자라는 사실을 고백하지 못했던 것이 오히려 다행이란 생각이 들었다. 마음은 홀가분해질지 몰라도 지금처럼 좋은 관계로 정리할 수는 없었을 테니까.

호윤은 아무것도 할 수 없는 시골의 고졸 여자가 감히 넘볼 수 있는 남자가 아니다. 어머니의 식당에서 밥이나 퍼 나르며 일찍 시집갈 날을 기다리는 그런 여자가 좋아해서는 안 되는 남자인 것이다. 은효는 땅이 꺼지라 깊은 한숨을 내쉬었다.

'어떻게든 대학만이라도 가게 해달라고 할 수 있는데 까진 빌어보자. 빌고 또 빌면 엄마도 마음을 열어줄지 모르니까.'

늦었지만 내일 집에 돌아가기 전에 미리 연락해야 할 것 같았다. 잘 지내고 있으니 하루만 더 기다려 달라고, 해가 뜨면 바로 전화를 해야겠다고 마음먹었다.

V.
또 보자, 돌고래.

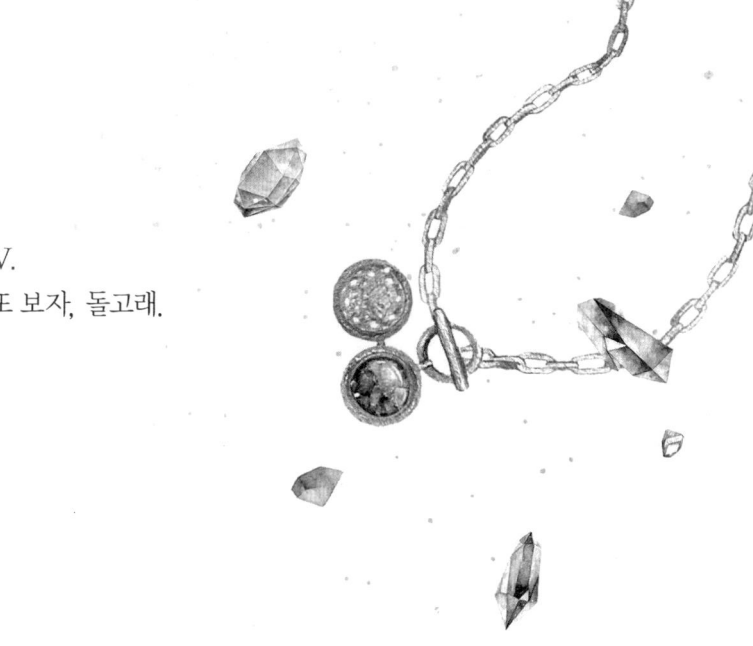

 이른 아침의 차가운 공기가 볼을 타고 흐르는 눈물을 그대로 얼려버렸다. 은효는 앞이 보이지 않을 만큼 쉴 새 없이 눈물을 흘리며 좁은 산길을 전력으로 달렸다.
 해가 뜨자마자 집에 전화했지만 아무도 받지 않았다. 은효는 어머니의 휴대폰에 전화를 걸었다. 뜻밖에도 받은 사람은 아버지였다.
 어머니가 교통사고를 당해 병원 응급실에 있다고 했다. 평소 무뚝뚝하고 말이 없던 아버지는 기다리던 딸의 전화에 울먹이며 다그쳤다. 어디냐고, 네 어머니 위독하니 빨리 오라고.
 온몸의 피가 전부 빠져나가는 느낌이었다. 당장이라도 뒤로 넘어질 것 같은 충격에 몸이 휘청거렸다. 은효는 들고 있던 수

화기도 제대로 내려놓지 못하고 미친 듯이 방으로 달려갔다.

무슨 옷을 입고 있는지 생각할 겨를도 없이 양말도 챙겨 신지 않고 가방과 점퍼만 들고 집 밖을 나섰다.

은효의 얼굴은 삽시간에 눈물과 콧물로 엉망이 되었다.

'엄마! 미안해! 미안해!'

포장되지 않은 산길은 크고 작은 돌들로 울퉁불퉁했다. 평소 운동 실력이 뛰어난 은효였지만 넋을 잃고 미친 듯이 달리다, 돌부리에 발이 걸려 앞으로 고꾸라지듯 넘어졌다.

빠른 속도만큼이나 무릎과 손바닥의 상처가 깊었다. 잠옷으로 입고 있던 윤이 준 트레이닝 바지가 해지면서 살이 찢어지고 피가 흘렀다.

땅을 짚었던 손바닥도 군데군데 돌이 박혀 피가 났다. 은효는 비틀거리면서 일어나 상처를 확인도 하지 않고 곧바로 뛰었다. 다리가 풀려 절뚝거렸지만, 속도를 늦추지는 않았다.

'엄마가 잘못되기라도 하면 절대 용서 안 해. 나를…… 용서 못 해!'

무릎 아래로 피가 흘러 바지가 축축해졌다. 그마저도 찬바람이 피에 젖은 바지를 꾸덕꾸덕하게 얼려버렸다. 산속에서 뛰쳐나온 좀비라고 해도 믿을 만큼 은효의 모습은 처참했다.

"아버지!"

초췌한 모습의 아버지가 은효를 향해 돌아보았다. 아버지가 지키고 선 침대엔 얼굴에 호흡기를 단 어머니가 누워있었다. 그녀의 몸엔 심전도 검사를 할 때 붙이는 것 같은 줄이 잔뜩 달려 있었고, 팔다리는 붕대로 감긴 모습이었다.

응급실 환자라고 해도 믿을 몰골을 한 은효가 비틀거리며 다가갔다.

"엄마! 으어억. 엄마아아!"

어머니의 얼굴은 퉁퉁 붓고 멍이 들어 알아볼 수가 없을 지경이었다. 모르는 사람이 봐도 위중한 상태임을 알 수 있었다.

"엄마 어떡해! 우리 엄마 어떡해!"

붕대로 칭칭 감긴 손이라 잡아줄 수도 없었다. 은효가 반 미친 사람처럼 울고 있을 때 의사가 다가왔다.

"따님입니까?"

"으흑,……네. 우리 엄마 살려주세요. 선생님."

"이미 30분 전에 심장의 기능이 멈췄습니다. 심폐소생도 해봤지만, 소용이 없었습니다. 아버님께서 따님을 기다리시겠다고 하셔서……."

은효가 의사의 가운을 잡고 매달리며 소리쳤다.

"그럴 리가 없어요! 선생님! 다시 한번 해주세요! 엄마가…… 우리 엄마가 죽을 리가 없다구요!"

"죄송합니다."

"아니야! 아니야! 아니라고!"

은효는 어머니의 얼굴에서 호흡기를 떼는 간호사의 손을 필사적으로 막았다. 그녀는 정신이 나간 듯, 두 손을 부들부들 떨면서 어머니의 얼굴을 감쌌다.

"엄마? 엄마! 나 왔어요. 은효 왔다고!"

왜 이제 왔어? 하면서 금방이라도 등짝을 때려줄 것 같은 어머니는 꿈쩍도 하지 않았다. 곁에 선 아버지는 젖은 눈을 감았다 뜨며 슬픔을 삼키고 있었다.

"아버지! 엄마 좀 깨워봐. 뭐든 다 할 테니까 제발 엄마 좀 깨워줘요! 네? 아버지!"

은효는 아버지의 팔을 잡아 흔들면서 되지도 않는 생떼를 썼다. 눈치를 살피던 간호사가 흰 천으로 어머니의 얼굴을 덮으려고 하자, 은효는 소리를 지르며 난리를 치다 결국 정신을 잃고 쓰러졌다.

은효가 집을 나간 그날부터 그녀의 어머니는 식당도 하는 둥 마는 둥 하고 딸을 찾아 돌아다녔다. 하루에도 수십 번 경찰서를 들락날락하고 은효와 같은 학교에 다녔던 학생들에게 일일이 전화해서 행방을 수소문했다. 사고가 나기 전날엔 은효의 어머니는 정신이 반은 나간 사람처럼 홍천 거리를 헤매고 다녔다고 했다. 그리고 다음 날 새벽, 첫차로 춘천에 가야겠다고 길을 나섰던 어머니는 어둠 속에서 시골 도로를 건너다 그녀를 채 발견하지 못한 운전자에 의해 변을 당한 것이었다.

정신을 잃고 하루를 꼬박 깨어나지 못했던 은효가 눈을 떴다. 일반병실에 링거를 꽂은 채 누워있었다.

"괜찮아? 너도 뭔 일 나는 줄 알고 진짜 걱정했어."

침대 옆에서 은효를 지키고 있던 절친 춘영이 벌떡 일어서며 그녀를 살폈다.

"무릎이랑 손바닥은 의사선생님이 드레싱 해주셨어. 다른 덴 이상 없는 것 같다고 하는데 안 깨어나서 미치는 줄 알았다."

잠시 멍하니 있던 은효가 벌떡 일어나 앉으며 소리쳤다.

"엄마! 엄마는?"

"은효야……."

"엄마! 엄마아아아!"

발작을 일으키듯 소리를 지르던 은효는 팔에 꽂힌 주삿바늘을 아무렇게나 잡아 빼고는 침대에서 뛰어내렸다. 맨발로 병실을 뛰쳐나가는 그녀를 춘영이 쫓아가 필사적으로 잡았다.

"몸 좀 더 추스르고 나랑 같이 가자. 병원 장례식장에 모셔져 있어. 옷 갈아입고 가야지."

"거짓말하지 마! 엄마가 죽을 리 없어! 아니야! 아니라고!"

"은효야 정신 차려. 네가 이러면 안 돼. 아버지 생각도 해야지."

은효가 바닥에 털썩 주저앉아 망연자실한 얼굴로 목놓아 울었다.

"엄마가 왜 죽어! 내가 죽어야 하는데, 내가 죽었어야 했는데…… 엄마가 왜! 엄마가 왜!"

그까짓 대학이 뭔데, 그까짓 게 도대체 뭐라고……. 금방이라도 누군가가 꿈이니 얼른 깨어나라고 할 것만 같았다. 얼마 전까지만 해도 투박한 손으로 우리 강아지 하면서 얼굴을 쓸어주던 어머니가 생각나 은효는 자리에서 일어설 수가 없었다. 그대로 어머니를 따라 죽어버리고만 싶었다.

남 집사를 포함한 별장 안의 모든 고용인이 깨어 있었는데도 은효가 나가는 모습을 본 사람은 아무도 없었다. 윤은 거실 소파에 앉아 은효가 사용했을 것으로 추정되는 전화기를 만지작거렸다. 하필 잠이 깊게 들어 은효의 기척을 알아채지 못했다. 전날 밤 와인 한잔을 마시고 잠이 든 것이 원인이리라. 윤은 안타까움에 혀를 찼다.

"도련님. 다행히 집안에 없어진 물건은 없는 것 같습니다."

별장에 들어온 지 채 일 년도 안 된 메이드가 딴에는 윤의 기분을 풀어줄 요량으로 입을 열었다.

"음악당 건물은 문이 잠겨있었고요, 걱정 안 하셔도……."

바닥에 물건이 던져져 부서지는 소리가 요란하게 났다. 윤이 들고 있던 전화기를 거실 바닥에 집어 던진 것이었다. 남 집사를 제외한 나머지 고용인들은 어쩌할 바를 모르고 동요했다. 특히 말을 꺼낸 메이드의 얼굴은 사색이 되었다.

"저 여자, 내 보내."

윤이 자리에서 일어섰다. 남 집사는 윤에게 다가가며 고용인들에게 물러가라고 눈짓을 보냈다. 윤은 그날 저녁이 되도록 아무것도 입에 대지 않았다.

암막 커튼을 친 방안에서 윤은 천천히 눈을 떴다. 부옇던 시야가 차츰 선명해졌다. 눈을 몇 번 깜박이고 주변을 둘러보았다.

눈을 뜨면 제일 먼저 보고 싶었던 사람이 곁에 없었다. 윤이 형님, 축하합니다! 하면서 기뻐해 줄 녀석이 사라진 것이다. 윤은 다시 눈을 감았다.

"어디 불편하십니까? 문제라도?"

상태를 지켜보던 현 박사가 걱정스럽게 물었다. 윤은 대답 대신 고개를 저었다.

"당분간은 선글라스를 반드시 착용하십시오. 상처는 치료가 끝났지만, 자극은 최소한으로 줄이는 것이 좋겠습니다."

"그동안 수고하셨습니다."

현 박사가 나가고 방에는 출장을 마치고 돌아온 이 실장과 윤, 둘만이 남았다. 평소에도 무표정인 이 실장의 얼굴은 여느 때보다도 훨씬 어두웠다.

"은효는…… 찾았어?"

"네."

"집으로 돌아간 건가?"

"네."

"대답이 왜 이래? 왜 이렇게 짧아?"

얼핏 보아도 윤의 얼굴은 잠을 제대로 자지 못해 푸석했다. 티 하나 없이 맑은 흑요석 같은 그의 눈동자가 위험하게 빛나고 있었다.

"이유가 있을 거 아니야. 아무 말도 없이 사라진 이유가!"

"모친이 사고를 당했습니다. 교통사고를요."

"뭐?"

"은효 학생이 집에 전화했다가 소식을 듣고 달려간 모양입니다. 갔을 땐 이미……."

이 실장은 말을 잇지 않고 한숨을 내쉬었다. 의자에 앉아있던 윤이 자리에서 벌떡 일어섰다.

"어디야? 그 병원."

"가시려는 건…… 아니지요?"

윤의 음성이 높아졌다.

"어디냐고, 그 병원!"

이 실장의 한숨은 더욱 깊어졌다.

"시킨 일은 잘 처리했나?"

-일단 주신 혈액은 투여했습니다.

"경과는?"

-깨어나는 데 시간이 좀 걸린 것 말고는 별다른 증상은 없었습니다. 기억이 지워진 것 같지도 않았고요.

이 실장은 미간을 잔뜩 찡그리며 신경질적으로 숨을 뱉었다. 휴대폰을 쥐고 있는 손등에 힘줄이 불거졌다.

슈피르의 피는 사피에게 수면제와 비슷한 작용을 한다. 일반 슈피르의 피는 잠시 재우는 정도지만, 우월인자인 블뤼의 것은 그 양에 따라 기억을 지우거나 치사(致死)도 가능했다.

'위험을 감수하고서라도 추가 투여를 해야 하는 것인가.'

블뤼의 피를 사피에게 잘못 투여했다간 죽일 수도 있었기에 소량을 보낸 것이 문제였다. 이 실장은 대기하고 있으란 지시를 하고 통화종료를 눌렀다.

은효에게 개인적인 감정은 없었다. 윤이 처음부터 아르바이트를 운운했을 때 말리지 못했던 것이 후회스러울 뿐이었다. 어쩌면 당연한 결과였는데, 막지 못한 자신의 탓이 컸다.

'고인에겐 안 될 말이지만 천우신조라 생각했는데……'

윤을 위해서라면 더한 짓이라도 할 준비가 되어있기에 죄책감 같은 것은 없다. 설령 은효가 잘못되더라도 윤이 솔칸이 되는 길에 걸림돌이 된다면 주저하지 않을 것이었다.

사이드미러로 선글라스를 쓴 윤의 모습이 보였다. 차에서 대기하고 있던 이 실장은 차 문을 열고 밖으로 나갔다.

장례식장은 병원 건물과 따로 떨어진 곳에 있었다. 이 실장에게 밖에서 대기하라 이르고, 윤은 혼자 건물 안으로 들어갔다.

개구쟁이 소년처럼 짧은 머리에 작은 얼굴이었다. 머리엔 흰 리본이 달린 실 핀을 꼽고, 검은색 한복을 입은 모습이었다. 얼마나 울었는지 눈이 퉁퉁 부어 제대로 뜨지도 못하고 고개를 숙인 채 벽에 기대어있었다. 늘 밝은 음성으로 윤이 형님을 부르던, 눈이 보이게 되면 활짝 웃는 모습으로 축하해 줄 거라 기대했던 돌고래가 숨죽여 울고 있다.

윤은 영좌 앞에서 두 번 절을 하고 상주와 맞절을 했다. 은효의 아버지는 처음 본 사람의 조문에 어리둥절하며 누구시냐고 물었다. 윤은 맞은편에 고개를 숙인 채 앉아있는 은효를 잠깐 쳐다보고는 식당의 오랜 단골이라고 자신을 소개했다.

건물 밖에서 기다리고 있던 이 실장은 윤이 나오기가 무섭게 달려가 그에게 선글라스를 씌웠다.

"현 박사님께서 당분간 쓰고 지내시라는 말씀, 그새 잊어버리셨습니까? 그러게 뭣 하러 여기 오셔서는."

"은효가…… 한 번을 안 쳐다보네."

"도련님!"

윤이 자리를 뜨지 못하고 은효가 있는 곳에 시선을 두었다.

"이 실장 말대로 바로 집으로 보내줬더라면 이런 일은 없었겠지. 내 욕심이 저 아이를 불행하게 만든 것 같아. 내가 너무 큰 잘못을 저질렀어."

"도련님이 아니었어도 은효 학생은 가출했을 겁니다. 누구의 잘못이라고 탓할 수 없습니다."

"아니. 내가 보내줬으면 이런 일은 생기지 않았어. 다 내 잘못이야."

윤이 비통한 심정으로 시선을 거두지 못하고 있을 때, 안에서 은효를 언급하는 소리가 들렸다.

-은효야, 나가서 바람이라도 쐬고 와. 이러다 너까지 어떻게 될까 봐 걱정이다. 춘영아, 네가 은효 좀 데리고 나갔다 와라.

곧바로 은효의 음성이 들렸다.

-아뇨. 저 혼자 나갔다 올게요.

처음 만났을 때, 감기 걸렸다며 잔뜩 갈라졌던 음성과 비슷한 소리가 났다. 윤은 걱정 반, 설렘 반으로 은효가 나오길 기다렸다.

무슨 말로 시작을 해야 할까? 어떤 말로 위로를 해야 할까? 처음은 아니지만 처음 본 은효를 어떻게 대해야 할까, 짧은 시간 동안 많은 고민이 윤의 머릿속을 휘저었다.

얼마 후, 부스스한 모습의 은효가 누군가 걸쳐준 점퍼를 여미며 밖으로 나왔다. 눈이 부어서 그런 것인지, 햇살에 눈이 부셔서 그런 것인지 그녀는 눈살을 잔뜩 찌푸린 모습이었다.

멀지 않은 곳에 윤이 서 있었음에도 은효는 그에게 시선을 주지 않았다. 주변에 그리 많은 사람이 있지 않았기에 못 봤을 리는 없었다. 혹, 일부러 모른 척하는 것은 아닐까 싶어 윤은 천천히 그녀에게 다가갔다.

은효가 아래를 내려다보며 한숨을 푹푹 내쉬었다. 희미한 입김이 허공에 흩어졌다. 누군가 인기척이 느껴지자, 그녀가 고개를 들었다.

원망이든, 혹은 반가움이든, 은효의 표정에 뭔가 감정이 떠오를 거라 예상했던 것과는 달리 아무것도 느껴지지 않았다. 분명 시선이 마주쳤다고 생각했는데, 그녀는 이내 고개를 돌렸다.

당황했지만 윤은 한 발 더 다가가 은효에게 말을 걸었다.

"뭐라고 위로를 해야 할지 모르겠다. 많이 힘들지?"

여전히 건조한 눈빛이었지만 그녀는 윤을 향해 돌아섰다.

"위로해주셔서 고맙습니다."

마치 모르는 사람에게 형식적인 인사를 하듯, 은효는 대답과 함께 꾸벅 인사를 했다.

"날 깨우지 그랬어. 혼자 어떻게 여기까지 왔니?"

은효의 얼굴에 당황이 비쳤다.

"저희 쪽 손님이신 줄 알았는데 아닌가 봐요. 사람을 잘못 보셨어요. 저는 그쪽을 모릅니다."

"날…… 모른다고?"

"네."

은효가 불편한 듯 자리를 뜨려고 하자, 윤이 그녀의 팔을 잡았다.

"나 좀 똑바로 봐. 진짜 날 몰라?"

그녀가 인상을 찌푸리며 그의 손을 뿌리치려 시도했다. 그러나 윤은 팔을 놓지 않았다.

"일부러 이러는 거면 그러지 마. 이럴 이유가 없잖아!"

"저기요. 저 진짜 그쪽 몰라요. 다른 사람이랑 착각하신 것 같네요."

진심 짜증이 난다는 얼굴이었다. 그리고 윤을 바라보는 은효의 얼굴엔 거짓이 없었다. 정말 처음 본 사람을 쳐다보는 눈빛이었다.

은효의 팔을 잡고 있던 윤의 손이 툭 하고 아래로 떨어졌다. 은효는 얼른 몸을 돌려 건물 안으로 들어갔다. 전혀 관심이 없는 듯, 한번을 돌아보지 않았다.


모든 장례 절차가 끝나고 친지들도 떠난 집엔 은효와 아버지 둘만 남았다. 은효는 어머니의 영정사진을 품에 안은 채 방구석에 기대어있었고, 아버지는 안주 없이 소주를 마시고 있었다. 방안은 숨이 막힐 것 같은 침묵으로 가득했다.

은효 어머니의 골분은 나무 밑에 모셔졌다. 햇빛이 잘 드는 곳에 심어진 아담한 소나무 아래였다.

'하루만 더 기다리지. 어련히 잘 돌아올까 봐 그새를 못 참고 돌아댕기더니…… 이 사람아, 먼저 가 있어. 뒤따라 곧 갈테니께.'

둘만 남은 수목장에서 나무에 소주를 부으며 아버지가 한 말이었다. 그는 단 한 번도 은효를 원망하거나 나무라지 않았다. 너 때문에 네 어미가 죽었다고 푸념이라도 할 법한데, 그는 그러지 않았다. 말없이 딸의 손을 잡아주기만 할 뿐이었다.
"학교 아직 갈 수 있는 거냐? 대학교 말이다."
잔에 반쯤 남았던 소주를 털어내고 아버지가 입을 열었다.
"늦었으면 재수해. 재수해서 대학 가."
"안 가요. 학교는 가서 뭐 하게. 내가 무슨 염치로……."
잔뜩 쉰 은효의 음성이 울음으로 젖어 들었다. 말랐던 눈물이 다시 볼을 타고 흘러내렸다. 아버지가 상을 옆으로 치우고 화장대 쪽으로 움직였다. 그가 서랍 안에서 뭔가를 꺼내어 은효의 앞에 놓았다. 아버지가 딸에게 건넨 것은 보험증서였다.
"너 늦게 얻고 니 엄마와 내가 제일 먼저 한 게 이거다. 우리 늦둥이 나중에라도 고생 덜하려면 뭐라도 남겨줘야겠다 싶어서……. 이젠 내 것도 니가 가지고 있어."
"아버지, 저는 이거 못 받아요. 제가 이걸 어떻게 받아요."
"너 집 나가고 나서, 니 엄마가 매일 같이 중얼거린 말이여. 대학 보내야지, 우리 은효 돌아오면 꼭 대학 보내줘야지. 끼고 사는 것만이 능사는 아닌데, 얼마나 힘들었으면 우리 이쁜 강아지가 집을 다 나갈 생각을 했을꼬……."

아버지는 평생 농사일에 거칠어진 손으로 딸의 얼굴을 쓰다듬었다. 꼬물거리던 아기가 언제 이리 컸누하며 웃음 짓는 그의 눈가에 축축한 물기가 서렸다.

 "은정이 키울 땐 먹고 사느라 바빠서 이쁜 줄도 모르고 지나 버렸는데, 니가 어찌나 재롱을 이쁘게 떠는지……."

 밭고랑처럼 깊게 파인 그의 눈 밑 주름 사이로 눈물이 주르륵 흘러내렸다. 어깨가 들썩일 만큼 서럽게 울던 은효는 처음으로 아버지를 안아주었다.

 철이 없을 땐 나이 많은 아버지가 부끄러워 밖에서 만나면 일부러 피했던 적이 있었다. 흙이 끼어 까만 손톱과 지저분해 보이는 흰머리가 창피했다. 할아버지 아니냐고 묻는 친구를 때려서 벌도 여러 번 섰었다. 그 모든 일이 한꺼번에 떠올라 은효는 엉엉 소리 내어 울었다.

 "혹여라도 니 언니는 미워하지 마러. 니 엄마하고 내가 갸 보기 싫어 내쫓은 거지, 갸가 일부러 연락 끊고 사는 거 아니다. 그러니께 언니 잘못은 없어."

 "그런 게 어딨어요! 어떻게 연락처 하나 안 남길 수가 있어? 가족인데, 그래도 가족인데!"

 "너도 내 걱정은 말고, 너 하고 싶은 거 하고 살어. 내는 여기 정리해서 평창으로 들어갈 거니께."

 은효는 울음이 멈추지 않아 훌쩍거리며 물었다.

 "여기 놔두고 평창은 왜요?"

 "홍천은 니 엄마가 장사하려고 온대고, 내는 원래 평창 사람이

여. 거기 가서 내 먹을 것만 키우면서 살란다."

"아버지!"

칠십 먹은 아버지의 얼굴엔 깊고 가는 주름이 가득했다. 은효는 아버지의 손을 꼭 잡아, 얼굴에 갖다 대었다.

"저랑 같이 살아요. 내가 아버지 모실게."

"싫다. 나는 혼자가 편해. 그저 살면서 가끔 쉬고 싶을 때, 한 번씩 놀러 와."

"내가 밥해주고 빨래도 해주고 해야지. 아버지가 그걸 어떻게 해요."

"니 엄마 음식 솜씨, 그거 다 내한테 배운 거여."

아버지는 여전히 들썩이는 딸의 등을 천천히 쓸어주며 달랬다.

"진즉에 이랬어야 했는데, 똘똘한 우리 막둥이 훨훨 날아가 버릴까 봐 니 엄마나 내나 겁이 났던 게지."

"우리 아버지, 이렇게 말 많은 줄 알았으면 맨날 엄마하고만 얘기하지 않았지. 학교 얘기며 친구 얘기며, 아버지한테도 다 말해 줬을 텐데…… 아버지는 원래 말이 없는 사람인 줄만 알았어요."

지나버리면 남는 것은 후회뿐인데, 어째서 소중한 시간을 허투루 보내버리고 말았던 것일까. 늦게 얻은 만큼 더욱 애틋했을 부모의 마음을 은효는 이제야 조금 알 것만 같았다. 그리고 자신이 얼마나 철이 없었던가를 뼛속 깊이 깨달았다.

은효는 장례가 끝난 뒤로도 한동안 집에만 틀어박혀 있었다. 아버지와 함께 어머니의 유품을 정리하고 나니 끝없이 무기력해져, 끼니도 거르고 멍하니 하루하루를 보냈다.

"산송장이 따로 없네! 이게 사람의 모습이냐?"

춘영이 집에 들렀다가 친구의 모습에 기겁하며 소리쳤다. 그녀는 거의 강제적으로 씻기고 입혀서 읍내의 카페로 은효를 끌고 갔다.

춘영은 생크림이 듬뿍 얹힌 카페모카를 은효의 앞에 내려놓으며 맞은편에 앉았다.

"야! 달달한 것 먹고 정신 좀 차려! 낼모레 우리 개학인 건 아냐?"

"아니. 학교 가야 하나?"

초점 없는 눈빛을 한 은효가 빨대로 생크림을 휘저었다. 여느 때라면 크림부터 먹었을 친구였다. 춘영이 눈살을 찌푸렸다.

"정신 차리라고! 너 그거 언제부터 섞어 마셨냐? 왜 이래, 정말!"

"내가 살아도 되나 생각 중이다. 우리 엄마 그렇게 만들고 뻔뻔하게 어떻게 살아."

춘영이 테이블 위에 있던 물 잔을 들어 은효의 얼굴에 뿌렸다. 물을 맞은 은효는 반응이 없었고, 주변에 있던 사람들만 웅성거렸다. 겉으로 보면 영락없는 연인들의 사랑싸움 장면이었다.

"미친년! 그게 지금 할 소리야? 그래서, 죽을래? 네 아버지 혼자 남겨두고 죽을 거냐고!"

"자신이 없어. 살아갈 자신이."

"너희 엄마가 너 찾아다니시면서 그러시더라. 너 찾으면 대학 보낼 거라고, 그러니까 너 보면 꼭 말해주라고 그러셨어."

"대학 안 보내준다고 집 나간 자식이 뭐가 이쁘다고…… 뭐가 이쁘다고 찾아 헤매다……으윽 흑……."

은효의 앞머리에서 물이 뚝뚝 떨어졌다. 그녀의 눈에서도 눈물이 주르륵 흘러내렸다. 춘영이 한숨을 내쉬며 은효에게 티슈를 건넸다.

"전교에서 일 등하고도 가까운 데 간다고 지방대 썼는데, 그마저도 안 보내주신다고 하니 억울할 만도 했지. 그렇다고 가출을 하냐? 폰도 놔두고."

훌쩍거리며 얼굴의 물기를 닦는 친구를 바라보며 춘영이 물었다.

"근데 어디 갔었어? 너희 엄마가 부탁하셔서 우리 반 애들 전부 너 찾아다녔거든? 어딜 갔었길래 코빼기도 안 보일 수가 있냐?"

은효가 고개를 저었다.

"몰라."

"뭐?"

"모른다고."

"뭐냐? 장난해? 모르는 게 말이 돼?"

은효가 티슈를 더 꺼내어 코를 풀었다. 한쪽 볼에는 휴지조각이 붙어 있었다.

"첫차 타고 춘천 가려고 새벽에 나왔거든? 무슨 차 사고 같은 게 났던 거 같기도 한데…… 그 뒤로 기억이 없어. 어떻게 소식을 듣고, 어떻게 병원에 갔는지도 전혀 모르겠어."

"드라마를 써라, 아주."

춘영이 팔을 뻗어 은효의 얼굴에 붙은 휴지조각을 떼어주며 말했다.

"너 병원에 왔을 때 완전 귀신같았어. 손바닥이랑 무릎에 피를 철철 흘리며 뛰어오더니 난리를 치다가 쓰러졌잖아. 나 거기 있었거든. 쭉."

"내가 그렇게 오랫동안 집을 나가 있었던 줄 몰랐어. 나 정말 어디 있었던 거냐?"

"붕신, 그걸 왜 나한테 물어!"

"그날, 차 사고가 났었나? 근데 어떻게 알고 병원에 갔지?"

"얘가 아주 큰 일 날 애네. 네가 살아 돌아온 게 천운이다, 진짜."

춘영은 다 식은 아메리카노를 후룩 마시고는 내려오지도 않은 안경을 습관적으로 올렸다.

"배에 상처 같은 거 없는지 살펴봐. 신장 하나가 사라졌는지도 몰라."

"상처 같은 거 없는데……."

"암튼, 집에서 멍때리고 있지 말고 학교나 제대로 나와. 아버지께 걱정 그만 끼치고."

은효가 생크림이 사라진 카페모카를 아쉬운 듯 홀짝대고 내려놓았다. 처음보다는 안색이 좋아 보였다. 춘영의 입가에 보일 듯 말 듯, 안도의 미소가 지어졌다.

"엄마한테 정말 미안하면 열심히 살아. 너 찾으려고 애쓰신 엄마 생각해서라도 잘 살아야지. 씩씩하게!"

"얼굴에 물 뿌린 주제에 인제 와서 착한 친구인 척하지 마라. 빈정 상했다."

"이제 좀 똘끼 충만 연은효 같네."

은효가 고개를 숙였다. 어깨가 천천히 두어 번 들썩이더니 긴 한숨을 뱉어냈다. 그녀가 고개를 들었다. 울음을 참느라 눈자위가 붉게 충혈되어 있었다.

"고맙다. 춘영아."

잠시 숨을 고르는 은효의 입술이 약하게 떨렸다. 친구를 바라보는 춘영의 눈가에도 촉촉이 이슬이 맺혔다.

"나 대신 우리 엄마 곁을 지켜줘서 고맙고, 우리 아버지…… 식사 챙겨줘서 고맙고, 나한테…… 괜찮다고 말해줘서…… 고마워."

"고마우면 나한테 잘해!"

둘은 마주 보며 웃었다. 분명 웃고 있는데 눈에는 눈물이 흘렀다. 히죽히죽 웃다가 으헝헝 하고 울다가를 반복했다. 누가 봐도 우스꽝스러운 장면이 아닐 수 없었다.

은효가 준 목도리는 회색이었다. 즐겨 한 듯 중간중간 올이 풀린 곳도 있었고, 보풀도 보였다. 윤은 손에 쥐고 있던 목도리를 목에 감았다.

계속될 수 없는 관계였음을 안다. 처음부터 정을 주어서는 안 되었다는 것도 잘 알고 있다. 어차피 이리될 수밖에 없는 사이였음을 알면서도 가슴의 반이 구멍이 뚫린 것처럼 허전했다.

'얼굴을 마주하고 서로의 눈빛을 바라보며 인사를 하고 싶었다. 잘 지내라. 다음에 또 보자.'

보기만 해도 행복할 것만 같았던 은효의 모습은 슬픔, 그 자체였다. 절망이 천진했던 미소를 빼앗고, 죄책감이 그녀의 밝은 영혼을 잠식했다. 바라보기만 해도 절망이 느껴져 윤은 숨을 쉴 수가 없었다.

이 실장에게 들은 은효의 이야기는 윤을 더욱 아프게 했다.

'어머니가 사망한 직후, 은효 학생이 정신을 잃고 쓰러졌었다고 합니다. 하루를 꼬박 일어나지 못하고 있다가 깨어났다고 하는데…… 그때 아마 기억이 지워진 것 같습니다. 자의에 의한 봉인일 수도 있고, 충격으로 인한 부분 상실일 수도 있다고 합니다. 어느 쪽이든 별장에서의 기억은 은효 학생에겐 지워버리고 싶은 치부였던 것 같습니다.'

아무것도 없는 공허함이었다. 윤을 바라보던 은효의 눈빛은 무엇도 담고 있지 않았다. 좋아한다고 고백했던 그녀의 입술은 사막처럼 건조했다.

'너와의 시간이 꿈이었다고 나를 속이기엔 너의 자리가 어느새 커져버렸어. 아직도 내게 닿았던 너의 감촉이 그대로 남아있는데…… 너를 어떻게 잊을 수 있을까.'

은효를 그리워하는 마음은 윤에게 내린 형벌이었다. 갖지 말았어야 할 욕심에 대한 낙인이었다. 그렇기에 윤은 알고 있었다. 아마도 평생 자신은 은효를 잊지 못할 것이라는 걸.
인생의 찰나와도 같은 그 짧은 시간이 그에게는 영원으로 남을 것이라는 걸 윤은 예감했다.

며칠 뒤 있을 졸업식에 친구들에게 줄 꽃을 사기 위해 은효는 오랜만에 은행에 들렀다. 기계에 카드를 넣고 잔액조회를 하던 그녀는 엄청난 잔액에 입이 벌어졌다.
'뭐지? 전산오류인가?'
은효는 카드를 빼고 가방에 있던 통장을 꺼내어 넣었다. 한참 동안 치익치익 소리를 내며 정리가 되었고, 잠시 후 통장을 확인했다.
'뭐야, 이게!'
맡기신 금액란엔 50,000,000이란 숫자가 있었고, 옆에는 사례비라고 찍혀 있었다. 그리고 밑으로 쭉 아르바이트라는 내용으로 삼십 만원이 보내어져 있었다.
'나 정말 장기 매매라도 당한 거야? 어떤 양심적인 매매범이 이렇게 정직하게 돈을 보내?'
은효는 혹시 몰라 창구에 가서 전산오류인지 확인을 했다. 은행 측에서는 정상적인 거래라고 알려주었다. 그녀는 뭣에 홀린 사람처럼 멍한 얼굴로 은행 문을 열고 나왔다.
'내 것이 아닌 남자의 츄리닝 바지, 그리고 엄청난 액수의

돈…… 도대체 난 집을 나가서 무슨 짓을 했던 거지?'

읍내에서 볼일을 보고 버스를 탄 은효는 집 근처의 정류장에서 내렸다. 한적한 시골 도로라 주변엔 사람도, 지나가는 차도 없었다. 은효가 집이 있는 쪽의 논길로 걸음을 옮길 때, 멀리 떨어진 곳에서 사람의 기척이 느껴졌다.

무심코 그녀가 고개를 돌려 그쪽을 쳐다보았다. 갓길에 까만 세단이 서 있었다.

한 남자가 창문이 열린 운전석에 앉아 은효가 있는 쪽을 바라보고 있었다. 어디서 본 듯한 모습이었다. 이마를 덮는 갈색 머리, 반듯한 코, 적당히 도톰한 입술…… 일반인이라면 희미하게 보일 거리였지만 은효의 눈엔 그가 선명하게 들어왔다.

'와, 잘생겼다. 특히 저 눈…… 진짜 끝내주네.'

설마 남자도 자기를 바라보고 있을 거란 생각은 하지 않았다. 먼 거리였고, 세상에 자기와 같이 특별할 만큼 시력이 좋은 사람은 그리 흔하지 않을 거로 생각했기 때문이었다.

은효가 남자의 눈에서 시선을 거두려 할 때였다. 정확히 그녀의 머릿속으로 낯선 남자의 음성이 들어왔다.

《또 보자. 돌고래.》

깜짝 놀라 주위를 돌아보았다. 분명 남자의 목소리를 들었는데, 귀로 듣는 것과는 미묘하게 다른 느낌이었다. 여전히 주변엔 아무도 없었고 은효가 어리둥절하고 있을 때, 먼 곳에 서 있던 세단은 엔진소리와 함께 사라졌다.

## VI.
우리 어디서
만난 적 있나요?

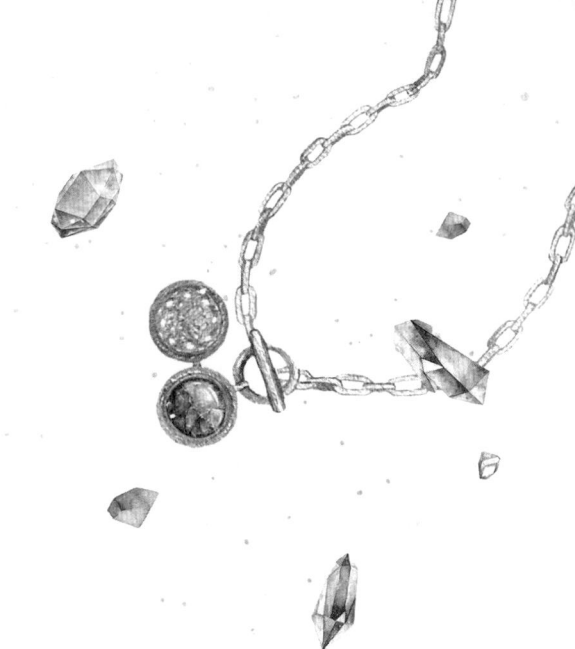

　눈썹이 드러난 짧은 앞머리와 풍성한 숱에 볼륨을 준 숏 컷 헤어스타일의 은효가 선글라스를 벗어 셔츠 앞주머니에 걸고 인천공항의 입국장에 들어섰다. 구김이 멋스러운 흰색 셔츠에 회색 체크무늬 정장 바지, 그리고 낮은 굽의 검은색 구두를 신은 그녀는 큰 키와 더불어 사람들의 시선을 끌기에 충분했다. 화보를 찍는 모델이라고 해도 의심할 사람은 아무도 없을 만큼 은효의 외모는 매력적이었다.
　스페인에서 6개월의 어학연수를 마치고 돌아오는 길이었다. 그녀는 공항에 도착하자마자 강원도에 있는 아버지에게 전화했다.
　"아버지! 저 지금 도착했어요. 서울에서 하룻밤 자고 뵈러 갈게요. 반찬 같은 거 해놓지 말고 계세요. 맛있는 거 사갈게."

은효가 통화를 끝내고 옆에 두었던 캐리어의 손잡이를 잡으려 할 때였다. 누군가 먼저 그녀의 캐리어를 끌어갔다.

은효가 깜짝 놀라며 상대를 확인했다. 그녀의 앞에는 너무나 익숙한, 그렇지만 결코 반갑지 않은 남자 지훈이 능글맞게 웃으며 서 있었다.

"하, 저 오는 건 어떻게 아시고…… 안 바쁘세요? 승지훈 이사님?"

"내가 아무리 바빠도 은효 씨 귀국 날짜는 기억하고 있지. 더 예뻐졌는데?"

"여전하시네요. 부담스러운 립 서비스는."

은효가 캐리어를 뺏으려 했으나 그는 꿈적도 하지 않았다. 지훈이 먼저 앞장서며 그녀를 돌아봤다.

"저녁같이 해. 기다린 성의를 봐서라도."

"이러니까 제가 이사님과 친해질 수가 없는 거라고요. 불편하니까!"

"불편하면서 미안하지? 그러니까 저녁같이 해."

"저도 스케줄이란 게 있는 사람이에요. 막무가내로 이러시면 곤란합니다."

지훈은 앞을 보고 걸으며 놀리듯 손을 들어 까딱거렸다.

"없는 거 알아. 나 은효 씨 스토커잖아."

"이제 그만하실 때도 되지 않았나요? 저 계약 안 한다고요!"

"저녁 뭐 먹을래?"

은효가 정색하고 덤빌 때면 매번 다른 말로 돌리는 게 지훈의 주특기였다. 둘의 이런 관계는 3년째 계속되고 있었다.

재수하고 이듬해, 은효는 서울의 대학에 입학했다. 월등히 좋은 성적으로 장학금을 받았고, 기숙사에서 생활하게 되었다.

공부와 아르바이트가 전부였던 은효에게 작은 변화가 일었던 계기는 친구가 준 공짜 뮤지컬 티켓이었다. 처음 접한 신세계에 은효는 흠뻑 빠졌고, 그 뒤로 주말이면 그녀만의 작은 사치를 누리게 되었다.

여느 주말과 다름없이 은효는 공연장을 찾았다. 좋아하는 배우가 주연을 맡은 지라, 티켓 오픈에 맞춰 어렵게 좋은 자리를 예매했던 작품이었다. 1부가 끝나고 인터미션이 시작되었을 때, 옆에 앉은 남자가 말을 걸었다.

'혹시 배우 지망생입니까?'

은효는 눈길도 주지 않고 무심히 대답했다. 너무나 익숙하게.

'아닙니다.'

그도 그럴 것이 은효가 서울에서 살게 된 후로 낯선 사람에게 제일 많이 들었던 말이 그것이었기 때문이다. 배우 해볼 생각 없어요?

'그럼, 배우 해볼 생각 없어요?'

은효는 가렵지도 않은 머리를 벅벅 긁으며 옆을 바라보았다. 정작 본인이야말로 배우같이 생긴 남자가 싱글싱글 웃고 있었다. 뭐가 좋은지.

'아뇨. 없습니다.'

'그럼 지금부터 생각해보는 건 어때요?'

'그럴 생각 없습니다.'

프로그램 북이나 보면서 자리에 있으려고 했던 은효는 부담스러운 남자

덕분에 가고 싶지 않았던 화장실을 다녀와야만 했다.

공연이 끝나고 건물 밖으로 나오던 은효 앞에 누군가가 막아섰다. 그녀가 당황과 불쾌가 섞인 얼굴로 고개를 들자, 공연장 옆에 앉았던 남자가 싱긋 웃고 있었다.

모델해도 될 것 같은 큰 키, 왁스로 넘긴 짧은 머리, 웃고 있지 않으면 차가워 보일 것 같은 눈매, 남자치고는 꽤 도톰한 입술…… 전형적인 미남의 얼굴은 아니었지만, 충분히 매력적인 남자였다. 물론 이런 무례한 행동은 결코 매력적이지 못했지만.

은효가 짧게 한숨을 내쉬며 노골적으로 불편함을 내비쳤다.

'비켜주시겠어요?'

'내가 처음이 아니죠? 그 쪽한테 대시한 거.'

'네네, 그렇습니다. 죄송한데 제가 지금 늦어서요.'

'집이 어디예요? 내 차로 데려다줄게요.'

은효는 처음보다 훨씬 떫은 표정으로 그를 쳐다보았다.

'이보세요. 제가 그쪽 언제 봤다고 차를 얻어 타겠어요? 저 진짜 늦었으니까 그만 비켜주세요.'

'나 진짜 이상한 사람 아닌데. 그럼 이거 받아요.'

남자가 명함을 건넸다. 역시나 익숙한 상황이었기에, 은효는 선뜻 그것을 받았다.

'예, 받았습니다. 저 이제 가도 되죠?'

'보지도 않고 버릴 각이네. 그럼 직접 소개 하죠. 내 이름은 승지훈이고, 힐엔터테인먼트 대표를 맡고 있어요. 그쪽은 물어봐도 대답 안 해줄 테고…… 계속 쫓아갔다간 한 대 맞을 것 같고, 자 그럼 오늘은 여기까지.'

자기소개를 마친 지훈은 순순히 옆으로 비켜섰고, 은효는 한 치의 망설임도 없이 그곳에서 벗어났다.

며칠 후, 수업이 끝나고 과 친구들과 함께 학교 건물에서 나오던 은효는 밖에서 기다리고 있던 지훈을 발견했다.

짙은 회색 수트 차림의 지훈은 학생들의 시선을 한 몸에 받을 만큼 근사했고, 그런 그가 자신을 향해 걸어오는 것이 은효는 몹시 못마땅했다.

'뭐야, 저 사람? 너 찾아온 거니? 누군데?'

그건 내가 묻고 싶다. 은효가 친구를 쳐다보며 고개를 저었다.

'몰라 나도. 멀쩡하게 생긴 스토커인가 보지.'

딴에는 소곤댔다고 생각했는데, 지훈이 걸어오며 대답했다.

'나 스토커 아닌데?'

'아, 귀도 밝으셔라.'

은효가 푸하, 하고 숨을 뱉어내며 그에게 다가갔다.

'저 그쪽한테 우리 학교 얘기한 적 없는데요? 이런 게 스토커지 뭐 다른 게 스토커입니까?'

'캠퍼스가 예쁘네요. 이 학교에서 드라마도 종종 찍었다고 들었는데.'

'이게 정도를 넘어서면 범죄가 된다는 거 모르십니까?'

'무슨 말씀이신지? 난 학교에 볼일 있어서 왔다가 우연히 학생을 발견한 건데?'

뻔뻔하기 그지없는 남자는 어깨까지 으쓱이며 눈웃음을 보냈다. 은효는 불끈 쥔 주먹을 부르르 떨며 그를 째려봤다.

'네, 그러시군요. 제가 오해했네요. 그럼 볼일 보고 가세요.'

'이렇게 만난 것도 인연인데 우리 어디 가서……'
'커피, 차, 안 마십니다.'
'밥 먹읍시다.'


 서울로 향하는 차 안에서 옛날 생각이 떠올라 은효는 피식 웃었다. 처음엔 진짜 할 일 없는 사람이라고 생각했는데 어쩌다 보니 친구 같은 관계가 되어 버렸다. 치근덕대는 것 같으면서도 적당히 선을 지키는 그의 기술(?)에 넘어간 것인지도 몰랐다.
 "원래 길거리 캐스팅을 대표이사가 하기도 합니까?"
 불쑥 던진 은효의 질문에 지훈은 짐짓 고민하는 표정을 지었다.
 "음…… 아니. 은효 씨가 처음이자 마지막."
 "아, 또 이러신다."
 "진짠데?"
 그가 힐긋 은효를 곁눈질로 쳐다보고는 다시 앞으로 시선을 돌렸다.
 "나, 무지 바쁜 사람이야. 알면서?"
 "황송해서 눈물이 다 나네요. 그렇게 바쁘신 분이 데리러 와 주시고……."
 "아무한테나 이러지 않는다는 것만 알아줘."
 "저는 왜 이럴수록 이사님이 더 선수같이 느껴질까요? 왜 그럴까요?"
 지훈이 핸들을 잡고 있던 손을 올렸다 내리며 억울한 표정을 지었다.

"참, 은효 씨한테 미리 양해를 구할 일이 있어."

창밖을 내다보고 있던 은효가 그에게로 고개를 돌렸다.

"저 몰래 계약서 만들고 사인 조작한 것만 아니면 괜찮아요. 말씀해보세요."

"와, 그거 내가 계획하고 있던 일인데."

은효가 째려보자 그가 실없이 웃었다.

"사실, 오늘 귀국한 친구가 하나 더 있어. 내 죽마고우. 바쁜 나보다도 훨씬 더 얼굴 보기 힘든 녀석이라 겨우 약속을 잡았거든."

"당연히 그 친구분과 만나셔야죠. 저는 서울까지만 데려다주세요. 전혀 신경 쓰지 마시고요."

"아냐. 그전부터 소개해주고 싶었어. 내가 눈독 들이는 미래의 스타라고."

은효가 입에 지퍼를 잠그는 제스처를 보였다. 그가 큭큭거리며 웃다가 갑자기 라디오의 볼륨을 높였다.

"아, 이 음악! 이거 오늘 만날 내 친구가 만든 곡이다. 잘나가는 작곡가인데 얼굴 없이 활동하지. 이거 일급비밀이니까 은효 씨만 알고 있어."

"친구가 음악 하는 분이셨군요?"

"아니. 원래 직업은 사업가. 내가 좀 꿀리는 것 같아서 말 안 하려고 했는데, 유니크 일렉트릭 컴퍼니라고 들어봤지? 거기 코리아 대표이사야."

"오! 확실히 꿀리시네요."

차는 어느덧 강남의 번화가에 진입했다. 빨간 신호에 걸리자,

그가 차를 멈추고 은효에게 시선을 돌렸다.

"뭐야? 은효 씨 설마 돈 많은 남자 좋아해?"

"몰랐어요? 삼 년 동안 스토커를 자처했으면서."

"근데, 나 왜 안 좋아해? 나도 돈 많은데."

"돈 많은 스토커는 사절입니다."

신호가 바뀌고, 차가 출발했다. 오랜만에 보는 서울야경에 은효가 시선을 뺏기고 있을 때, 웃음기 걷힌 지훈의 음성이 들렸다.

"스토커 그만두면 좋아해 줄 건가?"

"훗, 생각은 해볼게요."

창 너머를 바라보고 있던 은효는 여느 때와 같이 가볍게 그의 말에 응수했다. 지훈의 눈빛이 한 번도 드러낸 적 없는 진지함을 담고 있다는 것을 그녀는 알지 못했다.


지훈이 차를 세운 곳은 아담한 2층 건물의 이탈리안 레스토랑이었다. 붉은 벽돌로 지어진 건물은 잘 꾸민 정원과 어우러져 집 같은 푸근함이 느껴졌다. 문을 열고 들어선 실내엔 은은한 올리브 향이 그득했다. 두 사람은 직원의 안내에 따라 이 층으로 올라갔다.

"저녁 시간인데 손님이 하나도 없네?"

은효가 직원이 빼준 의자에 앉으며 주위를 살폈다.

"설마, 드라마에서나 봤던?"

"생각하는 그게 맞을 거야. 나 돈 많다니까."

"와우!"

그녀가 물잔을 집어 들며 물었다.
"친구분이 조용한 곳을 원하셨나 봐요?"
"그런 것도 있고, 내가 좋아하는 두 사람과의 시간을 방해받고 싶지 않았던 것도 있지."
"유유상종이라고 친구분도 이사님 같은 성격은 아니시겠죠?"
"성격은 내가 훨씬 낫지. 장담해."
 지훈이 의자 등받이에 기대며 다리를 접었다. 보기 좋게 그은 피부에 짙은 눈썹이 꽤 매력적인 남자였다. 한 번도 내색한 적은 없지만, 은효는 그리 생각했다.
"앞으로 뭘 할지는 결정했어? 물론 우리 회사와 계약이 1순위겠지만."
 은효는 못 들은 척 대답했다.
"스페인에서 공부를 더 하고 싶었지만, 돈이 없으니까 일단은 취업을 해야죠."
"공부 더 하고 싶으면 내가 후원해줄 수도 있는데, 싫다고 하겠지? 일할 곳은 있고?"
"HK그룹에서 이사급 통역 비서를 구하더라고요. 계약기간도 2년 정도로 적당하고, 거기 원서 넣으려고요."
"거기도 내가 잘 아는데. 연결해 줄까? 그래. 싫다고 하겠지."
 말한 사람이나 듣는 사람이나 어이없어 웃고 있을 때, 아래층 입구 쪽에서 규칙적인 발걸음 소리가 들렸다.
"친구분 오시나 봐요. 걷는 소리가 되게 점잖으시다."
"어? 은효 씨 귀 되게 좋네. 아직 보이지도 않는데 소리가 들려?"

"훗, 제가 말 안 했던가요? 매의 눈과 돌고래의 귀를 갖고 있다고."

둘의 대화가 끝났을 즈음, 계단에서 차츰 올라오는 남자의 모습이 보였다.

규모는 그리 크지 않지만 고풍스러운 인테리어가 돋보이는 레스토랑이었다. 복층 구조로 이뤄진 실내엔 손님이 하나도 없었다.

클래식한 하이칼라의 유니폼을 입은 남자 직원이 입구에서부터 윤을 맞이했다. 그는 이 층과 연결된 계단 앞까지 윤을 안내했다.

아래층에서 계단을 오르던 윤이 발을 멈췄다.

"훗, 제가 말 안 했던가요? 매의 눈과 돌고래의 귀를 갖고 있다고."

숨이 멎었다. 한 번도 잊은 적 없던 그리운 음성에 그의 손이 미세하게 떨렸다. 잔인한 기대가 가슴을 파고들었다.

'설마……'

윤의 맥박이 빨라졌다.

지훈과 은효는 자리에서 일어나 남자를 맞이했다. 지훈이 자신의 양쪽 맞은편에 선 두 사람을 소개했다.

"인사해. 이쪽은 내가 제일 좋아하는 친구 호윤. 그리고 이쪽은 내가 탐내고 있는 친구 연은효 씨."

윤이 은효에게 악수를 청했다.

"얘기는 많이 들었습니다. 듣던 대로 미인이시네요."

"반갑습니다. 그런 얘기 많이 들었어요."

은효의 손이 윤의 손을 잡았다. 윤은 저도 모르게 잡은 손에 힘을 주었다. 은효의 눈이 놀란 듯 커졌고, 윤은 얼른 손을 놓았다.

"은효 씨 점점 뻔뻔해지는 거 알아?"

두 사람의 미묘한 분위기를 알 리 없는 지훈이 자리에 앉으며 너스레를 떨었다.

"아무래도 내가 공주님 한 분을 만든 것 같다."

당황한 윤과는 달리 은효는 대수롭지 않게 대화를 이어갔다.

"웃자고 한 말이죠. 호윤 씨야말로 영화배우인 줄 알았어요. 혹시 이사님이 괴롭히지는 않았나요?"

"글쎄요. 저한테는 계약하자는 말이 없던데."

"에이, 그럴 리가요!"

5년 전, 절망을 품고 있던 소녀는 환한 빛을 발하는 숙녀가 되었다. 여전히 짧지만 세련되어진 머리, 똘망똘망한 동그란 눈, 입꼬리가 보기 좋게 올라간 도톰한 입술……. 보고 싶었지만 차마 찾을 수 없었던 그리운 사람.

'너를 만났는데, 나는…… 나는 아무것도 할 수가 없구나.'

지훈이 가끔 만날 때면 보여주고 싶은 사람이 있다고 했었다. 대박을 노릴만한 신선한 마스크의 소유자라며 들뜬 표정을 지었었다. 그런데 설마 그 사람이 은효일 줄이야…….

푸석한 민얼굴이었던 마지막 모습과는 달리 연한 메이크업을 한 은효는 천생 여자였다. 지훈과 많이 친한 듯 티격태격하는 모습을 바라보며 윤은 복잡한 심경이 되었다.

식사가 끝나고 테이블엔 와인이 놓였다. 주거니 받거니 대화를 하는 두 사람과는 달리, 윤은 말없이 두 번째 비운 잔에 와인을 채웠다.

지훈을 향해 웃고 있는 은효의 옆모습이 보였다. 둥그스레한 예쁜 귀엔 앙증맞은 꽃 모양의 귀걸이가 달려있었다. 대화하는 상대방의 시선을 그대로 담은 은효의 눈동자는 깊고 투명했다. 습관인 듯, 가끔 혀로 아랫입술을 적시는 모습이 사랑스러웠다. 와인 때문인지, 아니면 상대에게 느끼는 감정 때문인지 그녀의 볼은 발그레했다.

'나를 볼 때 너는 어떤 얼굴을 하고 있었니?'

찌르르한 통증이 넘긴 와인을 따라 목을 타고 흘렀다. 은효가 밝게 웃을수록 가슴 한쪽이 저릿했다. 그녀의 미소가 자신을 향한 것이 아니라는 것을 알기에 윤은 더욱 아팠다.

"넌 술도 많이 못하는 녀석이 말도 안 하고 벌써 몇 잔째냐?"

"두 잔."

지훈이 내민 잔에 윤이 자신의 잔을 부딪쳤다.

"그냥 보고 있는 것도 좋네. 두 사람."

"그래? 잘 어울리냐?"

은효가 포크에 과일을 꽂아 윤에게 건네며 말했다.

"안주를 안 드시네요. 이거 드시고 이상한 말씀은 하지 말아주세요."

"안 어울린다고 하려 했는데, 맘에 안 드시려나?"

윤이 과일을 건네받아 입에 넣었다. 은효가 흡족한 표정을 지으며 놀리듯 지훈을 쳐다보았다.

"아뇨! 맘에 들었어요."

"아니, 왜 안 어울리는데? 선남선녀에 완벽한 싱글에, 이보다 더 잘 어울릴 수가 있나?"

"스토커는 제 취향 아니라고 했죠? 그리고 이사님은 주변에 예쁜 여자들이 너무 많아서 부담스러워요. 전 나만 쳐다봐 주는 남자가 좋다고요."

"와, 지금까지 은효 씨만 쳐다본 사람 진짜 억울하다. 스토커는 싫다며! 왜 말이 앞뒤가 안 맞아?"

은효가 지훈의 말을 무시하고 윤을 향해 몸을 돌렸.

"호윤 씨는 외국에 자주 나가시나 봐요?"

"업무상 그렇습니다."

"주로 어디를?"

"여기저기. 굳이 말하자면 유럽?"

"부러워요. 세계를 누비며 일한다는 건…… 멋져 보이기도 하고."

지훈이 대화에 끼어들었다.

"우리 회사랑 계약하면 해외 로케 많이 보내줄게. 진즉 말하지!"

"제가 무슨 영화를 찍어요. 어울리지도 않게."

윤이 와인 잔을 내려놓으며 은효에게 물었다.

"은효 씨는 전공이 어떻게 됩니까?"

"인류학이요. 제가 재수하면서 많은 생각을 했는데, 단편적인 공부보다는 좀 더 포괄적인 공부가 하고 싶더라고요."

"그럼 어학연수는 어떤 목적으로?"

"그건……."

은효가 말을 이으려 할 때, 지훈이 자리에서 일어섰다.

"대화 중에 미안! 급한 전화 좀 받고 올게. 잠깐 실례."

지훈이 휴대폰을 들고 아래층으로 사라졌다. 은효가 잠시 머뭇거리다 입을 열었다.

"대학에 가서 공부하다 보니 이것저것 욕심이 생겼어요. 여행하고 싶은 마음에 언어도 배우게 됐고, 그러다가 에스파냐어에 꽂혀서 스페인을 다녀오게 됐죠. 그곳에서 어학연수를 하면서 문화유산 복원 쪽에도 관심이 생겼어요. 건축도 배우고 싶고요."

"욕심쟁이네. 은효 씨."

"그쵸? 터무니없죠? 원래 제 꿈은 항공사나 여행사 직원이었는데 어쩌다 보니 이러고 있네요."

"공부를 더 할 생각이신가?"

"한잔 더 하실래요?"

은효가 와인 병을 잡으며 물었다. 윤이 빈 잔을 내밀었다.

"이 정도는 괜찮으신 거죠?"

은효가 와인을 따라주며 그의 안색을 살폈다. 윤은 대답 대신 어깨를 조금 으쓱였다.

"공부는, 학비를 좀 모아서 하려고요. 취업 준비 중입니다."

"생각해둔 곳은 있습니까?"

"왜요? 취직시켜 주시려고요? 후훗, 농담이고요. 마침, 통역비서 채용이 있어서 원서 넣으려고요. 제가 이래 봬도 못하는 언어가 없거든요!"

"확실히 탐나는 인재긴 하군요."

"부모님께 감사하고 있어요. 제법 쓸 만한 머리를 물려주셔서……."

은효가 아랫입술을 물었다 놓았다. 와인 잔을 들어 올리는 은효의 손이 미세하게 떨렸다. 와인을 한 모금 마시고 잔을 내려놓은 그녀가 미안한 표정을 지었다.

"제가 이래요. 부모님 생각만 하면…… 조절이 잘 안되더라고요. 죄송해요. 저 때문에……. 분위기 썰렁해졌다. 그쵸?"

"누구나 그리운 사람은 있기 마련이죠. 감정조절이 안 될 만큼."

취기 때문일까. 어색하게 웃는 은효의 모습에 가슴이 울렁댔다. 참고 있던 그리움이 폭발해버릴 것만 같았다. 와인 잔을 잡은 윤의 손등에 핏줄이 불거졌다.

"근데 저, 호윤 씨 얼굴이 낯설지가 않아요. 우리 어디서 만난 적 있나요?"

윤의 손에 쥐어진 와인 잔이 퍽 소리를 내며 박살이 났다. 순간적으로 힘을 조절하지 못한 탓이었다.

주르륵, 피가 섞인 와인이 손을 타고 흘러내렸다.

"어머! 잔이 깨졌었나 봐요!"

은효가 벌떡 일어나, 가방에서 손수건을 꺼내 그에게로 달려갔다. 걱정을 담은 그녀의 눈빛이 불안하게 흔들렸다.

"천천히 손을 펴세요. 천천히요."

"괜찮아요. 놀라지 마요."

윤이 손을 펴서 깨진 와인 잔을 내려놓았다. 손바닥에 유리 조각이 꽤 많이 박혀 있었다.

"여기 사람을 불러야겠어요."

"쉿! 지훈이 아직 통화 중인 것 같은데 방해하고 싶지 않습니다. 이 정도는 괜찮아요."

그가 박힌 유리 조각을 직접 손으로 빼내었다. 베인 상처 사이로 피가 제법 많이 솟아 나왔다. 은효가 바들바들 떨리는 손으로 윤의 손을 잡고 들여다보았다.

"유리 조각이 남아있진 않네요. 아, 어떡해. 많이 다쳤네."

"들고 있는 손수건은 어디에 쓰시려고?"

"아, 맞다!"

은효가 허둥지둥, 손수건으로 그의 손을 감았다. 서툴지만 최선을 다하는 그녀의 모습에 오래전 그때가 또 떠올랐다. 윤이 형님! 괜찮으세요? 라고 그녀가 물어봐 줄 것만 같았다.

"윤이 씨? 괜찮으세요?"

윤이 조금 놀란 표정으로 그녀를 올려보았다. 은효가 멋쩍게 웃으며 자리로 돌아갔다.

"이름이 외자시라 성까지 붙이니까 좀 어색해서요. 오늘 처음 뵙는데 너무 친한 척하는 건가요?"

"좋은데요."

"제가 시골 출신이라 윤이 씨를 본 적이 없을 텐데…… 너무 잘생기셔서 연예인하고 착각을 했나 봐요."

"그런 얘기 많이 들었습니다."

"와, 바로 써먹으시네."

둘이 마주 보며 웃었다.

웃을 때 왼쪽 볼에 보조개가 들어가는 것도, 눈이 예쁜 초승달 모양이 되는 것도, 하나도 놓치지 않고 윤은 기억의 주머니에 은효의 모습을 담았다.

"무슨 재밌는 얘길 했길래 나만 빼고 웃고 있…… 너 손 왜 그래!"

통화를 마치고 자리로 온 지훈이 놀라며 윤의 손을 잡았다.

"어쩌다 이런 거야?"

"별거 아니야. 잔이 깨졌어."

"뭐?"

은효가 흠흠 하고 헛기침했다.

"저기…… 저는 먼저 일어나 볼게요. 시차 적응도 안 되고 내일 시골에 가야 해서 일찍 자야 할 것 같아요."

"시간이 벌써 이렇게 됐네. 밑에 기사 불러뒀으니 같이 타고 가. 윤이는 이따 호텔에서 보고."

"저 그냥 택시 타고 갈게요. 그게 편해요."

핸드백을 들고 일어서는 은효의 옆으로 지훈이 다가가며 말했다.

"내가 안 편해서 그래. 전에 같이 살던 친구네 집으로 갈 건가?"

"기억력도 좋으셔라. 네, 그렇습니다."

"가자. 데려다줄게."

윤이 자리에서 일어섰다.

"오늘 반가웠어요."

"저도요. 얼른 가셔서 손 소독부터 하세요. 음악 하시는 분이 손을 다쳐서 걱정이네요."

음악이라는 말에 윤이 미간을 찡그리며 지훈을 쳐다봤다. 은효가 혀를 쏙 내밀며 아차 하는 표정을 지었다.

"아, 이거 비밀이었죠? 하하…… 이사님 가시죠."

윤을 향해 꾸벅, 고개 인사를 한 은효는 서둘러 아래층으로 사라졌다. 지훈이 계단을 내려가기 전, 윤을 돌아보았다.

"이 실장님 부를 거지? 다녀와서 한잔 더 하자."

"그래."

테이블에 혼자 남겨진 윤은 의자를 뒤로 빼, 편한 자세로 앉았다. 아래층에서 은효의 재잘대는 소리가 들려왔다.

-윤이 씨가 손만 안 다쳤으면 피아노 쳐 달라고 할 뻔했어요. 나 취했나 봐.

방금 당황해하던 은효의 표정이 떠올라 윤은 콧숨을 뱉으며 웃었다. 그러다 문득 그녀가 보고 싶어졌다. 불과 몇 분 전에 눈앞에 있던 은효가…… 참을 수 없을 만큼 보고 싶었다.

그는 자리에서 일어나 주차장이 보이는 유리창 쪽으로 걸어갔다. 건물 밖으로 나오는 두 사람의 모습이 보였다. 윤은 커튼에 몸을 숨긴 채, 은효를 바라보았다.

"저 진짜 택시 타고 갈게요, 이사님."
은효가 레스토랑에서 나오며 말했다.
"손도 다치셨는데, 이사님이 같이 계셔주세요."
"걱정 마. 윤이에게는 만능 해결사가 있으니까. 아마 곧 올 거야."
"제가 너무 미안하잖아요."
"나한테도 좀 그렇게 마음을 써봐. 난 만능 해결사도 없는데."
지훈이 문을 열어주며 말했다.
"이럴 때 아니면 언제 은효 씨와 뒷좌석에 나란히 앉아보나."
"저 진심 혼자 가고 싶어졌어요."
"하핫, 얼른 타."
열린 문을 잡고 차에 타려던 은효는 무심코 식사했던 2층 쪽을 쳐다보았다. 가려진 커튼 뒤로 설핏 사람의 그림자가 보였다. 순간 누군가의 시선과 마주쳤다고 생각했을 때, 남자의 음성이 머릿속으로 들어왔다.
《또 보자. 돌고래.》
깜짝 놀라 눈을 크게 뜨고 자세히 보았을 땐 그곳에 아무도 없었다. 은효는 차에 타며 묘한 기시감을 느꼈다. 분명 같은 경험을 했던 적이 있었던 것 같았다. 은효는 멀어지는 레스토랑에서 한참 동안 시선을 떼지 못했다.

호텔에 도착하는 내내 윤은 이 실장에게 잔소리를 들어야만 했다. 아무리 회복이 빠르다고 해도 연주 레코딩이 코앞인데 다치면 어쩌냐는 둥, 인간인 사피의 앞에서 힘 조절을 못 했다는 둥, 나이가 들면서 점점 더 사설이 길어지는 경향이 있었다.

윤은 이 실장에게 은효를 만난 사실을 말하지 않았다. 애초에 사피여자를 마음에 두는 것에 대해 상당한 경계를 하는 그였기에, 괜히 긁어 부스럼 만들어 좋을 게 없다고 생각했다.

슈피르는 반드시 슈피르와 결혼하는 것이 원칙이었다. 간혹 슈피르와 사피의 결합도 있긴 했지만, 우월 인자인 블뤼의 경우엔 절대 불허했다. 더군다나 슈피르의 차기 수장 솔칸인 윤에게 다른 생각은 있을 수도 있어서도 안 되는 일이었다.

은효와 무엇을 어떻게 하겠다는 생각은 해 본 적이 없다. 아무것도 남아있지 않은 상황에서 그런 생각을 한다는 것 자체가 무의미한 일이었으니까.

지나가는 바람보다 짧은 순간이었다. 은효와 같은 공간에서 설렘을 느끼고 서로를 원했던 시간은 하룻밤의 꿈보다 허망했다.

'어쩌면 잘된 것인지도 모르지. 끝을 알고 있는데 시작을 하는 것만큼 무모한 짓은 없을 테니까.'

소독을 끝내고 붕대 감은 손을 바라보는 윤의 눈동자는 절망으로 어두워졌다. 누구보다 이성적이라 자신했던 그였다. 그런데 왜, 그녀 앞에서만은 흔들리고 마는지 스스로 이해할 수가 없었다.

얼음이 가득한 잔에 위스키를 붓고 있을 때, 호텔 방의 벨이 울렸다.

"너 오늘 꽤 마신다? 무슨 일 있냐?"

지훈이 재킷을 벗어 소파에 던지고는 윤이 앉은 창가로 다가갔다. 윤은 빈 잔에 얼음을 채웠다.

"꽤나 욕심나는 친구인가 봐. 풀 서비스를 하는 걸 보니."

"자그마치 3년이다. 내가 은효에게 공들인 시간이."

지훈이 위스키가 든 잔을 받아, 윤의 맞은편 의자에 앉았다.

"지금은 내가 무엇을 위해 공을 들이는지 목적 자체가 헷갈리고는 있지만 말이다."

지훈이 한 손으로 셔츠의 단추를 가슴까지 풀고, 의자에 깊숙이 몸을 기대며 술잔을 입에 가져다 댔다.

술을 삼키자 지훈의 울대뼈가 시원하게 움직였다. 그는 피부에 야성미 넘치는 외모, 유들유들한 성격, 여자들이 좋아할 만한 요소는 다 갖춘 남자였다. 그런 그가 연예계 일을 하면서도 한 번의 스캔들이 없었다는 것은 신기한 일이 아닐 수 없었다.

"한창 어렸을 땐, 내가 블뤼가 아니라는 것이 견딜 수 없을 만큼 싫었어. 아버지는 왜 블뤼 여자와 결혼하지 않은 걸까, 어머니는 왜 나를 블뤼로 낳아주지 않은 걸까……."

그의 날카로워 보이는 눈매가 호선을 그렸다. 지훈이 예의 기분 좋은 미소를 지으며 윤을 바라보았다.

"나는 유독 블뤼 친구가 많잖아. 솔칸이 되실 분도 친구고, 여진이도 그렇고……. 내가 많이 웃게 된 계기가 뭔 줄 알아? 열등감을 숨기고 싶어서였어. 지금은 그게 습관이 돼버렸지만."

"밖에서 한잔 더 하고 왔냐? 어째 네가 더 취한 것 같다."

"한번은 내가 너, 이유 없이 때린 적 있었지? 끝까지 말 안 했지만, 그때 사실 너하고 여진이가 오쿨리파시로 대화하는 걸 알았기 때문이었어. 내가 뻔히 못 한다는 걸 알면서, 둘이서만 쑥덕거리는 게 눈꼴시더라고."

"맞을 짓 했네."

지훈이 키득거리며 술을 비웠다. 작정하고 마시는 듯했다.

"성인이 되면 욕심이 더 생길 줄 알았는데 아니더라. 지금은 오히려 부모님께 감사하고 있어. 굴레를 씌워주지 않아서 얼마나 고마운지 모른다."

"너 지금 나 놀리는 거지?"

"종족의 미래나 번영 같은 건, 난 몰라. 어차피 한세상 살다 가는 건 사피나 슈피르나 똑같고 우리가 조금 더 오래 산다는 것 말고는 별 차이도 없는데, 굳이 왜 명맥을 이으려고 애를 쓰는지 모르겠어."

"그러게……."

"어이쿠, 제가 솔칸이 되실 분 앞에서 망언을 지껄였네요. 사실, 이런저런 생각이 복잡해서 오랜만에 만난 김에 주정 좀 했다. 불알친구가 이래서 좋구나."

지훈이 술잔에 위스키를 따르며 물었다.

"은효, 매력 있지? 요즘 웬만한 배우들보다 훨 낫지 않냐? 아, 진짜 대박감인데."

"본인이 싫다잖아. 3년이면 그만할 때도 되지 않았나?"
"아까워서 그러지. 외모 말고 스펙도 아주 훌륭하거든. 알고 보니 완전 수재야. 틀어박혀서 공부만 하는 것도 아닌 걸 보면 머리가 진짜 좋은 친구지."
지훈의 말에 윤은 오래전 은효가 했던 말이 기억났다.

'저 머리 좋습니다. 윤이 형님이 생각하는 것보다 훨씬 많이.'

그런 친구가 더는 공부를 못하게 되었으니 가출을 감행한 것은 어쩌면 당연한 일이었던 것이다.
"손은 괜찮아? 이 실장님이 또 한바탕 난리를 치셨겠군. 어쩌다 그런 거냐?"
"취해서 힘 조절을 못 했어."
"너 원래 힘이 센 캐릭터는 아니었잖아."
"작년부터 그런 능력이 생긴 것 같아. 청력 조절하듯이 제어는 되는데, 술이 과했었나 봐."
"솔칸의 유전자는 역시 다르군."
지훈이 의자에서 일어서며 셔츠의 단추를 전부 풀었다. 그가 욕실 쪽으로 걸어가며 돌아보았다.
"나 오늘 여기서 잔다. 오랜만에 뜨거운 밤을 보내 보자고."
"미친놈."
욕실 문이 닫히고 곧바로 샤워기에서 물이 쏟아지는 소리가 들렸다. 윤은 입도 대지 않은 위스키 잔을 손에 쥔 채 등받이에 머리를 기대고 눈을 감았다.

  취했다고 생각했는데 여느 때보다 머리가 맑았다. 행복했지만 행복하지 않은 밤이었다. 잊고 있었던, 아니 잊고 싶었던 아이…… 은효를 만났다.

# Ⅶ.
산책 같이하실래요?
윤이 형님.

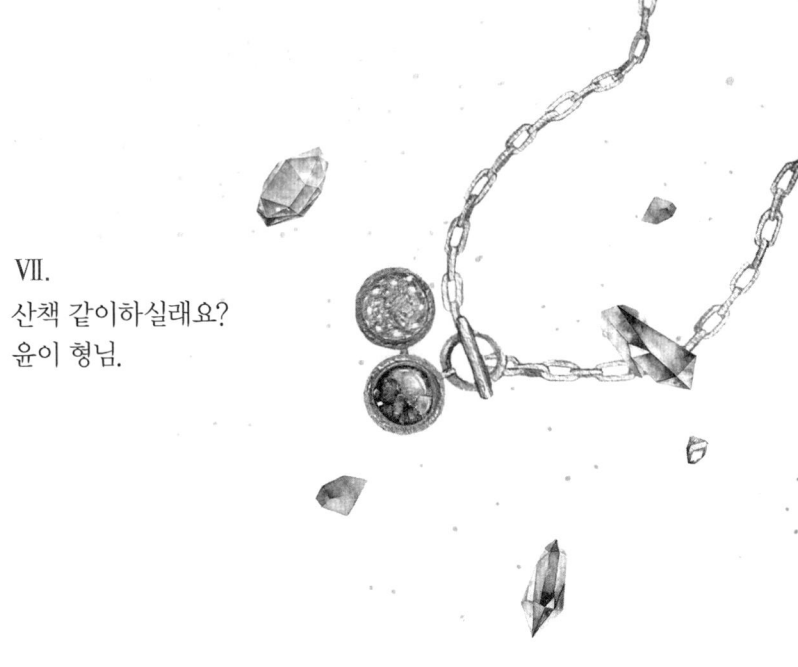

평창에서 아버지와 사흘을 보낸 후, 은효는 서울로 올라가기 전 홍천에 들렀다. 어머니가 잠들어있는 수목장에 가기 위해서였다.

4월의 햇볕은 따스했지만 바람은 아직 싸늘했다. 잔디가 파릇한 길을 따라 걸으니 어머니의 소나무가 보였다.

늘 푸른 소나무는 어머니를 닮았다. 상냥하진 않지만, 한결같은 사람. 은효는 나무를 쓰다듬으며 중얼거렸다.

"아빠가 반년 만에 살이 너무 빠졌어요. 서울 올라가면 홍삼부터 사서 보내드려야겠어. 같이 오시자고 했더니 버릇된다고 싫대. 근데 왔다 가신 지 얼마 안 됐나 봐. 나무 주변에 잡풀이 하나도 없네."

은효는 나무 밑에 쪼그리고 앉았다.

"가진 돈 탈탈 털어서 공부하고 왔으니 이제 또 벌어야지. 당분간은 춘영이한테 신세 좀 지려고. 서울에 방값이 어마어마하거든. 그냥 확 연예인 해버릴까? 저번에 내가 말했던 그 실없는 이사가……."

진동 모드로 해놓은 휴대폰이 점퍼 주머니에서 요란하게 흔들렸다. 호랑이도 제 말 하면 온다더니, 폰 화면에 지훈의 이름이 떴다.

"여보세요?"

-아버님은 잘 만나 뵀어?

은효가 고개를 저으며 인상을 찡그렸다.

-왜 대답이 없지? 같이 갈 걸 그랬나 후회했는데. 사윗감으로 어떠시냐고 여쭤도 볼 겸.

"안 바쁘세요? 이사님?"

-나한테 물어볼 게 맨날 그거밖에 없나?

"걱정돼서 그러죠. 명색이 우리나라 탑 쓰리 안에 드는 엔터테인먼트인데, 대표님이 너무 한가해 보이셔서요."

폰 너머로 지훈의 웃음소리가 들렸다.

-나 지금 강원도로 내려가는 중이야. 아직 평창인가?

"아뇨. 잠깐 볼일이 있어서 다른 곳에 와있어요."

-뭐? 어디?

은효가 짧게 숨을 내쉬고 대답했다.

"꼬치꼬치 물으실 테고, 저는 결국 대답을 해야겠죠? 홍천이에요."

-어디?

"홍. 천. 이요."

-나 지금 완전 소름! 우린 역시 만날 수밖에 없는 운명인가!

또 무슨 말을 하려고 그러십니까. 은효는 포기하는 마음으로 다음 말을 기다렸다.

-내가 지금 가는 곳이 홍천이거든. 근데 은효 씨는 거기 왜 있어?

"제 고향이에요."

-아, 고향이구나! 나 금방 도착할 것 같은데 기다려줄 거지?

은효가 굽혔던 다리를 펴고 일어서며 말했다.

"일 보고 가세요. 저는 먼저 올라갈게요."

-진짜 오랜만에 하루 휴가 내서 놀러 가는 건데, 얼굴 좀 보여주지? 일부러 이렇게 만나기도 쉽지 않잖아.

"홍천에 놀러 오신다고요?"

-솔직히 말하면 은효 씨를 픽업해서 같이 홍천으로 갈 계획이었지. 이렇게 먼저 가서 기다리고 있을 줄은 상상도 못 했네.

은효는 나무에 걸린 명패를 손으로 문질렀다. 뽀얀 흙먼지에 가려졌던 어머니의 이름이 선명히 보였다.

"그렇죠. 상상도 하지 마세요. 제가 왜 이사님과 여기서 휴가를 보내겠어요."

-저번에 소개해줬던 내 친구, 윤이 별장이 거기에 있어. 며칠 지내다 간다길래 나도 하루 가서 쉬려고.

그가 한 박자 쉬고, 힘을 주어 말했다.

-같이 가자.

"두 분이 좋은 시간 보내세요. 제가 끼면 불편하기만 하죠."

-거기 꽤 근사하게 꾸며서 한 번쯤 가볼 만해. 숲속이라 공기도 좋고, 건물도 유럽풍으로 지었어. 특히 정원이 예뻐. 아마 요즘 꽃이 한창일 거야.

그의 기세로 보아, 기다렸다 얼굴은 보고 가야 할 것 같았다. 지훈이 작정하고 덤비면 거절할 방도가 없기 때문이다.

은효가 그리움이 담긴 손길로 어머니의 나무를 어루만졌다. 발길이 쉽게 떨어질 것 같지 않았다.

"이사님 때문에 오붓한 시간을 방해받았어요. 오랜만에 만나러 왔는데……."

-누굴?

은효의 눈동자가 촉촉이 젖어 들었다.

"비밀이에요."

국도를 따라가던 지훈의 차는 인가와 꽤 떨어진 숲길 쪽으로 방향을 틀었다. 겉으로 봐서는 사람이 살 것 같지 않은 나무와 풀이 무성한 숲이었다. 비포장도로를 조금 지나고 나니 잘 닦인 도로가 시작됐다. 그리고 길옆으로는 울타리가 세워져 있었다.

〈이곳은 사유지이니 외부인의 출입을 금합니다〉

울타리의 군데군데 이런 안내 푯말이 걸린 게 보였다. 은효는 조수석의 창문을 열고 손을 바깥으로 내밀었다. 손가락 사이로 서늘한 바람이 빠져나갔다.

"이거 납치인 거 아시죠? 아무리 봐도 근처에 버스터미널이 있을 것 같지는 않은데?"

지훈이 다소 과장된 몸짓으로 주변을 살피며 너스레를 떨었다.

"길을 잘못 들었나? 어쩔 수 없네. 나하고 놀다 가야겠다. 은효 씨."

"빨리 가서 취업 준비도 해야 한단 말이에요."

"나랑 계약하자니까? 최고 대우로 해줄게."

은효가 눈을 감고 깊게 숨을 들이마셨다. 풋풋한 풀냄새와 흙냄새, 그리고 꽃향기가 기분 좋게 섞여 들었다. 투덜거린 것과는 달리 그녀의 입은 웃고 있었다.

"아, 봄 냄새! 날씨가 좋아서 이번만 봐줄게요. 다음부터 이러면 바로 신고 들어갑니다."

"윤이는 은효 씨와 같이 가는 거 모르는데, 아마 깜짝 놀라겠지?"

"뭐라고요? 주인에게 미리 양해도 안 구하고…… 이렇게 가는 거 실례라고요!"

지훈이 싱글싱글 웃으며 은효에게 고개를 돌렸다.

"괜찮아. 윤이도 반가워할 거야. 내 친구가 곧 윤이 친구니까."

"그런 억지가 어딨어요?"

"배고프지? 여기 별장 요리사 음식 솜씨 끝내준다. 기대해도 돼."

은효가 시무룩한 표정으로 투덜거렸다.

"갑자기 오느라 선물도 못 사 왔네. 처음 가는데 빈손으로 가게 생겼잖아요."

"우리가 선물이야. 가서 재밌게 놀아주면 되지."

"하아, 저 진심, 이사님하고 안 놀고 싶어요. 이러다 저까지 이상해질 것 같다고요."

은효의 말에 지훈이 소리 내어 웃었다.

"그 말엔 부인할 수가 없네. 내가 평범한 사람은 아니지."

"처음부터 알고 있었거든요."

"과연 그럴까? 은효 씨가 알고 있는 게 전부일까?"

"맙소사, 그럼 더 이상한 뭔가를 숨기고 있다는 건가요?"

지훈의 웃음소리가 더욱 커졌다.

"그럴지도."

두 사람이 탄 차는 어느덧 별장의 입구에 다다랐다.

떨어지는 벚꽃의 아쉬움을 달래듯, 복숭아꽃이 꽃망울을 터트렸다. 아슬아슬하게 붙어 있던 벚꽃 잎이 바람에 흩날렸다. 연두색 잔디 위로 꽃비가 내려앉았다.

봄의 햇살은 유난히 눈이 부셨다. 긴 겨울과 여름을 연결하는 찰나의 행복을 기억하라는 듯…….

레코딩 준비로 연습을 하던 윤은 잠시 바람을 쐬러 밖으로 나왔다. 봄으로 치장한 정원은 흠잡을 데 없이 정리되어 있었다. 윤은 느긋한 걸음으로 주변을 둘러보았다. 바쁜 일상 속의 달콤한 휴식이었다.

한적한 숲 너머로 차 엔진 소리가 들려왔다. 놀러 온다던 지훈이 도착한 모양이었다. 윤은 별장 입구 쪽으로 발길을 돌렸다. 오랜만의 친구 방문에 그의 발걸음이 가벼웠다.

별장 입구에서 지훈을 기다리던 윤은 조수석에서 내리는 은효를 발견하고 당황했다. 평화로웠던 감정이 순식간에 혼란스러워졌다. 어떤 표정으로 그들을 대해야 할지 난감했다.
아이보리색 면 점퍼에 빛바랜 청바지를 입고 있는 은효는 소년의 모습이었다. 운동화에 옆으로 맨 백팩, 짧은 머리, 화장기 없는 얼굴…… 이 실장의 표현이 딱 맞았다는 생각이 들었다.
'잘 나가는 남자 아이돌.'
지훈의 옆에서 어색하게 웃으며 다가오는 은효가 딱 그러했다.
"송구스럽게 뭘 나와서 기다리고 그래. 내가 그렇게 보고 싶었냐?"
은효는 며칠 전 레스토랑에서 봤던 모습과는 확연히 다른 분위기였다. 그날은 누가 봐도 세련된 여성이었는데, 오늘은 영락없는 개구쟁이 소년이었다.
지훈이 손을 들어 보였다.
"미래의 대스타 은효 씨도 함께 왔다. 좋지?"
"이사님! 그런 말 좀 하지 마시라고요!"
은효가 들고 있던 백팩으로 지훈을 때리며 부끄러워했다. 윤은 최대한 자연스럽게 그들에게 다가가며 인사를 건넸다.
"은효 씨, 또 보네요. 잘 왔어요."

"뭐냐? 웬 발 연기 발성? 우리가 와서 그렇게 좋아?"
"너 그냥 갈래? 밥 안 준다!"
인사할 타이밍을 놓친 은효가 모호한 표정을 지으며 끼어들었다.
"잘 지내셨어요? 본의 아니게 납치당해서 오게 됐지만 잘 부탁드립니다."
"납치……라뇨?"
"그건 친구분께 물어봐 주세요. 그나저나 여기 정말 예쁘네요."
은효가 두 남자를 지나 정원 쪽으로 걸어갔다. 한참을 두리번거리던 그녀가 윤을 향해 돌아서며 말했다.
"근데 너무 신기해요. 마치 꿈에서 여길 본 것 같아요. 계절은 겨울이었는데 분명 이곳이 맞거든요. 이거 데자뷰인가요?"
윤은 말문이 막혀버렸다. 대꾸를 해줘야 하는데 아무 말도 할 수가 없었다. 가슴이 먹먹해져 머리까지 텅 빈 느낌이었다. 윤이 짧게 심호흡을 하고 있을 때, 지훈이 그녀에게 다가가며 말했다.
"여기가 유럽풍으로 꾸며져서 그럴지도 모르겠다. 스페인에서 비슷한 곳을 가봤던 거 아닐까?"
"그런가? 굉장히 생생해서 언젠가 와봤던 것 같아요. 그럴 리가 없는데."
"그럴 리가 없지. 윤이 성격이 워낙 까칠해서 여기 아무나 안 들여보내 주거든. 오다가 봤잖아. 외부인 출입 금지 푯말."
"아, 하하. 그, 그런가요."

윤은 두 사람이 걸어가는 뒷모습을 가만히 바라보았다. 지훈이 눈을 빛내며 은효에게 정원을 구경시켜주고 있었다.

'은효, 너는 그런 표정을 짓고 있었구나.'

눈이 보이면 제일 먼저 은효와 함께 정원을 걷고 싶었다. 소리로만 듣는 게 아닌, 반짝이는 그녀의 눈을 바라보며 걷는 상상을 했다. 매일 밤, 잠이 들기 전엔 습관처럼.

"윤! 배고프다! 맛있는 거 줄 거지?"

지훈의 음성에 타념(他念)이 멈춰졌다. 윤은 천천히 그들을 향해 걸음을 옮겼다. 상상만 했던 꿈이 현실이 될지도 모른다는 기대가 생겼다. 은효가 지금 여기에 있다.

"남 집사님 건강하시죠?"

지훈이 별장 안으로 들어서며 남 집사에게 인사를 건넸다. 무심코 인사를 받던 남 집사는 뒤에 따라 들어오는 은효를 발견했다. 잠깐 놀랐지만, 내색은 하지 않았다.

"어서 오십시오. 지훈 도련님은 여전히 유쾌하시네요."

"하루 신세 지고 가겠습니다. 여기 친구도 데려왔어요. 예쁘죠? 제가 찜해놓은 우리 회사 미래 간판스타입니다."

"안녕하세요. 연은효라고 합니다. 이사님 말씀은 흘려들어 주세요."

남 집사가 잠시 멈칫하고 있을 때, 윤이 들어섰다.

"집사님, 식당에 식사 준비 좀 부탁드릴게요. 그리고 잠시 저 좀 봬요."

"네 도련님."

남 집사가 식당으로 사라지고, 세 사람은 일단 거실로 이동했다. 윤은 두 사람에게 잠시 쉬고 있으라고 이른 뒤, 남 집사가 있는 식당으로 향했다.

윤은 거실에서 최대한 떨어진, 식당에 붙은 창고에 남 집사를 불렀다. 혹시라도 지훈이 들을 수도 있었기에 조심에 조심을 더했다.

"은효는 이곳에 있었던 기억이 전혀 없습니다. 모두에게 입단속, 부탁드릴게요."

"어찌 된 일인지는 여쭙지 않겠습니다."

"나중에 말씀드릴게요."

윤이 잠시 머뭇거리다 물었다.

"그때와…… 많이 달라졌나요? 은효."

"더 예뻐지셨네요."

"혹시 처음부터 알고 계셨습니까? 저 아이가 여자라는 거."

남 집사가 은은한 미소를 지었다.

"제가 눈썰미는 이 실장보다 나은가 봅니다."

"아, 그랬구나. 알고 계셨구나."

"은효 학생이 손님으로 찾아오니 더 반갑군요. 식사 준비 빨리 시키겠습니다."

창고 문을 열고 남 집사가 먼저 밖으로 나갔다. 남겨진 윤은 벽에 기대어 오래전 그때를 떠올렸다.

'저 사실 여잡니다. 흠흠, 다시! 저 남자 아닙니다. 여자예요. 아, 이것도 아니야.'

 눈썰미 없는 이 실장 덕에 어쩌면 은효를 곁에 두었을지도 모른다는 생각이 들었다. 저렇게 예쁜 여인을 남자로 만들어버린 자신이 한심해 윤은 혼자 쿡쿡 웃었다.
 '아, 이 실장!'
 서울에서의 업무가 끝나면 저녁 늦게라도 홍천에 오겠다던 이 실장의 말이 떠올랐다.
 윤은 창고 밖으로 나가며 이 실장에게 전화를 걸었다. 다음 주에 잡혀있던 일본 출장을 미리 다녀오라고 지시할 생각이었다. 은효가 이곳에 온 사실을 이 실장은 절대 몰라야 했기 때문이다.

 식사가 준비되고 세 사람은 식탁에 앉았다. 신선한 채소로 만든 샐러드와 갓 구운 스테이크, 풍미 가득한 빵 등이 차려졌다. 지훈이 미리 가져온 와인을 세 개의 잔에 따랐다.
 "이거 내가 진짜 아끼는 와인인데 오늘을 위해 가져왔지."
 그가 와인 잔을 은효의 앞에 놓으며 말했다.
 "우리 은효, 많이 먹어. 여기 음식 진짜 맛있으니까."
 "미리 말씀도 안 드리고, 염치없이 빈손으로 온 저에게 하실 말씀은 아니죠."
 윤을 향해 몸을 돌리며 은효가 난처한 표정을 지었다.
 "윤이 씨, 미안해요. 제가 다음에 작은 선물하나 준비할게요."

"신경 쓰지 마요. 지훈이 친구면 제 친구기도 하니, 가끔 바람 쐬고 싶을 때 언제든 놀러 와요."

지훈이 자리에 앉으며 말했다.

"거봐. 내 말이 맞지? 우리 윤이가 날 얼마나 좋아하는데."

"그럼, 내가 널 얼마나 좋아하는데."

윤이 자기 접시에 있던 익힌 당근과 브로콜리를 덜어 지훈의 접시에 옮겼다.

"몸에 좋은 건 친구 다 드시게."

"야, 너 아직도 편식하냐? 나이가 몇인데."

"저, 저기, 그럼 제 것도……."

은효도 슬며시 구운 아스파라거스를 지훈의 접시에 올렸다.

"이거 뭐지? 둘 다 초딩 입맛이야?"

"저도 이사님을 많이 좋아해서 드리는 거예요."

"이런 거 말고 다른 거로 좀 표현해 봐. 계약이라든지……."

은효가 얼른 고개를 돌려 식사에 집중하는 척했다.

"맛있겠다!"

"많이 들어요."

모종(某種)의 공통점을 나눈 윤과 은효는 지훈을 사이에 두고 눈웃음을 교환했다.

"아 근데, 진짜 이상하네요."

은효가 고기를 썰다 말고 고개를 갸우뚱거렸다.

"이 식당도 너무 낯이 익어요. 지금 이 상황도……."

마침 고기를 입에 넣고 있던 윤이 멈칫, 동작을 멈췄다. 그러다 이내 아무 일 없듯 고기를 천천히 씹었다.

"제가 여기 왔을 리가 없는데, 꿈속에서 본 것처럼 기시감이 느껴져요. 뭘까요?"

"여기가 은효 씨 취향인가 보지. 되게 마음에 들었나 보다."

"그런가……."

지훈이 와인 잔을 들어 건배를 제안했다.

"우리 오늘 재밌게 놉시다! 윤이 너, 연습 하루 쉬어도 되지?"

"빨리도 물어본다."

"몰라, 놀아! 자, 우리의 좋은 만남을 위하여!"

은효가 두 남자의 잔에 자신의 잔을 부딪치며 말했다.

"두 분의 우정과 맛있는 스테이크를 위하여!"


고기를 큼직하게 썰어서 맛있게 먹는 은효를 바라보며 윤은 옛날의 기억을 떠올렸다. 용케도 고기만 입에 넣어주더니…….

지훈과 은효는 식사 내내 대화를 멈추지 않았다. 겉으로는 티격태격하는 것처럼 보이지만 서로에게 꽤 익숙해져 있는 모습이었다. 둘 사이에 끼어들 틈이 없었다.

"사실 저, 이 근처 동네에 살았어요. 고등학교 졸업할 때까지."

은효가 와인을 한입 마시고는 윤에게 말을 걸었다.

"근데 여기 이런 별장이 있는 줄은 전혀 몰랐네요. 이쪽에 올 일도 없긴 했지만."

"맞다, 은효 씨 고향이 여기랬지."

윤이 뭐라 할 새도 없이 지훈이 먼저 말을 받았다.

"윤이도 여기가 고향이나 마찬가지야. 아주 어릴 때 이곳에서 살다가 미국으로 갔는데, 한국에 오더니 다시 여기서 지내더라고."

"그럼 서울에서는 어디서 지내세요?"

"호텔……."

지훈의 대답에 윤이 얼른 말을 잘랐다.

"집을 구할 생각입니다."

"뭐?"

금시초문이라는 듯, 지훈의 눈이 둥그레졌다.

"그런 말 없었잖아."

"서울에 일이 많아질 것 같아 집을 구하려고."

"아파트?"

"아니, 단독주택."

"남 집사님도 모시고 가겠군."

윤이 피식 웃었다.

"아마도."

"회사 일에 본격적으로 뛰어들 생각이군. 잘 생각했다."

"자의 반, 타의 반."

은효는 와인을 홀짝이며 둘의 대화를 듣고 있었다. 윤이 그녀에게 시선을 건네며 물었다.

"은효 씨는 어디서 지내시는지?"

"당분간은 친구 집에 얹혀 지내려고요. 일찍 상경해서 헤어디자이너로 일하는 친구가 있거든요."

지훈이 불쑥 끼어들었다.

"우리 회사랑 계약하면 숙소도 제공해준다니까."

"저 그냥 친구하고 사는 게 편하거든요."

떨떠름한 표정으로 투덜대는 은효의 모습이 사랑스러워, 윤은 자기도 모르게 입가에 웃음을 머금었다.

"저거 봐. 윤이도 웃기다잖아. 은효 씨 친구는 애인도 없나? 있으면 되게 눈치 보일 텐데?"

"없거든요! 우리 모쏠이거든요!"

얼떨결에 말해놓고 아차 싶었는지, 은효가 혀를 낼름 뺐다가 집어넣었다. 이번엔 두 남자가 동시에 소리 내어 웃었다.

식사를 마친 세 사람은 거실로 자리를 옮겼다. 디저트로 준비된 과일을 먹으며 소소한 대화를 나누었다.

중간중간 지훈은 전화를 자주 받았다. 쉬러 왔다고 했지만, 엔터테인먼트 회사의 특성상 휴대폰의 전원을 끄지는 못했다. 낌새로 보아, 뭔가 해결되지 않은 문제가 있는 듯했다. 결국 그는 컴퓨터가 있는 윤의 서재로 들어가며 양해를 구했다.

"한 시간만 둘이 놀고 있어 봐. 금방 해결하고 나올게."

"저 신경 쓰지 말고 일 보시고 나오세요."

"은효 씨. 정말 미안."

지훈이 방으로 들어가고 둘만 거실에 남았다. 침묵이 어색하기도 전에, 얼굴이 발그레한 은효가 손을 뻗어 윤의 소매를 잡았다.

"산책 같이하실래요? 윤이 형님?"

시간이 되돌려진 기분이었다. 은효의 입에서 윤이 형님이라는 말이 나왔을 때, 윤은 아무 생각도 할 수가 없었다. 바보처럼 어떤 대꾸도 하지 못했다.

"어라? 이 말이 왜 이렇게 입에 착 달라붙죠? 저도 모르게 튀어나왔는데."

은효는 여전히 그의 소매를 잡은 채 말을 이었다.

"친해지고 싶어서 그랬나 봐요. 오빠는 좀 닭살이고…… 사실 제가 어릴 땐 종종 남자로 오해를 받아서 오빠란 호칭을 써본 적이 없어요."

메는 목을 겨우 추스르며 윤이 대답했다.

"개인적으론 오빠가 더 좋지만, 형님도 나쁘지 않은데요."

"낮에 마셔서 그런가, 취기가 더 빨리 오르는 것 같아요. 근처 구경 좀 시켜주세요."

"기꺼이."

은효는 활짝 웃으며 잡은 그의 소매를 살랑살랑 흔들었다. 오래전, 눈이 왔다며 나가자고 들떠있던 그녀가 떠올랐다. 윤은 울컥하는 기분에 은효의 손을 잡았다.

깜짝 놀란 은효의 눈동자에 떨림이 느껴졌다. 그리고 그 눈동자에서 윤은 뭔가를 발견했다. 찰나였지만 분명 슈피르의 기운이었다.

윤이 다시 집중하여 홍채를 확인했을 때는 사피의 기운만이 남아있었다.

"저번에도 좀 이상했는데…… 혹시 아는 분이 저하고 많이 닮았나요?"

은효가 어색하게 웃으며 물었다.

"처음 저하고 악수했을 때도 그렇고, 지금도…… 왠지 그런 것 같아서요."

"맞아요."

윤이 천천히 은효의 손을 놓았다.

"놀라게 해서 미안해요."

"많이 가까웠던 분인가 봐요?"

윤은 대답하지 않았다. 대신 희미한 웃음으로 상황을 무마했다.

"바람 쐬러 나갈까요?"

윤이 한걸음 먼저 움직였다.

유럽에서 본 풍경이라고 하기엔 너무 익숙한 공간이었다. 나무들의 위치, 연못을 둘러싼 크고 작은 돌들, 그리고 예쁘게 지어진 별채의 모습들……. 더는 말하지 않았지만, 점점 더 강하게 느껴지는 기시감에 은효는 당황스럽기까지 했다.

언젠가 지나쳤던 것 같은 정원을 거닐며 은효는 조금 전의 상황을 떠올렸다.

'슬픈 눈이었어. 내가 헤어진 전 애인과 닮았나?'

윤은 조금 떨어진 뒤에서 따라 걷고 있었다. 쉴 새 없이 말을 거는 지훈과는 달리 윤은 한마디도 하지 않았다. 조용해서 좋긴 하지만 왠지 서운한 기분이 들었다. 억지로 따라 나온 것 같은 느낌이랄까.

"저기······."

은효가 뒤를 돌아보았다. 무심히 따라오던 그가 걸음을 멈추었다.

이마를 덮고 있던 갈색 앞머리가 바람에 움직였다. 적당히 보기 좋은 쌍꺼풀 없는 긴 눈이 매력적인 남자였다. 까만 보석처럼 빛나는 그의 눈동자와 마주쳤다. 은효는 괜히 헛기침이 나왔다.

"흠흠, 별채들은 용도가 뭐예요?"

"음악당처럼 사용하는 곳도 있고, 서고로 꾸며진 곳도 있고, 객실로 쓰이는 곳도 있어요."

"우와 관리하는 것도 힘들겠어요. 규모도 작지 않은데."

윤이 몇 걸음 다가오며 말했다.

"그렇긴 한데 애착이 많은 곳이라서요. 이런저런 이유로."

"그렇구나."

별채가 모인 쪽을 쳐다보며 은효가 손으로 가리켰다.

"제 느낌으론, 저 건물은 음악당 같고, 저 건물은 서고, 저쪽 건물이 객실로 쓰이는 곳 같아요. 맞춘 게 있나요?"

뭐라 코멘트가 있길 기대했지만, 윤은 아무 말도 하지 않았다. 꽤 가까이 다가온 그는 여전히 슬픈 눈을 하고 있었다. 은효는 괜히 기분이 이상해졌다.

'애인이 죽기라도 한 거야? 아 분위기 어색하네.'

은효가 시선을 피하려 할 때, 윤이 입을 열었다.

"전에 와 본 사람처럼 다 맞췄어요."

"어, 정말요?"

"신기하네요."

눈치를 살피던 은효가 슬며시 운을 띄웠다.

"저하고 닮은 분 말이에요."

다행히 그의 표정에 변화는 없었다.

"그분도 여기 와 봤나요? 이사님도 아는 분?"

"이곳을 좋아했어요. 그리고 지훈이는 모릅니다."

"아……."

또다시 어색해진 은효는 팔을 이리저리 흔들며 스트레칭하는 시늉을 했다. 쉽게 친해졌던 지훈과는 달리 윤과는 불편하기가 그지없었다.

"아까 차 타고 올라오다 보니 산길도 예쁘던데, 운동하는 김에 조금 멀리 나갔다 와도 될까요?"

"재미없죠? 나하고 있는 거."

"아, 아뇨. 전혀요! 그럴 리가요!"

우울했던 윤의 얼굴에 웃음이 번졌다. 심지어 그가 소리 내어 웃는다. 어느 시점에서 그리 우스웠던 걸까.

"진짜 재미없나 보네. 부정을 세 번이나 연속으로 하다니."

"아니, 진짜 재미없지 않으니까요!"

"내가 말주변이 좀 없어요. 재미없는 게 당연해요."

은효는 포기한 듯, 한숨을 내쉬고 미안한 표정을 지었다.

"솔직히 좀……."

만난 이후로 처음, 윤이 환한 표정으로 웃었다. 무슨 이유인지는 모르겠지만 웃으니 기분은 나쁘지 않았다. 아니, 덩달아 기분이 좋아지는 것 같았다. 은효도 잠시 그와 함께 웃었다.

별장에서 나오니 숲길은 또 다른 분위기가 느껴졌다. 다듬어지지 않은 자연의 싱그러움이 봄과 잘 어우러져 장관을 이루었다. 길옆의 무성한 풀과 빽빽이 선 나무 사이로 만개한 꽃들이 아름다웠다.

"이 근처에 펜션이 많은 건 알고 있었지만 직접 와본 적은 없었어요. 다른 곳도 이렇게 예쁘게 꾸며졌을까요?"

둘은 손이 닿을락 말락 한 거리를 두고 나란히 산길을 따라 걸었다. 산새 소리, 풀벌레 소리와 함께 두 사람의 숨소리가 아슬아슬하게 섞여 들었다.

"나도 이 근처는 여기 말고는 몰라요. 어릴 때부터 살았던 곳이라 당연하게 여기가 내 집이 되었죠."

"산도 있고 개울도 있고, 사계절이 다 예쁠 것 같아요. 저도 이런 곳에서 살아보고 싶네요."

"언제든 놀러 오라고 한 말, 빈말 아닌데. 생각날 때마다 와요. 물론 미리 연락 한번 주고."

"진짜 이상하네."

은효가 걷다 말고 멈춰 섰다. 윤도 따라서 그녀의 옆에 섰다. 봄꽃 향기를 실은 바람이 두 사람 사이를 스쳐 지나갔다.

"호들갑 떠는 것 같은데, 저 정말 여기 와본 것 같아요. 그리고 방금 윤이 씨가 한 그 말도 처음 들은 것 같지 않아요."

"그럴 때 있어요. 외국에 낯선 도시에 갔는데 언젠가 와본 것 같은…… 아마 은효 씨도 그런 게 아닐까요?"

"아 진짜, 와인을 마셔서 더 그런 것 같아요. 술 좀 깰 겸 달리기나 해야겠어요."

"나하고 있는 거 진짜 지루한가 보다."

은효가 정색하며 그를 쳐다보았다. 윤이 머쓱한 표정으로 그녀를 마주했다.

"아니라고요! 친구 아니랄까 봐 이사님하고 버금가게 집요하시네!"

"지훈이와 동급으로 취급받는 건 좀……."

"이사님보다 더 심할지도 모른다는 의심이 들기 시작했어요!"

은효는 간단한 스트레칭을 한 뒤, 윤을 올려보았다.

"혼자서는 무서우니까, 따라와 주실 거죠?"

"집요한 사람 만들어놓고 부탁은 왜 하시는지?"

"심증이 굳어지네요. 이사님보다 더 심하신 거로."

은효는 인상을 찌푸리며 돌아섰다. 뒤로 윤의 웃음소리가 들렸다. 달리기 시작하는 은효의 입가에도 웃음이 번졌다. 그를 웃게 만드는 게 은근 뿌듯했다. 즐거웠다.

Ⅷ.
우리가 같은 별사람인 건
맞는 거 같은데.

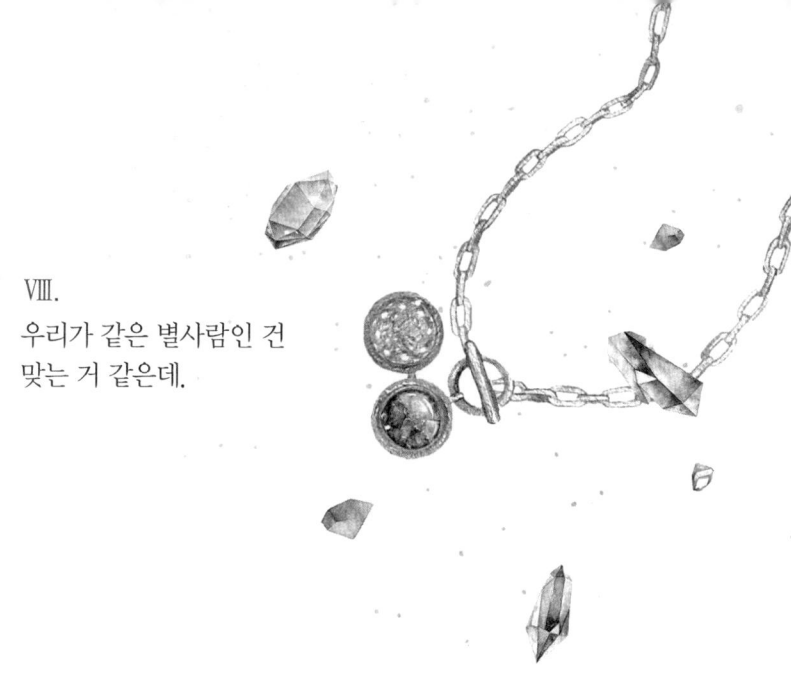

 한참 동안 숲길을 달리던 은효는 갑자기 밀려오는 공포에 숨이 턱 막혔다. 뭔가 엄청나게 안 좋은 일이 일어날 것 같은 불길함이 엄습했다. 혈관이 튀어나올 것처럼 맥박이 빠르게 뛰었다. 이유를 알 수 없는 불안감에 두려움은 점점 더 증폭됐다. 은효는 다리에 힘이 풀리며 가슴을 움켜쥐고 바닥에 쓰러졌다.
 숨을 계속해서 들이마시는데 내쉬어지질 않았다. 심호흡을 하려 해도 비정상적으로 뛰는 심장이 제 기능을 발휘하지 못했다. 은효는 아무 소리도 내지 못하고 몸을 들썩였다. 이마와 손바닥에 금세 식은땀이 솟아올랐다.
 "은효야!"
 손발에 감각이 사라지며 눈앞이 흐릿해졌다. 누군가 부르는 것 같은 환청을 느꼈을 때, 몸이 일으켜졌다. 그리고 잠시 후, 따뜻한 무언가가 은효의 입에 닿았다.

뒤를 따르던 윤은 갑자기 쓰러지는 은효의 모습에 이성을 잃고 달려갔다. 증상으로 보아 과호흡인 것 같았다. 아무것도 없는 산길에서 그가 당장 할 수 있는 응급처치라곤 인공호흡뿐이었다.

윤은 재킷을 벗어 바닥에 깔고 은효를 바른 자세로 눕혔다. 그리고 천천히 그녀의 입술에 자신의 입술을 덮었다.

비닐봉지나 종이봉투가 없던 터라, 선택의 여지가 없었다. 코를 막은 후, 상태를 확인하며 조심스럽게 숨을 불어넣었다.

하얗다 못해 파리했던 은효의 얼굴에 조금씩 화색이 돌았다. 불규칙했던 호흡이 일단 정상으로 돌아오는 듯했다.

"윤이 형님."

은효가 반쯤 눈을 떴다. 초점을 잃은 그녀의 시선은 허공을 향하고 있었다.

"우리 엄마…… 죽으면 어떡해요? 무서워요. 무서워……요."

웅얼거리듯 혼잣말을 뱉어낸 은효는 다시 정신을 잃었다. 그 모습을 바라보던 윤의 이마에 굵은 핏줄이 불거졌다. 감정이 북받쳐 올라 눈시울이 붉게 충혈되었다.

'어떤 마음으로 네가 여길 뛰어갔을지 헤아리지 못했어. 미안하다. 미안하다 은효야.'

은효의 볼에 눈물이 뚝, 떨어졌다. 그는 엄지손가락으로 후회의 흔적을 닦아냈다.

그녀가 묻어둔 상처의 크기를 가늠하지 못했다. 혼자만 기억하는 자신이 더 아프다고만 생각했다. 소름이 끼칠 만큼 이기적이었던 자신이 부끄러웠다.

빨리 별장으로 데려가 안정을 취하게 해야 한다는 걸 알면서도, 윤은 한참 동안 은효를 품에 안았다.

'나라는 기억이 너에겐 상처뿐일 수도 있겠구나. 감당할 수 없는 죄책감이었어.'

윤은 온 마음을 다해 은효를 안아주었다. 그녀를 지켜주고 싶었다. 아픈 기억은 전부 지워버리고, 세상에서 제일 행복한 사람으로 만들어주고 싶었다.

회한의 상념을 접고, 윤은 자리에서 일어섰다. 은효를 안아 든 채, 그는 자신이 낼 수 있는 최대한의 속도로 달렸다. 덕분에 별장에 도착한 그의 이마엔 땀이 흥건했다.

건물로 들어서는 윤의 모습에 남 집사는 놀람을 감추지 못했다. 불행 중 다행히도 지훈의 업무는 아직 끝나지 않은 듯했다. 윤은 손님용 방이 아닌, 자신의 침실로 이동했다.

"제 방에 눕히는 게 나을 것 같아서요."

윤이 이불을 걷어주는 남 집사에게 말했다.

"무슨 일인지는 나중에 말씀드릴게요."

은효를 눕히고 이불을 덮어준 뒤, 윤이 굽혔던 몸을 일으켰다. 무의식적으로 은효의 머리에 손을 뻗었던 그는 뒤에 선 남 집사를 의식하고 헛기침했다.

"자고 일어나면 괜찮아질 거예요. 나가죠."

"병원에 연락할까요?"

윤의 미간에 잠깐 주름이 세워졌다.

"아뇨. 이 실장이 알아서는 안 됩니다. 병원은 무슨 일이든 바로 보고가 되니까요."

"알겠습니다."

"깨어나서도 안 좋으면 그때 부탁드리겠습니다."

문을 열고 밖으로 나가던 윤이 뒤를 돌아보았다. 다행히 은효의 숨소리는 안정적이었다.

"집사님."

다소 편안해진 표정으로 윤이 방문을 닫았다.

"네, 도련님."

"오늘 저녁에 바비큐 파티할까요? 화덕 준비 좀 해주세요."

"그렇게 하겠습니다."

"그리고…… 제가 오늘 객실에서 잡니다."

남 집사는 대답 대신 가벼운 묵례를 남기고 주방 쪽으로 사라졌다. 윤은 뻐근한 팔을 위로 쭉 뻗으며 거실로 향했다. 혹시라도 일을 마치고 두 사람을 찾아다닐 지훈을 위해서.

몇 시간 사이 십 년은 더 늙은 것 같은 지훈이 서재 문을 열고 나왔다. 원래도 까무잡잡한 얼굴에 그림자 같은 다크서클이 드리워져 있었다. 읽던 책을 접어 테이블 위에 올리는 윤을 보며 지훈이 물었다.

"은효 씨는?"

"자."

"뭐?"

"일단 앉아."

당장이라도 침실로 달려가 은효를 깨울 것 같아, 윤은 그에게 앉으라고 손짓했다.

"낮잠을? 움직이기 좋아하는 은효 씨가?"

지훈은 순순히 맞은편 소파에 앉았다. 윤은 최대한 대수롭지 않게 말을 꺼냈다.

"피로가 누적됐나 봐. 산책하다 졸린다고 하길래, 내 방에서 자라고 했어. 너만 오는 줄 알고 객실 준비를 하나밖에 못 해서 급한 대로."

"요것 봐라? 나 신경 써주는 척하면서 여인의 흔적을 느끼고 싶었던 거냐?"

지훈이 짙은 눈썹을 번갈아 움직이며 음흉한 표정을 지었다.

"우리 은효는 안 된다! 이 녀석!"

"시끄러워. 내가 너냐?"

"우리 은효는 장차 스타가 되실 몸이시다. 넘보지 마라."

"계약이나 하고 그러든가."

윤이 가소롭다는 듯 고개를 저었다.

"일은? 잘 해결됐어?"

지훈의 표정에 장난기가 사라졌다. 대신 분노를 갈아 마신 엔터테인먼트 대표의 얼굴이 되었다.

"항상 기레기들이 문제지. 없는 스캔들 만들어서 부풀리는 거."

"여지를 남긴 건 아니고?"

"누구 편이냐, 넌."

"완벽하게 처리하란 말이다."

지훈이 짜증 섞인 얼굴로 등받이에 몸을 기대었다.

"한창 잘 나간다 싶을 때 조심해야 하는데, 아직 어린애들이다 보니…… 어울려서 패스트푸드점에 갔다가 사진을 찍힌 모양인데, 요즘은 SNS 글들이 워낙 빨리 퍼져서 말이야."

"그래서?"

"앞으로 올라오는 근거 없는 글에 대해서는 강경 대응하겠다고 하고, 기사 올린 기자들과도 얘기를 끝냈지. 더 지켜봐야겠지만."

윤이 손짓으로 메이드를 불렀다. 그는 커피와 간식거리를 부탁하고 다시 대화를 이었다.

"당사자들의 말은 믿을 만한 건가?"

"둘 다 완강히 부인하고 있고, 매니저들도 그럴 틈이 없었다고 하니 일단 믿고 있어. 설령 둘이 뭔가 있다면 이번 기회에 끊어 버려야지."

"그런 살벌한 세계에 잘도 은효 씨를 끌어들이시겠다?"

지훈이 몸을 앞으로 숙이며 어이없다는 표정을 지었다.

"뭐냐? 이 보호자 같은 말투는?"

"애초에 그쪽에 뜻이 없는 사람 같은데, 통제된 삶을 견딜 수 있을까 싶어서 말이다."

"하, 졸지에 나를 악당으로 만들어버리는구만."

"네가 아끼는 이유는 알겠어."

윤의 입꼬리가 보일 듯 말 듯 올라갔다.

"확실히 예쁜 사람이긴 해."

"어어, 점점? 불길하네. 나 여기 은효 씨 괜히 데려온 거냐?"

"쓸데없는 소리 말고. 일이 일단락 마무리된 상태면 다 잊고 푹 쉬다 가."

방금 메이드가 가져다준 커피를 집어 들며 지훈이 말했다.

"저녁에 고기 먹자!"

"넌 역시 내 생각 범위에서 벗어나질 못해."

"오올, 벌써 준비해둔 거냐?"

지훈이 커피잔을 입에 대다 말고 고개를 옆으로 숙였다.

"지금, 네 방문 열리는 소리 났다. 은효 씨 일어난 것 같은데?"

그가 일어서려 하자, 윤이 손을 들어서 막았다.

"모른 척해. 아직 보이지도 않아."

"아!"

지훈이 멋쩍게 웃으며 커피를 마셨다. 말은 그렇게 했지만, 윤은 잔뜩 긴장한 상태였다. 과연 은효가 지금 이 상황을 어찌 받아들일지 알 수 없었기 때문이었다.

길가에 나무들이 무시무시한 모습으로 덤벼들 듯 아우성을 쳤다. 어슴푸레한 새벽, 뼛속까지 시린 겨울바람이 얇은 옷 속을 파고들었다. 눈물은 쉴 새 없이 흘렀고, 가슴 속엔 되돌릴 수 없는 후회와 죄책감이 가득했다.

'엄마! 아무 일 없어야 해! 엄마! 미안해요…… 엄마!'

 포장되지 않은 산길은 크고 작은 돌들로 울퉁불퉁했다. 정신없이 달리다 돌부리에 발이 걸려 넘어졌다. 날리듯 허공에 몸이 붕 떴다.

"엄마!"
 눈앞에 하얀 천장이 보였다. 손바닥은 식은땀으로 흥건했다. 은효는 꿈속에서처럼 여전히 가쁜 숨을 몰아쉬었다.
 한동안 꾸지 않았었는데……. 어머니가 돌아가신 후, 일 년 넘게 그녀를 괴롭혔던 꿈이었다. 어딘지 알 수 없는 산길을 뛰고 또 뛰다 마지막엔 넘어지는 꿈…….
 은효는 깊게 심호흡을 하고 몸을 일으켰다. 갑자기 호흡곤란이 오며 쓰러진 뒤론 아무 기억도 나지 않았다. 낯선 방, 낯선 침대…… 아마도 윤이 데려왔으리라.
 5년 전, 머릿속에서 완전히 사라진 그 며칠 동안 도대체 무슨 일이 있었던 걸까. 왜 새벽길을 뛰던 기억만이 꿈이 되어 보이는 걸까.
 은효는 손바닥의 땀을 바지에 문질러 닦고 침대에서 내려섰다. 윤에게 괜히 이상한 모습을 보인 것 같아 찜찜한 기분이 들었다.

'괜히 산길을 뛴다고 해서는……'

은효는 뒷머리를 벅벅 긁으며 인상을 찌푸렸다.

'솔직히 너무 심심했잖아. 뛰는 것 말곤 할 게 없었거든!'

불을 켜고 욕실에 들어간 은효는 세면대 거울 앞에 섰다. 꿈을 꾸며 울었는지 눈가에 눈물 자국이 남아있었다. 은효는 망설임 없이 세수를 했다.

앞머리가 촉촉이 젖은 은효가 겸연쩍은 듯 배시시 웃으며 걸어왔다. 윤은 무의식적으로 자리에서 일어섰다.

"잘 잤어요? 많이 피곤했나 봐요."

쓰러졌었단 말을 은효가 먼저 꺼내게 해서는 안 되었다. 가뜩이나 은효에게 민감한 지훈에게 불을 붙일 필요는 없었으니까.

은효가 어리둥절한 표정으로 쳐다보았고, 윤은 얼떨결에 오쿨리파시를 사용했다.

《쉿, 지훈이가 알면 걱정해요.》

쓸데없는 짓을 한 뒤, 뒤늦게 지훈을 눈짓으로 가리켰다. 윤을 쳐다보던 은효의 표정이 당혹감으로 변했다.

순간, 정원에서처럼 그녀의 홍채에 슈피르의 기운이 비쳤다가 사라졌다.

"은효 씨 낮잠 자는 캐릭터였어?"

둘 사이의 어색한 기류를 눈치채지 못한 지훈이 옆으로 이동해 앉으며 말했다.

"이쪽에 와서 앉아. 오죽 심심했으면 잠이나 자겠다고 했겠어? 내 말이 맞지?"

"아침 일찍 오느라 피곤했나 봐요. 덕분에 잘 쉬었습니다."

은효는 이내 아무렇지 않은 얼굴로 지훈의 옆에 앉았다.

"일은 잘 해결되었어요? 얼굴 보니 이번엔 이사님이 쉬셔야 할 것 같은데요?"

"은효 씨 보면서 노는 게 쉬는 거지."

"꼭 절 보면서 쉬셔야겠습니까? 혼자 노시는 건 어때요?"

"그럴 순 없지! 참, 저녁에 밖에서 고기 먹기로 했어. 재밌겠지?"

두 사람의 대화를 듣는 윤의 기분은 복잡했다. 은효가 정상 컨디션으로 돌아온 것 같아 다행이면서도, 지훈과의 대화에 진심으로 즐거워하는 모습에 서운했다. 윤과 단둘이 있을 땐 한 번도 보지 못했던 모습이었다.

윤이 형님을 외치며 쪼르르 달려오던 은효는 이제 없다. 좋아한다고 수줍게 고백하던 열아홉의 소녀는 낯선 눈빛으로 윤을 바라볼 뿐이었다.

'너를 보내지 않았던 나의 욕심에 대한 벌이라고 해도…… 너무 아프다. 아주 많이.'

눈을 빛내며 지훈과의 대화에 열중하는 은효의 옆모습을 바라보며 윤은 혼자 아파했다.

《쉿, 지훈이가 알면 걱정해요.》

이걸 어떻게 표현하는 게 맞을까? 귀로 들은 게 아니라 머릿속에서 들렸다고 해야 하나. 은효는 조금 전 거실에서 윤을 만났을 때를 떠올리며 혼란에 빠졌다.

 분명 윤의 음성이었다. 목소리보다는 조금 울리는 느낌이었지만 그와 눈이 마주치는 순간 확실하게 머릿속에서 들렸다. 환청이 아니었다.

 '뭐야? 텔레파시야? 말로만 듣던 초능력자?'

 은효는 가방을 들고 윤의 방으로 들어온 상태였다. 굳이 객실 대신 자기 방을 쓰라는 통에 더는 거절할 수가 없었다. 은효는 가방에서 편한 옷을 찾아 꺼냈다.

 '투시도 하고 도청도 하고 막 그러는 건 아니겠지? 에이…… 설마.'

 은효는 말도 안 된다는 듯 고개를 절레절레 흔들며 꺼낸 옷으로 갈아입었다.


 윤은 잠깐 눈 좀 붙이겠다며 방으로 들어가는 지훈의 뒤를 따라갔다. 윤이 방문을 닫고 먼저 침대 위에 걸터앉자, 지훈이 오묘한 표정으로 쳐다보았다.

 "뭐냐 이건? 같이 자자는?"

 "너, 사피의 눈에서 마르카를 느낀 적 있냐?"

 "이건 또 무슨 뚱딴지같은 소리야?"

 "말 그대로야. 사피의 홍채에서 슈피르의 기운을 본 적 있냐고."

지훈이 셔츠의 단추를 두어 개 풀며 침대 위로 올라갔다.
"그게 가능한 일인가?"
그가 베개를 등에 받쳐 비스듬히 기대어 누웠다. 윤이 잠시 말을 아끼다 입을 열었다.
"본 적이 없다는 거군."
"왜? 무슨 일 있었어?"
"아니. 내가 착각을 한 것 같다. 그럴 리가 없는데."
별 싱겁긴, 하면서 옆으로 몸을 누이려던 지훈이 돌연 키득거리며 웃었다.
"설마, 우리 은효 씨가 너무 예뻐서 슈피르는 아닐까 의심했던 건 아니지?"
"네가 그 말 할까 봐 안 물어보려다 물었는데, 역시나 괜한 짓을 했다."
"사피와 슈피르의 기운이 공존한다면 혼혈이란 말인데, 지금까지 그런 기록이나 보고는 없었잖아?"
운전과 회사 일로 피곤했던 지훈은 어느새 눈을 감은 채 중얼거렸다.
"왜 불가능한지 모르겠어. 차라리 섞이면 양쪽 다 좋을 텐데."
"혼혈……."
전혀 생각하지 않았던 것은 아니지만 현재로는 가능성 제로에 가까웠다. 지훈의 말대로 단 한 번도 그런 사례는 보고된 바가 없었기 때문이다.
'착각이겠지?'

방에서 나와 문 앞에 선 윤은 자신의 침실 쪽으로 시선을 두었다.

'이렇게 가까이 있는데, 너무 멀다. 내가 너에게 가기엔……'

윤이 서재 쪽으로 걸음을 옮기려 할 때, 침실문이 열렸다. 밖으로 나오던 은효는 그를 발견하고 잠시 멈칫하는 모습이었다.

"뭐 필요한 거 있습니까?"

서운한 마음을 감추며 윤이 그녀에게 다가갔다. 욕심인 걸 알면서도 은효가 불편해하는 모습이 싫었다. 지훈을 바라보던 그녀의 눈빛이 떠올라 조바심이 났다. 어처구니없게도.

"아뇨. 방에만 있기 아까워서요. 푹 잤더니 피로도 풀린 것 같고."

"밖에서 커피 마실까요?"

"이사님은 주무시나 봐요."

"저하고 둘이 있는 게…… 불편하십니까?"

굳이 하지 않아도 될 말이 입 밖으로 튀어나왔다. 감정 절제가 되지 않았다는 사실에 윤은 스스로 놀랐다.

"불편하기보단 아직 편하지 않다고나 할까요."

"그 말이 그 말 아닌가?"

"아뇨. 전혀 다르죠."

윤이 한쪽 눈썹을 올리며 그녀를 쳐다보았다.

"어째서?"

"불편한 건 앞으로도 쭉 그럴 가능성이 크지만, 아직 편하지 않다는 건 시간이 지나면 편해질 수도 있다는 차이가 있죠."

"긍정적이라는 말씀이군요."

은효가 피식 웃으며 그에게 다가왔다.

"꽃나무 아래에서 커피 마시면 운치 있고 좋을 것 같아요."

그녀가 발끝을 들어 윤의 귓가에 작게 속삭였다.

"윤이 씨에게만 물어볼 말도 있고요."

이름 모를 꽃나무들이 각자의 꽃잎을 바람에 띄웠다. 마치 눈이 내린 것처럼 흙이 보이지 않을 만큼 꽃잎이 바닥을 덮었다.

은은한 꽃향기가 공기를 가득 채우며 감돌았다. 두 사람은 방금 세팅된 듯 보이는 테이블을 마주하고 앉았다.

꽃바람이 윤의 앞머리를 슬며시 건드리며 지나갔다. 가려졌던 이마와 짙은 눈썹이 드러났다. 은효는 잘생긴 그의 얼굴에 새삼 감탄했다. 물론 티는 안 나게.

메이드가 갓 내린 커피를 가져왔다. 찻잔을 감싸 잡으니 온기가 손을 타고 몸으로 퍼졌다.

"저기……."

은효가 커피를 한입 홀짝였다.

"아깐 죄송하고 고마웠어요. 한 번도 그런 적이 없었는데 준비운동 없이 뛰어서 호흡곤란이 왔나 봐요."

"지금은 괜찮아요? 조금이라도 힘들면 얘기해요. 서울 올라가면 꼭 병원 가보고."

"병원 갈 정도는 아닌데…… 그래도 가볼게요."

은효는 아랫입술을 씹으며 어찌 말을 꺼낼지 궁리했다. 궁금한 것이 있으면 그냥 지나칠 수 없는 성격이기에 말이 안 되는 걸 알면서도 묻지 않을 수가 없었다.

"혹시…… 이건 진짜 혹시나 해서 여쭙는 건데요."

아, 지금이라도 그냥 다른 말로 얼버무려야 하나. 짧은 순간 갈등했지만, 그녀는 결국 입 밖으로 질문을 뱉어냈다.

"윤이 씨……."

누가 듣는 것도 아닌데 목소리를 최대한 낮춰서 말했다.

"초능력 있어요? 텔레파시 같은 거……."

커피를 마시던 윤이 별안간 사레가 들린 듯 기침했다. 은효가 놀라며 자리에서 일어서자, 그가 손짓으로 앉으라는 신호를 보냈다.

"잠시만요."

"미안해요. 제가 너무 황당한 질문을 했죠?"

윤이 헛기침하며 목을 가다듬었다. 그 모습조차도 멋있다고 생각하며 은효는 찻잔을 만지작거렸다.

"왜 그런 생각을 했습니까? 내가 초능력자라고."

"아, 그게…… 그러니까……."

은효는 다시 작은 목소리로 대답했다.

"쉿, 지훈이가 알면 걱정해요."

멀쩡하던 그가 다시 기침하기 시작했다. 감기는 아닐 테고…….

"제가 분명히 들었거든요. 귀가 아니라 머리로 들었지만."

윤이 기침을 참으며 자세를 바로 했다. 그가 한 번도 본 적 없는 진지한 표정으로 은효를 바라보았다. 너무 뚫어지게 쳐다봐서 부담스러울 정도로.

'아오, 또 왜? 뭐 하려고?'

은효는 차마 시선을 피하지 못하고 어정쩡한 표정으로 그를 마주 보았다.

《내 말이 들리면 고개를 끄덕여봐요.》

은효는 저도 모르게 눈을 커다랗게 뜨며 힘차게 고개를 끄덕였다. 윤은 표정의 변화 없이 은효에게서 시선을 떼지 않았다.

《내 눈을 계속 쳐다봐요. 다른 생각 하지 말고.》

이거 혹시 최면 같은 거 아니겠지? 신기하기도 하고 무섭기도 했지만, 일단 그가 하라는 대로 했다. 은효는 그의 눈에 정신을 집중했다.

《내가 무서워요?》

"아뇨!"

은효가 얼떨결에 대답하자, 그가 검지를 들어 입에 대며 쉿! 했다. 은효는 손으로 입을 막고 그와 눈을 맞췄다.

《하나만 더. 내 눈을 보고 나한테 하고 싶은 말을 해봐요. 소리 내지 말고.》

은효가 어리둥절한 표정을 지었다. 뭔 소리야?

《아마 가능하다면 은효 씨가 스스로 발견하게 될 겁니다. 방법을.》

《그럴 리가요.》

생각이 머릿속에서 툭 튀어나와 음성화되어 그에게 보내졌다.

물론 둘만이 들을 수 있는 소리로.

생소한 느낌이었다. 굳이 비유하자면 머릿속에 입이 생긴 것 같다고 해야 할까. 은효는 온몸에서 느껴지는 낯선 기운에 혼란스러웠다. 멀쩡했던 땅이 흔들리는 것 같아, 의자 손잡이를 꽉 움켜잡았다.

"이, 이거 뭐예요?"

윤은 대답하지 않았다. 생각을 알 수 없는 얼굴로 여전히 그녀를 바라볼 뿐이었다.

"최면술? 아님, 진짜 윤이 씨 초능력자예요? 저한테도 능력을 나눠 줄 만큼 능력자?"

"내 질문에 먼저 대답해 줄래요?"

은효가 고개를 끄덕였다.

"은효 씨가 다른 사람보다 월등히 낫다고 생각하는 신체 능력이 있습니까? 사소한 거라도 말해줘요."

"음…… 오감이 발달하긴 했어요. 꽤 멀리 있는 사물을 정확히 볼 수 있고, 소리도 잘 들어요. 소리 같은 경우는 신기하게도 조절이 되는 것 같아요. 필요에 따라 소리를 걸러서 들을 수 있거든요."

"또, 다른 건 없습니까?"

"학습 능력도 좋은 편이고…… 아! 다친 곳이 남들보다 빨리 아물어요. 감기는 잘 안 낫는 편이지만."

실컷 떠들게 해놓고 가타부타 말이 없다. 은효는 어느새 다 식은 커피를 입에 가져갔다.

"은효 씨."

은효가 고개를 들었다. 그와 눈이 마주치는 순간, 음성이 머릿속으로 들렸다.

《오늘 있었던 일, 당분간 비밀입니다.》

"초능력자 맞죠?"

윤이 검지를 세워 입에 댄 후에 다시 눈을 가리켰다. 말을 하지 말고 아까 그걸 사용하라는 것 같았다. 다시…… 가능할까?

《텔레파시가 아니라 오쿨리파시라고 합니다. 눈으로 대화를 하는 거죠.》

《방금 저에게도 그 능력을 나눠 주신 거죠?》

"와, 또 되네!"

은효는 얼른 입을 다물었다.

《저 지금 꿈을 꾸는 것 같아요. 이게 무슨 일이죠?》

《아마 은효 씨보다 내가 더 놀랐을 겁니다. 지금 이 상황.》

은효가 알 수 없다는 표정을 지어 보이자, 그가 짧은 숨을 내쉬었다. 정말 긴장한 모습이었다.

왜? 초능력자인 걸 들켜서? 은효는 다음 말을 기다리며 눈을 깜빡거렸다.

《아무한테도 얘기하지 마요. 지훈에게도, 그리고 같이 사는 친구에게도.》

《이사님은 몰라요? 윤이 씨가 초능력자인 걸?》

드디어 윤의 얼굴에 웃음이 번졌다. 비록 어이없어하는 상황이었지만, 일단은 웃었다.

"저 나름 진지한데 왜 웃으세요?"

"은효 씨가 귀여워서?"

"지금 놀리시는 거죠?"

은효가 뾰로통하게 그를 흘겨보았다.

"솔직히 말해봐요. 이거 말고 또 뭐 할 줄 알아요?"

"응?"

윤이 처음엔 무슨 말인지 몰라 의아해하다, 금세 웃음을 터트렸다.

"하하하. 뭘 할 수 있을 것 같아요?"

"투시? 염력? 괴력? 순간이동?"

윤이 어깨를 으쓱이고는 고개를 끄덕였다. 뭐야? 설마…… 진짜? 은효의 눈이 휘둥그레지자, 그가 처음보다 더 크게 웃었다.

놀리는 상황인 걸 알면서도 기분 나쁘지 않았다. 오히려 그와 조금은 가까워진 것 같아 마음이 편안해졌다. 은효는 부러 삐친 얼굴로 투덜거렸다.

"놀란 사람한테 다독여주진 못할망정 계속 이렇게 놀리실 거예요? 젠틀하신 줄 알았는데 은근 심술이 있으시네요."

"없는 초능력을 만들고 싶어지네. 아쉽지만 그냥 평범한 사람이에요."

"그럼……."

은효가 그의 눈을 빤히 쳐다보았다.

《이건 뭔데요? 아무나 다 할 수 있는 건 아니잖아요.》

《새로운 능력의 발견 정도로만 생각해줬으면 좋겠어요. 은효

씨가 남들보다 오감이 발달한 것처럼 지금 이 능력도 그런 맥락이죠.》

"그러니까 이런 게 초능력이라고요."

윤이 얼굴에서 웃음을 거두고 은효에게 가까이 몸을 숙였다.

"나하고 약속 하나만 해요."

"네?"

"혹시나 하는 마음으로 아무에게나 이 능력을 시험하지 않기로."

그가 몹시 진지한 표정을 하고 있어, 은효는 덩달아 마른침을 삼켰다.

"반드시 나하고만 해요. 그럴 리는 없겠지만…… 누군가 은효 씨에게 오쿨리파시를 쓴다고 해도 절대 모르는 것처럼 행동해요. 약속해 줄 수 있죠?"

"왜 그래야 하는지는 모르겠지만, 그럴게요. 윤이 씨가 준 능력이니까."

"은효 씨에게 원래부터 있던 능력입니다."

은효가 손사래를 치며 말했다.

"말도 안 돼요!"

"아무에게나 통하는 능력이 아니기 때문에 그동안 몰랐던 겁니다."

"그럼, 윤이 씨 말고도 이걸 할 수 있는 사람이 또 있다는 거네요. 그쵸?"

처음 느꼈던 두려움과 놀람은 사라졌다. 대신 그 자리에 호기심이란 녀석이 고개를 쏙 내밀었다. 은효는 비현실적인 상황을 어느새 즐기고 있었다.

"천재, 영재 뭐 이런 것과 같은 건가? 일반인들보다 남다른 능력을 갖고 태어난 사람?"

"우리가 외계인일지도 모른다는 생각은 안 들어요? 지구에 와서 기억이 지워진 것일 수도 있고."

"서, 설마요?"

그가 한쪽 눈썹을 슬쩍 올리며 고개를 갸웃했다. 부정하지 않는다?

"아니죠? 진짜 아니죠?"

"우리가 같은 별사람인 건 맞는 거 같은데?"

"네?"

은효는 거의 울상이 되어 의자 등받이에 털썩 몸을 기대었다. 심란한 그녀의 마음을 알 리 없는 윤은 뭐가 재미있는지 눈물 닦는 시늉까지 하며 한참을 웃었다.

오쿨리파시를 할 때면 은효의 홍채에서 마르카가 느껴졌다. 어쩌면 은효는 정말 혼혈일 수도 있겠다는 생각이 들었다. 복잡해진 윤의 머릿속이 빠르게 움직였다.

오래전 은효의 어머니 장례식이 있던 날을 떠올렸다. 은효의 아버지는 물론이고 그곳에 슈피르는 없었다. 친부모가 맞는다면, 은효의 어머니도 슈피르일 확률은 제로에 가깝다.

늦둥이, 나이 차이 크게 나는 자매……. 그의 예상대로라면 아마도 은효는 입양한 아이일 가능성이 컸다.

 어느덧 해가 저물고, 화덕엔 숯불이 채워졌다. 이런저런 대화로 시간을 보내던 두 사람은 자연스레 바비큐 준비가 된 곳으로 걸음을 옮겼다.

 테이블이 놓이고 갖가지 채소와 요리들이 올려졌다. 메이드들이 분주히 움직이는 쪽에서 지훈이 모습을 드러냈다. 낮잠을 잔 흔적은 찾아볼 수 없는 멀끔한 차림이었다.

"샤워하셨어요? 샤방샤방 빛이 나네요."

 옆에 있던 은효가 반가워하며 지훈에게로 다가갔다. 가슴에 구멍이 뚫린 것 같은 허전함이 느껴졌다. 윤은 갑작스러운 상실감에 주먹을 움켜쥐었다.

"그런 눈빛으로 다가오면 곤란한데……. 드디어 나한테 반했구나?"

 지훈이 시원스러운 미소를 지으며 화덕 앞에 섰다.

 마침 그릴이 달구어졌고, 은효가 얼른 고기 집게를 집어 지훈의 손에 쥐여 주었다.

"곤란할 일 없을 거예요. 고기나 구우시죠."

"나 샤워하고 나왔는데 고기 구우라고? 이런 건 집주인이 하는 거야."

"얻어먹는 사람이 해야죠. 저도 같이 구울 거예요."

"나랑 이런 거 해보고 싶었구나? 진즉 말하지."

 지훈의 어깨가 은효를 툭 건드렸다. 은효는 못 말리겠다며 고개를 흔들었다. 하지만 표정은 즐거워 보였다.

"솔직히 말하면 처음 해봐요. 가든 바비큐 파티."

"정말? 은효 씨 오늘 첫 경험인 거야?"

"어째 단어 선택이 걸쩍지근하네요."

"와우! 그럼 오늘, 두 배는 더 재미있게 해줘야겠네. 첫 경험이니까!"

은효가 집게를 들어 보이며 그만하라고 으름장을 놨다. 지훈은 키득거리며 그릴 위에 소시지를 올렸다.

"더 필요한 것 있으면 부르세요. 도련님."

남 집사가 얼음을 채운 와인쿨러를 테이블 위에 놓았다. 착잡한 마음으로 둘을 쳐다보고 있던 윤은 당황하며 고개를 끄덕였다. 남 집사는 아무 말 없이 윤의 어깨를 토닥여주고는 건물 안으로 들어갔다.

부끄러운 모습을 들킨 것 같아 윤은 얼굴이 화끈거렸다. 친부모보다 더 윤을 잘 알고 있는 그였기에 모를 리가 없었다. 윤이 어떤 마음으로 두 사람을 바라보고 있었는지를.

'어? 화덕이다! 여기서 고기 구워 먹으면 진짜 맛있겠어요.'

은효가 했던 말이 그대로 기억이 났다. 여름 되면 그러자 했던 약속을 이제야 지킨 셈인데…… 하나도 기쁘지 않았다.

'지키지 못할 약속은 하지 말라고 했던가. 잊어버리지 말라고 해놓고 넌 지금 누굴 보고 있니.'

입 안에 머금은 와인이 썼다. 환하게 웃으며 지훈을 바라보는 은효의 모습이 아팠다.
　윤이 와인 잔을 비우고 있을 때 지훈이 다가왔다.
"완전 상전일세. 옜다. 잘 구워진 고기."
　지훈이 고기가 담긴 접시를 윤의 앞에 놓았다.
"혼자 먼저 마시니까 좋냐?"
"둘이 소꿉장난하는 것 같아 구경 중이었다."
"구경하는 취미가 생겼군. 저번에도 그러더니."
"재밌네."
　윤이 빈 잔에 와인을 채우며 은효를 불렀다.
"그만 와요. 다 먹으면 내가 구울 테니."
"이것만 다 굽고 갈게요."
　지훈이 고기를 뒤집는 은효의 어깨를 잡아, 의자 쪽으로 이끌었다. 그가 은효의 손에서 집게를 빼앗아 옆에 두며 말했다.
"그만 와서 먹자. 나중에 더 굽지 뭐."
"먹는 것보다 굽는 게 더 재미있는 건 뭐죠? 그냥 지금 이 분위기가 너무 좋네요."
　지훈이 의자에 은효를 앉히고 자기도 옆자리에 앉았다.
"다음에 또 하면 되지. 아, 배고프다."
"두 사람 다 수고했어."
　윤은 미리 따라놓은 와인을 둘에게 건넸다.
"저번에도 느낀 거지만 두 사람 사이에 낄 틈이 없네. 부럽게."
"어딜 끼려고! 꿈도 꾸지 마."
　지훈이 샐러드를 덜어 은효의 접시에 담아주었다.

"내가 말이야. 이 까다로운 여성과 친해지는데, 얼마가 걸린 줄 알아? 너만 쉽게 친하게 둘 순 없지."

"이사님이 계약하자는 말씀만 안 하셨어도 훨씬 빨리 편해졌을지 모르죠. 그런데, 우리 친한 거 맞나요?"

"이거 봐. 늘 이렇게 튕긴다니까."

은효가 고기를 윤의 접시에 올리며 말했다.

"술만 드시는 습관, 안 좋아요. 열심히 구웠으니 맛있게 드세요."

"은효 씨도 지훈이가 준 샐러드 맛있게 먹어요. 특히 그 당근."

"네? 이 당근이 드시고 싶다고요? 기쁜 마음으로 드릴게요."

당근을 주려는 자와 받지 않으려는 자의 사투를 보고 있던 지훈이 한마디 툭 던졌다.

"두 사람이야말로 언제 그렇게 친해졌어?"

"같은 별사람이란 걸 알았거든."

은효가 깜짝 놀라 윤을 쳐다보았다. 윤은 능청스럽게 고기를 입에 넣고 천천히 씹었다.

"그건 또 뭔 소리야? 같은 별이라니."

"당근을 싫어하는 사람들만 사는 별. 둘 다 거기 출신이야."

윤이 놀리듯 은효를 향해 어깨를 으쓱였다. 은효는 어이없다는 얼굴로 와인 잔을 집었다.

"이분 진짜 작곡가 맞아요? 예술가가 너무 유치해."

"어. 윤이가 원래 좀 유치해."

"이사님도 유치해요."

"난 아니지. 내 경우는 유머러스한 거지."

미묘했던 분위기는 세 사람의 웃음과 함께 사라지는 듯했다. 하지만 여전히 윤의 가슴엔 시린 바람이 불었다.

질투, 서운함과 같은 치졸한 감정이 아니길 바랐다. 봄밤의 서늘한 기운 때문이라 윤은 믿고 싶었다.

IX.
한번, 안아봐도 될까?

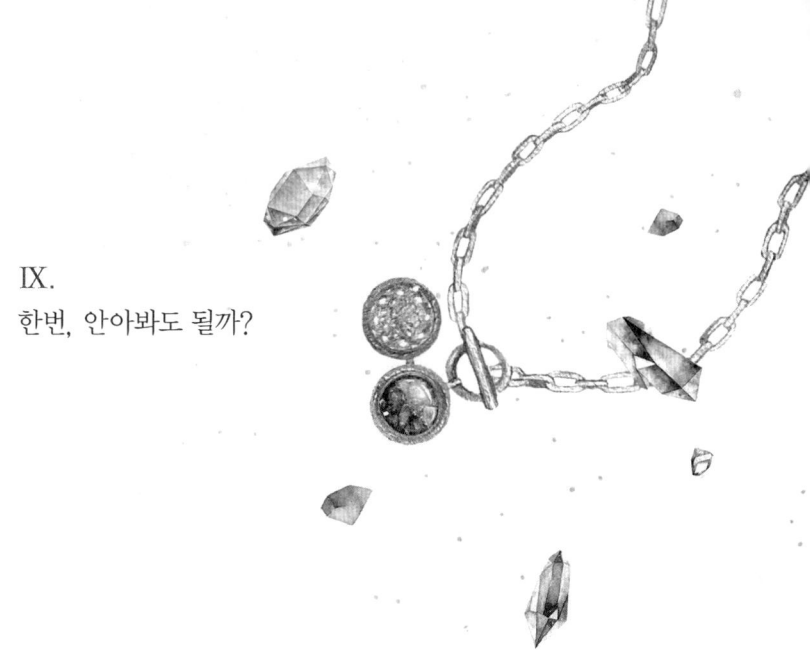

 돌로 만들어진 징검다리 모양의 길, 잘 손질된 잔디, 그리고 화덕……. 마치 전생의 기억이 되살아나듯 익숙한 공간이었다. 와인 몇 잔에 알딸딸해진 은효는 술 좀 깨야겠다며 혼자 정원을 거닐었다.

 방금까지 테이블과 의자가 있던 화덕 주변은 금세 깨끗이 정리되어 졌다. 두 남자는 한잔 더 한다며 별장 안으로 들어갔다.

 고기 냄새가 남아있는 바람을 타고 꽃향기가 섞여 들었다. 정원 곳곳에 세워진 가로등 덕분에 밤 산책은 전혀 무섭지 않았다.

 은효는 숨을 깊이 들이마셨다. 내색은 하지 않았지만, 저녁 식사 내내 윤 때문에 몹시 불편했었다. 청량한 밤공기가 답답했던 속을 조금은 풀어주었다.

솔직히 기분 나쁜 불편은 아니었다. 익숙하지 않은 감정이 불쑥불쑥 튀어나와 감당되지 않았을 뿐.

'잘생기긴 했지. 하지만 이사님도 뒤처지는 비주얼은 아니잖아? 근데 왜 하필 호윤이냐고!'

설마 세뇌를 당한 건 아닐까? 오쿨리파신지 뭔지를 이용해서 그랬을 수도 있잖아? 대화를 한 게 아니라 세뇌를 시킨 건지도 몰라. 은효는 엄지손톱을 물어뜯으며 곰곰이 생각했다.

'사춘기도 아니고 이게 뭐니. 몇 번이나 봤다고 이래.'

설명을 할 수 없는 감정이었다. 윤을 볼 때면 가슴이 저릿하면서도 먹먹했다. 그리고 물색없이 설 다.

뒤쪽에서 인기척이 느껴졌다. 소리를 내지 않으려 애쓰며 다가오는 기색이 역력했다. 은효는 일부러 모른 척 걸음을 옮겼다.

"밤 되니까 싸늘하다."

등에 얇은 담요가 덮였다. 지훈이었다.

"온종일 질리도록 산책했을 텐데 왜 안 들어오고 있어. 감기 걸리면 잘 안 낫는다면서."

"안 걸리면 되죠. 왜 나오셨어요? 한잔 더 하신다더니."

"은효 씨 추울까 봐 걱정돼서 나왔지."

"괜히 저 때문에……."

은효가 담요를 잡아서 몸을 감싸며 말했다.

"너무 잘해주지 마요. 버릇된단 말이에요."

"그게 내 작전인데? 내가 은효 씨의 버릇이 되는 거."

"그러다 귀찮게 들러붙으면 어쩌시려고?"

"그것도 내 작전."

은효가 결국 입을 삐죽이며 웃음을 터트렸다. 지훈이 짐짓 진지한 표정으로 그녀 앞에 다가섰다.

"은효 씨는 이미 내 버릇이 돼 버렸는데…… 알고 있어?"

"계약하자고 들이대는 버릇이요?"

"아니."

두 사람 사이로 꽃바람이 불었다. 얇은 분홍 꽃잎이 가벼운 소용돌이 모양을 그리며 어둠 속으로 사라졌다.

"아침에 눈 뜨면 보고 싶고, 목소리가 듣고 싶고, 같이 있고 싶고…… 내 마음이 습관처럼 은효 씨를 찾아. 버릇된 것 같아."

은효는 입가에 머금고 있던 미소를 거두었다. 마냥 편하게 듣고 있을 수만은 없는 고백이었다. 머리가 멍해졌다.

"이사님……."

"그렇게 쳐다보지 마. 부담 주려고 한 말 아니니까."

"저는……."

지훈의 눈동자에 비친 은효는 울 것 같은 얼굴을 하고 있었다. 너무 갑작스러운 상황이라 무슨 말을 해야 할지 몰랐다.

"이래서 술 마시면 안 되는데. 숨기고 싶은 본심을 털어놓게 되거든."

"장난이셨으면 좋겠는데, 아닌 것 같아 난감해요."

"거짓말을 해버렸네. 부담 주려고 한 말 맞는데."

"이러면 불편해서 이사님을 볼 수가 없어요. 저는…… 이사님과 같은 마음이 아니거든요."

"알아. 그래서 지금 말하잖아."

지훈은 손을 들어 은효의 팔을 잡으려다 멈추었다. 뻗었던 팔을 거두며 주먹을 쥐었다.

"나 지금, 많이 떨고 있는 거 모르지? 이상하게 은효 씨 옆에 있으면 긴장하게 돼. 그래서 싱거운 소리만 하게 되는 것 같아."

"제가 뭐라고……."

은효가 아랫입술을 물었다 놓으며 그와 눈을 마주했다.

"정말 좋은 분이고 멋진 분인 거 알아요. 하지만 딱 거기까지예요. 제 마음이 움직이질 않아요."

"불편해질 거라는 거 알아. 차라리 은효 씨가 날 남자로 의식하고 불편해했으면 좋겠어."

"남자로 의식하는 것과 마음을 주는 건 달라요. 갑자기 없던 마음이 생기는 건 아니잖아요."

지훈의 눈빛이 어두워졌다. 늘 웃고 있는 모습이었기에 날카로운 눈매를 의식하지 못했었다. 낯설게 느껴지는 그의 모습에 은효는 저도 모르게 몸을 움츠렸다.

꾹 닫았던 그의 입술이 무겁게 열렸다.

"한번, 안아봐도 될까? 거절해도 돼."

너무 단칼에 밀어내는 것 같아 마음이 좋지 못했다. 은효는 잠시 망설이다 천천히 고개를 끄덕였다.

지훈이 한걸음 그녀에게 다가섰다. 평소 서슴없이 행동하던 모습과는 달리 망설임이 느껴졌다. 그가 조심스레 은효의 등을 감싸며 품에 안았다.

불편하다거나 기분이 나쁘지는 않았다. 하지만 예상했던 대로 두근거림은 없었다. 잔잔한 그녀의 숨소리와는 달리, 지훈의 심장 소리는 크고 빨랐다.

"내가 손을 내밀면 당연히 잡아줄 거로 생각했어. 그래서 느긋할 수 있었는지도 몰라. 이제보니 지독한 자만심이었네."

그가 긴 숨을 뱉어냈다.

"반칙 같은 거 쓰고 싶지 않았는데…… 순수하게 은효 씨의 마음을 얻고 싶었어. 근데 자꾸 욕심이 생겨. 놓고 싶지 않아."

"반칙이라뇨. 이사님과는 어울리지 않는 단어에요."

"아니, 지금 하고 있잖아. 마음이 없다는 사람을 안고 있으니까."

지훈이 안고 있던 은효를 몸에서 떼어놓았다. 그녀의 양팔을 잡은 손은 그대로였다.

"여전히 아무렇지도 않아? 조금의 끌림도 없어?"

은효는 난감한 표정을 지으며 고개를 끄덕였다.

"갑자기 내가 좋아졌다거나 그런 걸 묻는 게 아니야. 정말…… 아무 느낌도…… 없어?"

"무슨 느낌을 말씀하시는지 알겠는데…… 전혀요. 그냥 체온만 느껴졌어요."

지훈은 믿기지 않는 얼굴을 하고 있었다. 은효는 의아함을 넘어서 조금은 뜨악한 기분이 들었다. 왜 뒤통수를 맞은 것 같은 표정인 거지?

"잠깐 후회했어. 그냥 담요만 덮어주고 갔어야 했나 하고."

그가 훅하고 짧은 숨을 뱉었다.

"근데 역시 말하길 잘했다고 생각해. 그동안 착각 속에 빠져있었다는 걸 확실히 알았으니까."

"쭉 지켜봐서 아시겠지만, 저는 마음에 담아두거나 돌려 말하는 거 못해요. 이사님의 마음을 안 이상, 전처럼 지내는 건 무리일 것 같아요. 좋은 친구를 잃는 건 아쉽지만…… 여기까지예요."

"왜 단정 지어 말하지? 해보지도 않았잖아. 그냥 껄렁대는 엔터 사장이 아니라 남자로 봐 줘. 조급하게 굴지 않을 테니까."

은효가 잡힌 팔을 빼고 한걸음 물러섰다.

"이사님을 이성으로 좋아할 수 있었다면 이미 그러지 않았을까요? 3년이라는 시간은 짧지 않아요."

"자르려고만 하지 말고 기회를 줘. 이대로는 포기 못 해."

"마음을 줄 수 없는데 어떻게 그래요."

지훈의 미간에 설핏 주름이 잡혔다 사라졌다. 숨을 들이쉰 그의 어깨가 크게 들썩였다.

"혹시…… 내가 들어갈 자리가 없는 건가? 이미 누군가가 있어?"

짧은 순간, 은효는 고민했다. 차라리 그렇다고 말하는 게 서로에게 편할지도 모른다는 생각이 들었다. 하지만 그러지 않기로 했다. 솔직하지 못한 건 지훈에 대한 예의가 아니었다.

"아뇨. 한 번도 누굴 좋아해 본 적 없어요. 그럴 여유도 없었고요."

"그럼 됐어."

"이사님!"

"당장 받아달라고 안 해. 밀어내지만 마."

지훈은 절대 물러설 기미를 보이지 않았다. 은효는 걸치고 있던 담요를 그에게 넘겨주었다. 더 이상의 대화는 의미가 없을 것 같다는 결론이 내려졌다.

"저는 굉장히 이기적인 사람이에요. 앞으로 제가 누군가를 좋아하게 되었을 때 이사님 때문에 망설이거나 미안해하고 싶지 않아요. 먼저 들어갈게요."

"그 누군가가 내가 될 수도 있잖아!"

은효는 대답하지 않고 그대로 별장 쪽으로 향했다. 지훈이 잡으면 어쩌나 걱정했으나 그런 일은 없었다. 그 자리에서 움직이지 않는 듯, 아무 소리도 들리지 않았다.

몸을 감싸고 있던 담요가 사라진 탓에 밤공기가 차게 느껴졌다. 은효는 서늘해진 팔을 손으로 문지르며 걸었다.

매몰차게 거절했지만, 가슴 한편이 아렸다. 지훈은 그녀에게 든든한 지원군이었고, 편한 친구였다. 그와 함께했던 시간은 늘 유쾌했다. 매번 툴툴거렸지만, 불쑥 나타나는 지훈이 싫지 않았다. 아니, 반가웠다.

'너무 싹수없었나? 아아, 심하게 재수 없게 말한 것 같아.'

은효는 상처받은 지훈의 눈빛이 자꾸 떠올라 마음이 좋지 못했다. 그렇게 단칼에 거절할 것까진 없었나 하는 후회도 들었다.

'아니야, 잘했어! 받아줄 수 없으면서 여지를 남기면 안 되지.'

한 걸음 한 걸음 옮길 때마다 짙은 아쉬움이 묻어났다. 그의 마음을 받아 줄 수 없는 자신이 어쩐지 원망스럽기까지 했다. 그리고 어처구니없게도…… 그 이유를 생각하는 순간, 윤의 모습이 가슴에 머물다 사라졌다.

함께 술을 마시던 지훈이 담요를 가지고 정원으로 나갔을 때, 윤은 잠깐 흔들렸다. 마음만 먹으면 둘의 대화를 들을 수 있었기에, 치졸해진 마음과 싸워야 했다. 대화를 듣는다고 해서 달라지는 건 없음에도…….

윤은 오디오가 있는 방으로 들어가며 그쪽으로 술을 가져오라 지시했다. 평소보다 높게 볼륨을 올리고 소파에 앉았다. 눈을 감은 그는 조금 전, 지훈과의 대화를 떠올렸다.

'계약하자고 쫓아다니는 거, 그만하려고. 이젠 내가 싫다. 다른 놈들이 은효 씨 보면서 실실거리는 거 못 볼 것 같다.'
'고백이라도 할 기세다.'
'맞아. 지금 하려고.'

지훈이 담요를 챙겨 들었다.

'온전히 마음으로 날 좋아하게 만들고 싶어서 가벼운 스킨십도 하지 않았어. 은효 씨가 사피라는 걸 이용할 생각은 추호도 없으니까. 그래서인지 나, 무지 긴장된다. 우습지?'

술 때문인 줄 알았는데, 발그레해진 지훈의 볼은 긴장한 탓이었다. 늘 큰소리치고 호탕하게 굴던 친구의 생경한 모습이었다.

메이드의 노크 소리에 윤이 눈을 떴다. 그는 소파에 기댔던 몸을 일으켜 앉아, 빈 잔에 와인을 가득 부었다.

지훈과 은효는 겉으론 티격태격했지만, 꽤 가까워 보였다. 지훈을 향해 환하게 웃던 은효의 모습을 떠올리자, 피가 차갑게 식는 기분이었다. 윤은 와인을 한입에 들이켰다.

'어쩌자는 건데. 인제 와서 강제로 뺏기라도 하겠다는 거야? 다른 사람도 아닌 지훈이라고! 녀석의 마음을 알면서 어떻게 그래.'

윤은 다시 가득 채운 와인을 한 번에 비워냈다. 이미 평소의 주량을 넘어선 그는 눈앞이 아찔해짐을 느꼈다.

은효가 강제로 뺏는다고 해서 뺏어질 여인이든가. 지훈의 말대로 평범한 사피의 여인이었다면 일반 슈피르보다는 블뤼인 윤이 유리한 건 사실이었다. 하지만 그리된다 한들 무슨 의미가 있을까.

지훈이 스킨십을 하지 않았다는 것과 같은 맥락이었다. 윤이 원하는 것은 은효의 전부였다.

'지금으로선 은효가 혼혈이라는 것 말고는 생각할 수가 없어. 그것도 블뤼의 피가 섞였을 확률이 큰데…… 도대체 어디서 누락이 된 걸까. 설마…….'

은효의 부모조차도 그녀의 존재를 모르고 있을 가능성에 무게를 실었다. 사피의 가정에서 나고 자란, 슈피르에게 노출되지 않은 유일무이한 혼혈.

'일단 섣불리 은효를 들켜서는 안 돼. 분명 실험용 기니피그 신세가 될 게 뻔하니까. 근데 지금…… 뭘 걱정하는 거냐.'

당장 다른 남자의 애인이 될지도 모르는 상황에서 벌어지지도 않은 일을 갖고 끙끙대는 꼴이라니. 윤은 잔을 옆으로 치워 버리고 병째 입안에 들이붓듯 와인을 마셨다.

윤의 방, 윤의 침대, 그리고 지훈의 고백…… 삼박자를 고루 갖춘 심란하기 그지없는 밤이었다. 은효는 침대에 바로 누워, 눈을 끔벅이며 천장을 쳐다보았다.

수천 마리의 양을 세도 소용이 없었다. 오히려 더 말똥말똥해진 기분이었다. 은효는 자는 것을 포기하고 몸을 일으켜 앉았.

일찍 자고 새벽에 일어나서 슬쩍 먼저 출발할 계획이었다. 이 동네 지리야 빤하게 알고 있었기에 조금 걷는 것 말고는, 가는 데 큰 무리는 없었다. 지훈과 맞닥뜨려서 불편한 것보다야 그편이 훨씬 나았다.

'잠은 버스에서 자고, 그냥 일찍 나갈까?'

은효는 마음을 정하고 스탠드의 불을 켰다. 옷을 갈아입기 위해 그녀가 침대에서 내려섰을 때, 방문이 열렸다.

문이 열림과 동시에 술 냄새가 진하게 풍겨왔다. 윤이 비틀거리는 걸음으로 방안에 들어서며 문을 닫았다.

놀란 것은 은효만이 아닌 것 같았다. 몸을 겨우 가누고 선 윤의 얼굴에도 당황이 가득했다.

은효가 뭐라 말을 하려 하자, 윤이 벽에 기댄 채 검지를 세워 입을 가렸다.

《미안해요. 은효 씨에게 방을 빌려준 걸 깜빡했어요.》

은효는 자연스레 그의 오쿨리파시에 대답했다.

《얼마나 마신 거예요?》

《모르겠는데…… 아마도 많이.》

《여기까지 오신 게 놀랍네요. 오셨으니 쉬세요. 제가 나갈게요.》

은효는 놀란 기색을 감추며 최대한 자연스럽게 그의 곁을 지나갔다. 은효가 문을 잡으려 손을 뻗었을 때, 윤의 손이 더 빨리 움직였다. 그가 은효의 팔을 잡고 끌어와 자신의 품에 안았다. 그리고 자세를 바꿔 그녀를 벽에 세웠다. 은효의 등이 벽에 닿았고, 손바닥으로 짚은 윤의 두 팔에 꼼짝없이 가둬졌다.

"뭐, 뭐 하는!"

《나 혼자 두지 마.》

촉촉이 젖은 윤의 눈동자가 가슴속으로 파고들었다. 밀어내야 한다는 사실도 잊은 채, 은효는 그를 바라볼 뿐이었다.

무례한 행동이라고 다그쳐야 하는데, 그러고 싶지 않았다. 뜨거운 그의 숨결이 차츰 가까워졌다. 은효의 맥박이 미친 듯이 빨라졌다.

《잠시만, 같이 있어 줘요.》

초점이 흐릿해진 윤의 눈동자가 그녀를 응시했다. 은효는 흔들리는 마음을 다잡았다.

《취하셨어요. 실수는 이해해드릴게요.》

《같이…….》

벽을 받치고 있던 팔이 풀리며 윤이 앞으로 쓰러졌다. 무방비 상태로 서 있던 은효는 얼떨결에 그를 품에 안았다.

바라만 보고 있어도 널을 뛰던 심장이 제어가 안 될 지경에 이르렀다. 은효는 그를 안은 채 호흡을 가다듬었다.

'정신 차려. 이 남자는 호윤이야. 조금 전에 고백받은 남자의 친구라고!'

윤이 내뿜는 숨에서 짙은 와인 향이 느껴졌다. 그대로 취해버릴 것 같은 독한 알코올을 품고 있었다. 은효는 머리를 흔들며 이성을 찾으려 애썼다.

보통 사람보다 힘이 좋은 편이었음에도 윤을 침대에 눕히는 것은 만만치가 않았다. 은효의 이마엔 어느새 땀이 송골송골 맺혔다.

베개를 정돈하고, 이불을 덮어주던 은효는 자기도 모르게 잠든 윤의 얼굴을 멍하니 바라보았다. 어쩐지 평소의 윤보다 익숙한 느낌이었다.

'어, 갑자기 왜 이러지?'

가슴이 따끔거리며 아팠다. 낮에 산길을 뛰어 내려갔을 때와 같은 호흡곤란이 느껴졌다. 그때처럼 심하지는 않았지만, 간헐적인 통증이 계속됐다.

머릿속에서 어떤 영상이 떠올랐다. 누군가의 머리를 감기며 티격태격하는 모습이었다. 영화를 본 것 같으면서도 언젠가 경험한 것 같은 기분이 공존했다. 갑자기 두통이 밀려와 은효는 이마를 누르며 바닥에 주저앉았다.

'붕대 막 풀어도 되는 겁니까? 감염되면 어떡해요?'
'니가 책임져야지.'
'이러지 맙시다. 정말.'


뭐지? 이거 뭐야? 왜 이러는 건데! 은효는 어리둥절했다. 숨은 가빠지고 머리는 점점 더 아파졌다. 뭔가가 생각이 날 듯하면서도 까마득히 멀어졌다.

'왜? 뭔데? 이곳에서 도대체 무슨 일이 벌어지는 거냐고!'

시도 때도 없이 느껴지는 기시감, 호흡곤란, 느닷없는 고백, 그리고 지금……. 마치 길을 알 수 없는 미로에 들어선 것 같았다. 분명 길이 있는데 찾지 못하고, 달려간 곳엔 어김없이 벽이 가로막고 있는 기분이었다.

숨을 천천히 내쉬며 몸을 진정시켰다. 지끈거리던 머리도 서서히 가라앉았다. 은효는 몸을 일으켜 다시 윤에게로 다가갔다. 얼른 방을 박차고 나가야 한다는 걸 알면서도.

몸도 가누지 못할 만큼 술을 마신 사람의 얼굴이라 하기엔 너무나 평온했다. 눈을 감고 있어도 윤의 얼굴은 완벽했다. 남자임에도 아름답다는 표현을 하고 싶을 만큼.

'당신 뭐죠? 왜 날 흔드는 거죠? 왜 자꾸 쳐다보게 만드냐고요.'

자석에 끌리는 쇠붙이처럼 윤에게 가까워졌다. 어느새 은효의 손이 윤의 흘러내린 앞머리를 쓸어 넘기고 있었다.

'이제 두 번 본 남자에게 이게 무슨…….'

그만 나가 연은효! 머릿속에서는 수백 번 경고가 울리는데 가

숨은 꿈쩍도 하질 않았다. 뭔가에 홀린 것처럼 그녀는 천천히 고개를 숙여 윤의 입술에 입맞춤했다.

한 번도 느껴본 적 없는 감각이 전기처럼 온몸을 흘렀다. 부끄러움도 수치심도 사라져버린 듯, 은효는 그의 볼을 두 손으로 감쌌다.

이 남자의 취기에 같이 취해버린 걸까? 자꾸만 더 욕심이 생긴다. 그가 지금 당장 키스를 해줬으면 좋겠다는 미친 생각이 머리를 스쳤다. 그제야 은효는 퍼뜩 정신이 들었다.

'미쳤다. 정말 미쳤어!'

윤의 얼굴에서 얼른 손을 뗐다. 은효가 서둘러 몸을 일으키려고 하는 순간, 그의 두 팔이 그녀를 감싸며 끌어당겼다.

은효는 고꾸라지며 윤의 품에 안겼다. 그녀가 당황해하며 몸을 빼려 했지만, 그럴수록 그의 팔엔 더욱 힘이 들어갔다.

"여전하군. 그 버릇."

은효에게만 들릴 만큼 작게 그가 말했다. 누워있어서인지, 탁하게 가라앉은 음성이었다.

"놔줘요."

들켜서 민망하기보다는 서운함이 컸다. 취중이라지만 그가 누군가와 자신을 혼동했다는 사실이 불쾌했다.

윤이 그녀의 귓가에 나직이 대답했다.

"술 다 깨게 해놓고 도망을 가시겠다? 그럼 상처받은 나는 누가 보상해주지?"

은효는 있는 힘껏 벗어나려 했지만, 그는 꿈쩍도 하지 않았다.

차라리 쇠사슬에 묶이는 편이 덜 괴로웠을지도 모른다. 그에게 갇힐수록 은효의 가슴은 점점 더 심하게 요동쳤다. 이런 상황에서도 그에게 반응하는 자신이 낯설었다.

"위험한 사람이네. 연은효 씨."

머리 위에 윤의 뜨거운 숨결이 닿았다.

"그리고…… 잔인한 사람이야."

종잡을 수가 없었다. 취해서 헛소리하는 것 같으면서도 똑똑히 은효의 이름을 말했다. 도대체 이 남자, 정체가 뭘까.

"나한테 무슨 짓을 한 거죠? 아까 분명 뭔가가 있었던 게 분명해요. 그렇지 않고서야……."

"비겁하네. 자기 멋대로 뽀뽀하고 만져 놓고."

"그, 그러니까 그건 제 의지가 아니었다고요!"

"쉿!"

은효의 등을 감싸고 있던 손이 그녀의 어깨를 잡았다. 그 바람에 두 사람의 몸은 훨씬 더 밀착됐다.

윤이 그녀의 귓가에 속삭였다.

"밤이라 작은 소리도 밖으로 샐 수가 있어요. 괜한 오해 만들어서, 은효 씨 곤란하게 만들고 싶지 않아요."

은효가 최대한 작게 대답했다.

"그러니까, 저부터 좀 놔주시죠?"

"그건 싫은데."

"아니 왜!"

"뽀뽀할 땐 언제고……."

"정말 이 사람이!"

우스꽝스럽게 작은 소리로 화를 내고 있을 때, 은효의 몸이 위로 붕 들렸다. 버둥거릴 틈도 없이 은효는 너무나 얌전하게 그의 옆에 눕혀졌다. 마치 마네킹처럼.

"뭐, 뭐예요? 어떻게 이게 가능하죠?"

"호윤, 외계인설."

"하, 그걸 지금 대답이라고……."

"내 눈을 봐요."

은효가 고개를 들었다. 금방이라도 닿을 것 같은 거리에 윤의 얼굴이 있었다. 그의 열띤 숨결이 이마에 느껴졌다.

《얼마나 힘든 줄 알아요? 여인의 유혹을 참는 게…….》

《내 잘못이 아니에요! 윤이 씨를 만나고부터 내가 정상이 아니라고요!》

《어떻게 정상이 아닌지 말해봐요.》

《알면서 뭘 물어요!》

은효가 입을 잔뜩 내밀며 쩨려보자, 그가 나른한 웃음을 지었다.

《지금도 그래요? 뽀뽀하고 싶고, 만지고 싶고?》

은효가 당황해하며 눈을 깜박거렸다. 의도치 않게 그에게 감정을 들킨 것 같아 민망스러웠다.

윤이 손을 들어 은효의 앞머리를 쓸어주었다. 조금 전, 그녀가 그랬던 것처럼.

시간이 멈춰버린 것 같은 착각이 일었다. 은효는 숨을 멈추었다.

"키스하고 싶어. 미치도록."

갈라진 윤의 음성은 믿기지 않을 만큼 섹시했다. 너무 놀란 나머지, 은효는 벌어진 입을 다물지 못했다.

《당신은 아마 상상도 할 수 없을걸? 내가 얼마나 힘들게 참고 있는지.》

그의 손이 이마를 지나 볼을 스치고 내려왔다. 잠시 머뭇거리던 그의 손끝은 도톰한 그녀의 아랫입술 위에 머물렀다.

입술을 통해 윤의 손끝이 떨고 있음이 느껴졌다. 이 남자, 정말 참고 있는 걸까?

《단순한 본능 때문은 아니야. 그래서…… 오늘은 아무 짓도 하지 않아.》

《무슨 뜻이죠?》

《내가 은효 씨에게 부린 마법이 사라졌을 때, 그때도 지금과 같은 감정이라면 알려줘. 기다릴게.》

《그러니까 그게 무슨 말씀이냐고요. 저를 왜 기다려요? 윤이 씨가 왜요?》

윤은 대답 대신 싱긋 웃었다. 왜 웃냐고 따지고 싶었지만 그러지 못했다. 그의 눈이 스르르 감겼기 때문이다. 은효가 황당해하며 중얼거렸다.

"자기 할 말만 하고 자버리나? 그리고 왜 자꾸 말을 올렸다 놨다 하는데? 헷갈리게."

이상한 남자임엔 틀림없다. 오래전부터 알고 있던 사람처럼 경계심이 허물어졌다. 윤과 함께 있으면 다른 세상에 둘만 남겨진 것 같은 착각이 일었다.

'그냥 이대로 같이 자고 싶네. 나 정말 머리가 어떻게 된 거 아닐까?'

조각조각 흩어진 이성을 겨우 그러모아 정신을 차렸다. 일단은 이 남자에게서 벗어나는 것이 급선무였다.

혹시나 하며 자기를 감싸고 있는 윤의 팔을 밀어냈다. 정말 잠이 든 듯, 쉽게 그의 품에서 벗어날 수 있었다. 은효는 조심스레 침대에서 내려왔다.

주섬주섬 가방을 챙기고 스탠드 조명을 껐다. 지체했다간 다시 주저앉고 싶어질 것 같아 최대한 서둘러 움직였다.

등 뒤로 윤의 고른 숨소리가 들려왔다. 은효는 돌아보고 싶은 충동과 싸우며 방을 나섰다.

윤이 눈을 떴을 때, 다행스럽게도 아직 이른 아침이었다. 그는 관자놀이 주위를 문지르며 방에서 나왔다. 숙취 탓에 머리가 몹시 지끈거렸다.

윤이 거실에 모습을 드러내자, 대기하고 있던 남 집사가 다가왔다.

"안녕히 주무셨습니까, 도련님."

"네 집사님. 잘 주무셨어요?"

"저, 드릴 말씀이……."

남 집사가 뭐라 말을 하려 할 때, 윤이 손을 들어 그의 말을 멈쳤다.

"지훈인 일어났습니까?"

"아직이신 것 같습니다."

"그렇군요."

메이드가 방금 간 토마토주스를 테이블 위에 올렸다. 윤이 컵에 손을 뻗으며 집사에게 물었다.

"하실 말씀이?"

"새벽에 은효 학생, 아니 은효 양이 서울로 떠나셨습니다. 제가 도련님께 허락도 받지 않고 읍내까지 모셔다드리고 왔습니다."

"그게 정말입니까?"

언제 일어났는지 거실 끝에 지훈이 서 있었다. 그가 성큼성큼 걸어오며 물었다.

"출발한 지 얼마나 됐습니까?"

"6시가 첫차였으니 한 시간 전에 출발하셨겠네요."

그 역시 지난밤에 술을 많이 마신 듯, 몰골이 형편없었다. 보아하니 화장실을 가려다 우연히 들은 것 같았다.

"왜 저를 안 깨우셨어요!"

"은효 양이 완강하게 부탁하셨거든요. 아무도 깨우지 말라고."

지훈의 얼굴이 험악하게 구겨졌다. 그가 윤이 들고 있던 주스를 뺏어 벌컥벌컥 들이켰다.

"하아, 힘들다 진짜."

지훈은 빈 컵을 테이블 위에 올리고는 소파에 털썩 기대어 앉았다. 윤이 눈짓으로 집사에게 인사를 건넸다.

"고생하셨습니다. 집사님."

"별말씀을요."

남 집사는 두 사람에게 묵례하고 자리를 떴다. 거실에 둘만 남자, 윤이 먼저 입을 열었다.

"어제 얘기가 잘 안된 건가?"

"나 슈피르 맞냐?"

지훈이 윤을 향해 몸을 내밀었다.

"내 홍채 확인 좀 해봐."

"무슨 헛소리야."

"깨끗하게 까였어. 단칼에 무 자르듯!"

지훈은 이미 잔뜩 뻗친 머리를 양손으로 헝클어트리며 소파 등받이에 몸을 기댔다.

"여자의 마음? 그까짓 거 뭐 대충, 마음만 먹으면 가질 줄 알았어. 게다가 사피라고! 내가 먼저 내밀지 않아도 손잡겠다고 덤벼드는 게 사피 여자들인데, 하! 근데……. 은효에겐 내 슈피르의 페로몬이 전혀 통하지 않았다고."

"그럴 리가……."

"그치? 너도 안 믿어지지? 근데 사실이다."

"신체 접촉은…… 시도해 봤어?"

지훈이 고개를 끄덕였다.

"사람이 참, 치사해지더라. 막상 거절당하고 나니 뭐라도 해야겠더라고. 자신만만하게 한번 안아보자고 했는데, 와…… 아무 느낌이 없대."

"페로몬 운운한 게 그 말이었군."

"둘 중 하나야. 내가 슈피르가 아니든가, 아무렇지 않다고 거짓말을 할 만큼 내가 싫든가."

"둘 다일 수도 있지."

지훈의 동공에 지진이 일었다. 너무 진지한 것 같아, 나름 우스갯소리를 한 것인데 지훈의 반응에 윤은 오히려 당황스러웠다.

"승지훈, 릴렉스 해라."

"내가 슈피르가 아닌 쪽이 차라리 낫겠어. 가볍게 얘기했지만, 내 감정…… 절대 가볍지 않아. 은효, 놓치고 싶지 않다."

"단칼에 거절당했다며. 앞으로 승산은 있는 거냐?"

"따로 좋아하는 사람은 없는 것 같으니, 하는 데까진 해볼 생각이다."

지훈의 표정에 어쩐지 비장함마저 흘렀다.

"아니, 은효에게 누가 있다 해도 상관없어. 아무래도 내가 제정신이 아닌 건 확실해."

"은효 씨의 숨겨진 애인이 나라고 해도 뺏을 기세네."

"당연하지. 난 우정보다 사랑을 택할 거다."

"쿨한 대답 잘 들었다."

당당하게 자신의 감정을 드러낼 수 있는 지훈이 부러웠다. 비겁했지만 은효와의 일들을 숨길 수밖에 없었다. 그렇기에 찜찜함은 고스란히 윤의 몫이 되었다.

'은효의 기억 속에 사라진 내가 뭘 밝힐 수 있겠어. 졸지에 친구가 좋아하는 여인을 마음에 품고 있는 음흉한 놈이 돼버렸군.'

어쩌다 이런 상황이 된 것일까? 왜 하필 지훈이란 말인가. 윤은 숙취로 인한 두통에 관자놀이 주위를 문질렀다.
 "상대가 너라면 말이다……."
 눈을 감고 소파 등받이에 기대어있던 지훈이 고개를 돌려 윤을 쳐다보았다.
 "전력을 다해 승부를 볼 거다. 그만큼 나는 절실하고 진지해."
 "그 진지함 받아주마."
 "응원해 달란 소리다. 인마."
 지훈이 피식 웃으며 다시 눈을 감았다. 힘들어하는 모습이 전날 윤보다 술을 더 마신 듯했다.
 "해장 될 만한 거 준비했을 테니 먹고 자."
 윤이 자리에서 일어섰다.
 "이왕 이리된 거 조급하게 굴지 말고, 그쪽에도 생각할 시간을 줘. 갑작스러워서 일단 거절한 것일 수도 있으니."
 "생각보다 힘드네."
 지훈이 팔을 접어 이마 위에 올렸다.
 "이거 무슨 자신감이야? 하며 황당해하던 은효 얼굴이 자꾸 떠올라. 크크큭,"
 그가 쓸쓸하게 웃었다.
 "소위 이불킥 감이지 뭐냐? 성급했어. 너무."
 "알았으면 다음엔 천천히 하면 되겠네. 그만 징징대고 일어나."
 윤이 근처에 있던 쿠션을 집어서 지훈에게 던졌다. 피할 수 있었음에도 지훈은 날아온 쿠션을 그대로 맞았다.

차라리 혼자 두는 게 나을 것 같다는 결론이 내려졌다. 윤은 혼자 식당으로 향했다. 토마토주스도 지훈에게 뺏기고 해장할 무언가가 간절했기 때문이다.

'알코올 분해 능력은 왜 없는 건데?'

하나 마나 한 생각에 혀를 차며, 그는 식당으로 들어섰다.

# X.
## 마법 같은 건
## 처음부터 없었어.

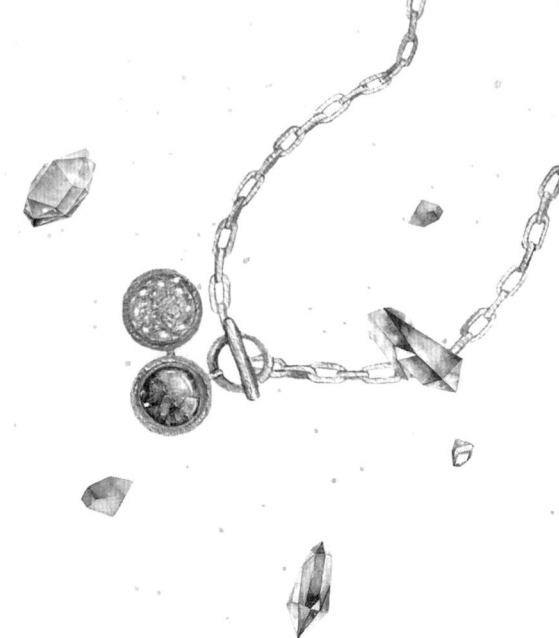

 석유화학으로 시작한 기업인 HK그룹은 경수혁이 회장을 맡으면서 점차 분야를 넓혔다. 현재는 통신, 건설, 반도체, 기타 등의 분야를 다루는 대한민국의 명실상부한 대기업으로 입지를 다졌다.
 은효는 면접을 보기 한 시간 전에 HK그룹 본사 건물에 도착했다. 시간에 쫓기지 않고 여유롭게 준비하기 위함이었다.
 면접장으로 공지된 소회의실은 8층에 있었다. 1층 커피숍에서 대기하고 있을까도 생각했지만, 면접장 근처에 있기로 했다.
 '설마 앉아있을 곳 하나 없겠어?'
 출입구에서 신분 확인을 마치고 엘리베이터 앞으로 움직이던 은효는 잠시 동작을 멈췄다. 엘리베이터 문이 열리고 누군가가 내리자, 주변 사람들이 일제히 허리를 굽혀 인사를 했기 때문이다. 분위기상 회사의 높은 사람인 게 분명했다.

은효는 옆으로 물러서며 어정쩡한 자세로 그 사람을 쳐다보았다. 아무 생각 없이 고개를 들었던 은효는 그와 정통으로 눈이 마주쳤다.

30대 후반쯤으로 보이는 남자는 일반인으로 보기 힘든, 눈에 띄는 외모를 지니고 있었다. 지훈과 비슷하거나 좀 더 커 보이는 키, 무표정이지만 웃으면 근사할 것 같은 홑겹의 눈, 그리고 반듯하고 오똑한 코와 조금 큰 듯한 입……. 그와 눈이 마주쳤다는 것도 잊은 채 잘생긴 얼굴을 감상하고 말았다. 은효는 얼굴이 화끈거려 급히 시선을 돌렸다.

민망하여 종종걸음으로 자리를 피하던 그녀는 뒤에서 남자가 부르는 소리에 멈춰 섰다.

"거기 아가씨, 잠깐만."

은효는 이마를 구기며 작게 한숨을 내쉬었다. 그러나 뒤를 돌아볼 땐, 입가에 미소를 잊지 않았다.

"네? 저요?"

남자는 말없이 다가와 은효를 노골적으로 쳐다보았다. 처음엔 당황했지만 무례한 그의 행동에 은효는 발끈했다.

"무슨……!"

《흥미롭군.》

남자의 음성은 듣기 좋은 베이스 음색의 중저음이었다. 문제는 귀가 아닌 머릿속으로 들렸다는 것! 은효는 침착하게 반응했다.

"일이십니까?"

흥미로운 것을 발견한 듯, 그의 눈빛이 번뜩였다.

《맹랑한 아가씨네.》

남자의 한쪽 입 끝이 올라갔다.

"사원증이 없는 걸 보니 직원은 아니고, 무슨 일로 오셨나?"

"통역비서 면접 보러 왔습니다."

"아!"

아? 은효는 그의 터무니없이 짧은 대답에 인상을 찌푸렸다. 설마 오늘 면접관이라도 돼? 진짜? 면접관? 은효가 슬며시 표정을 풀었다.

"하실 말씀이라도?"

"아는 사람과 닮아서…… 실례했어요."

"그러셨군요. 그럼 전 이만."

은효가 어색하게 인사를 하고 몸을 돌렸다.

"아, 잠깐만요!"

"네?"

그녀가 얼떨결에 돌아보았다. 남자는 기다렸다는 듯, 자연스럽게 오쿨리파시를 보냈다.

《또 봅시다!》

어떤 표정을 지었는지 알 수가 없었다. 분명 못 들은 척해야 했는데 아무래도 놀란 얼굴이 된 것 같다. 은효는 저절로 울상이 돼버렸다.

"좋은 결과 있길!"

그는 원하는 것을 얻은 듯 만족한 표정을 지으며 기다리고 있던 일행들에게로 돌아갔다.

남자와 대화한 그 짧은 순간, 온몸에 진이 다 빠져 버린 것 같았다. 은효는 어디라도 얼른 앉고 싶었다.

'오쿨리파시인지 뭔지 이렇게 아무나 다 쓰는 거였어? 아님, 저 남자도 외계인? 이런 일이 왜 자꾸 나한테 생기는 건데, 왜!'

후들거리는 다리를 겨우 추스르며 엘리베이터를 탔다. 조금 전, 곁에서 상황을 지켜봤던 사람들이 은효를 힐긋거렸다. 도대체 그 남자가 누구이길래…….

엘리베이터에서 내린 은효는 드디어 부담스러운 시선에서 벗어났다. 그녀는 두리번거리며 면접 장소를 찾았다.

다행히 바로 소회의실이 보였고, 멀지 않은 복도 끝에 휴게실이 있었다. 은효는 자판기에서 이온 음료를 뽑아, 한쪽 의자에 자리를 잡았다.

'하, 기 빨려. 뭐야 그 남자.'

면접도 보기 전에 기진맥진해졌다. 그녀는 쉬지 않고 음료수를 벌컥벌컥 들이켰다.

*반드시 나하고만 해요. 그럴 리는 없겠지만…… 누군가 은효 씨에게 오쿨리파시를 쓴다 해도 절대 모르는 것처럼 행동해요. 약속해 줄 수 있죠?*

윤이 했던 당부가 떠올랐다. 마치 오늘을 예견이라도 한 것처럼……. 왜 모른 척하라고 했을까?

'나 대답 안 한 거 맞지? 얼굴에 티 안 났을까? 찜찜해 죽겠네.'

또 보자고 했던 남자의 말이 머릿속에 맴돌았다. 면접관으로 들어온단 말이었나? 아님, 이 회사의 이사급? 괜히 일찍 도착해서 복잡한 일만 만든 꼴이 되었다.

'확 그냥, 다른 회사를 알아봐?'

박차고 일어나기엔 유혹이 너무 컸다. HK그룹 보다 좋은 조건의 회사를 찾는 건 당분간 무리였기 때문이다. 은효는 긴 한숨을 내쉬다 문득, 가방으로 시선을 옮겼다.

'아! 윤이 씨!'

은효는 가방에서 휴대폰을 꺼내어 윤에게 보낼 문자를 눌렀다.

밖에서 업무를 끝내고 회장실로 돌아온 수혁은 접대용 소파에 앉았다. 탁자 위에는 미리 지시해두었던 이력서들이 출력되어 있었다. 오늘 면접 예정인 통역비서 지원자들의 것이었다.

종이를 몇 장 넘기던 그의 손이 멈췄다. 엘리베이터 앞에서 만났던 그녀였다.

'연은효라…….'

처음 그녀를 보았을 때, 부르지 않을 수 없었다. 너무나 닮은 모습이었기에 충동적으로 불러세웠다. 연은정. 그녀를 만난 착각이 일었다.

20년도 더 지난 일이었다. 유독 기억 능력이 뛰어난 그였지만, 그녀와의 하룻밤은 절대 잊히지 않았다.

쇼팽 프렐류드 4번. 술집에선 다소 어울릴 것 같지 않은 곡을 미묘하게 편곡하여 연주하고 있었다. 우아하지만 음울함이 깃든 원곡의 선율 뒤로 담담한 위로가 이어졌다. 곪아 터진 상처를 감추기 위해 문 뒤에 숨어있는 그를 찾아 천천히 속삭이듯이.
'괜찮아, 잊어버려. 다 잘 될 거야.'
수혁은 양손으로 얼굴을 감싸며 소파에 깊숙이 몸을 묻었다. 누구에게도 보인 적 없는 속마음을 무명의 연주자에게 들킨 것 같아 당황스러웠다. 그리고 궁금해졌다. 이런 연주를 하는 문밖 너머의 누군가가.

'오늘 밤, 같이 있고 싶어.'
'손님으로서 요구하시는 건가요?'
'아니. 남자로서 묻는 거야. 그쪽하고 함께 있고 싶다고. 여기 말고 더 조용한 곳에서…… 단둘이.'

와인 두 잔에 볼이 발그레해진 그녀가 나른한 음성으로 대답했다.

'연은정이에요. 내 이름. 그쪽이 아니라.'
'강요할 생각은 없어.'

'이상해요. 당신을 거부할 수가 없어요. 아니, 어쩌면 내가 더 당신을 원하는지도 모르겠어. 왜 이런 거죠? 내가…… 내가 아닌 것 같아요.'

일부러 찾은 적은 없지만 때때로 생각나곤 했었다. 우연히라도 만났다면 인연을 이어갔을지도 모른다. 은정은 그렇게 수혁의 가슴 한편에 각인이 되었던 여인이었다.

처음 은정을 봤을 때 순간 슈피르인가 하는 착각이 들 만큼 그녀는 아름다웠다. 긴장 반 놀람 반으로 미세하게 떨리는 눈동자, 정확히 말하면 그녀의 홍채가 사피라는 것을 확인시켜주지 않았다면 수혁은 그렇게 믿었을지도 모른다.

사랑을 나누기 전, 수혁은 키스와 동시에 와인을 머금어 은정에게 먹였다. 수혁의 피를 섞은 와인이었다.

'슈피르는 결혼 첫날밤에 서로의 피를 나누어 마시는 의식 같은 것을 치르지. 덕분에 당신에게 내 피를 먹이는 기분이 참 묘했다고나 할까.'

필요 없는 물건은 버리는 게 맞는데 미련이 생긴다. 가져봐야 짐만 될 것을 알면서도 갖고 싶어졌다. 처음으로 사피 여자에게 욕심이 생겼다.

수혁은 불현듯 자조 섞인 웃음을 뱉었다. 어떤 핑계를 대더라도 결국은 쓰레기 같은 짓이었다. 사랑하던 여인의 기일에 다른 여자와 몸을 섞었으니까.

수혁은 신경질적으로 머리를 헝클어트렸다. 이제는 흐릿해져 마음이 더 아린 주희가 떠올랐다.

'다른 놈을, 그것도 하필 호태준을 선택했을 때도 널 원망하지 않았어. 그자보다 낮은 나의 처지를 탓했을 뿐.'

주희가 택한 남자 호태준은 태어날 때 이미 정해진 솔칸이었고, 수혁은 그를 보필하는 일개 블뤼에 불과했다.

신의 존재를 믿지 않기에 주어진 운명에 실망 따윈 없다. 아이를 낳다 죽은 아내를 잊지 못해 도망치듯 한국을 떠난 솔칸 따위를 언제까지 두고 보지는 않을 테니까. 운명은 바꾸면 되는 것이고 자리는 차지하면 그뿐이라 생각했었다.

여자, 사랑…… 그의 인생에 이제 그런 것은 필요 없었다. 무엇으로도 채울 수 없던 허기는 솔칸의 자리가 해결해 줄 것이라 믿었다.

'호태준 그놈보다 내가 부족한 것이라곤 자식이 없다는 것뿐인데…….'

블뤼인 미주와 결혼을 했지만, 아이가 생기지 않았다. 난임(難妊)인 슈피르의 특성상 드문 일은 아니었지만, 수혁에겐 절망 그 자체였다.

어릴 때부터 영특하기로 소문이 난 호윤은 이미 차기 솔칸으로 공공연하게 입에 오르고 있었다.

연은정, 연은효…… 똑 닮은 생김새…….

은정은 분명 사피였다. 그 어디에서도 슈피르의 기운은 느껴지지 않았다. 하지만 방금 만났던 그 여인의 홍채에선 슈피르의 기운이 보였다. 그리고 예상이 맞는다면 블뤼의 능력도 지니고 있다.

'사피와 슈피르의 기운이 공존한다. 그건 필시 혼혈이라는 건데, 자매가 맞는다면 부모 중 하나는 슈피르일테고⋯⋯ 근데 왜 지금껏 보고가 되지 않은 거지?'

검지가 천천히 올라갔다 내려가기를 반복했다. 톡톡, 소파의 팔걸이에 손톱 부딪히는 소리가 났다. 수혁의 머릿속이 분주해졌다.

윤은 결재서류를 검토하던 중 문자 알림 소리를 들었다. 극히 개인적인 용도로만 이용하는 폰이었다. 이 실장일 거라 예상했던 것과는 달리 보낸 사람은 은효였다.

[안녕하세요. 연은효예요. 제가 먼저 연락할 일은 없을 줄 알았는데 사안이 사안인지라⋯⋯ 면접 보러 왔다가 윤이 씨와 같은 능력을 지닌 사람을 만났어요. 제게 그걸 썼지만 반응하진 않았어요. 아마도⋯⋯ 그랬을 거예요. 들키지 않았겠죠? 알려드려야 할 것 같아서⋯⋯ 그럼 이만.]

은효가 별장에서 먼저 떠나고 보름 정도가 지났다. 그녀의 거취가 궁금했지만, 일부러 알아보지는 않았다. 이 실장에게 사실을 알려야 할지에 대한 결심이 아직 서질 않았기 때문이다.

윤은 일단 서울에서의 호텔 생활을 접고 집을 구했다. 홍천 별장의 인원은 최소로 남기고 대부분 서울의 새집으로 이동했다.

외국으로의 잦은 행보를 접고 한국에서의 입지를 더욱 굳히기 위한 밑 작업이었다.

'HK그룹의 면접이라고 했었지. 그럼 경수혁을 만난 건가? 그가 왜 은효에게 오쿨리파시를 썼지? 설마…….'

은효가 처음 윤에 의해 오쿨리파시를 사용한 후로, 미미했던 슈피르의 기운이 발현된 것인지도 모른다. 블뤼의 능력까지 지닌 그녀라면 그리되고도 남을 터였다.

문제는 그 사실을 경수혁이 알아버렸다는 것이다. 제일 알리고 싶지 않았던 인물에게 들킨 셈이었다.

한때는 경수혁을 좋은 사람이라고 믿었다. 무심한 아버지와는 달리, 몰래 생일 선물을 챙겨 주었던 고마운 아저씨였다. 어머니의 기일과 생일이 같았던 윤에게는 더할 나위 없이 커다란 위안이었다.

'웃는 얼굴을 하고서 당신은 언제든 내 등에 칼을 꽂을 기회를 노리고 있었지. 믿었기 때문에 더 용서가 안 돼.'

이 실장이 간간이 수혁에 대해 말했을 때도 윤은 그럴 리 없다고 단언했다. 그 역시도 모함하는 누군가의 조작일 것이라고.

서른이 넘어가고 윤의 몸에 새로운 변화가 생길 즈음이었다. 타인의 오쿨리파시를 볼 수 있는 능력이 생겼다. 오쿨리파시는 두 사람만의 소통이었기에 제삼자는 절대 내용을 읽을 수 없었다. 현재 솔칸인 호태준도 그러한 능력은 갖고 있지 않았다.

《이 실장이 여전히 뒤를 캐고 다니는 것 같습니다. 잠시 몸을 숨겨야겠습니다.》

수혁이 마련한 오찬을 끝내고 그의 뒤를 따라 식당 밖으로 나오던 윤은 꽤 멀리 서 있던 남자의 눈에서 오쿨리파시를 보았다. 남자는 수혁의 심복 중 하나였다.

심복의 눈동자에 비친 수혁의 눈에서 싸늘한 대답이 보였다.
《윤이가 의심하기 시작하면 일이 복잡해져. 잠잠할 때까지 꺼져있어.》

차 앞에 도착하고 뒤돌아선 수혁의 얼굴을 보는 순간, 온몸에 소름이 돋았다. 한결같은 수혁의 온화한 얼굴은 먹이를 앞에 둔 맹수의 가면이었다는걸 뼈저리게 깨달았기 때문이다.

이 실장에게조차 타인의 오쿨리파시를 읽을 수 있는 능력에 대해 말하지 않았다. 수혁의 이중성을 보았던 그때, 어쩌면 윤은 인간에 대한 신뢰를 전부 버렸는지도 모른다. 그만큼 수혁에게 받은 상처는 컸다.

'그가 무슨 짓을 저지르기 전에 손을 써야 하는데……'

은효가 슈피르의 피가 흐르고 있다는 걸 안 이상, 수혁은 가만 있지 않을 것이다. 윤은 자리에서 일어나 주변을 서성거렸다.

복잡한 마음과는 달리 머리는 서서히 정리되어갔다.
'어디 어떻게 나오시는지 구경이나 해볼까.'


면접을 마치고 집에 돌아온 은효는 침대 위에 그대로 몸을 던졌다. 버스 타고 왔다 갔다 한 것과 면접관 앞에서 몇 마디 한 게 다인데, 물을 잔뜩 빨아들인 솜이불처럼 온몸이 무거웠다.

'몰매를 맞은 것 같네. 왜 이렇게 피곤하냐.'

면접은 생각보다 수월했다. 눈치로 보아 면접관의 반응도 나쁘지 않았다.

'그러고 보니 그 사람…… 면접관은 아니었네.'

전부 그 남자 때문이었다. 엘리베이터 앞의 잘생긴 외계인! 그때 주변의 반응으로 보아 꽤 높은 직책일 거라 예상했다.

'적어도 이사급? 그런데 왜 다짜고짜 나한테 그걸 쓴 거지?'

아무리 머리를 굴려서 답은 나오질 않았다. 역시 궁금증을 해결할 방법은 단 하나!

'호윤인지 호랑 말코인지는 왜 답장이 없어! 읽고 씹어버리면 다냐!'

윤을 떠올리자, 멀쩡했던 얼굴에 열이 확 올랐다. 그와 동시에 별장에서의 밤이 생각나, 은효는 손으로 얼굴을 가렸다.

'아, 몰라. 술 취해서 기억 못 할 거야. 아님, 내가 모른 척하지 뭐.'

잘생기긴 했지만, 딱히 열광할 만큼의 취향은 아니었다. 굳이 따지자면 성격은 지훈 쪽이 더 잘 맞았다. 유쾌하고 시원시원하고 추진력 강하고…….

'그런데 왜? 왜 호윤인건데?'

왜 호윤이냐는 질문이 이젠 습관이 된 것 같다. 은효는 반복해서 자신에게 묻고 또 물었다.

이 생각 저 생각을 하다 깜빡 잠이 들었던 모양이다. 갑자기 울리는 휴대폰 소리에 반사적으로 몸을 일으켰다. 그 바람에 머리가 띵하고 울렸다.

"여보세요?"

-자다 일어났구나?

화면을 쳐다보니 호윤, 두 글자가 보였다. 하필 타이밍하고는. 은효가 헛기침을 몇 번 했다.

"아뇨. 누워있었어요."

-피곤했나 보다. 면접은 잘 봤어요?

"네. 뭐, 그럭저럭."

이 남자와는 이상하게 대화가 매끄럽게 이어지질 못했다. 은효는 뻗은 다리를 버둥거리며 어색함을 견뎠다.

-그동안 잘 지냈고?

"네. 뭐, 역시 그럭저럭."

-그렇게 가버려서 서운했는데, 잘 지내고 있다니 다행이네요.

"그땐 죄송했어요. 인사도 제대로 못 하고 와서…… 급하게 볼일이 생겼었거든요."

휴대폰 너머로 숨소리를 가장한 웃음소리가 들렸다. 왜? 뭐가 웃긴다는 건데? 은효가 입술을 뾰족이 내밀었다.

-잘 지내고 있는 거 확인했으니 됐어요. 그럼 쉬어요.

"이보세요!"

마음이 급하다 보니 아무 소리나 막 튀어나왔다. 이보세요라니……. 혹시라도 그가 끊을까 싶어 말이 쉴 새 없이 다다다 쏟아져 나왔다.

"이게 끝이에요? 전화 왜 하신 건데요? 제 문자 받고 전화하신 거 아니에요?"

―아, 맞다. 그랬지.

"저는 나름 심각하다고요. 장난치듯 이러시는 거 기분 나쁩니다."

―은효 씨는 날 믿어요?

이건 또 무슨 아닌 밤중에 홍두깨 같은 소리? 은효가 한숨을 내쉬었다.

"무슨 말씀이세요?"

―말 그대로예요. 날 믿냐고요.

"혹시 지금 저한테 몰래카메라였다고 고백하시려는 건 아니죠? 차라리 그랬으면 좋겠지만 그건 말이 안 되는 거고."

―못 믿나 보네. 쉽게 대답 안 하는 걸 보니.

이 와중에도 기계 너머로 들리는 윤의 음성에 가슴이 간질거렸다. 은효는 부러 까칠하게 대답했다.

"윤이 씨 원래 이렇게 피곤한 사람이에요? 제가 문자를 왜 보냈을 거로 생각해요? 설마 몰라서 묻는 건 아니죠?"

―보고 싶다. 은효 씨.

이건 또 무슨 시추에이션? 은효의 심장에 둥둥, 북소리가 들렸다.

"윤이 씨 사춘기에요? 아님, 뒤늦게 중2병이신가? 지금 그 맥락 없는 대사는 뭔가요?"

―보고 싶어서 보고 싶다고 한 건데…… 은효 씨는 나 안 보고 싶은가?

"내, 내가 윤이 씨를 왜 보고 싶어 하겠어요? 이, 이상한 사람

일세. 그, 그 오쿨리파시인지 뭔지 그거에 대해서나 말해줘요. 그 사람은 누구죠? 아는 분인가요?"

바보처럼 말이 더듬거려졌다. 이성이 증발해버린 것 같았다. 제정신이 필요했다.

-나를 믿는다고 말하면 말해줄게요. 나를 믿어요?

"꼭 말로 콕 집어 말해야 알아요? 그래요. 믿어요. 믿는다고요!"

-그럼 지금 밖에 있는 차에 타요. 나오면 아무 말 하지 말고, 바로 차에 올라요.

"네?"

-기다리고 있을게요.

반신반의하며 건물 밖으로 나오자, 골목 옆에 서 있던 짙은 잿빛 세단의 운전석 창문이 열렸다. 예상했던 것과는 달리 모르는 얼굴이었다.

"여깁니다."

은효가 머뭇거리며 차 뒷좌석에 올랐다. 운전석에 앉은 남자가 백미러로 은효와 눈을 맞췄다.

"호윤 대표님께서 보내셨습니다. 문을 열어드렸어야 했는데 눈에 띄는 행동은 삼가라고 하셔서요. 출발하겠습니다."

"어디로 가나요?"

"저녁 식사 대접하신다고 했습니다."

"아, 네."

여전히 이 상황이 어색하여 은효는 가방에서 휴대폰을 꺼내었다. 마침 윤에게서 문자가 왔다.

[한식 좋아해요?]

글자에서 음성이 지원되는 느낌이었다.

[없어서 못 먹죠.]

은효의 입꼬리가 슬며시 올라갔다.

만날 장소를 고심하던 윤은 음악관계자들과 주로 만나는 한정식 식당으로 정했다. 너무 은밀한 곳보다는 적당히 오픈된 곳이 나을 것 같다는 생각에서였다. 여차하면 무슨 이유에서라도 둘러댈 구실이 필요했으니까.
경수혁은 분명 움직이기 시작했을 것이다. 은효의 뒷조사는 물론이고 일거수일투족을 주시하고 있을 게 분명했다. 그렇기에 윤은 훨씬 더 신중해야 했다.
'그가 먼저 알아버렸더라면…… 생각만 해도 끔찍하군.'
무슨 수를 써서라도 은효를 이용할 게 뻔했다. 경수혁 그자라면 사람 좋은 얼굴로 충분히 그녀를 구워삶고도 남을 터였다. 윤에게 그랬던 것처럼.
은효가 도착했다는 보고가 들어왔다. 무표정했던 윤의 얼굴에 은은한 미소가 감돌았다.

잠시 후, 두어 번의 노크 소리가 들리고 미닫이문이 열렸다.

"무슨 첩보영화 찍는 줄 알았어요. 운전하신 분 카레이서에요? 서울 시내에서 그렇게 운전하기도 참 힘들 텐데."

은효가 자리에 앉으며 방안을 두리번거렸다.

"이 식당도 평범하진 않네요. 야합하기 딱 좋은 장소랄까."

"잘 지냈어요?"

아뿔싸. 인사도 없이 중얼거리며 들어와 버렸다. 은효는 화끈거리는 얼굴을 손바닥으로 감쌌다.

"아, 아까 폰으로 인사했잖아요. 잘 지냈다고."

"그렇네. 잘 지내고 있는 것 같네."

"그, 그럼요."

"나한텐 안 물어봐요? 잘 지냈냐고."

윤이 근사한 미소를 지으며 그녀를 빤히 쳐다보았다. 은효의 심장이 물색없이 뛰기 시작했다.

'아 왜 이래. 정신 차려!'

은효는 허둥지둥 컵에 물을 따랐다.

"멀미 났어요? 운전 잘하는 친군데, 많이 거칠었나?"

"아, 아뇨."

운전기사 말고 당신 때문에 이러는 거잖아! 은효는 바짝 마르는 입을 물로 적셨다.

그녀가 자리에 앉아 숨을 고르는 사이, 방문이 열리고 음식이 들어왔다. 일사불란하게 상 위에 온갖 음식이 차려졌다.

직원이 나가고 윤이 물수건을 집으며 입을 열었다.

"이사했어요."

"와 빠르네요. 집을 구해야 한다고 하셨는데 벌써!"

"놀러 올 거죠?"

그렇게 갑자기 훅하고 들어오지 말라고요! 은효가 얼른 젓가락을 들며 너스레를 떨었다.

"뭐가 이렇게 많아요? 하나씩만 맛봐도 배부르겠네."

"은효 씨, 처음 나 만났을 때와 많이 달라진 거 알아요?"

괜히 뜨끔하여 그를 쳐다볼 수가 없었다. 은효는 청포 묵무침을 집으며 무심한 듯 물었다.

"네? 무슨 말씀이신지."

미끈거리는 묵은 눈치도 없이 자꾸 젓가락에서 빠져나갔다. 윤이 숟가락으로 묵을 떠 은효의 앞접시에 올려주었다.

"처음보다 더 불편해하는 것 같아서, 눈도 자꾸 피하고."

은효는 대답을 안 해도 자연스럽도록 입에 뭔가를 계속해서 집어넣었다. 그녀가 전복죽을 크게 한 숟가락 떠서 입에 넣었을 때였다.

"그날 밤 때문이라면…… 취해서 한 말은 아니었어. 전부 진심이었고 다 기억해."

목으로 죽을 넘기던 찰나, 윤의 결정적인 말에 사레가 들리고 말았다. 은효가 심하게 기침을 하자, 그가 따뜻한 물을 건넸다.

"이거구나. 은효 씨가 날 불편해한 이유가."

"쿨럭! 컥."

뭔가 반박을 해야 하는데 밥알이 코로 넘어갔는지 기침이 멈추질 않았다. 은효는 창피를 무릅쓰고 티슈를 뽑아 코를 풀었다.

그는 여전히 음식엔 손도 대지 않고 은효만 바라보고 있었다.

"죽을 뻔했잖아요. 죽 먹다가!"

괜히 민망하여 짜증을 부렸다. 은효는 그가 건넨 물을 한 모금 마셨다.

"이야기는 나중에 하고 일단 식사부터 할까? 기침은 다 가라앉았나?"

"네. 그러는 게 좋겠어요. 우선 밥부터 먹어요."

초등학생이 된 기분이었다. 좋으면서 표현은 자꾸 반대로 하고 있었다. 무얼 씹고 있는지, 무얼 마시고 있는지도 모른 채 저녁 시간이 흘렀다.

식사가 끝나고 자리가 모자랄 만큼 빽빽했던 상은 깨끗이 치워졌다.

간단한 다과가 준비됐고, 윤이 입을 열었다. 그가 들려준 이야기는 달콤한 매실차의 맛도 음미하지 못할 만큼 충격적이었다. 마치 SF영화의 시놉시스를 들은 기분이었다.

"제가 지금 들은 말이 전부 팩트라는 말씀이신가요?"

은효가 재차 물었다.

"윤이 씨는 현생인류인 호모 사피엔스 사피엔스가 아니라 호모 수페루스고, 저는 반반 섞였을 것이다, 이게 주 요점 맞나요?"

윤이 대답 대신 고개를 끄덕였다.

"남들보다 오감이 발달했고 신체 능력과 학습 능력이 뛰어난 것도 그 때문이다. 윤이 씨와 같은 사람이 소수지만 세계적으로 분포되어있고 오쿨리파시와 같은 능력은 일부만 지니고 있다?"

"한 가지 덧붙이자면 사피와 슈피르간의 수혈은 불가해요. 슈피르에겐 무익할 뿐 크게 지장은 없지만……."

"없지만?"

"사피는 피의 양에 따라 잠이 들거나 기억을 잃게 돼요. 블뤼의 피는 특히 더 위험해서 사망할 수도 있습니다."

은효의 눈빛이 호기심으로 반짝였다.

"사피와 슈피르는 어떻게 구분해요? 외관상 차이가 전혀 없는데."

"내 눈을 잘 봐요. 특히 홍채 부분을."

은효가 아랫입술을 물었다 놓으며 그를 똑바로 바라보았다. 그의 검은 눈동자 주변에 극세사보다 더 가는 전류가 번개처럼 나타났다 사라졌다.

"헐! 이게 뭐예요? 저, 저도 그렇단 말씀이신가요?"

윤이 천천히 고개를 끄덕였다.

"처음엔 약했던 기운이, 나와 오쿨리파시로 대화하고부터는 확실해졌어요. 아마 이젠 지훈이도 은효 씨가 우리와 같다는 걸 알게 될 겁니다."

"지훈 씨! 아아, 이사님도…… 그랬구나."

은효가 잠시 입을 다물었다. 너무 한꺼번에 많은 것을 담으려니 머리에 과부하가 걸린 느낌이었다. 매실차가 담겼던 잔이 바닥을 드러냈다.

"말하자면 저는 혼혈이고, 저희 부모님 중 한 분은 슈피르란 거네요. 저 같은 경우가 종종 있나요?"

"아니. 내가 알기론 처음이야. 은효 씨가."

"그럴 리가……"

"슈피르가 현생인류에 밀린 이유 중 하나가 번식력이거든. 사피와 슈피르 간의…… 흠, 표현이 좀 그렇지만 교잡은 한 번도 성공하질 못했어요. 자연적이든 인공적이든."

"하, 거의 돌연변이 수준이라는 거네."

이거 지금 꿈은 아니지? 차라리 외계인이 더 나았으려나. 은효가 뒷머리를 움켜잡았다.

"HK그룹의 그 남자분은 누굴까요? 그 회사에 슈피르인지 그런 사람들이 많이 있나요?"

"내 예상이 맞는다면 경수혁 회장일 겁니다."

"회장이요? 되게 젊어 보였는데…… 많이 봐야 40대 초반이고 30대 후반쯤으로 보였는데."

"나는 몇 살쯤 돼 보여요?"

아니 여기서 그 질문이 왜 나오는데? 은효가 한심하다는 듯 짧게 한숨을 내쉬었다. 그러나 여전히 그는 대답을 기다리는 눈치였다.

"생각 안 해봤는데…… 스물아홉? 서른?"

윤의 표정이 그다지 밝아 보이지 않는다. 뭐지?

"다행이라고 해야 하나 아님, 서운하다고 해야 하나. 변한 게 없네."

"무슨?"

그가 질문과는 상관없는 대답을 했다.

"슈피르는 사피보다 일반적으로 수명이 길어요. 뭐 크게 차이 나는 건 아니지만, 평균 수명이 150세 정도라고 보면 됩니다."

"와! 그건 좋네요. 저희 아빠가 슈피르였으면 좋겠어요."

"그 때문인지 노화도 사피보다 늦게 오는 편이죠. 경수혁 회장은 50대 중후반 일 겁니다."

은효의 입이 떡하고 벌어졌다.

"저희 아빤 농사를 짓고 고생을 하셔서 그런가. 딱히 젊어 보인다거나 그렇지 않으신데."

"어머니 쪽일 수도 있죠."

"그렇다면 더 속상하네요."

눈물이 나올 것 같아, 은효는 어색하게 웃으며 말을 이었다.

"사고로 돌아가셨거든요. 흠…… 엄마 이야긴 잘 안 하는데……."

"미안해요. 아픈 기억을 꺼내게 해서."

은효가 고개를 저었다.

"참, 근데 오쿨리파시는 왜 쓰지 말라고 하셨어요?"

분위기를 바꿔야 할 것 같았다. 오기 전부터 궁금했던 것 중 하나였기에, 자연스럽게 화제를 돌리기엔 그만이었다.

"저를 여기까지 데려올 때도 분위기가 심상치 않았던 것 같고."

"어느 집단이든 권력을 잡으려는 자는 있기 마련이죠. 그런 수단으로 은효 씨가 이용되는 걸 막기 위함이었어요."

"제가 무슨 용도로?"

"그건 이제부터 알아내야지."

은효가 눈살을 찌푸렸다.

"저기 근데, 왜 반말했다 존댓말 했다 하세요?"

"존댓말이 익숙지 않아서?"

"그렇게 말씀하시니 말 놓으라고 하기 더 싫어지네요."

"내가 말을 놔도 될 만큼 우리 친해졌나?"

얼굴이 화끈거렸다. 그런 의도로 말한 건 아니었는데, 그렇게 비친 것 같아 당황스러웠다. 은효가 정색하며 대답했다.

"은근슬쩍 말 놓지 마세요. 우리 그렇게 친한 사이 아니잖아요?"

"먼저 입술을 덮친 사람은 누구더라?"

"누, 누가요!"

"그러게. 누구지?"

열이 확 올라, 얼굴에 손부채질을 했다. 그는 얄밉게도 싱긋 웃으며 어깨까지 으쓱였다.

'아오, 딱 한 대만 때려주고 싶다.'

은효가 속으로 구시렁거리고 있을 때, 윤이 팔을 접어 상에 올리며 몸을 숙였다.

"나 아무나 쉽게 받아주는 사람 아닌데, 은효 씨와는 친해지고 싶어. 처음 만났을 때부터."

"가, 갑자기 이러지 마세요. 부담스럽다고요."

"뭐가? 내가 사귀자는 것도 아닌데?"

"누, 누가 그렇대요?"

은효의 손부채질은 더 빨라졌다.

"지금부터 내가 하는 말은 당부이자 부탁이야."

그가 숙였던 몸을 다시 일으켜 반듯한 자세로 앉았다. 은효도 덩달아 부채질하던 손을 내렸다.

"오늘 내게 들었던 말은 전부 잊어. 진짜 잊으라는 말이 아니라, 다른 누군가가 설명해준다면 처음 듣는 사람처럼 반응하란 소리야."

"HK그룹 회장과 윤이 씨가 대립 관계군요. 맞나요?"

"아직은 아냐. 적어도 표면적으론."

"어찌 됐든 저를 이용하려는 사람이 그분이라는 거죠? HK, 현광그룹 회장님."

윤이 고개를 끄덕였다.

"눈치도 빠르고 이해도 빠르네. 은효 씨."

"그래서 여기 오기 전, 저한테 믿냐고 물어보신 거네요. 근데 전, 윤이 씨를 믿어도 되는 건가요?"

"글쎄, 그건 은효 씨가 판단해야 할 문제겠지. 나를 믿을지 아니면 경수혁을 믿을지."

"아직 그곳에서 합격통지가 온 것도 아닌데 미리 걱정할 필요 있을까요?"

그가 입가에 씁쓸한 미소를 띠었다.

"은효 씨를 발견한 이상 가만히 있지는 않을 거야. 능구렁이 같은 자니까."

"되게 잘생겼던데. 호감형이고."

"그렇게 외모에 후한 편이면서 왜……."

윤은 말을 더 잇지 않고 찻잔을 입에 댔다. 은효가 고개를 갸웃하며 물었다.

"왜 뭐요?"

"앞으로 그자가 어떻게 나올지는 알 수 없어. 하지만 힘든 일이 있거나 질문이 하고 싶을 땐 언제든 연락해."

"알았어요. 근데 왜 뭐냐니깐요? 저는 그 뒤가 더 궁금한데요?"

그의 미간에 짧게 주름이 잡혔다.

"지훈인 몇 살로 보여? 나이 알고 있어?"

"첨에 나이 듣고 깜짝 놀랐어요. 저랑 별 차이 없을 줄 알았는데…… 아! 두 분이 동갑이시구나. 그럼 윤이 씨도 서른하나였네요. 제가 맞춘 거나 마찬가지네."

윤은 대답 없이 수박 한 조각을 집어 들었다. 느낌상 심기가 불편해 보였다. 도대체 어느 대목에서? 은효는 굳이 더 묻지 않기로 했다.

"밖에, 아까 같이 왔던 기사가 대기하고 있어. 집까지 안전하게 데려다줄 거야."

윤은 자리에서 일어나 은효와 마주 보고 섰다.

"내가 같이 가주고 싶지만, 당분간은 은효 씨와의 친분을 숨겨야 하니까…… 이해해줘."

"뭔지는 모르지만 피곤하시겠어요. 권력다툼 같은 거 재미없잖아요."

"재미없지. 하고 싶지도 않고."

은효가 손을 내밀어 악수를 청했다.

"앞으로 잘 부탁해요."

"뭘?"

"하, 그렇게 물으면 할 말이 없네요."

뽀로통해진 그녀가 손을 거두려 할 때, 윤이 재빨리 잡았다.

"친하게 지내자고 했어야지. 은효 씨가 나한테 부탁할 게 뭐가 있어."

"가만 보면 윤이 씨 심술 있어요. 아세요?"

"아니. 첨 듣는데?"

은효가 손을 빼려 했지만, 그는 놔주지 않았다. 윤이 잡은 손에 힘을 주었다.

"내 손 놓지 마. 앞으로 무슨 일이 있어도 은효 씨는 내가 지킬 테니까."

"심술부리다 갑자기 웬 멋진 척?"

그녀가 잡은 손을 위아래로 흔들었다.

"아무튼, 고마워요."

"오늘 많이 혼란스러울 텐데…… 의연하게 받아들여 줘서 다행이다."

"근데 이 손은 언제쯤?"

윤이 느릿하게 손을 놓았다. 은효의 온기가 사라짐과 동시에 묘한 상실감이 밀려왔다.

"도착하면 연락해줘. 전화든 문자든."

"그럴게요. 오늘 잘 먹었어요."

"다음엔 고기 먹자. 좀 더 편안한 곳에서."

"고기는 언제나 콜이죠!"

그녀가 장난스럽게 씨익 웃었다. 열아홉의 은효는 아마도 이런 모습이 아니었을까? 사랑스럽다는 표현이 딱 맞는 미소를 바라보며 윤은 오래전 가졌던 아쉬움을 달랬다.

은효가 나가려고 방문 앞에 섰을 때, 먼저 문이 열렸다. 연락 없이 달려온 이 실장이 문밖에 서 있었다.

"아, 손님이······."

이 실장이 말끝을 얼버무리고 윤을 보았다.

《은효 양이었습니까?》

《대화는 나중에.》

윤이 빠르게 오쿨리파시를 주고받고 은효에게 시선을 돌렸다. 방금까지 웃고 있던 은효의 표정이 좋지 못했다. 아니, 공포를 느낀 얼굴이었다.

"은효······."

"이분, 누구세요?"

이 실장을 소개하려던 윤은 그녀의 반응에 당황했다. 문밖에 서 있는 이 실장 역시 당황한 눈치였다. 은효의 시선은 여전히 이 실장을 향하고 있었다.

"이분도 윤이 씨와 같네요. 근데······ 지금 제가 느끼는 이건 뭐죠?"

"무슨······."

"무서워요. 이분이 절 죽일지도 모른다는 생각이 들어요. 불안해요."

"이 사람한테 살기가 느껴진단 소린가? 그래?"

은효는 급기야 팔을 감싸고 몸을 웅크렸다.

"윤이 씨, 미안해요. 저 너무 무서워서……."

"이 실장, 잠시만 자릴 비켜줘."

윤이 눈짓으로 이 실장에게 양해를 구했다. 문이 닫히고 그가 긴 숨을 내쉬었다. 도대체 왜 이 실장에게 살기를 느끼는 거지?

'오감 외에 육감이 발달했다는 건가? 혼혈인데 블뤼의 능력에 육감까지…….'

떨고 있는 은효에게 가까이 다가갔다. 윤이 조심스럽게 그녀를 안았다.

"괜찮아. 아까 그 사람, 내 가족 같은 사람이야. 절대 은효 씨를 해칠 사람이 아니야."

"나도 왜 이러는지 모르겠어요. 그분과 눈이 마주쳤는데 미친 듯이 불안해졌어요. 온몸의 세포가 긴장하는 느낌이었어요."

"집에 가서 푹 쉬어. 아무래도 오늘, 여러 가지로 피곤했을 거야."

윤이 등을 토닥여주었다. 잔뜩 경직되었던 은효의 몸이 차츰 풀어지는 게 느껴졌다. 가슴에 그녀의 따뜻한 숨결이 닿았다.

"안 되겠다. 내가 데려다줄게."

"아뇨. 혼자 갈래요. 그러기로 했잖아요."

"눈에 안 띄게 가면 돼."

"싫어요. 저 때문에 곤란한 상황 만들고 싶지 않아요."

은효가 기대었던 몸을 일으켜 그에게서 떨어졌다. 윤이 그녀의 팔을 잡으며 마주 보았다. 그가 헝클어진 은효의 앞머리를 쓸어 넘겼다.

《이렇게 가까이 있으면 안 되는데…… 내 맘대로 키스하고 싶어지거든.》

"누가 하게 내버려 둔……."

윤의 입술이 그녀의 입술 위에 포개어졌다. 예상에 없던 충동이었다. 가슴에서 끓어오르는 욕망이 그를 부추겼다. 하지만 이내, 윤은 힘겹게 입술을 떼었다.

《하마터면 약속을 어길 뻔했네. 기다린다고 해놓고.》

화를 낼 거라 예상했던 것과는 달리, 은효는 왠지 분한 표정이었다.

《뭘 기다려요?》

《내가 은효 씨에게 건 마법이 풀릴 때.》

《그런 마법 같은 건 처음부터 없었어요.》

은효가 발끝으로 서며 그의 얼굴을 감쌌다. 곧, 따뜻하고 촉촉한 감촉이 윤의 입술을 덮쳤다. 두 사람의 오쿨리파시는 거기서 멈췄다.

팔을 잡고 있던 그의 손이 은효의 허리를 잡아 끌어당겼다. 둘의 몸은 단단히 밀착되었고, 뜨거운 호흡은 점점 거칠어졌다.

힘겹게 참았던 유혹이 한순간에 무너지며 더 큰 욕망을 이끌었다. 윤은 이성을 잃고 은효의 입술을 점령했다. 자신의 손이 그녀의 가슴을 탐하고 있다는 걸 깨달았을 때까지.

그가 거친 숨을 뱉어내며 뒤로 물러섰다. 그와 동시에 은효 역시 가슴을 감싸며 뒷걸음질 쳤다.

"가, 갈게요."

얼굴도 쳐다보지 않고 은효가 허둥거리며 문 쪽으로 향했다. 윤이 빠르게 쫓아가 뒤에서 그녀를 안았다.

여전히 가라앉지 않은 욕망을 추스르며 그가 나직이 물었다.

"믿어도 돼?"

열띤 감정이 채 식지 않아 목소리가 탁하게 갈라졌다. 품 안에 안긴 은효의 어깨가 작게 들썩였다.

"뭐, 뭐를요?"

"마법 같은 거 처음부터 없었다는 말."

"모, 몰라요."

윤이 고개를 숙여 그녀의 목에 얼굴을 묻었다.

"믿어. 믿을게."

반쪽 사피의 피가 작용했다고 해도 이젠 상관없었다. 다시는 은효를 놓치지 않을 테니까. 다시는.

윤이 그녀를 돌려세웠다. 은효는 여전히 그와 시선을 맞추지 못했다. 부끄러워하는 모습이 사랑스러워, 그가 희미하게 웃었다.

"흔적은 지우고 가야지."

얼굴을 감싼 채 엄지로 그녀의 입술 주변을 닦아주었다. 은효의 볼이 다시금 붉게 물들었다.

"전화해."

그녀는 대답 대신 수줍게 고개를 끄덕였다.

XI.
보이는 것만이
전부는 아니다.

 은효가 가고 난 뒤 바로, 이 실장이 방으로 들어왔다. 그는 여러 가지 감정이 뒤섞인 표정을 하고 있었다.
 "어찌 된 일입니까? 은효 양이 왜 여기? 아니, 은효 양에게 어떻게 마르카가……."
 윤은 대답을 미루고 호출 버튼을 눌렀다. 곧바로 직원이 왔고, 그는 술을 주문했다.
 술이 올 때까지 윤은 아무 말도 하지 않았다. 잠시 후, 다과가 치워지고 그 자리엔 술과 안주가 차려졌다.
 "연락도 없이 무슨 일이야?"
 크리스털 잔에 얼음을 채우고 위스키를 반쯤 부었다. 노란 액체가 얼음을 타고 흘렀다. 달그락 소리와 함께 얼음이 녹아내렸다.

"제가 도련님을 찾아온 이유가 별것 아닌 것처럼 느껴지는군요. 지금 이 상황은."

"왜? 나한테 숨겼던 게 들킨 것 같아서?"

윤이 따랐던 술을 단번에 들이켰다.

"꼭 그렇게 해야만 했나?"

잔을 쥔 윤의 손이 부들부들 떨렸다.

"죽을 수도 있었어. 이 실장의 이기적인 판단 때문에 은효가 죽을 수도 있었다고! 결국 나 때문에."

"그때 제 행동에 후회는 없습니다. 다시 그때가 되어도 저는 그리할 테니까요."

"무엇 때문에? 내가 솔칸이 되지 못할까 봐? 제구실도 못 하고 빌빌거릴까 봐 애꿎은 사람을 죽이려 했단 말이야?"

손에 쥐고 있던 잔이 퍽하고 깨졌다. 주먹을 쥔 윤의 손에 검붉은 피가 뚝뚝 흘러내렸다.

이 실장이 급하게 자신의 손수건을 꺼내 윤에게 다가갔다. 윤은 손을 들어 그를 막았다.

"뭐가 그렇게 겁이 나?"

"지혈부터……."

"내가 여자 때문에 솔칸이 되는 걸 포기라도 할까 봐서? 그 어린 여자아이가 도대체 무슨 죄를 지었길래 죽을 수도 있는 우리 피를 수혈해야 했냐고!"

이 실장이 어금니를 꽉 물었다. 그의 턱에 핏줄이 불거졌다.

"그렇습니다! 겁이 났습니다. 도련님께서 지금의 솔칸처럼 될까 봐 겁이 났다고요!"

이 실장은 다친 쪽 윤의 손목을 억지로 잡아 끌어당겼다. 여전히 주먹을 쥔 손에 피가 스며 나오고 있었다.

"도련님이 힘으로 뿌리치시면 저는 당할 수가 없겠죠. 하지만 전 무슨 수를 써서라도 지혈을 할 겁니다."

할 말이 떠오르지 않았다. 지금의 솔칸처럼 될까 봐 겁이 난다고 한 이 실장의 말에 뒤통수를 세게 얻어맞은 기분이었다. 화를 낸 이유가 무색해졌다.

이 실장이 주먹을 쥔 윤의 손가락을 하나하나 펴며 말했다.

"솔칸께서 자리를 도련님께 넘기시겠다고 국제 수페루스 연맹에 공표하셨다고 합니다. 곧 도련님께 공식적으로 전달되고 각 나라 솔칸들의 회합이 있을 것입니다."

"아버지는 어떻게 내게 한마디 말씀도 없이……."

"그 이유가 떳떳하지 못하시니까요."

이 실장이 손바닥에 박힌 유리 조각을 다 빼내고 손수건으로 단단히 감아 묶었다.

"집에 가면 소독부터 해야겠습니다."

"하던 말이나 계속해. 또 여자 문제야? 이번엔 뭔데?"

"결혼하시겠답니다."

"그게 왜? 차라리 정착하고 잘된 일이잖아."

"사피 여성이라면 얘기가 달라지죠. 한 나라의 솔칸이 해서는 안 될 결정입니다."

윤이 한쪽 다리를 뻗으며 손등으로 이마를 짚었다. 가까운 벽에 등을 기댄 채 눈을 감았다. 그의 입에서 긴 한숨이 새어 나왔다.

"도대체 솔칸이라는 자리가 뭘까?"

"결속의 상징이자 책임이죠. 슈피르의 명맥을 이어야 하는 의무를 지닌 자리기도 하고."

"하고 싶은 사람이 하면 안 돼? 차라리 이번에 경수혁에게……."

쾅!

이 실장이 주먹으로 상을 내리쳤다. 상 위에 떨어진 유리 파편이 사방으로 튀었다. 윤은 눈을 뜨지 않았다.

"솔칸의 자리는 아무나 오르는 그런 자리가 아닙니다. 그건 도련님이 더 잘 아시지 않습니까! 능력 안 되는 자는 안테파사르의 부름을 받을 수 없습니다."

"웃기지 않아? 지금처럼 과학이 발달한 시기에 미신이라니. 도대체 안테파사르의 존재가 있긴 해? 슈피르의 조상들이 후손을 지켜주고 있다고? 한국 샤머니즘과 뭐가 달라? 그럼 솔칸은 무당인가?"

"본인이 더 잘 아실 테니 더는 말하지 않겠습니다. 서른이 되면서 도련님 몸에 여러 징조가 나타났을 테니까요."

이 실장이 자리에서 일어섰다.

"할 이야기가 많지만, 우선은 도련님 손부터 치료해야 할 것 같습니다. 상처가 깊어요."

"왜 다른 생각은 해보지 않았던 걸까."

윤이 중얼거렸다.

"온몸으로 반응하고 있었어. 본능적으로 알았겠지. 이 실장에게 살의를 느낄 만큼."

가슴 깊은 곳의 절망 때문일까. 다친 손이 재생되지 않았다. 손수건을 흥건히 적신 피가 바닥으로 떨어졌다.

"한번은 용서할게. 하지만 두 번은 용서 안 해."

윤이 이마를 짚었던 손을 내리고 눈을 떴다. 빛을 잃은 검은 눈동자가 이 실장을 향했다.

"그냥 허투루 듣지 마. 경고니까."

윤이 기댔던 벽에서 몸을 일으켰다.

운전하는 내내 이 실장의 머릿속은 엉킨 실타래보다 더 복잡했다.

'왜 연은효가 도련님과 함께 있는 거지? 어떻게 그녀에게 슈피르의 기운이…….'

정작 전달해야 할 사항은 입도 벙긋하지 못했다는 게 문제였다. 아니, 전달하는 게 옳은 것인지에 관한 판단이 서질 않았다.

'분명 사피라고 했어. 그런데 어떻게 연은효가 슈피르일 수가 있지? 설마?'

백미러로 뒤에 앉은 윤을 힐긋 보았다. 잠을 자는 것은 아니겠지만 눈을 감은 모습이었다. 안색이 눈에 띄게 창백해져 있었다.

'무엇이 널 그리 힘들게 하는 거냐? 재생능력을 거부할 만큼.'

연은효는 필시 악연임이 틀림없었다. 그렇지 않고서 자매가 어찌 이리 얽힐 수 있단 말인가.

프란시스 연. 솔칸의 피앙세는 재즈 피아니스트라고 했다.

그녀는 미국인과 결혼 후, 이혼 경력이 있었다. 한국에서의 흔적은 거의 남아있지 않았지만, 찾는 게 불가능한 일은 아니었다.

'연은정, 왜 하필…… 후우.'

머리가 지끈거렸다. 두 자매의 일도 골치였지만 지금은 무엇보다도 윤의 손이 걱정되었다. 액셀러레이터 위에 올린 그의 발에 점점 힘이 들어갔다.

툭툭, 한쪽 관자놀이를 건드리는 편두통이 심하게 거슬렸다. 급하게 들이켠 위스키 탓에 기분 나쁜 취기가 올랐다. 집에 도착한 윤은 미리 대기하고 있던 의료진에게 치료를 받았다. 여느 때라면 소독만으로도 충분했을 상처였지만 이번엔 꿰매는 것이 불가피했다.

치료가 끝나고 거실엔 윤과 이 실장, 둘만 남았다. 마음 같아선 이 실장도 보내고 싶었지만 차마 그럴 수 없었다. 그의 표정엔 묻고 싶은 것들이 그득했기 때문이다.

"쉬십시오. 제 질문에 대한 답은 내일 듣겠습니다."

생각을 읽힌 것 같아 찜찜했다. 누구보다 윤을 위해 움직이는 그였기에 마음이 편칠 않았다.

"이해 못 하는 건 아니야. 하지만 이 실장이 나 때문에 잘못된 선택을 하는 건 원치 않아."

이 실장은 뭔가 말을 하려는 듯하다 입을 다물었다. 그가 인사를 하고 몸을 돌렸을 때, 윤의 휴대폰이 울렸다.

이 실장이 밖으로 나간 뒤, 윤은 휴대폰의 통화 버튼을 눌렀다.
"잘 들어갔어?"
-늦게 받으셔서 주무시는 줄 알았어요.
"미안. 놀랐던 건 좀 어때?"
-어떤 놀람은 가라앉았고, 어떤 놀람은 여전히 진행 중이에요.
윤의 입에서 짧은 웃음이 새어 나왔다.
-아까 그분께 대신 죄송하다고 말씀 좀 전해주세요. 저 때문에 당황하셨을 테니까요.

웃음을 머금고 있던 입이 금세 굳어졌다. 윤이 가라앉은 음성으로 말문을 열었다.
"내가 만약 피치 못할 사정으로 은효 씨에게 숨기는 게 있다면…… 내가 많이 싫어질까?"
오래전 은효가 그에게 했던 질문을 그대로 그녀에게 던졌다.
-윤이 씨는요?
윤은 대답하지 못했다. 마치 모든 걸 다 알고 있는 것처럼 은효는 그때의 윤이 했던 것과 같은 대답을 하고 있다. 가슴이 먹먹해졌다.
-제가 윤이 씨에게 숨기고 있는 게 있다면…… 싫어지겠어요?
"아니. 뭔가 이유가 있겠지. 믿기로 했으니까."
-저도 마찬가지예요. 믿기로 했으면 사소한 것에 흔들리지 말아야죠.
은효가 잠시 뜸을 들이다 물었다.
-근데, 저한테 뭐 숨기는 거 있으세요?

그가 피식 웃음소리를 냈다.

"믿는다고 하지 않았나?"

-아니, 뜬금없이 그런 말을 하니까 궁금하잖아요. 뭔데요?

"나중에, 우리가 좀 더 친해진 후에 말해줄게."

-지금 그 말, 친해지자는 유혹으로 받아들여도 되나요?

윤의 얼굴에 여러 가지 감정이 교차했다.

'변하지 않고 그대로, 밝은 모습으로 내게 와줘서 고맙다. 나 때문에 하마터면 너를 잃을 뻔했어. 미안해. 미안하다. 은효야.'

북받치는 감정을 참기 위해 눈을 감았다. 여전히 웃고 있는 입과는 달리, 그의 감은 눈은 물기를 머금고 있었다.

"그래서, 받아 줄 건가?"

거침없이 받아치던 좀전의 대화와는 달리 그녀는 대답이 없었다.

"싫은가?"

윤이 다시 한번 묻자, 머뭇거림이 느껴지는 은효의 음성이 들렸다.

-자, 잘 자요.

볼이 발그레해진 은효의 얼굴이 떠올랐다. 촉촉이 젖은 윤의 눈이 미소를 담았다.

"다음에 만났을 땐 오늘보다 더 친해질 거야. 끊임없이 나는 은효 씨와 친해지려고 노력할 거야. 그러니까 나를 밀어내지만 마."

그가 짧은 숨을 내쉬고 말을 이었다.

"잘 자."

잠깐의 침묵이 흐른 뒤, 끊는 소리가 들렸다. 대답은 하지 않았지만, 그녀는 분명 고개를 끄덕였을 것이다.

행복해지고 싶다는 욕망이 다시 꿈틀거렸다.

'강해질게. 너를 위해, 우리의 행복을 위해서.'

의무와 책임만이 어깨를 짓누르고 있던 미래에 한 줄기 빛이 보이는 기분이었다. 윤은 그 빛을 놓치고 싶지 않았다.

윤이 아침 식사를 끝내고 출근 준비를 마쳤을 무렵, 이 실장이 집에 도착했다. 회사를 가기 전, 거실에 앉은 두 사람은 전날 하지 못했던 대화를 짧게 나눴다.

"역시 그랬군요. 은효 양이……."

이미 예상하였던 듯, 이 실장의 반응은 덤덤했다.

"장례식장에서 본 은효 양의 아버님은 확실한 사피였습니다. 그리고 어머니 쪽이 슈피르였다면 제가 모를 리가 없습니다."

"그럼 그분들이 은효를 입양했을 가능성이 크군."

"그렇죠. 그 당시, 부모님들 나이가 꽤 많았던 기억이 있습니다."

"사실 그건 그리 중요한 문제는 아니야."

이 실장이 질문을 담은 표정으로 한쪽 눈썹을 올렸다.

"더 큰 문제는……."

윤의 미간이 저절로 찌푸려졌다.

"경수혁이 알아챈 것 같아. 은효가 혼혈이란 걸. 그리고 내 예상이 맞는다면……."

그가 이 실장을 한번 쳐다보고는 짧은 숨을 뱉었다.

"오쿨리파시를 할 수 있다는 것도 알아차렸을 거야."

"네? 은효 양이 블뤼의 능력을?"

"혼혈이라 어느 정도인지는 가늠할 수가 없어. 어쩌면 우리보다 더 발달 된 감각을 지닌 것 같아. 이번에 이 실장에게 반응하는 걸 봐도 그렇고."

"어떻게 이런 일이."

윤이 현관 쪽으로 걸음을 옮기며 말했다.

"은효가 현광그룹에 입사지원서를 냈어. 경수혁은 분명 합격시키겠지. 섣불리 움직였다간 우리가 그녀와 엮여있다는 걸 눈치챌 거야. 최대한 은밀하게 살펴봐."

"앞으로 어쩌실 생각입니까?"

"경수혁이 은효를 가지고 장난질을 못 치게 막아야지."

윤이 구두에 발을 집어넣다 말고, 뒤를 돌아보았다.

"아버지는 지금 어디 계셔?"

"시카고 본가에 계십니다."

"이따 전화 연결해."

이 실장은 바로 대답하지 않고 잠시 뜸을 들였다. 윤이 신을 신고 밖으로 나가려다 멈추어 섰다.

"뭐, 할 말 있어?"

"아닙니다. 가시죠."

"뭐든 혼자 해결하려 하지 마. 이젠 약한 소리, 하지 않을 테니까."

이 실장은 대답 대신 한쪽 입꼬리를 애매하게 올리며 고개를 끄덕였다.

정원을 가로질러 걷는 윤의 뒷모습을 바라보며 이 실장은 고민에 빠졌다. 홍천의 별장만큼은 아니었지만 제법 잘 꾸며진 조경도 전혀 눈에 들어오지 않았다. 머릿속엔 온통 연은정, 그녀에 관한 생각으로 가득했다.

'유학생의 신분으로 미국인과 결혼을 했고, 한국엔 서너 번 입국한 기록이 있었어. 하지만 홍천에 간 흔적은 없다. 즉, 가족과는 연을 완전히 끊고 살았다는 것인데…….'

신분 세탁 수준으로 과거를 지우고 미국에서의 삶을 고수하던 여자. 그런 딸을 찾으려고도 하지 않는 부모, 그리고 나이 차이 많은 여동생…….

'전례에 없던 혼혈이 둘 일리 만무하다. 그럼 연은정과 연은효는 한 부모에서 나온 자매가 아닐 것이고 둘 중 하나는 입양되었을 확률이 높다. 두 사람의 부모는 사피. 그렇다면 입양된 자식은 연은효?'

그녀는 어딘가에서 데려다 키운 자식이라는 건데…… 왜, 친자식인 연은정은 집을 나가고 어린 연은효를 입양한 것일까?

'낳은 쪽이 슈피르였다면 자식을 절대 아무 데나 버리지 않았을 것이다. 그렇다는 건 아버지 쪽이 슈피르인 것이고, 그는 자식의 존재를 알지 못한다는 게 성립된다.'

뭔가 복잡한 것 같으면서도 어느 정도 맥락이 잡히는 느낌이었다.

 은효라는 혼혈이 슈피르의 학계에선 두 팔 벌리며 환영할 사건이지만, 일단 윤에겐 그리 반가운 존재는 아니었다. 약이 될지 독이 될지는 좀 더 지켜봐야 할 문제였다.

 주차장에 대기하고 있던 기사가 윤을 위해 차 문을 열어주었다. 이 실장은 뒤따라 조수석에 올랐다.


 회사에 도착하자마자, 이 실장은 하루 스케줄을 브리핑했다. 윤은 듣는 둥 마는 둥 하고는 손짓으로 얼른 전화 연결을 하라고 재촉했다.

 이 실장은 들고 있던 태블릿 PC를 치우고 휴대폰을 꺼냈다. 윤은 괜히 초조해져 주먹 쥔 손으로 입을 툭툭 쳤다.

 잠시 후, 폰 너머로 호태준의 음성이 들렸다.

 -어, 이 실장. 무슨 일이야?

 "잘 지내셨습니까, 솔칸. 도련님이 통화를 원하셔서요."

 -그쪽은 별일 없지?

 "네. 솔칸."

 -바꿔.

 이 실장이 휴대폰을 윤에게 건넸다. 윤은 손에 쥔 휴대폰을 잠시 쳐다보다, 훅하고 짧은 숨을 내쉬었다.

 "무슨 생각입니까?"

 -오랜만에 통화하는데 안부부터 묻는 게 예의 아니냐?

 "언제부터 우리가 안부 인사를 주고받는 사이였습니까? 새삼

스럽게."

-남 집사가 널 너무 오냐오냐 키웠어.

"버리고 간 사람이 할 이야기는 아니죠."

타이밍을 살피던 이 실장이 묵례를 하고는 방에서 나갔다. 윤은 인상을 찌푸리며 자세를 고쳐 앉았다.

"무의미한 얘기는 그만하고, 어쩌실 생각이신지 듣고 싶습니다."

-다 들었을 텐데 뭘 물어.

"제가 하지 않겠다고 하면 어떻게 하시겠습니까. 솔칸 같은 거 하고 싶지 않다고 말입니다."

-네가 내 아들인 이상 책임에서 벗어날 수는 없을 거다.

허공을 향해 실소를 터트렸다. 단 한 번도 아들의 감정이나 입장 따위는 생각조차 하지 않은 아버지였다. 그런 그에게 도대체 뭘 기대했단 말인가.

"아버지의 방황이 어머니를 잃은 슬픔 때문이라고, 그러니까 이해해야 한다고 스스로 다짐했었죠."

윤은 어금니를 세게 물며 숨을 들이마셨다.

"다시는 어머니 때문이라고 하지 마십시오. 미안한 마음도, 이해해야 한다는 다짐도 접을 겁니다. 저에게 자식의 도리도 기대하지 마세요."

-결혼해서 정착하라고 했던 건 너다.

"사랑하는 아내를 잃은 상처받은 남자 코스프레에 제가 잠시 속았었죠. 사랑하는 마음이 어떤 건지 몰랐으니까."

-여자가 생긴 모양이군.

기계 너머로 태준의 콧숨 섞인 웃음소리가 들렸다.

-가끔 놀러 왔던 그 아이냐?

"인제 와서 부모 흉내라도 내시려는 겁니까? 제게 한마디 상의도 없이 솔칸의 자리도, 사피 여성과의 결혼도 결정하신 분이 왜요? 그딴 게 왜 궁금하신데요!"

-서른이 넘었으니 어른이 됐나 기대했는데, 여전히 어리군. 너 지금 이러는 거 아비에게 응석 부리는 것밖에 안 돼.

윤은 들고 있는 휴대폰을 꽉 움켜쥐었다. 기계에서 뿌드득 금이 가는 소리가 들렸다. 폰을 잡은 그의 팔이 부들부들 떨렸다. 당장이라도 부숴버리고 싶은 충동을 가까스로 참아냈다.

-네가 무사히 의식을 치르고 공식적인 솔칸이 된 후에 그 사람과 결혼할 생각이다. 불명예스럽게 물려줄 생각 없으니 어린애처럼 굴지 마.

"감사해야 하는 겁니까?"

-무슨 생각을 하는지 모르겠지만, 솔칸의 자리는 갖는 것이 아니라 주어지는 것이다. 때가 되었기에 물러나려는 것이지 네게 억지로 떠맡기려는 게 아니야.

"그렇다면······."

윤의 미간에 주름이 잡혔다.

"제가 죽기라도 할 경우엔 누구에게 그 자리가 주어지는 겁니까?"

-자식이 기껏 한다는 질문이······ 무신경한 놈.

태준은 바로 대답하지 않았다. 윤은 굳이 채근하지 않고 기다렸다.

-한번 자리를 내려놓은 솔칸은 자격이 없기에 나 이외의 블뤼 중 누군가에게 기회가 가겠지. 의식을 견뎌낸 자가 그 자리에 오를 것이다.

"미개하기 그지없는 굴레의 악습을 언제까지 이어야하는 겁니까?"

-과학으로 설명할 수 없는 일들은 많아. 우리의 존재가 사피에겐 불가사의인 것처럼. 네 눈엔 내가 무책임한 리더로 보였을지 모르지만, 난 최선을 다했다.

"최선을 다했다는 말씀을 너무 쉽게 하시는군요."

말은 그리했지만, 윤은 지금의 솔칸이 지도자로서의 책무를 충분히 이행하고 있음을 인정했다. 슈피르사회의 한국 입지는 국제적으로 더욱 단단해졌고, 태준이 회장으로 있는 U.E(유니크 일렉트릭)컴퍼니는 다국적기업으로 우뚝 성장했다. 솔칸으로서 매번 문제가 된 것은 복잡한 여자관계뿐이었다.

여전히 제자리걸음인 대화였지만, 몇 가지 의문은 해결되었으니 더 할 말은 없었다. 윤이 통화를 끝내려 할 때, 태준의 묵직한 음성이 들려왔다.

-경수혁은 절대 솔칸이 될 수 없다. 내가 그리 만들지 않을 테니까. 넌 지금처럼 모른 척하면 돼.

"알고…… 계셨습니까?"

-보이는 것만이 전부는 아니다. 몸조심하고, 가까운 시일에

한국에서 보자.

"네? 무슨……."

윤이 미처 더 묻기 전에 태준이 먼저 통화를 종료했다. 화면엔 통화 시간이 적힌 창이 덩그러니 남았다.

'다 알고 있으면서 어떻게…….'

언젠가는 또 그리 말하겠지. 너를 위한 것이었다. 눈치채지 못하게 손을 쓰고 있었다고. 그런 건 다 차치하고서라도 경수혁에게 받은 배신감은 누구에게 보상받는단 말인가.

윤의 손아귀에서 휴대폰이 장난감처럼 부서졌다.

'당신은 여전히 내가 용서되지 않는 모양이군요.'

사랑하는 아내를 죽음에 빠트린 아들. 태준에게 윤은 심장에 박힌 가시 같은 존재일 것이다. 껄끄럽지만 함부로 뺄 수 없는 평생 짊어지고 살아야 하는 멍에.

'말했듯, 이제 아버지에게 미안한 마음은 없습니다.'

아군이든 적군이든 휘둘리는 것은 사절이다. 누구도 만만히 보지 못하게 하는 길은 힘을 키우는 것뿐이다. 그리고 누군가를 지키기 위해서라도 강력한 힘은 필요했다.

'당신들이 내가 어른이 되길 기다렸다면, 기다린 대가를 치르게 해드리죠.'

솔칸. 감히 넘볼 수 없는 자리라는 것을 모두에게 똑똑히 각인시켜주겠다고 윤은 다짐했다. 슈피르의 수호신, 안테파사르에 선택받은 자는 오직 호윤 뿐이라는 것을.

XII.
왜 내가 아니었을까?

 HK그룹에 면접을 본 지 일주일이 지났다. 윤이 걱정했던 것과는 달리 경수혁은 어떠한 접촉 시도도 하지 않았다. 은효는 휴대폰의 달력을 확인하며 아랫입술을 내밀었다. 회사에서 공지한 합격발표일은 삼일 뒤였다.
 '이러다 접촉은커녕 합격도 되지 않는 거 아냐?'
 007작전을 방불케 할 만큼 설레발을 쳤던 것 치고는 너무나 평온한 하루하루였다.
 슈피르니 혼혈이니, 사실 은효에겐 그리 혼란스러운 문제는 아니었다. 어찌 됐든 결론적으로 사람인 것은 같고, 과학적으로 이렇다저렇다 분류되는 게 다른 것뿐이지 않은가.
 '마블 영화의 히어로 정도는 돼야 모양새가 나지. 오감이 더

발달한 것 정도는 뭐…….'

그러고 보니 만난 날 이후로 윤에게도 아무런 연락이 없었다. 친해지려고 노력한다고 말만 해놓고 문자 한 줄 보내지 않았다. 언행일치라고는 눈곱만큼도 없는 사람 같으니.

윤만 떠올리면 가슴 한쪽에 자르르한 통증이 느껴졌다. 뭔가 놓치고 있는 것 같은데 도무지 알 수가 없었다. 그 남자를 볼 때면 뒤죽박죽 섞인 퍼즐 조각을 찾아 헤매는 기분이었다.

'이러고 있을 때가 아니야. 학원 강사 자리라도 알아봐야 할 것 같은데…….'

집에서 가까운 구립도서관을 찾았던 은효는 배가 출출해져 밖으로 나갔다. 아침에 우유 한 잔 마신 게 다였기에 속이 쓰릴 만큼 배가 고팠다.

'저녁에 삼겹살 사다가 춘영이랑 구워 먹어야지. 아 고기 땡겨.'

대충 쓰고 나온 야구모자를 괜히 한번 만지며, 은효는 근처 샌드위치 전문점으로 걸음을 옮겼다.

점심시간이 조금 지난 때라 가게는 비교적 한산했다. 덕분에 은효는 느긋하게 메뉴를 고를 수 있었다.

"스테이크 앤 치즈로 주시고요, 빵은 플랫 브레드, 치즈는 슈레드, 채소는 피망 빼주시고, 소스는 랜치랑 바비큐소스로 넣어주세요. 음료는 콜라 주시고요."

생각 같아선 30센티도 먹을 수 있을 것 같았지만 체면상 반 사이즈로 주문했다. 추가로 쿠키를 주문할까 말까 고민하고 있을 때, 뒤에서 익숙한 남자의 음성이 들렸다.

"같은 거로 하나 더 부탁해요. 로스트 치킨 샐러드도 추가로 주문할게요."

헤어 스타일이 조금 달라진 지훈이 뒤에 서 있었다. 전체적으로 커트를 한 것 같았다. 어쩐지 더 남자다워진 느낌이었다.

"그런 얼굴 말고, 좀 더 반가운 표정은 안될까? 오랜만에 보는데."

어느새 카드를 직원에게 건네며 지훈이 능청스레 웃었다.

"점심 정도는 내가 사줘도 되지? 어디 앉을까?"

은효는 대답 없이 근처 빈 테이블에 다가가 앉았다. 내색하진 않았지만 반가웠다. 그리고 불편했다. 복잡한 기분에 그녀는 저도 모르게 짧은 한숨을 내쉬었다.

"설마 한숨 나올 만큼 내가 귀찮은 건가?"

지훈이 맞은 편에 앉았다.

"도서관으로 들어갈까 하다가 방해될 것 같아서 기다렸어. 스토커 짓, 오랜만이네."

"위치추적기라도 달았나 했더니 이제 알겠네요. 정보제공자가 춘영이었군요. 예전부터 쭉."

"친구는 나, 차인 거 모르는 것 같던데…… 말 안 했나 봐?"

"뭐 좋은 얘기라고……."

은효가 손을 만지작거리며 그의 시선을 피했다.

"그날, 제가 너무 무례했던 것 같아 내내 마음이 안 좋았어요. 대답을 번복할 생각은 없지만, 사과하고 싶었어요."

"아냐. 내가 너무 갑작스러웠지. 뭐든 일방적인 건 좋지 않은데 말이야."

"이사님이 받을 상처는 외면하고, 제 생각만 했어요. 마음에 부담 갖기 싫었거든요."

지훈이 뭐라 말을 하려 할 때, 테이블 위의 진동벨이 빛을 내며 울렸다. 그는 주문대에서 샌드위치가 담긴 트레이를 받아들고 자리로 돌아왔다.

"더 맛있는 거 사줄 걸 그랬나?"

"지금 배가 너무 고파서 뭐든 다 맛있게 먹을 수 있어요. 그리고 저, 여기 샌드위치 좋아해요."

"그럼 빨리 나오지, 그랬어. 기다리느라 지루했는데."

은효가 어느새 샌드위치를 한입 가득 물고는 우물거리며 대답했다.

"그냐앙 드어 오시지."

"배가 진짜 많이 고팠나 보군."

지훈은 먹을 생각은 하지 않고 은효만 쳐다보며 웃었다.

"다행이다."

"제가 배고픈 게 뭐가 다행이에요?"

"아니. 그냥."

그는 자신의 샌드위치를 은효 앞으로 밀었다.

"내 것도 다 해."

"내가 무슨 돼진 줄 알…… 사양하지 않겠습니다."

은효는 볼이 터지게 빵을 한입 물어서 오물오물 야무지게 씹었다. 콜라로 목을 축이고 다시 크게 베어 물고는 만족의 미소를 지었다.

"이사님도 드세요! 자, 샐러드 좋아하시죠?"

은효가 포크를 집어 그의 손에 쥐어주었다.

"나만 먹으니까 진짜 돼지 같잖아요."

"현광그룹 면접은 잘 봤어?"

"아, 그게……."

빵을 급하게 삼키려다 목에 걸려버렸다. 은효가 컥컥거리며 기침을 하자, 그가 콜라를 집어 건넸다.

"안 뺏어 먹을 테니 천천히 먹어. 뭐가 그리 급하다고."

그녀는 컵에 꽂힌 빨대를 빨며 급히 머리를 굴렸다.

'알고 있는 걸까? 윤이 씨가 알려 줬을까? 말을 해야 하나? 입을 다물어?'

지훈이도 알게 될 거라는 말을 윤이 했었다. 그런데 분위기상 아직 모르는 눈치다. 은효가 혹시나 하며 그의 눈을 정면으로 들여다보았다.

'아, 역시 지훈 씨의 눈동자에도 스파크가 일어나네.'

윤과 오쿨리파시를 했을 때처럼 지훈과 눈을 마주하며 대화를 시도했다. 하지만 그의 눈은 아무런 대답도 하지 않았다. 대신, 웃고 있던 지훈의 표정이 놀람으로 굳어졌다.

"은효 씨……."

"네, 네?"

"나 좀 똑바로 바라봐."

은효는 말없이 그와 시선을 마주했다.

"이게 어떻게 된 일이지? 은효 씨가 어떻게……."

"글쎄요. 저도 궁금해요."

"언제부터 알았어? 아니, 그럴 리 없어. 내가 은효 씨를 알고 지낸 세월이 얼만데…… 내가 몰랐을 리가 없잖아."

그녀가 손에 쥐고 있던 샌드위치를 테이블 위에 내려놓았다. 배는 여전히 고팠지만, 이 상황에 꾸역꾸역 입에 쑤셔 넣고 싶은 마음은 없었다.

지훈이 팔짱을 낀 채, 의자 등받이에 몸을 기댔다.

"질문의 순서가 바뀐 것 같군. 언제 알았는지보다 어떻게 알았는지부터 물어봤어야 했는데."

그가 짧은 숨을 뱉어내고 말을 이었다.

"은효 씨의 반응은 이미 모든 걸 다 알고 있는 것 같으니까 말이야."

"모든 걸 다 알고 있는지는 모르겠지만…… 이사님이 왜 놀랐는지는 알아요."

"알려준 사람이…… 윤인가?"

은효는 대답 대신 고개를 끄덕였다. 지훈의 어깨가 천천히 크게 올랐다가 내려졌다. 그의 표정이 점점 더 굳어졌다.

무슨 말을 어떻게 꺼내야 할지 조심스러워 은효는 쉽게 입을 열지 못했다. 윤의 의중을 알 수가 없었다. 왜 지훈에게 말하지 않았을까?

"홍천 별장에서 이사님이 낮잠 자러 방에 갔을 때…… 그때였어요. 자세한 건 윤이 씨에게 물어보세요. 두 분 다 바빠서 대화할 시간이 없었던 것 같으니까."

"은효 씨…… 많이 놀랐겠네."

그녀는 고개를 저었다.

"달라진 건 없으니까요. 그냥 좀 얼떨떨하달까. 제가 둔한가 봐요."

"생각해보니 윤이가 몇 번 운을 띄운 적이 있었어. 확신까지는 아니고 의심하는 정도였지만."

"그랬군요."

처음 은효가 슈피르라는 것을 확인했을 때, 윤은 아무에게도 말하지 말라고 당부했었다. 심지어 지훈에게도. 뭐가 그리 복잡한 것일까? 절친에게조차 숨겨야 할 만큼 그녀의 존재가 드러나는 게 위험한 것인지, 은효는 문득 궁금해졌다.

"왜 내가 아니었을까."

표정이 다소 누그러진 그가 기댔던 몸을 일으켰다.

"먼저 만난 것도 나고 쭉 곁에 있었던 것도 난데, 왜……."

"그게 뭐가 중요해요."

"내가 더 친하니까, 내가 은효 씨를 더 많이 아니까, 뭐든 내가 처음이고 싶었으니까……."

지훈의 입술 사이로 쓴웃음이 새어 나왔다.

"멍청하게 알아보지도 못하고…… 허송세월한 나란 놈에게 화가 나네."

"이사님."

시선을 떨구고 있던 그가 은효의 눈을 바라보았다.

"제가 말씀드렸죠. 달라진 건 없다고. 여전히 이사님은 저하고 더 친하고 저를 더 많이 아실 거예요. 뭐, 갑작스러운 고백 때문에 불편하지 않다면 거짓말이지만…… 그래도 이렇게 얼굴 보니 반갑고…… 저 진짜 이기적이죠?"

"이기적인 건 나지. 싫다는 데도 단념이 안 되니까."

"솔직히 모르겠어요. 제가 어떻게 처신해야 하는 건지. 아무 일 없었던 것처럼 지내자고 하는 건 이사님께 더 몹쓸 짓하는 것 같고."

"아니. 그렇게 하자. 내가 홍천에서 했던 말, 못 들은 거로 해줘. 다시는 부담 주는 일, 없어."

어떻게 부담을 갖지 않을 수 있을까? 이 남자는 여전히 너를 사랑하고 있다고 온몸으로 말하고 있는데……. 은효는 자신의 이율배반적인 감정을 어찌 정리해야 할지 갈피를 잡을 수 없었다.

"그리고 은효 씨가 모르는 것 같은데, 지금은 달라진 게 없는 것 같겠지만 아마 큰 변화가 있을 거야."

"무슨?"

"새롭고 낯선 사회에 발을 담그게 되겠지."

"그냥 이대로 살면 안 되는 건가요?"

"은효 씨는 존재만으로도 엄청난 파란을 일으킬만하거든. 조용히 지내긴 힘들지 않을까?"

지훈이 그녀에게 가까이 몸을 숙였다.

"그 사회가 알게 되면 엄청난 관심을 받게 될 테니까."

"갑자기 도망치고 싶어지네요."

"윤이가 내게 알리지 않았던 이유도 그런 게 아닐까 싶다. 먼저 정리가 필요했겠지. 어쩌면 이런 식으로 은효 씨에게 듣게 될 거로 생각하고 말을 안 했을 수도 있고."

"뭔가 심각한 것 같은데, 크게 와 닿지 않아요. 저로선 당장 취업이 가장 큰 문제라서."

은효가 어깨를 으쓱이고는 내려놨던 샌드위치를 집어 들었다.

"현광그룹에 채용이 안 되면 어학원 강사라도 해야 하니까요."

"그냥 하는 말이 아니고, 진지하게 생각해봐. 나와 같이 일하는 거."

"앞에 나서는 거 좋아하긴 하지만……"

그녀가 고개를 흔들었다.

"프로가 된다고 생각하면 자신 없어요."

"카메라 테스트 한번 받아볼래? 그냥 가볍게."

은효는 샌드위치를 입에 문 채 그를 뚫어지게 쳐다보았다. 지훈이 피식 웃으며 그녀의 얼굴로 손을 뻗었다.

"이런 거 묻혀도 이쁜 얼굴, 흔치 않아."

그가 입가에 묻은 소스를 손끝으로 닦아주며 덧붙였다.

"학원 강사보다는 수입도 훨씬 나을걸?"

"누가 그걸 모르나요. 깜냥이 안 된다니까."

"그 깜냥은 내가 판단할 테니 일단 와봐."

"흠……."

선뜻 거절하기가 망설여졌다. 은행 잔액이 바닥을 보이기 시작했고, 현광그룹에 채용이 안 되었을 경우를 대비하지 않을 수 없었기 때문이다.

은효가 입에 남은 빵을 우물거리며 그를 쳐다보았다.

"연예인보다 잡무에 더 자신 있는데…… 다른 일자리는 없나요?"

"소속 연예인보다 예쁜 직원이 있으면 기죽어서 안 되지."

"어떻게 그런 얘길 표정 하나 안 바꾸고 해요? 오글거리는구만."

"진심이니까."

은효의 인상이 구겨지자, 지훈이 얼른 포크로 샐러드를 찍으며 둘러댔다.

"은효 씨를 그만큼 데뷔시키고 싶은 엔터 사장의 진심이라고."

"삼일 뒤에 합격발표가 나요. 제발 됐으면 좋겠지만……."

"떨어지게 로비라도 해야 하나. 하하, 농담."

은효는 떨떠름한 표정을 지었지만, 지훈과의 시간이 나쁘지 않았다. 고백받고, 거절하고, 불과 얼마 전 일인데 아무렇지 않게 대화를 나누는 지금이 신기했다. 심지어 그의 손이 입가를 닦아주었을 때도 당황하지 않았음을 깨달았다.

"서울로 올라와서…… 만난 적 있어? 윤이."

지훈이 대수롭지 않은 양, 반으로 쪼개진 블랙 올리브를 포크로 겹겹이 찍으며 물었다.

"은효 씨가 우리와 같다는 걸 알았다면 녀석이 가만있었을 리가 없거든."

"제가 먼저 연락했어요. 묻고 싶은 게 있어서."

"아, 그랬구나."

은효는 뭐라 부연 설명을 하려다 그만두었다. 아무래도 말을 아끼는 것이 세 사람을 위한 최선이라 생각했다.

"이런, 오후에 미팅이 있는 걸 잊고 있었네."

지훈이 자리에서 일어섰다.

"다음엔 근사한 곳에서 밥 먹자. 계약도 같이하면 좋고."

"덕분에 샌드위치 잘 먹었어요."

은효가 따라 일어났다.

"빈말이라도 합격하라고 해야 하는 거 아닌가요?"

"내가 빈말은 못 해. 알면서?"

그가 장난스럽게 웃으며 그녀의 어깨를 가볍게 잡았다 놓았다.

"먼저 가서 미안. 마저 먹고 가."

"음식 남기면 벌 받아요. 걱정하지 마시고 가세요."

"그래. 곧 보자."

은효는 그가 문을 열고 나가는 것을 본 뒤에 자리에 앉았다.

'배가 채워져서 그런가. 혼자 먹기 싫다.'

생각은 그렇게 했을지언정, 그녀는 포장도 벗기지 않은 지훈의 샌드위치에 이미 손을 뻗고 있었다.


가게에서 나와 차에 오른 지훈은 누군가에게 전화를 걸었다. 애매한 시간이라 혹시나 했는데, 휴대폰 너머로 상대의 음성이 들려왔다.

-어. 오랜만이다.

"이사했으면 보고를 해야지. 내가 꼭 먼저 연락해야겠냐?"
-바빴다. 여러 가지로.
"아니까 이렇게 전화했지. 집들이는 나중에 하더라도 오늘 술 좀 사. 이 형님이 술이 당기신다."
-그래. 장소 정해서 보내. 이따 보자.

통화를 마치고 안전벨트를 매는 지훈의 얼굴엔 여러 감정이 교차했다. 윤을 향한 의심, 의문, 그리고 알 수 없는 불안…….

'이런 더러운 기분을 오래 갖고 싶진 않아. 널 믿을지 아니면 버릴지는 만나보면 알겠지.'

꿈에도 생각해보지 못한 상황이었다. 은효를 두고 호윤과 연적이 될지도 모른다니, 기가 차서 웃음도 나오지 않았다.

은효와 몇 마디 안 했지만 알 수 있었다. 두 사람 사이에 뭔가가 있었다는 것을. 이럴 땐 차라리 눈치가 없는 편이 나을지도 모른다는 생각이 들었다. 적어도 마음은 편할 테니까.

'미리 이럴 필요 없어. 옹졸해지지 말자.'

출발한 세단은 깨끗한 엔진소리만큼이나 매끄럽게 도로 위를 질주했다. 덜컹거리며 험한 바위산을 달리고 있는 지훈의 감정과는 너무도 대조적인 모습이었다.

지훈이 보내온 장소는 그와 가끔 술을 마셨던 룸 위주의 고급 바였다. 윤은 홀 입구에 대기하고 있던 매니저에 의해 룸으로 안내됐다.

[이사님과 낮에 만났어요. 많이 놀라신 것 같아요. 자세한 이야기는 두 분이 만나서 나누세요.]

지훈과 통화를 하고 얼마 후 은효에게서 문자가 왔다. 예상했던 대로였다.

'직접 보고 확인을 하는 편이 나을 거로 생각했던 게 실수였나. 미리 만나서 알려주는 게 나았을까.'

문이 열리고 소파에 앉은 지훈이 보였다. 이미 시작한 듯, 그의 손엔 얼음과 술이 반쯤 채워진 크리스털 잔이 쥐어져 있었다.

"먼저 연락하면 손가락이 부러지냐? 귀하신 몸 만나기 너무 어렵네."

지훈이 빈 잔에 얼음을 채우며 피식 웃었다.

"식사는 하고 왔나?"

"아니."

윤이 맞은편 자리에 앉으며 대답했다.

"귀한 몸 보여주려고 저녁 약속도 취소하고 왔다."

"안주를 좀 더 주문해야겠군."

"식물 말고, 동물성이면 좋겠다. 친구."

지훈이 벽에 걸린 폰으로 주문을 하는 사이, 윤은 걸쳤던 재킷을 벗어 옆에 내려놓았다. 갑갑했던 넥타이도 같이 풀어 던졌다.

"솔칸 소식은 들었다. 결국 네게 자리를 넘기겠다고 하셨더군. 너무 이른 거 아닌가?"

"내가 서른이 넘기만을 기다리셨나 보지."

윤이 술병에 손을 뻗자, 지훈이 잽싸게 낚아챘다.

"식사부터 하면 주려 했더니 왜 먼저 넘실대?"

"아버지 얘기 나오니 식욕이 사라져서. 술은 당기고."

"솔칸, 하면 되지, 뭐가 문제야. 너 능력 되잖아."

"그래. 하면 되지."

윤은 지훈이 마시던 술잔을 집어 한입에 들이켰다. 지훈은 체념한 듯, 고개를 저으며 비워진 잔에 술을 따랐다.

"세대가 바뀌면서 의식도 많이 변했어. 굳이 복잡한 전통들을 이어가야 하는지, 그것에 대한 회의도 종종 제기되곤 하니까."

"어릴 때부터 지워진 짐이라 새삼 더 무겁거나 하진 않아. 아버지에게 기대 같은 것도 없었고. 근데 막상 닥치니 생각이 많아진다."

"우린 열등한 사피와는 다른 존재다, 뭐 그런 자기만족 같은 거 아닐까?"

윤이 큭큭거리며 쓴웃음을 뱉었다.

"개체 수가 점점 줄어드는 것에 대한 불안도 있고, 나름 우월주의도 한몫하겠지. 슈피르의 멸종은 예견된 일이야. 다들 알면서 마지막까지 발악하고 싶은 거겠지. 솔칸이 될 자가 이런 생각을 하고 있다는 걸 알면 연맹의 꼰대들이 목덜미 잡고 쓰러질걸?"

"안테파사르의 의식이라는 거 말이다. 그거……."

지훈이 숨을 길게 내쉬며 눈살을 찌푸렸다.

"죽을 수도 있다고 들었어. 두렵지…… 않아?"

"기록엔 안테파사르의 선택을 받지 못한 자의 죽음이 몇 번

있었다고 하더군. 그럴 경우엔 현재 연맹의 전신인 리가도의 원로들이 새로운 솔칸 후보를 선정하지."

"두렵지 않냐니까 딴소리는."

"네게 허세 부려서 뭐 하겠냐. 두렵지 않다면 거짓말이겠지."

윤이 술잔을 입에 가져갔다. 곧, 반쯤 비워진 잔이 테이블 위에 놓였다.

"죽는 거? 하나도 무섭지 않아. 솔칸? 그걸 왜 내가 해야 하지? 난 그런 생각을 하며 살았던 것 같다. 이생에 미련이 없는데 갖고 싶은 거? 그런 게 있을 턱이 없지. 근데 지금은 달라. 살고 싶어졌어. 갖고 싶고, 지키고 싶은 사람이 생겼다."

"내가 오늘 네게 묻고 싶은 질문 중 하나의 대답이냐?"

지훈은 여러 감정이 섞인 위태로운 눈빛으로 윤을 바라보고 있었다. 그가 알고 싶은 것, 두려워하는 것이 뭔지 알기에 윤은 섣불리 대답할 수 없었다.

윤이 무엇부터 말해야 할까 고민하고 있을 때, 노크 소리가 들리고 문이 열렸다.

오븐에 구운 아스파라거스와 큼직하게 썰린 양파가 곁들어진 스테이크, 그리고 새우와 마늘이 듬뿍 들어간 감바스 알 아히요가 테이블에 차려졌다.

윤은 말없이 스테이크를 먹었다. 식욕은 없었지만, 생각을 정리할 시간이 필요했다. 다행히 지훈도 채근할 생각은 없는 듯, 술을 마시며 윤이 먼저 입을 열길 기다렸다.

먹은 고기의 양 보다 써는데 할애한 시간이 더 길었던 윤은 천천히 포크와 나이프를 내려놓았다.

"대답하기 전에 네게 사과부터 하는 게 맞는 것 같다."

지훈이 소파에 등을 기대며 높낮이 없이 물었다.

"뭘."

"은효를……."

막상 그녀의 이름이 나오자, 지훈의 미간에 세로의 주름이 잡혔다. 윤은 위스키로 입을 축인 뒤 다시 말을 이었다.

"은효를 모른 척할 수밖에 없었던 이유를 네게 숨긴 거."

"뭐?"

"너보다 먼저 은효를 만났었다. 그 아이가 고3이었을 때."

사고가 났었고, 그녀를 만났고, 어떻게 헤어졌고…… 짧은 설명 중에도 그때의 기억이 떠올라 윤은 잠깐씩 숨을 골랐다.

"그때 은효는 분명 사피였고 기억을 잃었어. 만나지 않는 편이 서로에게 최선이라고 생각했지. 네가 처음 소개해줬을 때 정말 놀랐다. 그런 식으로 만날 거라곤 꿈에도 생각 못 했거든."

"은효 씨는 그때의 널 기억하지 못한다는 말이냐?"

"그래."

"이 실장이 슈피르의 피를 수혈했단 말이지? 너를 위해……."

크리스털 잔을 잡은 지훈의 손이 부르르 떨렸다.

"맹목적인 충성인 건 알겠지만 이건 아니지. 은효 씨가 평범한 사피였다면…… 이 실장은 너무 위험한 선택을 했어."

윤은 입을 열지 않았다.

"그러니까 결국, 둘을 다시 만나게 한 원인 제공을 내가 한 셈이군."

지훈이 비운 술잔에 거칠게 술을 채웠다.

"그것도 두 번씩이나."

그가 허탈하게 웃었다.

"하, 상황 참 더럽네. 음흉하게 왜 모른척했느냐고도 못하고, 친구가 맘에 둔 여자를 뺏으려는 거냐고 한 대 치지도 못하게 생겼어."

"지훈아."

"재수 없는 놈은 뒤로 넘어져도 코가 깨진다고 하더니, 내가 내 발등을 찍어버렸어."

"그만해."

"뭘 그만해!"

탁—!

지훈이 들고 있던 잔을 테이블에 내리쳤다. 노란 액체가 얼음과 함께 사방으로 뿌려졌다. 그의 흰자위가 붉게 충혈되어 있었다.

"나보고 화도 내지 말란 소리냐? 찍소리 말고 짜져 있으라고?"

"그래. 차라리 나한테 화를 내. 자책 같은 거 하지 말고."

"시끄러! 넌 아무 말도 하지 마. 죄다 가식처럼 들리니까."

지훈은 얼음 없이 위스키만 가득 채워 벌컥벌컥 들이켰다. 숨을 고르는 그의 어깨가 크게 들썩였다.

"후아, 돌아버리겠다."

지훈이 두 손으로 자신의 머리를 마구 헝클어뜨리다, 얼굴을 감싼 채 몸을 숙였다.

"이런 상황을 예상하지 못했던 건 아니야. 오늘 은효 씨를 만났을 때 어쩌면 예감했는지도 몰라. 내가 우정을 버려야 할지도 모른다는 걸."

진실을 마주하고 싶지 않은 양, 지훈은 손바닥으로 얼굴을 문질렀다. 그의 마른세수는 현실을 부정하는 몸부림 같은 것이었다.

"내가 한번 거절당했다고 해서 이대로 물러설 생각은 없어. 상대가 너니까, 너이기 때문에 나는 더 열심히 할 거다. 수단 방법 가리지 않고."

"마찬가지다. 이제 내가 망설일 이유는 없어."

"아니. 넌 망설여야 할 거야."

지훈이 숙였던 몸을 바로 세우고 윤을 똑바로 응시했다.

"솔칸의 자리와 은효 씨, 둘을 다 가질 수는 없을 거다. 그건 네가 더 잘 알 테지만."

"은효도 분명 슈피르의……."

"아종끼리의 혼혈이 생식능력까지 갖추고 있다면 가능하겠지. 냉정히 말해 희박하겠지만 말이다."

"너……!"

"반드시 블뤼의 여성과 결혼해야 하는 솔칸께서 불완전한 혼혈 여성과 결혼을 꿈꾸다니. 이거야말로 연맹 꼰대들이 뒷목 잡고 쓰러질 일이지."

틀린 말은 아니기에 윤은 반박할 수 없었다. 이 실장이 무모한 짓을 저지른 이유도 그러한 맥락이었기 때문이다. 장차 솔칸이 될 자가 사피의 여성을 사랑하게 되는 것을 막아야 했으니까.

지훈의 한쪽 입 끝이 씁쓸하게 올라갔다.

"네게 선택의 자유가 있을까? 최측근인 이 실장조차도 네게 걸림돌이 된다 생각한 은효 씨를 죽일 뻔했어. 하물며 연맹이라면? 그저 미수에 그치지는 않겠지."

지훈은 연장자인 이 실장에게 늘 깍듯했었다. 그랬던 그가 존칭을 생략하며 적개심을 드러냈다.

"그 누구라도 은효 씨가 위험에 처한다면 가만있지 않을 거다. 내 말, 허투루 듣지 마."

"네 말을 들으니 정신이 번쩍 든다. 내가 앞으로 해야 할 일에 대한 이유가 확실해졌어."

애써 침착을 가장했던 지훈의 눈빛이 크게 흔들렸다. 윤은 얼음이 녹아 밍밍해진 위스키를 천천히 들이켰다.

'왜 좀 더 일찍 은효를 찾지 않았을까. 왜 그리 쉽게 포기하려 했던 걸까. 왜…… 왜!'

생각의 연장선에서 윤은 은연중에 자신의 후회를 입 밖으로 토해냈다.

"잊고 살 수 있을 줄 알았어. 우연히 다시 만난다면 그냥 반갑겠지, 그걸로 괜찮겠지 생각했다. 네 말대로 내가 욕심을 내면 은효가 다칠까 봐 겁이 났던 것도 사실이야."

윤의 음성이 격해진 감정으로 인해 탁하게 갈라졌다.

"내가 품고 있던 건 스쳐 지나갈 바람이 아니었어. 이미 내 심장에 뿌리박은 나무였다. 내게 은효는."

"그딴 고백 같은 거 나한테 하지 마."

"고백? 선전포고라고 해두지."

윤이 술잔을 테이블에 내려놓고 자리에서 일어섰다.

"너와 이런 상황이 될 줄은 상상도 못 했지만 피하지 않을 거다. 너는 너대로, 나는 나대로 한번 해보자."

"은효 씨가 원한다면 나와 일하는 거 방해하지 마."

"내키진 않지만 방해할 생각 없어."

"접수."

재킷을 집어 드는 윤을 바라보며 지훈이 덧붙여 말했다.

"이것과는 별개로 네가 솔칸이 되는 것은 대찬성이다. 블뤼도 뭣도 아닌 나 같은 놈의 의견 따윈 상관없겠지만."

"나는 너의 지지만 있으면 돼. 진심이다."

윤은 근처의 접시에서 방울토마토를 집어 지훈에게 던졌다.

"적당히 마시고 가라. 계산은 하고 간다."

지훈은 대답 대신 손을 까딱거리며 얼른 가라는 제스처를 보였다. 윤은 피식 웃고는 몸을 돌렸다.

XIII.
우리 연애해요.
기다릴게요.

윤에게서 문자가 왔다.

[지훈이와 대화는 잘했어]

침대에 누워 책을 읽고 있던 은효는 폰 화면을 보며 안도의 숨을 내쉬었다.
'다행이네.'
뭔가 다음 글이 올 거라 기대했지만 화면엔 아무것도 뜨지 않았다. 은효는 벌떡 일어나 앉으며 폰을 뚫어져라 쳐다봤다.
'뭐야? 이게 다야?'
친해지자고 할 땐 언제고 설마 밀당하자는 거? 전화라도 하면 입술이 부르튼다니? 은효가 휴대폰을 침대에 휙 집어 던졌을 때, 벨 소리가 들렸다. 언제 투덜거렸냐는 듯, 그녀는 허겁지겁 폰을 집어 들었다.

윤이었다.

"여보세요."

-기다렸구나? 바로 받네?

아오씨! 너무 반가워서 그만. 은효의 얼굴이 저절로 구겨졌다.

"게임하고 있다가 놀라서 바로 받은 거거든요! 무슨 일이세요?"

-푸훗.

뭐지? 그 웃음은. 말씀을 하시라고요! 구겨진 얼굴이 화끈거렸다.

"할 말이 없으신가 본데……."

-뭐 하고 있었어?

"책, 아니 게임하고 있었다고 했잖아요. 그게 궁금해서 전화하신 거예요?"

-목소리가 듣고 싶어서.

"목소리 듣고 싶으신 분이 참 빨리도 전화하셨네요."

이런……. 마음속의 말을 또 여과 없이 뱉어내고 말았다. 은효가 허공에 발길질하고 있을 때 가라앉은 윤의 음성이 들려왔다.

-목소리 들으면 보고 싶을까 봐, 보고 싶으면 참지 못하고 당신에게 갈 것 같아서…… 그래서 안 했어.

갑자기 훅 치고 들어오는 통에 은효는 말문이 막혀버렸다. 이 남자, 정말 꾼인 것 같다.

"윤이 씨 혼자 너무 오버하는 거 아니에요? 현광그룹 회장님은 어쩌면 아무것도 모를 수도 있어요."

-아니, 그는 알고 있어. 은효에게 분명 슈피르의 기운을 확인했을 거야.

은효? 이젠 의존명사도 안 붙이시겠다? 이봐요! 우리가 그렇게 친했던가요? 그럼에도 불구하고 그가 불러주는 이름은 대책 없이 달콤했다.

"알고는 있지만, 신경 쓰지 않을 수도 있잖아요."

-절대 그럴 사람이 아닌 걸 알아.

윤이 긴 숨을 뱉어내는 소리가 들렸다.

"어? 이사님과 한잔하셨어요? 취하신 건가?"

-지훈이가 은효에게 마음이 있다는 거 알아. 고백했다는 것도, 그리고 은효가 거절했다는 것도.

은효는 아무 말도 하지 않았고, 그는 대답을 기다리지 않았다.

-내가 나쁜 놈이 돼 버렸어. 친구의 사랑을 방해하고 가로채려 하고 있으니. 덕분에 당신이 난감하게 됐네.

"그러게. 난감하네."

-HK 말고 우리 회사에 입사하는 건 어때? 내 수행비서로.

"저번에 그 남자분은 자르시려고요? 그분이 윤이 씨 비서 아니었나?"

그녀가 '쿡' 하고 웃음소리를 냈다.

"저는 전문 비서도 아니고, 윤이 씨는 통역 비서가 필요 없으시잖아요. 제 능력을 필요로 하는 곳에서 일하고 싶습니다."

-지금 내 솔직한 심정을 말해줄까? 당신을 납치라도 해서 안전한 곳에 숨겨두고 싶어.

"헐! 윤이 씨가 제일 위험한 사람이었네. 저 숨겨두고 뭐 하시려고?"

-위험한 사람인 거 인정.

윤의 황당한 인정에 은효는 말문이 막혀버렸다.

-다신 놓지 않을 거다. 후회는 한 번으로 족하니까.

"첫사랑 얘기? 윤이 씨 취하셨구나."

-그래. 첫사랑.

"하, 이 사람 보게."

휴대폰 너머로 그의 마른 웃음소리가 들렸다.

이상했다. 불쾌해야 하는데 그렇지 않았다. 화가 나야 하는데 눈물이 날 것만 같았다. 어쩌면 그는 웃는 게 아니라 우는 걸지도 모른다는 착각이 들었다.

-뭐든 혼자 잘 이겨내고 씩씩한 은효가 좋아. 감정에 충실한 당신이 좋아. 근데 가끔은…… 힘들다고 투정도 하고 엄살도 부렸으면 좋겠어. 나한테.

"지금 그 말, 후회하실 텐데? 저 엄청나게 징징대는 스타일인 거 모르셨구나."

-그럼 유학 가. 내가 지원해 줄게.

"그건 징징대는 게 아니고 민폐죠."

-투자라고 생각하면 안 될까? 공부하고 와서 우리 회사에 취업하면 되잖아.

"회사의 모든 직원을 다 그렇게 투자하지는 않잖아요? 특혜는 싫습니다."

그의 긴 한숨 소리에 은효는 아랫입술을 삐죽 내밀었다. 틀린 말한 거 아닌데 왜요? 짧은 침묵에 그녀는 소리 없이 구시렁댔다.

-아무리 생각해도 HK그룹에서 일하는 건 위험해. 당신을 못 믿어서가 아니라 경수혁 그자가…….

"윤이 씨."

은효가 그의 말을 잘랐다.

"저 아직 거기 취직 안 했어요. 그리고 아무 일도 일어나지 않았고요. 솔직히 이렇게 조심하느니 나라면…… 얼굴 한 번 더 보겠네요."

시작이 어려웠지, 일단 봇물이 터지니 부끄러운 것도 사라졌다. 은효는 참고 있던 속마음을 여과 없이 드러냈다. 윤이 뭐라 대꾸하기 전에 그녀는 쉬지 않고 말을 이었다.

"보고 싶다는 거 다 거짓말 같아. 참으면 누가 상 줘요? 난 나쁜 인간되기로 마음먹었는데…… 이사님 생각하면 이러면 안 되는데…… 그래요! 나는 매일매일 윤이 씨 보고 싶었어요. 목소리 듣고 싶었고, 아까도 전화 왔을 때 너무 반가워서 바로 받았다구요!"

-나 지금 혼나는 건가?

"마법 같은 거 없었다는 말 취소할래요. 솔직히 말해봐요. 나한테 무슨 짓 한 거예요? 이렇게 빨리 누군가를 좋아하게 될 리가 없단 말이에요."

-유치한 질문 하나 해도 돼?

혼자 얼굴이 벌겋게 달아오른 은효는 잠자코 그의 질문을 기다렸다.

-쭉 곁에 있었던 지훈이가 아닌 왜 나야? 잘생겨서라는 당연한 대답 말고.

"농담을 너무 진지하게 해서 하나도 안 웃겨요."

-농담 아닌데? 내가 지훈이보다 잘생긴 건 팩트지. 말해봐. 왜 나야?

"진짜 유치한 질문이네. 무슨 대답을 듣길 원해요?"

-솔직한 대답.

"잘생겨서요."

자기가 대답하고도 어이가 없어 은효가 킬킬대고 웃었다.

"두 사람을 비교하는 게 무슨 의미가 있죠? 뭐 굳이 차이점이라면…… 아까 낮에 샌드위치를 먹다가 내 입가에 묻은 소스를 이사님이 닦아 줬거든요? 근데…… 어? 잠깐만요."

누군가가 계단을 빠르게 올라오는 소리가 들렸다. 밖으로 연결된 단독 계단이라 이 시간에 올 사람은 춘영뿐이었다.

'늦게 온다더니…….'

은효가 아쉬운 마음에 머리를 긁적였다.

"친구가 퇴근했나 봐요. 통화는 다음에……."

전화를 끊으려고 하는데 초인종이 울렸다. 춘영이라면 벨을 누를 리가 없기에 은효는 서둘러 침대에서 내려와 현관으로 향했다.

"누구……."

보조키를 걸어둔 상태에서 현관문을 열었다. 은효는 손잡이를 붙잡은 채, 그 자리에 굳어버렸다.

흐트러진 앞머리와 홍조를 띤 볼 때문인가. 여느 때보다 왠지 어려 보이는 윤이 문 앞에 서 있었다.

"잠깐 들어가도 돼?"

"저 친구 집에 얹혀사는 거 아시면서 이렇게 불쑥 찾아오시면 어떡해요?"

"안 열어줄 건가?"

"아니 그러니까, 어? 어!"

눈 깜짝할 사이, 윤이 손가락을 튕겨 체인으로 된 보조키를 끊어냈다. 그는 태연하게 집 안으로 들어가, 멍하니 서 있는 은효에게로 다가갔다.

"문은 내일 더 튼튼한 거로 교체해줄게."

윤이 가까워지자, 그녀가 주춤주춤 물러서며 중얼댔다.

"이럴 거면 들어가도 되냐고 왜 물어요? 깡패예요?"

"보고 싶으면 참지 말라며. 당신이 그랬잖아."

"참지 말라고 했지, 무단침입을 하라고는 안 했거든요!"

"아까 하던 말이나 계속해봐. 지훈이가 당신 입가를 어쨌다고?"

성큼성큼 다가오는 그를 피해 물러서던 은효는 닫힌 욕실 문 앞에 멈춰 섰다. 더는 물러설 곳이 없어진 그녀 앞에 윤이 바짝 붙어 섰다.

"여, 여기서 이러지 말고……."

얼떨결에 말이 더듬어지자, 은효는 문득 짜증이 일었다. 내가 왜 쫄아야 하지? 그녀는 발끈하여 턱을 세우며 그를 째려봤다.

"지금 이 상황, 제가 충분히 화내도 되는 거죠?"

"어."

"일단 너무 가까우니까 좀 떨어져 주시겠어요?"

"싫은데?"

떨어지기는커녕, 윤은 두 손을 벽에 붙여 그녀를 안에 가뒀다.

"무단침입으로 신고할 거예요!"

"날 이렇게 만든 건 당신이잖아. 그냥 목소리만 듣고 가려고 했는데……."

그의 가슴이 크게 들썩이며 진한 술 냄새가 공기 중으로 퍼졌다.

"여기까지가 한계야."

뭐라 대꾸하려고 달싹였던 은효의 입술 위로 윤의 입술이 거칠게 포개졌다. 쌈싸래한 술맛이 느껴지며 정신이 아득해졌다. 놀란 토끼 눈을 했던 그녀의 눈이 서서히 감겼다.

뭐 하는 짓이냐고 뿌리쳐야 하는데 정신을 차릴 수 없이 빨려 들어갔다. 왜, 어째서 이 남자는 거부할 수 없을까. 오히려 이런 상황이 왔을 때 더 원하는 쪽은 은효, 자신인 것만 같아 당황스러웠다.

그의 입술이 잠깐 멀어졌다.

"이제 아무도 네 얼굴에 손대게 하지 마. 참을 수 없을 것 같으니까."

그의 엄지가 은효의 아랫입술을 부드럽게 쓸었다. 곧이어 처음보다 훨씬 농밀해진 키스가 이어졌다. 벽을 잡고 있던 윤의 팔이 그녀의 허리와 목을 감쌌다. 두 사람의 혀는 뜨겁게 얽혀 서로를 탐색했다. 가슴이 터질 듯 아찔한 감각에 은효는 있는 힘껏 그의 등을 감싸며 매달렸다. 얇은 와이셔츠 너머에 숨겨진 그의 잔근육들이 꿈틀대는 것이 느껴졌다. 은효는 본능적으로 그의 맨살을 느껴보고 싶었다. 키스가 깊어질수록 생경한 욕망이 그녀의 몸을 달아오르게 했다.

그녀의 마음을 아는지 모르는지, 윤이 입술을 떼고 천천히 고개를 들었다. 하마터면 그의 얼굴을 잡아, 키스를 멈추지 못하게 할 뻔했다. 은효는 열 뜬 눈으로 그를 바라보았다.

"당신의 반쪽 사피의 피가 나를 필연적으로 원하는 게 아닌가 하는 의심이 들어. 그게 무슨 상관이냐고 무시하고 싶은데 잘 안돼. 난 당신의 온전한 마음이 갖고 싶어."

"이사님이 아닌 왜 윤이 씨냐고 물었죠?"

은효가 몸을 떼며 그를 밀어냈다.

"내 반쪽 피 때문에 윤이 씨에게 끌리는 거라면, 왜 이사님께는 아무 느낌도 들지 않는 걸까요? 나를 안았을 때도, 그리고 내 입가를 닦아 줬을 때도."

윤의 얼굴에 그녀의 손끝이 닿았다.

"단 한 번도 이성을 먼저 만지고 싶다고 생각해본 적, 없어요."

은효가 시선을 내리며 깊게 심호흡했다. 그녀가 손을 내리려 하자, 그의 손이 빠르게 움직였다. 단단히 잡힌 그의 손은 따뜻했다.

"같은 공간에 있다는 것만으로도 가슴이 떨려 숨이 멎을 것 같아요. 내가 변태가 된 착각이 들 만큼 만지고 싶어요."

"이 아가씨, 여전히 위험하네."

"더 솔직히 말하면……."

지금이 고백 타임이라면 더 숨길 것도 없다고 생각했다. 은효는 아랫입술을 물었다 놓으며 말을 이었다.

"처음 봤을 때부터 눈을 뗄 수 없었어요. 헤어진 뒤로도 문득문득 생각이 났고, 생각나면……."

그녀가 가슴 위에 손을 올렸다.

"여기가 간질간질했어요. 또 보고 싶……!"

다음 말은 이어지지 못했다. 윤의 입술이 그녀의 입술을 막아 버렸기 때문이다.

책에서만 읽었던 구름 위를 나는 느낌이란 이런 게 아닐까? 은효는 기분 좋은 현기증에 그의 허리를 꽉 움켜잡았다.

달콤한 꿈을 꾸는 기분에 사로잡혀 둘 다 밖의 인기척을 알아채지 못했다. 디지털 도어록의 커버가 올라가는 전자음이 들렸다.

"아, 춘영인가봐요."

"이런 식의 소개는 좀 별로겠지?"

은효가 애매하게 웃으며 고개를 끄덕였다. 윤은 공간이동을 했다고 해도 믿을 만큼 빠르게 베란다로 달려가 창문을 열었다.

"전화할게."

"여, 여기 2층……!"

그녀의 말이 끝나기도 전에 윤의 모습은 사라졌다. 그와 동시에 현관문이 열리고 춘영이 안으로 들어섰다.
"왜 서 있어? 아, 화장실 갔었냐?"
"늦는다더니."
저도 모르게 말투에 원망이 섞였다. 다행히 춘영은 알아차리지 못하는 눈치였지만. 춘영이 가방을 아무 데나 집어던지고 소파에 털썩 기대앉았다.
"아 더워서 대충 치우고 왔어. 다음 주부터는 에어컨 틀자고 해야지, 안 되겠다."
"고생했어. 얼른 씻어."
은효는 최대한 자연스럽게 베란다 쪽으로 걸어갔다.
"네 말대로 점점 더워지네."
"어? 야!"
춘영이 몸을 세워 창문을 유심히 쳐다보며 소리쳤다.
"방충망 열어놨냐? 요즘 은근 날벌레 많은데, 얼른 닫아!"
"좀 전에 옷 터느라 열었다가 잊어버렸어."
계집애, 눈은 밝아서. 은효는 얼른 창밖으로 고개를 내밀어 밖을 확인했다. 다행히 쓰러진 남자는 보이지 않았다.
'꽤 높은데 괜찮은 거겠지?'
은효는 혹시라도 윤을 발견할까 싶어 방충망이 닫히는 순간까지 사방을 둘러보았다. 그냥 춘영에게 들키는 게 나을 걸 그랬다고 후회하면서.
"엔터 이사하고는 진전이 좀 있냐?"

"아, 쫌!"

이래저래 짜증이 쌓였던 은효가 뒤돌아서며 소리를 빽 질렀다. 소파에 다리를 뻗고 주먹으로 종아리 안마를 하던 춘영은 황당한 표정으로 은효를 쳐다보았다.

"뭐냐? 이 과한 반응은."

"나 이사님한테 아무 감정 없다고 몇 번을 말해. 여태까지 내 스케줄 말해준 거 너였지? 이제 그러지 마. 얼마 전에 확실하게 거절했으니까."

"아무 감정도 없는데 몇 년씩이나 주변을 맴돌게 했단 말이야? 너 정말 그러면 벌 받아. 진즉에 잘랐어야지."

"뭐?"

머리에 피가 확 쏠리는 기분이었다.

"지금 내가 잘못했다는 거야?"

"그럼 아니야? 넌 분명히 이사가 좋아하는 거 알고 있었어. 알면서도 모른척하고 질질 끈 거잖아. 내가 갖긴 싫고 놔주긴 아쉽고."

"야, 신춘영!"

"나는 네가 계속 이사를 곁에 두길래 말로만 아니라고 하는 줄 알았어. 너 말대로 인제 와서 그 사람을 찼다면 넌 진짜 나쁜 년이야. 이용한 것밖에 더 돼?"

"너 말대로라면 내가 일부러 여지를 남기고 어장관리 했다는 거네. 아니라고 했는데 매번 몰래 내 스케줄 알려준 사람은 너야."

춘영이 뻗었던 다리를 모아 바닥에 발을 내렸다.

"정말 넌 잘못한 게 없다고 생각하니?"

친구의 눈동자에 설핏 물기가 서렸다. 잠깐 눈을 마주쳤던 춘영이 얼른 시선을 피했다.

'설마…… 아니겠지.'

은효는 다물었던 입을 무겁게 열었다.

"너…… 아니지?"

"미안해. 네가 일부러 그런 거 아니라는 거 아는데……."

"야, 너……."

"순간적으로 화가 났어. 아니, 억울했어."

춘영은 검은색 뿌리가 보이기 시작한 밝은 오렌지색 머리를 손으로 쓸어 넘겼다. 잦은 샴푸와 각종 약품 사용으로 인해 그녀의 손끝은 거칠게 갈라져 있었다.

"너한테 처음 이사를 소개받았던 그날, 첫눈에 좋아하게 됐어. 친구를 좋아하는 남자를 좋아하게 된 내가 너무 싫었어. 근데 내 마음이 내 마음대로 되질 않더라."

"춘영아."

은효가 다가가려고 하자, 춘영이 손을 들어서 막았다.

"거기서 들어."

불편한 침묵이 잠시 흐르고, 춘영이 다시 입을 열었다.

"너를 자기 회사의 스타로 만들고 싶다고 나한테 연락했었어. 도와달라고. 가끔 잠깐씩 만나서 네 근황과 스케줄을 묻곤 했지. 그땐 그냥 좋았어. 그 사람을 만날 구실이 있다는 것만으로."

어떤 대꾸도 할 수 없었다. 춘영이 지훈에게 빠지게 된 것은 어쩌면 당연한 일이었다. 윤의 말에 따르면 사피의 여성은 슈피르의 남성에게 불가항력으로 끌릴 수밖에 없었으니까.

"친구의 남자를 몰래 좋아한다는 게 어떤 기분인 줄 알아? 다른 사람도 아닌 너를, 너를 좋아하는 남자를……."

감정이 격해진 듯, 춘영이 말을 멈췄다. 여전히 그녀는 다가오지 말라고 손을 든 채였다.

"네가 그 사람한테 아무 감정이 없다고 말할 때마다 기분이 복잡했어. 그게 다행이면서도 네가 되게 얄미웠다? 나 웃기지 않냐? 미친년처럼 혼자 널뛰고 있었으니."

"미안해. 내가 너무 이기적이었어. 나 사는데 바빠서…… 네 마음을 헤아리지 못했어. 늘 신세만 지고 상처입히고…… 오늘도 먼저 짜증 낸 건 나잖아."

"그럼 이제…… 그 사람은 다신 안 보기로 한 거니?"

"아니. 내가 거절했던 거 없었던 거로 하재. 너 말대로 확실히 정리해야 하는데 쉽지 않아."

"정리하지 마."

춘영이 소파에서 일어났다.

"나 때문이라면 그러지 마. 아니, 솔직히 말하면 그 사람 계속 보고 싶어. 이제 나…… 조금은 편하게 그 사람 좋아해도 되지 않을까?"

"나는 상관없는데…… 괜찮겠어?"

"아직은 네가 필요해. 널 핑계 삼아 날 찾아올 테니까. 당분간은 모른 척해줘."

"모르겠다. 뭐가 옳은 건지."

널 응원하는 게 맞는 것인지, 아니면 상처받기 전에 단념하라고 설득해야 하는지……. 씻는다고 말하며 욕실로 들어가는 친구의 뒷모습을 바라보며 은효는 쓴 한숨을 삼켰다.

춘영은 씻자마자 바로 잔다고 방으로 들어가 버렸다. 은효는 책을 펼친 지 한 시간이 지나도록 다음 페이지를 넘기지 못하고 있었다. 옆에 놓아둔 휴대폰에 온 신경이 쏠려 있었기 때문이다.

윤이 창밖으로 사라지고 난 뒤, 두어 시간이 지났다.

[다친 건 아니죠?]

20분 전에 보낸 메시지 옆에 숫자가 사라졌다. 언제 읽었지? 은효는 뾰로통한 얼굴로 폰 화면을 들여다보았다.

봤으면 답장을 하든가, 아니면 전화를 해줘야 할 거 아냐. 걱정하고 있을 거 뻔히 알면서. 그녀는 아랫입술을 내밀며 위로 훅하고 숨을 내뿜었다.

그렇게 도망치듯, 아니지, 도망이 맞지! 암튼 정신 사납게 가버렸으면서 연락을 안 해? 게다가 읽씹?

'다섯 셀 동안 전화 안 하면 확 차버릴 줄 알아!'

그러다 문득 구구절절 자신이 했던 고백이 떠올라 얼굴에 화르르 열이 올랐다. 은효는 휴대폰을 침대 끄트머리에 집어 던지고는 머리를 움켜잡으며 몸부림쳤다.

'아씨! 왜 그랬어! 왜 그랬어!'

뒤로 벌러덩 누워 천장으로 발길질하며 괴로워하고 있을 때, 진동음이 울렸다.

벌떡 일어나서 점프하듯 몸을 던져 휴대폰을 집었다. 이번에도 그녀는 내숭 따윈 날려버린 채 곧바로 통화 버튼을 눌렀다.

"괜찮아요? 안 다쳤어요?"

-다리가 부러져서 병원에 입원하는 바람에 전화가 늦었어. 많이 기다렸어?

"네? 부러졌다고요?"

-정확히 말하자면 발목이 뚝!

"어, 어떡해……."

엎어진 자세로 전화를 받던 은효가 몸을 일으켜 앉았다.

"어느 병원이에요?"

-지금 오려고?

"당연하죠!"

-아쉽네. 이럴 줄 알았으면 억지로라도 부러뜨릴 걸 그랬다.

잔뜩 긴장하고 있던 몸이 한순간 훅하고 풀어졌다. 그러자 이번엔 짜증이 치밀었다. 장난할 게 따로 있지! 은효는 종료를 눌러버릴까 하다, 침묵시위 쪽으로 생각을 바꿨다.

-여보세요?

많이 여보세요 하세요. 그녀는 숨소리도 내지 않았다.

-이런, 내가 장난이 심했나. 실은 회사에 일이 생겨서 급하게 처리하느라 연락 못 했어. 다린 멀쩡해.

다린 멀쩡하단 소리에 은효의 입꼬리가 슬쩍 올라갔다. 다행이다 정말.

-아깐 제정신이 아니라서 본의 아니게 신을 신고 안으로 들어갔더라고. 곤란하게 만들어서 미안.

화는 가라앉았지만, 그녀는 조금 더 삐친 척하기로 했다. 새침한 헛기침으로 심기를 드러냈다.

-잠깐 자고 일어나서 바로 출국해야 할 것 같아. 얼굴 보고 할 얘기가 많았는데…… 뒤로 미뤄야겠다.

"출국이라고요?"

저도 모르게 질문이 튀어나오고 말았다.

"어디로? 아니, 언제 오는데요?"

-이제야 말을 하네. 거짓말한 보람이 있군.

"뭐야? 또 거짓말이에요?"

-후훗. 반응이 빨라서 계속 놀리고 싶잖아.

그가 잠시 말을 멈췄다가 다시 입을 열었다.

-거짓말이면 좋겠는데 이번엔 진짜. 인도에 새로 시작하는 사업에 문제가 생긴 것 같다. 언제 올지는 가봐야 알 것 같고.

"다리는 정말 괜찮은 거예요?"

-해보진 않았지만, 그보다 더 높은 곳도 가능할걸? 그렇다고 따라 하지는 마. 슈피르의 능력이 다 같은 것은 아니니까.

"와, 이 와중에 깨알 같은 잘난 척."

은효는 등 뒤에 베개를 대고 침대 머리 판에 기대어 앉았다. 다문 입에 바람을 넣은 채, 코로 깊게 심호흡했다. 그리고 결심한 듯 말문을 열었다.

"이제 윤이 씨가 말해줄 차례에요."

-뭘?

"내, 그러니까 나의…… 고백에 대한 대답이요."

-무슨 고백?

아, 이 사람이 진짜! 은효가 거친 콧숨을 뿜자, 휴대폰 너머로 그의 웃음소리가 들렸다.

-대답은 잠시 보류.

"하, 너무한 거 아니에요?"

-다음에 만나면, 그때 다 말해줄게. 전부.

전부? 뭔가 거창한 느낌이 들었다.

'나도 네가 좋다고 간단히 대답해주면 되는 거 아냐? 설마 대답을 회피하는 건 아니겠지?'

짧은 순간, 은효의 머릿속에선 오만가지 생각들이 충돌했다.

-물론 거창하다고 생각할 수 있어. 대답을 피한다고 오해할 수도 있고.

"뭐야? 독심술도 가능해요?"

-이런.

윤이 한참을 웃은 뒤, 짧게 헛기침했다.

-정말 그렇게 생각할 줄은 몰랐는데.

"난 복잡한 거 싫거든요. 사람 관계는 특히 솔직해야 한다고 생각해요."

-내숭도 부리고 밀당도 하고 그래야 매력 있는 거 아닌가?

"그런 여자 좋아해요?"

-같이 갈래? 인도.

이 맥락 없는 제안은 또 뭐지? 은효가 절레절레 고개를 저었다.

"은근슬쩍 그런 식으로 말 돌리지 말아요."

-회사고 뭐고 다 때려치우고 같이 스페인 갈까? 은효는 공부하고 나는 올리브 키우고.

"책임감 없는 남자 싫어요. 질문에 대답 안 하는 남자는 더 싫고."

-지금 폰으로 전하기엔 해 줄 말이 많아.

그가 숨을 고르는 소리가 들렸다. 은효는 잠자코 기다렸다.

-내일 만나서 말하려 했는데, 급박한 상황이라 내가 직접 다녀올 수밖에 없어. 며칠만 기다려줘.

"삼일 뒤에 HK그룹 발표가 나요. 김칫국 마시는 걸 수도 있지만 합격하면 어떻게 할까요?"

-가지 말라고 하고 싶지.

"이사님은 카메라 테스트받으러 오라고 하셨는데…… 이쪽이나 저쪽이나 신경 쓰이긴 마찬가지네요."

-나한테 오면 되겠네.

"그쪽이 제일 신경 쓰이거든요!"

은효는 다리를 쭉 뻗으며 폰을 잡지 않은 손을 들어 기지개를 켰다.

"낼부터 알바만세 앱을 샅샅이 뒤져봐야겠네요. 뭐라도 찾아지겠지."

-편하게 살고 싶지 않아?

"추구하는 삶은 다 다르겠지만, 난 편한 삶보다 재밌는 쪽이 좋아요. 최대한 나 스스로 뭔가를 이루고 싶어요. 세상은 넓고 하고 싶은 건 많고."

-먹고 싶은 것도 많겠군.

"정답!"

대화가 멈췄다. 딱히 불편한 침묵은 아니었지만, 그녀는 발가락을 꼼지락거리며 뭔가 할 말을 찾았다.

"저 때문에 이사님과 사이가 불편해지셨죠?"

-지훈이 입장에선 매우 서운하겠지. 나한테.

"뭐가 옳은 건지 모르겠어요. 저는 이사님을 만나지 않는 게 최선이라 생각하는데, 이사님은 예전처럼 지내자고 하고……."

춘영의 이야기는 차마 할 수 없어 한숨으로 삭였다.

"남녀 관계라는 거…… 너무 어려워요. 아까 친구한테 혼났거든요. 마음에도 없으면서 왜 오랫동안 이사님을 곁에 두었냐고."

고해성사하듯, 은효는 담아두었던 속내를 그대로 쏟아냈다.

"저 못된 인간 맞아요. 욕을 먹어도 싸고 비난받아도 할 말 없어요. 늘 장난처럼 말씀하셨지만, 알고 있었어요. 이사님이 저를 이성으로 좋아하고 있다는 거."

-지훈이 성격상 모를 수가 없겠지.

"저도 이사님…… 좋아했어요. 윤이 씨를 좋아하는 것과는 다른 감정이지만……. 그래서 이사님의 마음을 거절했을 때, 속상했어요. 그동안 정말 잘해주셨는데…… 아프게 해서 너무 미안

했어요."

-안 되겠네.

"네?"

윤의 딱딱해진 말투에 은효의 눈이 커졌다.

-앞으론 단둘이 만나지 마. 일로든 사적으로든. 그동안 은효가 지훈이와 관계를 이어온 건 그럴 수 있어. 녀석이 정식으로 교제 신청을 하지 않았을 테니까.

은효는 혼나는 기분이 들어 괜히 입술을 내밀었다.

-이젠 상황이 달라졌으니 만나지 않는 게 좋겠어. 지훈이에게도 그게 나아.

"제가 너무 주절주절 안 해도 될 말까지 했나 봐요."

-그러게. 듣고 보니 기분이 썩 좋지는 않네.

"그렇다고 대놓고……."

-내가 말했지? 난 은효의 마음을 온전히 갖고 싶다고. 어떤 형태든 다른 누군가와 공유하고 싶지 않아.

딱히 질투 유발을 하려 했던 것은 아니었는데 윤이 감정을 드러냈다. 지훈을 만나지 말라고 강요하는 그에게 서운한 기분은 들지 않았다. 오히려 어수선했던 마음이 정리되어 졌다.

"나도 윤이 씨를 누군가와 공유하고 싶지 않아요."

-내가 어떤 사람인지 알지도 못하면서…….

"몰라요. 그냥 잘생겨서 좋아할래."

-아버님이 아시면 걱정하시겠네. 딸이 이리 천둥벌거숭이 같아서야.

"그러는 윤이 씨는 나에 대해 다 알아요?"

그의 짧은 콧숨 소리가 들렸다.

-내 능력이 어느 정도인지 알면 무서워질걸?

"다 아신다는 말씀?"

-비밀.

"네네. 그러고 보니 우리 안지 얼마나 됐다고…… 제가 섣부르게 결정한 것 같네요. 좋아하는 거 보류해야겠어요."

-이제 정신 차리셨나?

은효는 대답 대신 어이없음의 감탄사를 연발했다.

-난 굉장히 불안정한 사람이야. 다 알고 나면 도망가고 싶을지도 몰라. 근데 이제 은효는 선택권이 없어. 내가 놔주지 않을 테니까.

"하, 또 이러신다. 갑자기 훅 들어오지 좀 말라고요."

은효의 손이 저절로 자기 입을 막았다. 속마음이 제 맘대로 입 밖으로 튀어나왔기 때문이다.

-설레라고 한 말 아닌데? 일종의 자기변명 같은 거랄까. 세상에 아무 욕심이 없던 사람에게 욕심이 생겼다는 건, 그 욕심을 채우기 위해선 뭐든 할 수 있음을 의미하거든.

"욕심쟁이처럼 안 보였는데?"

-잘못 봤는데?

"뭐 그래도 상관없어요. 그릇이 넓은 내가 포용하면 되니까."

-그 말에 책임져야 할 거야.

은효의 입가에 수줍은 미소가 번졌다. 그녀는 천천히 눈을 감앉다 떴다.

 이 남자와 대화하는 이 순간이 꿈처럼 느껴졌다. 이런 감정이 존재하리란 생각을 해본 적이 없던 터라 더 소중한지도 몰랐다.

 "아쉽지만 오늘은 내가 먼저 놔드릴게요. 내일 일찍 준비하시려면 얼른 주무세요."

 ―이렇게 얘기하다가 그냥 가도 되는데.

 "좋은 컨디션이 좋은 사업을 만듭니다! 잘은 모르지만. 하핫."

 ―작으면 주머니에라도 넣어가겠는데, 웬만한 남자 키만 하니 원.

 "뭐지? 끊는 마당에 대놓고 디스?"

 기분 좋게 가라앉은 윤의 웃음소리가 들린다. 커져 버린 심장 소리를 숨기기 위해 은효는 몰래 심호흡을 했다.

 "잘 자요."

 ―최대한 빨리 올게. 오면 우리 연애하자.

 아, 심쿵! 하지만 최대한 침착하게. 은효의 음성이 미세하게 떨렸다.

 "저 아직 윤이 씨에게 아무 말도 못 들었는데요? 얘기 다 들어보고 그때 결정하도록 하죠."

 ―차일 수도 있다는 말이네.

 "어쩌면?"

 ―아주 바보는 아니구나. 튕길 줄도 알고.

 은효가 짐짓 새초롬히 대꾸했다.

 "여기서 화내면 내가 지는 거죠?"

-진짜 가기 싫다. 나, 가지 말까?

"왜 이러십니까? 호윤 대표님."

-가지 말라고 하면 안 갈게. 그냥 이 실장에게 시키지 뭐. 어떻게든 되지 않을까?

"다녀오시면…… 우리 연애해요. 기다릴게요."

단어에는 그 뜻을 전달하는 것만큼이나 감정이 실려있음이 분명하다. 연애라는 말이 입으로 나와서 귀로 들어올 때, 기분 좋은 소름이 온몸으로 퍼졌다.

"이젠 진짜 끊을게요. 잘 다녀와요."

-그래. ……잘 자.

인사를 하고도 신호는 계속 흘렀다. 이러다간 정말 밤새 그를 붙잡고 싶을 것 같았다.

손끝에 아릿한 아쉬움을 담아 은효가 먼저 종료를 눌렀다. 휴대폰을 쥔 손바닥이 따끈했다. 평소와 같은 고요가 적막으로 다가왔다.

사랑은 초콜릿 같다고 했던가. 달콤 쌉싸름한 기분이 은효의 가슴에 오랫동안 머물렀다.

## XIV.
## 나한테 왜 이래요?

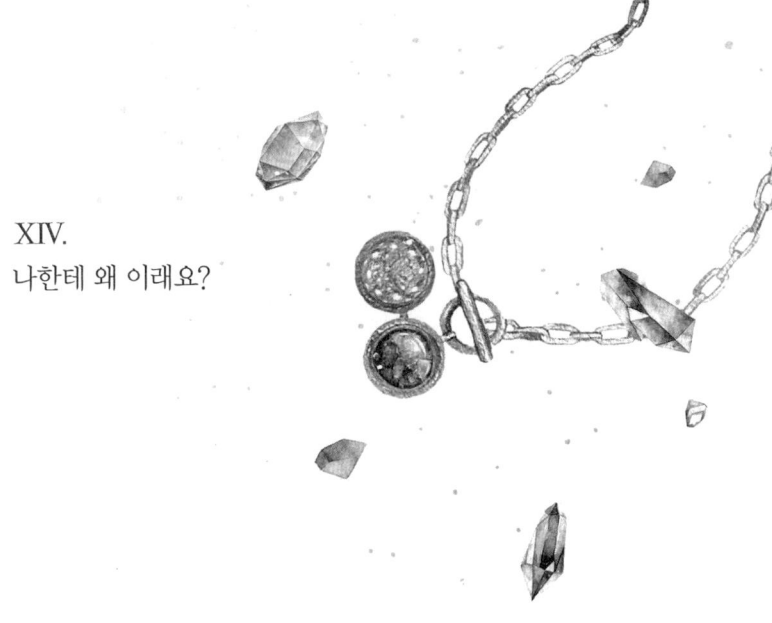

 은효가 눈을 떴을 땐, 굿 애프터 눈인사를 해야 할 것 같은 오전 열한 시였다.
 윤과의 통화 후, 싱숭생숭하여 미뤄뒀던 서양 건축사 책을 거의 다 읽고 잠이 들었다. 덕분에 눈은 뻑뻑하고 온몸이 다 찌뿌듯했다.
 그녀는 팔을 위로 쭉 뻗어 스트레칭을 하며 거실로 나갔다. 씻으려고 욕실로 들어가려다 문득 어제 일이 떠올라 얼굴이 화끈거렸다.
 '일어나자마자 음란 마귀가 덤비다니! 에비!'
 손바닥으로 뺨을 찰싹찰싹 때리며 도리질 쳤다.
 '아, 그러고 보니 문 고치러 사람 보낸다고 했는데……'

은효는 부랴부랴 욕실로 들어갔다.

6월이 가까워지면서 봄은 종적을 감췄다. 부쩍 더워진 날씨에 은효는 흰 반팔 티셔츠에 트레이닝 반바지를 입었다. 외출계획도 없는지라 구운 토스트를 입에 물고 맨발로 집안을 어슬렁거렸다.

'하아, HK그룹……'

거절할 땐 거절하더라도 떨어지면 일단 기분은 별로일 것 같았다. 여기저기 떠벌렸는데 체면 문제도 있고…….

'당분간은 알바를 해야 하는 것인가. 그 회사가 딱이었는데…….'

은효는 휴대폰의 알바앱에 접속해서 일자리 검색을 시작했다. 몇 군데 괜찮은 곳을 발견하고 지원 방법을 선택하고 있을 때, 초인종이 울렸다. 문을 수리하러 온 사람인 듯했다.

문을 열기 전, 현관에 붙은 거울에 슬쩍 얼굴을 비쳤다. 감고 대충 털어 말린 짧은 머리와 기초화장품만 바른 민얼굴은 역시나 딱 소년의 모습이었다.

'혼자 있을 땐 이런 모습이 도움이 되긴 하지.'

쓴 입맛을 다시며 은효가 현관문 앞에 섰다.

"누구세요?"

"연은효 씨 댁이죠?"

그녀가 아무 의심 없이 네! 하며 문을 열었다. 문밖엔 수리 장비와 교체할 제품을 들고 있어야 할 남자 대신, 멀끔한 양복 차림의 남자가 서 있었다.

"어, 누구⋯⋯세요?"

"연은효 씨 되십니까?"

"네. 그런데 누구⋯⋯?"

남자는 대답 없이 한걸음 물러섰다. 대신, 뒤에 서 있던 다른 남자가 모습을 드러냈다.

처음 남자보다 머리 하나는 더 큰, 연예인 뺨치게 잘생긴 30대 후반의 남자⋯⋯로 보이지만 실은 50대로 추정되는 경수혁이었다.

"어⋯⋯."

"연락도 없이 불쑥 찾아와서 미안해요. 오랜만이죠, 은효 양."

"아, 네."

은효는 너무 놀라, 말이 제대로 나오지 않았다.

"여, 여긴 무슨 일로⋯⋯."

"잠깐 들어가도 될까?"

"아, 저기⋯⋯ 네. 들어오세요."

뭐라 딱히 거절할 말이 떠오르지 않아, 그녀는 잡고 있던 문을 놓고 안으로 들어갔다. 수혁이 따라 들어왔고, 비서로 보이는 남자는 밖에 남았다.

은효가 소파를 향해 손짓하며 그에게 물었다.

"이쪽에 앉으세요. 마실 거 드릴까요? 주스랑 커피 있는데."

"시원한 물 한 잔 줄래요?"

그녀는 고개를 끄덕이고는 주방으로 향했다.

은효가 유리잔에 생수를 담아왔을 때, 수혁은 편한 자세로 소파에 앉아있었다. 그녀는 물을 건네고, 귀퉁이에 보조 소파를 가져와 그의 맞은편에 앉았다.

가뜩이나 좁은 거실에 수혁과 마주 보고 앉아있으니 가시방석이 따로 없었다. 공간을 무겁게 짓누른 것은 견디기 힘든 어색함이었다.

그가 마신 물잔을 테이블 위에 올리고, 진열장에 세워진 춘영의 사진을 쳐다보며 물었다.

"룸메이트인가?"

"네. 친구 집에 제가 신세 지고 있어요."

"불편하진 않고? 집이 꽤 아담해 보이는데."

"둘 다 집에 있는 시간이 별로 없어서……."

문득 지금 이 상황이 우습다는 생각이 들었다.

'뭐냐? 나, 이 사람하고 왜 이딴 대화를 나누고 있는 거지?'

그것도 너무나 자연스럽게, 마치 전부터 알고 지낸 사이처럼. 은효는 무심코 그의 눈을 쳐다보았다.

'아, 역시.'

눈에서 스파크를 확인하며 새삼 놀라고 있을 때, 수혁과 눈이 마주쳤다.

그가 싱긋이 웃었다.

"저번에 봤을 때와는 분위기가 매우 다르군. 그때도 예뻤지만 지금 모습도 나쁘지 않네. 아, 말 편하게 해도 될까? 이래 봬도 은효 양 아버지뻘이니까, 이해해 줄 거지?"

은효는 고개를 천천히 끄덕였다.

"솔직히 말하면 은효 양 뒷조사를 좀 했어. 가족 사항, 살아온 환경, 등등…… 처음 봤을 때부터 궁금했거든. 아주 많이."

"기분이 썩 유쾌하지는 않네요."

"숨기고 싶지 않았어. 은효 양과 친해지려면 다 오픈하는 게 맞는 것 같으니까."

"저와 왜 친해지시려는 건데요?"

까칠하게 대답하고 나니, 그제야 심하게 편한 자신의 복장이 새삼 신경 쓰였다.

'아, 젠장 이 꼴로 무슨 정색이야…….'

패션 카탈로그 모델 같은 수혁의 차림새에 은효는 한 번 더 혀를 찼다. 그녀가 여전히 퉁명스럽게 말을 이었다.

"저는 그저 HK그룹에 지원한 응시자일 뿐인데요."

"우리가 어쩌면 생각했던 것보다 훨씬 가까운 사이일 수도 있을 것 같거든."

"네?"

아무리 봐도 삼십 대 후반으로밖에 안 보이는 남자는 대답 대신 부드러운 미소를 지었다. 왜 자꾸 웃는 거지? 은효는 눈치채지 못하게 인상을 구겼다 폈다.

"이력서의 개인 정보를 사사로이 쓰신 것도, 이렇게 불쑥 찾아오신 것도 문제 삼으려면 충분히 할 수 있는 사항입니다. 합당한 이유가 있다 해도 정당화될 순 없겠지만, 납득할 수 없는 이유라면 가만히 있지 않겠습니다."

"당돌하고 야무진 성격이군. 좋은데?"

"진지하게 들어주세요. 아무리 저보다 어른이라고 해도 저 역시 성인이니까요."

"미안. 반가운 마음에."

"그러니까 제가 왜 반가운지 아직 말씀을 안 해주셨어요."

선풍기가 필요했다. 벌떡 일어나서 창문을 열고 싶은 충동이 일었다. 긴장한 탓에 등에 땀이 맺히는 것이 느껴졌다. 은효는 슬며시 손을 뒤로해, 셔츠를 움직여 바람을 넣었다.

수혁이 깍지 낀 손을 다리 위에 올리며 물었다.

"나는 은효 양이 알고 있을 거라고 확신하는데, 아닌가?"

"제가 머리가 좋은 편이긴 한데, 지금 질문은 너무 난해하네요."

"은효 양이 일반 사람들과는 다르다는 거. 더 정확히 말하면 본인이 슈피르라는 것."

침착해야 한다고 스스로 다독였지만 실패했음이 분명했다. 미친 듯이 널뛰는 맥박이 그것을 증명해주었다. 결국 수긍해야만 하는 것인가.

은효의 당황해하는 모습이 재미있다는 듯, 그의 한쪽 눈썹이 실룩였다.

"그리고 반쪽은 사피의 피가 흐르고 있다는 것도 말이야."

"근데, 그게…… 음, 그러고 보니 저는 그쪽 분이 누구신지도 모르고 있네요. 그저 그 회사의 높은 지위에 있는 분이겠구나, 정도로만 짐작하고 있는데……."

은효가 괜히 침을 한번 삼키고 말을 이었다.

"제 신상은 전부 알고 오셨으니, 늦었지만 소개 부탁드려도 될까요?"

"하하하!"

미소로 일관하던 그가 소리 내 웃었다. 은효는 순간 당황스러웠다. 그 모습이 몹시 불쾌해야 하는데 그렇지 않았기 때문이다. 오히려 같이 웃고 싶다는 황당한 생각이 들었다.

수혁이 여전히 웃음을 머금은 얼굴로 입을 열었다.

"내가 오늘 은효 양에게 많이 배우고 가네. 나이 먹었다고 거드름 피우고는 정작 지켜야 할 예의를 잊었으니까 말이야."

"무엇보다, 제가 뭐라고 불러야 할지 몰라서 드린 말씀입니다."

"판에 박힌 형식을 좋아하진 않지만, 지금은 그게 좋겠군."

그가 손을 내밀며 악수를 청했다.

"정식으로 소개하지. HK그룹 회장, 경수혁이라고 한다. 은효 양을 만나서 너무 들뜬 나머지 결례를 하고 말았어."

은효가 머뭇거리며 손을 잡았다. 남자의 손은 예상외로 따뜻했고 포근한 느낌이었다.

'포근? 포근이라고?'

그녀가 얼른 잡힌 손을 뺐다.

"그, 그러니까 회장님께서 제가 슈피르라는 것에 왜 관심을 두시는지 궁금해요."

이런! 말은 왜 더듬고 난리야. 은효는 짧게 헛기침했다.

"모든 슈피르에게 다 이렇게 찾아오시는 건 아닐 테니까요."

"아니지."

"그러니까 왜······."

"부모님들은 다 잘해주셨나? 미리 말했지만 내가 좀 알아본 바로는 아버님만 계신 것 같던데."

뭐라고 다시 받아치려다 그만두었다. 윤의 우려와는 달리 눈앞의 남자는 전혀 위험하게 느껴지지 않았다. 오히려 묘한 친근함에 은효는 혼란스러웠다.

"과분할 정도로 잘해주셨어요. 부족함 없이 잘 자랐고요."

"대화를 나눠보니 그런 것 같네. 감사하게도 참, 잘 키우셨어."

아니, 왜 그쪽이 감사하냐고! 자꾸 말 돌리지 말고 본론을 말하란 말이야! 어정쩡하게 웃고 있는 은효의 눈은 실상 그리 말하고 있었다.

《오쿨리파시도 가능한 거 맞지?》

방심하고 있을 때 훅 치고 들어오는 것은 슈피르 남자들의 특징인가? 수혁이 웃음기 거둔 눈빛으로 그녀를 바라보고 있었다.

《확실히 조금 전보다 마르카의 기운이 강해졌어. 이건 내 말을 듣고 있다는 증거거든.》

《마르카가 뭐에요?》

이 몹쓸 놈의 호기심. 얼떨결에 그에게 반응을 보이고 말았다. 뭐, 이 아저씨가 잡아먹기야 하겠어? 이젠 될 대로 되란 심정이었다.

《네. 맞습니다. 가능해요.》

《역시 여러모로 놀라워. 혼혈인데 블뤼의 능력이라니.》

"저 이제 생체실험 당하는 건가요? 혼혈은 제가 처음이라고 들었는데."

수혁의 눈이 잠깐 휘둥그레지더니 웃음을 터트렸다. 진짜 욕심 많은 회장님 맞아? 은효의 혼란은 깊어만 갔다.

"그런 생각은 도대체 어디서 나온 거지?"

"슈피르의 개체 수가 점점 줄어든다는 얘길 들었거든요. 그럼 당연히 혼혈의 존재에 관심이 쏠릴 테고 저는 실험 대상이 되겠지요."

"은효 양이 처음 만난 슈피르는 누군가?"

"힐 엔터테인먼트 대표이사님이요."

"지훈이? 승지훈?"

윤의 이름은 언급하지 않는 게 좋을 것 같아 지훈이라 대답했다. 엄밀히 따지면 거짓말도 아니었기에 은효는 거리낌 없이 고개를 끄덕였다.

"지훈이와는 어떻게 알게 되었는데?"

"제가 대학 다닐 때부터 쫓아다니셨어요. 계약하자고······."

"오호, 대표이사가 직접 스카웃하는 경우는 드문데, 꽤 마음에 들었나 보군. 그래서, 계약은?"

"그동안 쭉 공부하느라 그럴 여유가 없었고, 솔직히 연예인을 아무나 하는 건 아니잖아요. 저는 그런 끼가 부족한 것 같아 엄두도 안 냈어요."

그가 몸을 뒤로 젖히며 새삼 은효를 유심히 살폈다.

"비주얼만으로도 충분히 스타성이 보이는데? 지훈이가 속이 무지 탔겠구만."

"이런 차림에 생얼로 그런 말씀을 들으니 신빙성이 없어 보입니다."

"진정한 아름다움은 꾸미지 않았을 때 더 돋보이는 법이거든. 누굴 닮았는지, 보면 볼수록 예쁜 사람이야. 은효 양은."

"과한 칭찬에 몸 둘 바를 모르겠네요."

"친분 있는 다른 슈피르는 없고?"

잠깐 없다고 말하려다 생각을 바꿨다. 거짓말을 했다가 나중에 꼬이느니 차라리 어느 정도는 사실을 말하는 게 나을지도 모른다. 은효는 대수롭지 않게 대답했다.

"얼마 전에 이사님이 친구를 소개해주셨어요. 같이 식사도 했는데, 그분이 슈피르였어요. UE컴퍼니? 거기 대표님이라고 들었어요."

"윤이도 만났군."

"다 잘 아는 사이신가 봐요?"

"아무래도. 그 친구들 부모와 친분이 있으니까."

"그 두 분은 회장님의 자녀분과도 친하겠어요."

수혁은 오묘한 표정을 지으며 어깨를 으쓱였다.

"그런 것 같아. 아직 확실하진 않지만. 참, 아까 물어봤던 마르카는 이거."

그가 자신의 눈동자를 가리켰다.

"홍채에 보이는 슈피르의 표식을 그렇게 부르지. 그건 지훈이가 안 가르쳐줬나 보군."

"제가 듣고 잊었을 수도……."

"그럴 리가. 난 한번 듣거나 본 것은 절대 잊어버리지 않거든."

"하, 하. 저는 회장님이 아니니까요."

"은효 양."

이름을 부르는 수혁의 음성이 어쩐지 조심스럽게 느껴졌다.

"본인이 일반인들과는 다른 존재라는 사실이 쉽게 받아들여지든가?"

"받아들이고 말고의 문제가 아니라, 실감의 문제인 것 같아요. 제가 다른 존재라고 해서 변한 것은 없거든요. 굳이 달라진 점이 있다면 오늘 회장님과 나눈 오쿨리파시 정도?"

"윤이가 알려줬겠군. 지훈인 블뤼가 아니니까."

속으로 뜨끔했지만 내색하진 않았다. 다행히 수혁은 그것에 대해 더는 언급하지 않았다. 대신 말도 안 되는 가정(假定)으로 은효를 흔들었다.

"부모님이 친부모가 아닐 거란 생각은 안 해봤나?"

터무니없는 말이 분명했음에도 듣는 순간 가슴이 철렁 내려앉았다. 마치 가슴 깊숙한 곳에서 언제부턴가 각오하고 있었던 것처럼 그 반응은 빨랐다.

"혹시 저희 아버지께서 슈피르가 아니라서 하시는 말씀이라면……."

"슈피르의 네트워크는 매우 철저히 관리되고 있어. 사실 은효 양이 지금까지 발견되지 않았다는 게 신기할 따름이지. 고로, 내가 조사한 바로는 은효 양이 지금껏 부모로 알고 있는 두 분은 슈피르가 아니야."

울컥하여 코끝에 찡한 통증이 왔다. 은효는 눈시울이 뜨거워지는 것을 억누르며 그를 노려보았다.

"제가 부모님의 친자가 아니라고 해도 달라지는 것은 없어요. 도대체 무슨 말씀이 하고 싶으신 거죠?"

"은효 양의 친아버지를 찾은 것 같거든. 내가."

피를 말리게 할 것 같은 북소리가 가슴에서부터 울렸다. 그 소리는 점점 커져 뇌를 어지럽혔다. 결코 기분 좋은 경험은 아니었다.

"설마 제가 기뻐할 거로 생각하시는 건 아니죠?"

"왜 그렇게 생각하면 안 되지?"

"인제 와서 제게 친아버지가 무슨 소용이죠? 왜요? 어마어마한 부자라서 저 로또라도 맞은 건가요?"

"그럴 수도."

그녀의 붉어진 눈동자 위로 뜨끈한 물이 차올랐다.

"20년이 넘도록 한번 찾을 생각도 안 한 부모가 부모인가요? 제가 필요 없으니까 버린 거겠죠. 물론 찾지도 않았고."

"은효 양의 존재를 몰랐을 수도 있잖아."

"그게 말이 돼요?"

"그래. 말이 안 되지. 근데 그게 사실인걸."

수혁의 얼굴에 침통함이 가득했다.

"오랜 세월, 자식이 있다는 사실도 모르고 살아왔던 아버지의 심정은 어떨까?"

"제 친어머니가 몰래 혼자 아이를 낳고 버렸다는 말씀인가요?"

"버렸는지 아니면 맡겼는지, 결과적으론 그게 그거지만……

알 수 없지. 은효 양이 친어머니의 존재를 모르고 있으니."

기가 탁 막혔다. 마치 막장 드라마 속, 출생의 비밀이 밝혀지는 순간을 직접 체험하는 기분이었다.

'도대체 왜! 왜 난데.'

사랑하는 부모님, 행복했던 지난날들이 송두리째 사라져버린다. 깊은 상실감에 울컥 화가 치밀었다. 은효는 그를 쳐다보며 저도 모르게 오쿨리파시로 외쳤다.

《당신이 뭔데 날 불행하게 만드는 거지? 친아버지가 뭐 대수라고!》

"아이 씨, 젠장. 왜 이게 튀어나오는데!"

그녀는 결국 참았던 눈물을 터트렸다.

"내 친아버지란 사람은 아무 여자나 잠자리하는 저질이군요. 그렇지 않고서야 어떻게 자기 여자가 아이를 가진 것도 모를 수가 있죠? 어떻게 여자가 혼자 아이를 낳고 버릴 생각을 하게 만드냐고요!"

그의 표정은 점점 더 일그러졌다.

"자식의 존재가 왜 궁금한데요? 모르고 살았던 것처럼 평생 모른 척하고 사시라고 전해주세요. 평지풍파 일으키지 말고."

"시골에 아버지 몸 상태는 알고 있었나?"

이건 또 무슨 소리? 은효의 얼굴이 하얗게 변했다. 순간, 수혁에게서 온몸이 오싹해지는 불길한 기운을 느꼈다. 얼마 전, 이 실장이란 사람에게서 느꼈던 살기와는 또 다른 기운이었다.

"아, 아버지가 왜요?"

"간경변이 심해져서 암으로 진행된 상태더군."
"마, 말도 안 돼. 그, 그럴 리가 없어요!"
"언제 찾아갔었지? 최근에 봤다면 분명 이상한 점을 발견했을 텐데?"

머릿속으로 아버지의 모습이 주마등처럼 지나갔다. 몇 개월 전보다 눈에 띄게 마른 몸과 탁해진 눈동자가 떠올랐다. 걱정은 됐지만, 그저 고령에 농사가 고돼서 그렇겠거니 하고 대수롭지 않게 여겼었는데, 그런데……

은효가 의자에서 벌떡 일어섰다. 그러나 이내, 다시 털썩 주저앉았다. 바보가 된 것 같았다. 아무 생각도 할 수가 없었다.

'홍삼 사드리겠다고 말로만 하고 아직 보내지도 않고, 내 살 궁리하느라 전화도 자주 안 하고…… 아버지, 아버지.'

눈물이 쉬지 않고 흘러내렸다. 후회가 물밀듯이 밀려와 가슴이 찢어질 듯 아팠다. 은효는 주먹 쥔 손으로 연신 가슴을 때렸다.

"나한테 왜 이래요? 잔뜩 벼르고 있었던 것처럼 어떻게 불행이 한꺼번에 찾아와요? 내가 뭘 그렇게 잘못했다고, 내가 뭘!"
"본인이 너무 늦게 병원을 찾아서, 치료 시기를 놓친 것 같아. 그래도 해보는 데까지는 해봐야지."

은효가 손으로 눈물을 훔쳐내며 자리에서 일어섰.

"이러고 있을 때가 아닌데……"
"어딜 가려고?"
"강원도에 가야죠. 회장님 말씀대로 해보는 데까지는 해봐야 하니까."

수혁이 대수롭지 않게 툭 던지듯 말했다.

"내가 모셔왔어. 이신병원에 계신다."

"회장님이 왜요?"

그녀의 눈빛에 의구심이 서렸다.

"왜 회장님이 저희 아버지를 모셔왔는데요? 아버지가 순순히 오실 분이 아닌데…… 어떻게 된 거죠?"

"앞으로 은효 양은 내가 책임지겠다고 약속드렸거든."

"책임…… 이라뇨?"

수혁은 곧바로 대답하지 않았다. 시종일관 은은한 미소를 머금고 있던 그는 굳은 표정이었다. 은효가 다시 자리에 앉으며 물었다.

"저희 아버지에게 슈피르니 뭐니 이런 얘기를 하셨을 리는 없고, 도대체 왜 회장님이 저를 책임지는데요? 아니, 아버지는 왜……"

"은효 양을 내가 책임지도록 허락했는지 묻고 싶은 거지?"

말을 잠시 끊은 그가 무거운 한숨을 쉬었다. 그때, 창밖에서 클랙슨 소리가 요란하게 울렸다. 은효는 화들짝 놀라며 인상을 찡그렸다. 잔뜩 긴장하고 있던 터라, 유독 귀를 찢을 듯 날카롭게 느껴졌기 때문이다.

"오감이 발달하면 좋긴 한데, 가끔 조절이 안 될 때 난감하지."

수혁은 허리를 펴고 자세를 바꿔 앉으며 말을 이었다.

"여기 오면서 준비했던 말들이 있었는데, 소용없게 돼 버렸어. 은효 양에겐 전부 변명처럼 들릴 것들이니까. 솔직히 무슨 말을 어떻게 해야 할지 모르겠다. 이 나이 먹도록 이런 적은 처음이라…… 당황스럽네."

"회장님이 제 생물학적 친부인 것 같다는 말씀이 하고 싶은 겁니까?"

그는 대답 대신 고개를 끄덕였다. 은효는 어이없는 얼굴로 헛숨을 뱉어냈다.

"우리 아버지에게 무슨 말도 안 되는 협박을 했길래 그 고지식한 양반이…… 생면부지 당신의 말에 순순히 입원을 하냐고요!"

"모든 사실을 알게 된 은효 양이 혼자 힘들어질 테니까."

"그게 회장님하고 무슨 상관인데요? 도대체 당신이 왜 우리 아버지를……!"

뭔가를 깨달은 듯, 질문하던 은효의 표정이 일그러졌다.

"당신의 계획에 차질이 생길 것 같으니 미리 손을 쓴 거군요. 저를 회장님의 시야에 두고 싶으셨던 거예요."

"본 것처럼 말하는군. 그래, 아주 틀린 말은 아니야."

"바보가 아니고서야 이런 상황에서 눈치를 못 채는 게 이상하죠. 근데 유전자 검사도 없이 너무 성급하신 것 아닌가요? 아, 무슨 근거로 이러시는 것까진 묻지 않겠습니다."

"그래. 성급했을 수도 있지."

"미리 말씀드리지만, 회장님의 계획이 뭐든 협조할 생각 없습니다. 마음 같아선 유전자 검사 따위도 안 하고 싶어요. 아까도 말씀드렸지만 아무 의미 없는 짓이거든요."

잠시 소강상태였던 눈물이 다시 주룩 흘러내렸다. 은효는 손바닥으로 눈 주위를 닦으며 호흡을 가다듬었다.

"근데…… 해야겠어요. 저희 아버지를 살리려면 그래야 할 것 같아요. 회장님이 정말 제 친부라면 떳떳하게 아버지 치료를 부탁해도 되니까요. 자식을 키워준 분에게 그 정도는 보답해야 하잖아요."

"그보다 더한 것도 해줄 수 있어."

"다른 건 필요 없어요."

은효가 자리에서 일어났다.

"죄송한데 저 옷 좀 갈아입고 올게요. 아버지한테 데려다주세요. 참, 유전자 검사는 어떤 방식으로 하실 거죠?"

"몇 가지 다른 검사도 할 겸 혈액 채취를 할 생각이다. 병원에 우리 쪽 사람들 있으니까, 그곳에서 하면 될 거야."

은효는 벌게진 코를 문지르며 돌아섰다.

"빨리 나올게요."

다른 생각은 할 겨를이 없었다. 뒤에 앉아있는 남자가 회장이든 친부든 그녀에겐 아무 상관없었다. 무심하게 돌보지 못한 아픈 아버지 생각만으로 억장이 무너질 것 같았으니까.

'아빠, 내가 살릴게. 이대로 돌아가시게 놔두지 않을 거야. 미안해. 미안해요.'

은효는 약해지려는 마음을 가까스로 다스리며 방으로 들어갔다.

함께 집에서 나와, 옆자리에 앉은 은효는 차에 탄 후로 한마디도 하지 않았다. 창문 쪽으로 돌려 앉아, 온몸으로 대화를 거부하는 모습이었다. 보이진 않아도 그녀가 무슨 표정을 하고 있는지 눈에 그려졌다.

수혁은 복잡해진 머릿속을 정리하려 애썼다. 애초에 계획했던 것과는 달리 자꾸 감정적으로 되는 자신이 낯설었다. 가슴속 밑바닥에서 뜨거운 무언가가 몽글몽글 끓어오르는 느낌이었다.

연은정과 하룻밤을 보냈던 시기, 그리고 은효의 나이. 아닐 수도 있겠다는 생각은 들지 않았다. 수혁의 기억에 연은정은 처녀였고, 그는 그녀의 인생에 첫 남자였다.

추측을 사실로 만들기 위해 그가 처음 한 일은 그녀들의 부모를 찾는 일이었다. 조사 중, 혼자 남은 아버지가 위독하다는 보고를 받고 몸소 그를 찾았다.

흰자위가 누렇게 변한 탁한 눈과 마른 몸에 비해 유독 나온 배가 연 씨의 상태를 여과 없이 보여주었다. 수혁은 단도직입적으로 은효의 친부라고 그에게 밝혔다. 어느 정도 책망은 예상하였지만, 연 씨의 반응은 무덤덤했다.

'인제 와서 누구의 잘잘못을 따지는 게 무슨 소용이겠소. 다 부질없는 짓이지. 이렇게 때마침 찾아줘서 마음의 큰 짐 하나 놓고 갈 수 있게 되었구먼.'

한동안 청소를 하지 못한 듯, 바닥엔 흙먼지가 얇게 쌓여 있었다. 이부자리에 겨우 몸을 일으켜 앉은 연 씨는 한사코 방석을 찾아 수혁에게 건넸다.

'사람이 멀쩡하다가도 곧 죽을 거란 소릴 들으니 이래 금방 산송장이 되지 뭐요. 술 때문에 아프겠거니 하고 병원에 안 갔더니 얼마 못 살 거라고 합디다. 이번 달을 넘기기 힘들 거라네.'
'은효 양에겐 알려야 하지 않겠습니까?'
'우리 착한 은효, 애비가 이리된 걸 알면 많이 힘들어할 텐데…… 해준 것도 없이 상처만 주게 돼서 속이 썩어 문드러지요.'
'모든 건 다 제가 알아서 할 테니 저와 서울로 올라가시죠. 그편이 은효 양을 덜 힘들게 하는 길입니다.'

연 씨가 주름진 이마를 찌그리며 긴 한숨을 쉬었다. 그러고 꽤 오랜 침묵이 흘렀다. 수혁은 슬슬 퀴퀴한 냄새와 미세먼지로 가득한 방안에서 벗어나고 싶어졌다. 아픈 사피와 한 공간에 머무는 것만큼 기분을 다운시키는 일은 없었다.
연 씨의 부옇게 흐린 눈이 수혁을 향했다.

'부탁 하나만 합시다.'

버석버석한 음성이 허공에 부서졌다.

'은정이가 친어미라는 건 끝까지 비밀로 해주시오. 그냥 누군가 집 앞

에 버리고 간 업둥이였다고 합시다. 그리고……'

 연 씨가 힘겹게 마른침을 삼켰다. 꺼내기 어려운 말을 하려는 듯, 잠시 머뭇거리다 입을 열었다.

 '혹시라도 언젠가 은효가 그 사실을 알게 된다면 은정이는 아무 잘못 없다고, 우리가 강제로 떼어 보낸 거라고 꼭 그리 말해주시오. 어찌 보면 은정이가 그런 삶을 선택할 수밖에 없었던 원인 제공을 그쪽이 한 셈이니까.'

 뭔가 억울한 상황이지만 반박할 수 없었다. 임신이 될 거라고는 추호도 의심하지 않았기에 피임하지 않은 것은 분명 그의 잘못이었다. 또한 그녀를 하룻밤의 위안으로 이용하고 연락처 하나 남기지 않고 사라진 것은 누가 봐도 파렴치한 짓이었다. 임신한 아이를 제 맘대로 낳고 버린 여자를 비난할 자격은 그에게 없었다.

 '이렇게 날 찾아온 걸 보면 마음 놓고 우리 은효를 맡겨도 될 것 같소.'
 '아이의 존재를 알았다면 진즉에 왔을 겁니다.'
 '허허, 내가 죽을병에 걸리지 않았다면 우리 은효, 그 쪽에게 안 보내지. 우리 부부에게는 은효가 사는 이유였으니까.'
 '여러 가지로 어르신께 죄송합니다. 은효 양은…… 늦었지만 앞으로

제가 잘 보살피겠습니다.'

연 씨가 희미하게 웃음을 지으며 불쑥, 질문을 던졌다.

'근데, 몇 살이시우? 아무리 봐도 30대 청년으로 밖엔 안 보이는데.'

'제가 좀 동안입니다.'라고 너스레를 떨었던 기억을 끝으로 수혁의 상념은 끝났다. 차는 어느덧 이신병원 입구에 도착했다.

채혈한 다음 날, 유전자 검사 결과가 나왔다. 결과는 역시나 친자확률 99.99%. 은효는 수혁의 친자임이 확실해졌다.

은효의 반응은 예상했던 것 이상으로 무덤덤했다. 검사 결과를 들은 둥 마는 둥 한 그녀는 쏜살같이 연 씨가 있는 VIP실로 달려갔다. 뒤쫓아 갔던 수혁은 문손잡이에 손을 뻗었다가 다시 거두었다. 가슴에 찌르르한 통증이 느껴졌다. 생각보다 아주 아팠다.

'후, 뭘 기대했나.'

그는 몸을 돌려 걸음을 떼었다. 복도를 지나 엘리베이터가 있는 곳으로 걸어가며 어딘가에 전화를 걸었다. 엘리베이터 앞에 다다르자, 뒤따라오던 비서가 앞서 나와 내려가는 버튼을 눌렀다.

수혁의 휴대폰 너머로 여보세요? 라는 여자의 음성이 들렸다.

"어, 당신. 지금 바쁜가? 할 얘기가 있는데……."

 밤새 울어 이젠 눈물도 나오지 않았다. 은효는 뼈에 껍질만 씌워놓은 것 같은 아버지의 손을 만지작거리며 애써 쫑알거렸다.
 "수술도 하고 항암치료도 하고 다 해보자. 그 아저씨 엄청나게 큰 회사 회장이에요. 돈 걱정은 하지 말고. 우리 아버지 강한 사람이니까 이번에도 이겨 낼 거야. 그쵸?"
 "치료할 게 없다잖어. 내 맘 같아선 그냥 집에 가서 쉬고 싶구먼. 나이 먹고 언나가 됐나. 왜 자꾸 떼를 써."
 "치료할 게 왜 없어? 해보지도 않고서! 병원이 여기밖에 없나? 회장 아저씨 불러서 다른 병원으로 옮겨달라고 해야겠어요. 순 돌팔이들 아냐?"
 "은효야, 내 딸."
 아버지가 주삿바늘이 꽂힌 손을 들어 딸의 손을 잡았다.
 "애비가 미안혀. 다 미안혀. 이거저거 늘어놓을 것 없이 다, 다 애비가 잘못혔어. 그니께 다른 뭣도, 누구도 원망허지 마러. 그게 애비 소원이여."
 "아버지가 뭘 잘못했는데요? 이상한 소리 할 거면 차라리 하지 마세요. 기운도 없는데."
 "치료합네 하고 여기저기 쑤시고 배 가르고 약 넣고, 그런 거 하지 말자. 대신 평창 가잔 말 안 할 테니께."

"아버지!"

"니 친부가 돈이 많긴 많은가벼. 병실이 아니고 호텔이네, 호텔. 한 번도 가보지 못한 호텔을 이렇게 와보는구먼."

은효는 울음을 참느라 코를 실룩거리며 볼멘소리로 응수했다.

"친부라는 말, 하지 마요. 아버지랑 거리감 만들기 싫단 말야. 나한테 아버지는 한 사람뿐이라고!"

"에구구, 내 좀 자야 것다. 너 어여 가서 뭐 좀 먹고 와. 애비 말 안 들으면 주삿바늘 다 뽑아버리고 평창으로 내려갈껴!"

그는 은효에게 잡혀있던 손을 빼내어 이불을 끌어 올리며 옆으로 누웠다. 끙하고 몇 번의 앓는 소리를 내더니 손을 휘휘 저으며 얼른 나가라고 했다.

"저 배 안 고파요. 그냥 옆에 있을게."

"확 인나서 나가는 꼴 보고 싶은 겨?"

은효는 마지못해 의자에서 일어섰다.

"그럼 얼른 가서 먹을 거 사 올게요."

"나가서 바람도 쐬고 몸도 움직이고 와. 어여 먹고 니도 저짝에서 한숨 자."

그녀는 심하게 굽은 노쇠한 아버지의 등을 바라보며 눈물을 뚝 흘렸다. 말을 했다간 우는 걸 들킬 것 같아 조용히 방에서 나갔다.

## XV.
## 더 많이
## 좋아한다는 건

 호텔에서 준비를 마치고 나가려던 윤은 휴대폰을 들었다. 잠깐이라도 은효의 목소리를 듣고자 함이었다. 여느 때처럼 한 번의 신호음이 끝나기 전에 받을 거라 기대했던 것과는 달리, 안내 멘트가 나올 때까지도 전화를 받지 않았다.

 불길한 기운이 엄습했다. 그냥 바쁜 일이 있겠거니 넘기기엔 온몸의 감각세포가 경고를 보내왔다. 윤은 밖에서 대기하고 있던 이 실장을 불렀다.

 "은효의 상황 좀 알아봐."

 "하루밖에 안 지났습니다. 지금은 회사 일에 집중하시는 것이……."

 "지금 나를 무능한 오너 취급하는 건가?"

"그런 뜻이 아니라……."

"내가 할 일은 누구보다 내가 잘 알아. 필요 이상의 충고는 상대를 위한 게 아니라 자기만족일 뿐이야. 다신 내 지시에 이러니저러니 하지 마."

이 실장은 입을 꾹 다문 채 고개를 숙였다. 윤은 이마를 슬쩍 접으며 덧붙여 말했다.

"단순한 사랑놀이 때문이 아니야. 뭔가 예감이 좋지 못해."

"알겠습니다."

더 이상의 대화는 없었다. 호텔에서 나온 두 사람은 미리 대기하고 있던 리무진을 타고 비즈니스 장소를 향해 출발했다.

수혁은 아내인 승미주가 운영하는 현광미술관에 도착했다. 도심 한가운데 현대적인 건물과 인공 숲이 잘 어우러지는 문화공간이었다. 각종 전시뿐 아니라 미술 관련 서적이 갖춰진 도서관과 예술영화관, 문화 체험 등 다채로운 경험이 가능했다.

1층의 퍼포먼스 공연장에는 한창 리허설이 진행되고 있었다. 수혁은 그를 알아보는 몇몇 직원들에게 눈인사를 하고는 엘리베이터에 올랐다.

관장실은 건물 10층에 자리했다. 수혁이 관장실 문을 열자, 비서가 자리에서 일어서며 인사를 했다.

"기다리고 계십니다."

수혁은 대꾸 없이 그대로 지나쳐 안으로 들어갔다. 미주는 손님 접대용 소파에 앉아 직접 다기에 차를 준비하고 있었다.

"제가 시간 계산을 잘했네요. 물 온도가 딱 맞을 것 같아요."

미주는 목선이 보이는 단발에 과하지 않은 메이크업이 잘 어울리는 단아한 모습이었다. 그녀는 부드러운 미소를 지으며 찻주전자에 뜨거운 물을 부었다.

"저한테 뭐 잘못한 거 있으시죠? 아니고서야 그렇게 오라고 해도 한 번을 안 오시던 양반이 이리 먼저 연락하고 오실 리가 없죠."

"확실해지면 먼저 당신에게 말할 생각이었어. 용서를 구하든, 아니면 어떤 대가를 치르든 그건 전부 당신 뜻에 따를게."

수혁은 그녀의 맞은편에 앉았다.

"어디서부터 말을 해야 할지 오면서도 내내 고민했는데, 지금 상황에선 돌려 말하지 않는 게 최선인 것 같다."

"엄청난 폭탄을 안고 오셨나 보네."

미주는 찻주전자를 집어 들었다. 곧, 맑은 우윳빛 찻잔에 잘 우려진 차가 채워졌다. 그녀가 찻잔을 그의 앞에 놓았다.

"당신 성격에 여자 문제는 아닐 테고……."

"아니. 여자 문제야."

미주가 찻잔을 들었던 손을 멈췄다. 조금 전까지 보였던 여유로운 표정이 사라졌다. 그녀는 손에서 찻잔을 내려놓았다.

"몰랐네. 우리 회장님이 여색을 즐길 줄은."

"그런 건 아니야. 단지…… 아주 오래전 딱 한 번의 외도가 있었어. 변명할 생각은 없지만, 그 뒤론 내게 여자는 당신뿐이야."

"그 한 번의 외도를 지금에 와서 고백하는 이유는 뭔가요?"

"그 하룻밤에 아이가 생긴 것 같아."

미주가 빠르게 고개를 저으며 탄식했다.

"이거 악몽이죠? 저 지금 꿈꾸는 거 맞죠?"

그녀의 눈시울이 빠르게 붉어졌다.

"여자가…… 아이를 데리고 찾아왔던가요? 당신 아이라고?"

"아이 엄마는 없어. 아이만 우연히 찾았을 뿐이야. 유전자 검사 결과는 오기 전 확인했고."

"누군가요? 아이 엄만."

격한 감정이 그대로 드러났다. 미주의 음성이 심하게 흔들렸다.

"내가 아는 여자인가요?"

"슈피르가 아니야. 사피였어. 역시 변명 같지만 그래서 조심하지 않았던 거고."

"하, 뭐라고요? 사피?"

그녀는 기가 찬 얼굴로 헛웃음을 뱉었다.

"아무리 노력해도 아이가 생기지 않았는데, 하룻밤에…… 그것도 사피 여자라니. 결국 문제는 나였군요. 당신은 이리도 능력이 좋았는데."

"그렇게 말하지 마. 이건 이례적인 상황일 뿐이야. 슈피르 기록 어디에도 사피와의 혼혈은 없었어."

"근데 왜 하필 당신이죠? 아닌가? 이제라도 자식이 생겼으니 다행인 건가요?"

"처음에도 말했지만, 당신 뜻에 따를 거야. 그 아이를 데려오든, 아니면 모른 척 이대로 살든, 당신이 원하는 대로 해. 지금 내 가족은 당신뿐이니까."

 다정다감한 남편은 아니었지만 늘 한결같았다. 회사 출장을 제외하고는 자정을 넘겨 귀가한 적이 없었다. 제아무리 예쁜 여자라도 눈길 한 번 준 적 없는, 어찌 보면 목석같은 남자였다. 근데 사생아라니…….

 "차라리 끝까지 숨기지 그랬어요. 나 죽을 때까지 모르게."
 "그럴 걸 그랬나."
 미주가 충혈된 눈으로 그를 흘겨보았다.
 "약았어요, 당신. 알고는 있었지만 정말 못됐어."
 "인정해."
 "말로는 내 맘대로 하라고 하면서 이미 답을 가져왔잖아요. 내가 거절하지 못할 거란 거 알면서."
 "그건 아니야."
 "거짓말."
 미주의 표정은 조금 누그러져 있었다. 원래 모진 성격이 아니었기에 포기도 빠른 편이었다. 그녀는 감정을 다스리며 긴 한숨을 내쉬었다. 찻잔을 잡은 손은 여전히 약하게 떨렸다.
 "아이 엄마가 없다는 게 무슨 뜻이죠? 죽었나요?"
 "아니. 생사를 몰라."
 "아이 성별은요? 나이는?"
 "여자. 나이는 스물다섯. 키워준 아버지가 있는데…… 위중한 상태야."
 미주가 차를 한 입 마셨다. 차는 이미 식었지만, 긴장으로 말랐던 입술을 적시기엔 나쁘지 않았다.

"어떻게 만났어요?"

"그 아이가 회사에 면접 보러 왔다가 우연히 마주쳤어. 근데 슈피르의 기운이 느껴지더군. 본인은 모르는 것 같고. 그래서 조사를 좀 했는데……."

수혁이 말을 멈췄다. 아무래도 말을 고르는 눈치였다.

"했는데? 왜 말을 하다 말아요?"

"흠. 당신이 어찌 받아들일지 몰라서."

"피의 끌림 같은 게 있던가요? 아님, 아이 얼굴이 당신과 많이 닮았나?"

"둘……다."

"신기하네."

미주는 찻잔을 비우고 다시 채웠다. 그녀야말로 생각할 시간이 필요했다.

한국에서 경 씨와 승 씨는 호 씨와 더불어 슈피르의 역대 솔칸을 지닌 가문이었다. 인구수가 많이 줄긴 했지만, 여전히 그 세 가문은 슈피르 사회를 이끄는 중심에 있었다.

다들 지금의 솔칸인 호태준이 멋있다고 했을 때도 미주의 시선은 경수혁을 향하고 있었다. 그렇기에 사랑했던 여자가 있었다는 수혁의 고백을 듣고도 그의 청혼을 받아들였다.

미주는 차를 마시지는 않고 찻잔만 만지작거리며 중얼거리듯 말했다.

"당신을 닮은 아들을 낳고 싶었어요. 조금 욕심을 보태자면 날 닮은 딸도……. 당신이 윤이를 챙기는 모습을 볼 때마다 속상하기도 하고 미안하기도 하고……."

"많이 힘들어했던 거 알아. 당신 잘못이 아닌데."

"솔직히 말하면 지금 많이 혼란스러워요. 당신에 대한 배신감도 들고, 앞으로 어떻게 해야 하나 불안하기도 하고…… 이럴 때 다른 사람들은 어떻게 하죠?"

"글쎄."

"내가 당신을 조금 덜 사랑했더라면 좋았을걸."

수혁이 손을 뻗어 미주의 손을 잡았다.

"당신 마음은 내가 더 잘 알아. 다시는 미안한 일 만들지 않을게."

"빈말이라도 사랑한다는 말은 안 하시네요."

"그래서 안 해. 빈말이라고 할까 봐."

손을 잡았던 그의 손이 아내의 얼굴은 감쌌다.

"말로 해야 아나? 같이 산 세월이 얼만데, 지금쯤은 알고 있어야지."

"난 이 재미없는 남자, 어디가 좋을까."

"그러게."

그가 숙였던 몸을 바로 하고 자리로 돌아갔다. 삼십 년 가까이 함께 살아온 남편의 손길에도 미주의 얼굴은 화끈거렸다.

"그 아이, 아니 아가씨라고 해야 하나, 그 아가씬 반응이 어때요? 반가워하던가요?"

수혁의 낯빛이 미미하지만 어두워졌다. 그녀가 고개를 갸웃하며 남편의 얼굴을 살폈다.

"이런, 아닌가 보네."

"나더러 몸을 함부로 굴린 저질에 무책임한 남자라고 하더군."

"푸훗, 하하하!"

방금까지도 울 것 같은 얼굴을 했던 그녀가 소리 내 웃었다. 그것도 꽤 오랫동안.

"재밌네."

미주가 헛기침을 몇 번 하고 다시 물었다.

"당신이 현광그룹 회장이란 건 알고 있나요? 정황상 부유하게 살았을 것 같진 않은데."

"강원도 시골에서 자랐어. 머리가 비상해서 학력은 좋은 편이야. 내가 돈이 많아서 다행인 건 아픈 자기 아버지를 맘 놓고 고쳐 달라고 할 수 있어서라더군. 다른 건 필요 없대."

"잘 컸네요."

"구김이 전혀 없이, 사랑받고 자란 티가 나는 아이였어. 잠깐 마주친 것 말고는 한번 만났을 뿐인데 정이 들었달까. 물론 그 아인, 나를 경멸하는 눈치지만."

"당신이 애 좀 먹겠네."

미주가 자리에서 일어서며 말했다.

"오신 김에 같이 점심 먹어요. 지은 죄가 있으니 맛있는 거 사줘야 해요."

"이해해줘서 고마워."

"아직 몰라요. 당신 하는 거 봐서."

말은 그리하면서도 미주의 눈은 웃고 있었다. 다른 여자와 관계를 했다는 사실은 여전히 불쾌했지만, 그녀는 남편을 믿었다. 불친절하지만 솔직한, 무뚝뚝하면서도 속 깊은 이 남자를 여전히 사랑했으니까.

인도의 신도시 개발정책으로 아그라(Agra)에 관공서를 포함한 대단지 아파트가 건설될 예정이었다. 윤의 회사인 UE컴퍼니는 U-city 프로젝트 사업에 입찰한 상태였다. 여러 조건에서 유리한 입지에 있었기에 방심하고 있던 차, 라이벌 기업에서 물밑 작업이 진행되고 있다는 정보를 입수했다.

인도는 무한한 발전 가능성을 품은 나라였다. 대규모 프로젝트였기에 확실한 눈도장으로 UE컴퍼니의 위상을 알릴 좋은 기회였다. 그러므로 윤이 이번 사업에 거는 기대는 남달랐다.

인도의 국회의원과 오찬을 마치고 사업 관계자들과 만난 뒤, 윤이 호텔에 돌아왔을 때는 꽤 늦은 오후였다. 샤워한 뒤, 그가 가운을 걸치며 밖으로 나오는데 벨 소리가 들렸다.

문밖에는 이 실장이 서 있었다. 그는 여전히 슈트 차림 그대로였다.

"알아봤어?"

윤이 냉장고에서 생수를 꺼내 응접실의 소파에 앉았다.

"은효 양의 집에 사람이 없어서 문 교체는 하지 못했다고 합니다. 은효 양은 지금, 이신 병원에 있습니다."

이 실장은 윤의 맞은편에 선 채로 보고했다. 윤이 생수 마개를 열다 말고 이 실장을 올려보았다.

"병원?"

"네. VIP실에 아버님이 입원해 계십니다."

"지훈이가 모신 건가? 어디가 안 좋으신데?"

"많이…… 안 좋으신 것 같습니다. 간암 말기인데 손을 쓰기엔 너무 늦은 상태라……."

이 실장이 안경을 올려 쓰며 뜸을 들였다.

"통증을 조절하면서 지켜보는 것 외엔……, 그리고 승지훈 이 사님이 아니라 경수혁 회장의 지시였다고 합니다."

파악! 콰직-

윤이 잡고 있던 생수병이 터지며 물이 사방으로 튀었다. 빵빵했던 페트병이 그의 손아귀에서 종잇장처럼 구겨졌다.

윤의 주먹 쥔 손이 부들부들 떨렸다. 그의 손등 위로 굵은 핏줄이 불거졌다.

"왜? 그가 왜!"

"아직 거기까진 알아내지 못했습니다. 무슨 명분으로 은효 양의 아버님을 입원시켰는지, 그리고 은효 양은 왜 순순히 그곳에 있는 건지."

"하필 지금……."

"이신 병원은 HK그룹 산하라 정보를 빼내기가 쉽지 않습니다."

"지훈인? 알고 있나?"

"아직 모르는 것 같습니다."

윤이 자리에서 일어섰다.

"이 실장이 우려하는 일, 없을 거야. 앞뒤 분간 못 하는 나이는 지났으니까."

"저는 도련님 아니, 대표님을 믿습니다. 제 언행이 불쾌하셨다면 시정하겠습니다."

"나를 믿는다면 내 지시 외엔 어떤 상황에서도 나를 위해 움직이지 마."

"저는 단지……."

이 실장은 말을 더 잇지 않고 고개를 숙였다. 그가 무슨 말을 하려 했는지 알지만, 윤은 모른척하기로 했다. 이 실장을 믿는 만큼 그의 맹목적인 충성은 경계해야 했으니까.

"가서 쉬어. 난 지훈이와 통화를 해야겠어."

"대기하고 있겠습니다. 무슨 일 있으면……."

"쉬라고. 이 실장이 로봇은 아니잖아."

"……네. 그럼 쉬십시오."

이 실장이 나가고, 윤은 냉장고에서 다시 생수를 꺼냈다. 아무것도 할 수 없는 현실에 목이 탔다. 당장 한국으로 날아간다고 해서 해결될 문제가 아니었기에 초조함은 배가 되었다. 그렇다고 정면에서 적의를 드러내기엔 시기가 적절치 못했다.

'지훈이가 약이 될지, 아니면 독이 될지…….'

윤은 휴대폰을 들고 침실로 향했다.

-어? 이 시간에 네가 무슨 일이냐?

지훈의 음성 너머로 요란한 음악 소리가 들렸다.

"이런, 행사 중인가?"

―회사 배우 생일 파티에 잠깐 들렀어. 잠시만.

서서히 음악 소리가 작아지더니 소음이 사라졌다.

―나보다 바쁘신 분이 웬일? 놀자고 전화했을 리는 없고.

"나 지금 출장 중. 인도에 있어."

―헛, 출장 중에 전화를 다 주시다니, 더 놀랍구만.

윤이 침대에 걸터앉았다.

"내가 더 황송하군. 파티 중에 내 전화를 받아줬으니."

―눈도장 찍고 슬슬 나가려던 참이었다. 근데, 무슨 일…… 있냐?

"은효 아버님이 아프신 것 같은데…… 연락 안 해봤어?"

―아니. 네가 나한테 말해줄 정도면 많이 위독하신 모양이군.

"나도 이 실장에게 조금 전에 들었어. 이신 병원에 모셨다고 하니, 한 번 가봐. 지금 은효와 연락이 안 돼. 휴대폰을 안 보는 것 같다."

지훈이 잠시 텀을 두었다가 입을 열었다.

―괜찮겠냐?

"뭐가."

―지금 나한텐 기회인데, 이렇게 알려줘도 되는 거냐고. 그만큼 자신 있다는 건가.

윤이 피식 웃었다.

"이래서 널 미워할 수가 없다. 귀여운 자식."

-어어, 너 지금 말에 책임져야 할 거다. 내가 이번에 확실하게 은효 씨 마음을 잡을 테니 각오해.

"아버님이 최악의 상황인 것 같아. 네가 많이 위로해줘."

-이런.

경수혁의 얘기를 꺼내야 하나 말아야 하나 계속 고민했다. 지훈은 여전히 윤과 수혁의 사이가 우호적이라 알고 있다. 게다가 수혁의 아내 승미주와는 친인척 관계이기에 더욱 조심스러웠다.

"여기 일이 생각보다 복잡하게 꼬여서 해결하는데 좀, 시일이 걸릴 듯해. 당장 전화도 안 되고 걱정되니까, 네가 가서 보고 연락해 줘."

-CCTV 역할을 원하셨다면 잘못 고르셨는데? 고양이에게 생선을 맡겼으니 후회하시라.

"그 생선이 만만치 않을 것이다. 들어가."

-고생해라.

윤은 통화를 마치고 휴대폰을 손에 쥔 채 뒤로 몸을 뉘었다. 익숙지 않은 시차와, 울렁거리는 향료 냄새, 그리고 가는 곳마다 세게 튼 에어컨의 냉기에 컨디션이 최악이었다. 눈을 감자, 침대가 빙글빙글 도는 느낌이었다. 멀미가 났다.

'죄 없는 은효에게 시련을 주는 것으로 저를 벌주려 하는 겁니까?'

이런 식의 대가는 부당했다. 한번 놓았던 사랑에 벌을 주는 것이라면 온전히 그가 받아야 할 몫이었다. 그녀에게 무슨 일이 생긴다면 자신을 절대 용서할 수 없을 것 같았다.

윤은 팔을 들어 이마 위에 올렸다.

'무슨 일이 있는 거니.'

눈을 떴다. 불을 켜지 않은 방은 깜깜했다. 그가 다시 눈을 감았다. 깜깜했다.

"하! 하하!"

어처구니없을 만큼 같은 상황에 그는 실소를 터트렸다.

'저도 은효와 한번 통화했어요. 휴대폰을 잘 안 보는 것 같더라고요. 입원실 호수는…….'

은효가 전화를 받지 않아 결국 춘영과 통화를 했다. 지훈은 그녀가 알려준 호수를 곱씹으며 고개를 갸웃했다.

'VIP실인데?'

예전에 소속 연예인을 몇 번 입원시켰던 적이 있기에 정확히 기억했다.

분명 윤이도 입원 후에 소식을 들었다고 했다. 치료가 힘든 환자를 종합병원 특실에, 그것도 장기 요양을 목적으로 은효가 입원시켰을 리 만무했다. 그럼 도대체 누가…….

지훈은 의문을 품으며 차에 시동을 걸었다. 그가 기어를 움직이고 출발하려고 할 때, 휴대폰이 울렸다. 경수혁 회장이었다.

"여보세요?"

-오랜만이다. 잘 지내지?

"바쁘신 회장님께서 전화를 다 주시고, 당고모님도 건강하시죠?"

-옛날엔 전화도 가끔 하더니, 서운하다.

지훈은 시계를 힐끗 쳐다보고, 작게 한숨을 내쉬며 기어를 다시 중립에 놓았다.

"안부 물어보시려고 전화한 건 아니실 테고, 무슨 하실 말씀이라도……."

-나하고 술 한잔하자.

"아, 제가 지금 좀 어딜 가야 해서……."

-은효는 내일 보러 가. 지금 시간이 늦어서 환자와 보호자 모두 쉬고 있을 테니까.

이건 또 무슨 상황? 경수혁의 입에서 왜 은효의 이름이? 지훈은 비스듬히 기대었던 몸을 바로 일으키며 물었다.

"은효를 어떻게 아세요? 아직 입사하지 않은 거로 아는데……."

-듣고 싶으면 당장 이리로 와. 주소 찍어 보낼 테니까.

순간 머리가 멍해진 탓에, 지훈은 대답 없이 고개를 끄덕였다.

전화를 바로 끊고 수혁이 주소를 보내왔다. 그곳에서 멀지 않은 거리의 술집이었다. 지훈은 서둘러 차를 출발시켰다.

수혁이 알려준 곳은 10평 내외로 보이는 작은 선술집이었다. 입구에 걸린 낡은 간판이 술집의 세월을 가늠케 했다. 지훈은 뒷머리를 쓸어내리며 안으로 들어섰다.

테이블은 몇 개 되지 않았지만, 사람들로 꽉 찬 실내는 꽤 시끌시끌했다. 벽 쪽 테이블에 앉아있던 수혁이 그를 발견하고 손을 들어 보였다.

"이런 곳 좋아하실 줄 몰랐는데."

지훈이 맞은편에 앉으며 두리번거렸다.

"소주 즐기셨어요?"

"그냥 가끔. 넌? 별로인가?"

"저도 가끔. 하하."

사실 소주를 언제 마셔봤는지 기억도 나질 않았다. 지훈은 그가 따라주는 소주를 받아 입에 가져갔다. 쓴 첫맛에 코가 저절로 찡그려졌다.

"딸이 있으면 딱 사위 삼고 싶은 녀석이었는데, 너 말이다."

"에? 아저씨는 저보다 윤이를 더 이뻐 하셨잖아요. 모를 줄 아셨어요?"

"그런 말 하면 섭하지. 둘 다 내 자식처럼 예뻐했구만. 윤이는 아들, 너는 사위."

"이거 봐 이거 봐. 딸 없으시다고 막 갖다 붙이시는 거."

"아들보다 사위가 더 예쁘지 말라는 법 없다."

모르는 사이였다면 당장 캐스팅하고 싶을 만큼 완벽하게 생긴 남자가 소주잔을 한 번에 비웠다. 수혁은 가늘게 찢어놓은 구운 먹태를 간장에 찍어 입에 넣었다.

'내가 알고 있던 경수혁 회장 맞아?'

빈틈이라고는 찾아볼 수 없는 다소 까칠한 성격의 소유자! 대외적인 소문은 더 살벌했다. 찔러도 피 한 방울 안 나올 것 같은 냉철한 사업가, 그게 경수혁의 이미지였다.

수혁이 자작(自酌)을 하려 하자, 어리둥절하며 쳐다보고 있던 지훈이 얼른 병을 잡아 술을 따랐다.
"제가 이 소주 회사 사장이라면 당장 모델 계약하고 싶을 만큼 잘 어울리시네요."
"그거 칭찬이냐?"
지훈이 실눈을 뜨고 그를 쳐다보았다.
"무슨 일…… 아, 혹시 당고모, 아니 아주머니와 다투셨어요? 가출?"
"너야말로 나한테 묻고 싶은 게 있어서 날아온 거 아니냐? 별로 안 궁금한가?"
"아저씨 때문이잖아요. 사람이 너무 달라 보여서."
"맞아. 여기가 내 취향은 아니지. 근데 생각보다 나쁘지 않네."
수혁이 술잔을 다시 비웠다. 그러고 보니 이미 소주병이 바닥을 보였다. 지훈은 주인을 불러 소주를 한 병 더 주문했다.
"은효, 예쁘지?"
수혁의 빈 잔에 술을 따르던 손이 멈칫했다. 지훈은 일부러 천천히 술병을 내려놓았다. 질문의 시작을 어찌해야 할지 조심스러웠다.
"회사에 면접 보러 왔던 날, 그 아이를 우연히 봤어. 내가 모르고 있는 슈피르가 있더군. 흥미로웠지."
"아……."
지훈은 질문 대신 그의 다음 말을 기다렸다. 소주 한 병을 다 마신 사람으로는 안 보이는, 멀쩡한 얼굴의 수혁이 싱긋 웃었다.
"긴장하는 걸 보니, 은효 많이 좋아하는구나?"

지훈은 순간, 사춘기 소년이 된 것처럼 얼굴이 화끈 달아올랐다.

"하하하, 맞네. 너 서른 넘은 거 맞냐? 왜 이렇게 반응이 솔직해?"

"제가 아저씨와 이런 대화를 나누게 될 줄은 몰랐네요. 은효 씨와는 어떻게 가까워졌는지 여쭤봐도 되겠습니까?"

"대답해 주려고 만나자고 한 거겠지?"

수혁이 잔을 들었다.

"나만 마시는 것 같다."

지훈은 그가 내민 잔에 자신의 잔을 부딪치며 어색하게 웃었다.

"히야, 오늘 아저씨…… 진짜 적응 안 되네. 술도 막 권하시고."

"아들하고 이런 거 한번 해보고 싶었다. 왜 안 되냐?"

"아까는 사위라고 하시더니."

"그게 그거지 인마."

두 사람은 싱겁게 킬킬거리며 동시에 잔을 비웠다. 그러고는 상대의 잔에 술을 채웠다.

"은효가 대학 때부터 친했다면서?"

"은효 씨가 그러던가요?"

"계약하자고 쫓아다녔다던데."

"그런 말을 다 했단 말이죠? 아저씨께……."

"내가 꼬치꼬치 물어봤거든."

지훈이 고개를 돌리고 술잔을 비웠다. 뭐가 어떻게 돌아가는 건지 도통 감을 잡을 수가 없었다. 술이 필요한 시점이다.

"궁금해 미치겠다는 얼굴이군."

수혁이 피식 웃으며 술을 따랐다.

"나도 궁금해. 은효에 대한 모든 게. 뭘 좋아하는지, 어떤 음식을 좋아하는지, 어떻게 살아왔는지……."

지훈은 대꾸 없이 듣기만 했다.

"젊은 날의 치기가 지금껏 나를 달리게 했지. 자격지심, 배신감, 그로 인한 상실, 그것들을 만회하기 위한 복수심 하나로 살아왔어. 정작 내 가족, 내 인생 같은 건 시간 속에 묻어두고 말이다."

"아주머니와 잘 지내셨잖아요."

"아니. 그 사람 많이 외로웠을 거다. 착한 사람이라 내색을 안 했을 뿐이지."

지훈이 조심스레 물었다.

"인생관을 바꿔놓을 만큼 은효 씨가 아저씨에게 중요한 사람입니까?"

"인생관이라……."

수혁의 입가에 씁쓸한 미소가 번졌다.

"내가 원래 생겨 먹길 그런 건지, 아님 나일 헛먹었는지 모르지만…… 이렇게 사는 게 무슨 의미가 있나, 어느 순간 그런 생각이 들더군. 삶이 얼마 남지 않은 환자가 부러워질 줄이야."

"은효 씨 아버님 말씀하시는 거군요."

"내가 죽을병에 걸리면 그렇게 슬퍼해 줄 사람이 있을까? 이 와중에도 내 생각만 하는 꼴이라니. 한심하지?"

"저기, 설마…… 은효 씨가……."

지훈은 술을 입에 가져가는 수혁을 숨죽여 바라보았다. 심증은 반 이상이 넘어온 상태지만 가슴이 벌렁거렸다. 어떻게 이런 일이…….

심증이 굳어졌다고 해서 충격이 줄어들지는 않았다. 수혁의 입에서 직접 들었음에도 믿을 수가 없었다. 은효가 경수혁의 친딸이라니…….

"그렇게 쳐다보지 마라. 실감이 안 나는 건 나도 마찬가지니까."

추가로 주문한 알탕이 먹기 좋게 끓었다. 수혁이 앞접시에 덜어내어 맛을 보았다.

"캬, 과연 소주엔 국물이군."

"그래서 저보고 사위 삼고 싶다고 하신 거예요?"

"너나 나나 김칫국물 마시면 안 되지. 중요한 건 은효 마음이니까."

"하, 은효 씨가 슈피르인걸 안지도 얼마 안 됐는데 연타로 충격을 받으니 얼떨떨하네요."

"먼저 알아본 건 윤이겠지?"

알탕에서 채소를 건지던 지훈이 젓가락질을 멈췄다. 벌써 그런 이야기까지 오간 건가?

"어떻게……?"

"발현이 최근에 된 것이라면 블뤼 쪽이 확인하기 쉬웠을 테니까. 은효에게 오쿨리파시 능력이 있더라고."

"네?"

"역시, 너는 모르고 있었군."

지훈의 얼굴이 굳어졌다. 깊숙한 곳에 숨겨뒀던 열등감이 고개를 내민다. 등장이 가히 반갑지는 않았다.

"은효가 회사에 왔을 때, 내가 일부러 오쿨리파시를 보냈어. 그 아이는 모른 척했지만, 그때 확실히 마르카가 강해지더군."

"그랬군요."

"당분간 이 사실은 함구하자. 은효가 그러더구나. 자기 생체 실험 당하는 거 아니냐고. 터무니없는 말이라고 웃어넘겼지만……."

수혁이 얼굴에서 웃음기를 거두었다.

"아주 있을 수 없는 일은 아니야. 연맹에서 알게 되면 어떤 시도를 할지 아무도 몰라. 그들은 지금 슈피르의 존속을 위해서라면 무슨 짓이든 할 태세니까."

"이젠 완전히 발현된 상태라 존재를 숨길 수만은 없을 텐데요."

"은효가 혼혈임을 숨겨야지. 밝힐 수 없는 슈피르 여성과 내가 부적절한 관계 후 낳은 아이라고 공개할 생각이야. 오랫동안 강원도 산골에 숨겨두고 키웠었다고."

"아주머니와 상의는 하셨습니까?"

"은효의 얘기는 했지만, 이런 구체적인 계획은 아직 말 안 했어. 그건 그 아이에게도 마찬가지고. 사실 은효는……."

수혁은 잠시 뜸했던 소주를 다시 한입에 털어 넣었다.

"나를 매우 싫어해."

"그, 그럴 리가…… 왜……."

"그 아이가 한 말을 토씨 하나 빠트리지 않고 다 기억해. 아무 여자나 잠자리하는 저질이라더군. 그렇지 않고서야 어떻게 여자가 아이를 가진 것도 모를 수 있냐고. 어떻게 여자 혼자 아이를 낳고 버릴 생각을 하게 만드냐고."

지훈이 따라줄 새도 없이 그가 직접 잔에 술을 부었다.

"자식의 존재를 모르고 살았던 것처럼 평생 모른 척하라더구만."

"은효 씨의 상처가 생각보다 꽤 깊은 것 같습니다."

"내가 한 행동이 떳떳하지 못했던 것은 사실이고, 어찌 됐든 무책임했던 것도 사실이니까…… 난 은효에게 미움받아도 싸지."

"안타깝네요. 처음 뵙는 아저씨의 이런 모습은 딱…… 딸바보 예약인데 말입니다."

"그래서 말인데, 내가 오늘 네게 이런 얘기들을 한 이유는……."

그동안 살아오면서 오늘처럼 수혁이 말을 많이 하는 모습을 본 적이 없다. 소주를 마시는 것도, 강풍에도 끄떡없을 것 같던 그의 머리가 흐트러진 것도 난생처음 보는 모습이었다.

소주 몇 잔에 얼근해진 지훈은 몸을 똑바로 세워 앉으며 그의 말을 경청했다.

"나 대신 우리 은효, 위로 좀 많이 해 줘. 같이 사는 친구는 생업이 바빠 자주 못 오는 것 같고, 친한 슈피르는 물어보니 지훈이, 너라고 하더군."

"은효 씨가 저라고 했다고요?"

"제일 처음 알게 된 슈피르도 너고, 친한 것도 너라고 하던데 아닌가?"

"아, 아뇨. 맞습니다."

지훈은 술을 마시는 척 고개를 돌리며 올라가는 입꼬리를 숨겼다. 의기소침했던 지난 며칠을 한 번에 보상받는 기분이었다.

지훈이 잔을 비우자, 병을 들고 대기하고 있던 수혁이 술을 채워 주었다.

"은효는 지금 내 얼굴 보는 것도 불편할 거다. 그래서 일부러 병원엔 가지 않을 생각이야. 네가 종종 들여다보고 그 아이 식사도 좀 챙겨줘."

"부탁하지 않으셔도 그리할 생각입니다."

"윤이 낯도 많이 가리고 예전부터 여자애들을 불편해하는 것 같아서 이런 부탁은 무리거든."

"윤이 지금 인도에 출장 가 있어요."

"대표가 직접 갈 정도면 중요한 사안인가 보군. 언제 다들 이렇게 컸는지. 장난감 들고 뛰어다닐 때가 엊그제 같은데 말이다."

수혁이 잔을 집어 들었다.

"자, 이번 잔, 같이 비우고 그만 일어나자. 병원 출입 카드는 내일 비서를 통해 보내마. 잘 부탁한다."

"걱정하지 마세요. 아저씨. 오늘 잘 마셨습니다."

경쾌한 마찰음과 함께 유리잔에 담긴 맑은 액체가 찰랑거렸다. 은효를 반쯤은 포기하려 했던 지훈의 마음도 같이 일렁댔다. 소주가 목구멍을 타고 흐르며 그의 가슴을 뜨겁게 달궜다.

## XVI.
## 잃어버린 열쇠를 찾다.

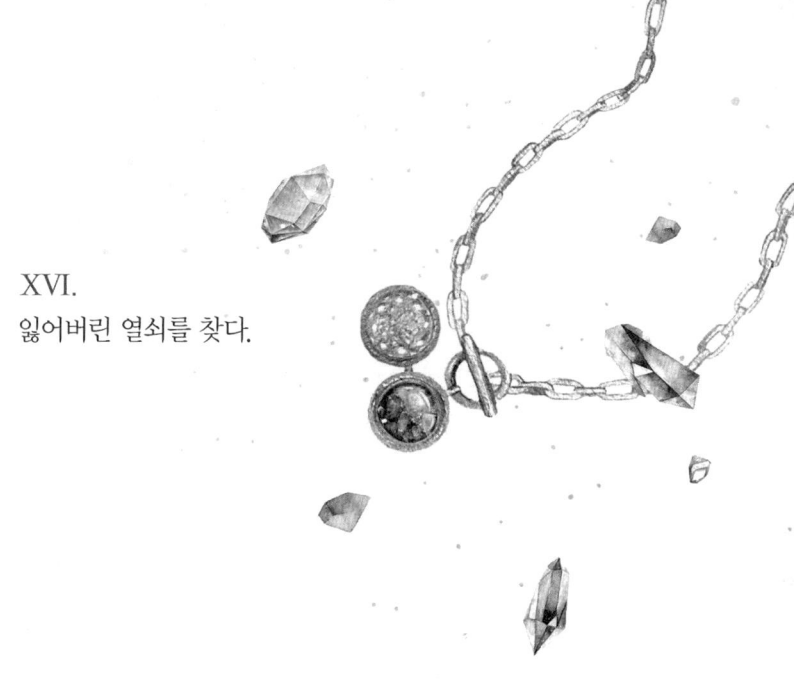

 아버지의 상태는 병원에서 처음 봤을 때보다 급속히 나빠졌다. 지금껏 버텨온 것이 믿기지 않을 만큼. 은효가 의사에게 요구할 수 있는 것은 아프지 않게 해달라고 우는 것밖엔 없었다.

'이제라도 모시고 오지 않았다면 임종을 지키지 못했을 수도 있어요.'

 링거액을 새것으로 교체해주고 나가며 간호사가 한 말이었다. 그녀는 생각 없이 한 말이었겠지만 당사자인 은효는 등골이 오싹해졌다.
 시골 빈집에 언제 사망했는지도 모를 시신이 발견되고, 뒤늦게 전화로 통보받았을 것을 생각하니 가슴이 꽉 막혔다. 지금보다 더한 죄책감을 안고 평생을 살았을 것이었다.

'그 쉬운 건강 검진 한 번 받게 해드리지 못하고…… 내 욕심만 채우고 살았어. 저번에 갔을 때 말랐다고 걱정만 하지 말고 병원을 모시고 갔어야 했는데, 다 나 때문이야.'

오후 내내 깨어나지 않는 아버지를 바라보며 혹시 몰라, 가끔 코에 손을 갖다 댔다. 거칠게 내쉬는 숨소리가 분명 들렸지만, 뭐라도 확인을 하지 않고는 미칠 것 같았다.

손이라도 닦아 드릴 요량으로 수건을 들고 자리에서 일어섰다. 종일 뱃속에 들어간 것이라곤 오전에 마신 우유가 전부였던 터라 핑하고 어지러움이 느껴졌다. 은효는 하는 수 없이 뭐라도 먹어야겠다 싶어, 사다 뒀던 빵과 생수를 들고 소파로 이동했다.

비닐봉지를 뜯어 빵을 꺼내려 할 때 테이블 위에 두었던 휴대폰에 빛이 반짝였다. 평소엔 없으면 못살 것 같던 그것이 이제야 눈에 들어왔다. 은효는 천천히 휴대폰을 집어 들었다.

윤이었다.

받아야 하나 말아야 하나, 생각 같은 건 없었다. 그냥 기계적으로 통화를 눌렀다.

-은효? 은효니?

은효는 무심코 고개를 끄덕였다.

-괜찮아? 많이 힘들지?

"아뇨. 안 힘들어요."

그가 지금 상황을 알고 있는지, 얼마나 알고 있는지, 어떻게 알았는지 궁금하지 않았다. 은효의 시선은 시종일관 침대의 아버지를 향해 있었다.

-전화 안 받아서 걱정했어.

"있는 줄도 몰랐어요. 그럴 겨를이 없었거든요."

울다 그치기를 반복해서 눈자위는 벌겋게 충혈되었고, 물 한 모금 마시지 않은 목에선 갈라진 음성이 흘렀다. 말을 하려니 입이 바짝 말랐다.

-미안하다. 옆에 있어 줘야 하는데.

"누구한테 위로받는 것 자체가 나한텐 사치에요. 그럴 자격이 없어요."

-그러지 마. 네 잘못이 아니야.

입안에 침이 고이지 않아 말하기가 힘들었다. 은효는 물을 입에 머금었다. 쓴맛이 났다.

"제 걱정은 하지 마세요. 아픈 건 내가 아니니까."

자꾸 마르는 입술을 겨우 떼며 말을 이었다.

"전화도 하지 마세요. 휴대폰 볼 정신이 없어요. 저, 배고파서 이만 끊을게요. 밥 먹으려던 참이거든요. 가신 일 잘하고 오세요."

-은효야.

종료를 누르고 휴대폰을 뒤집어 테이블에 내려놓았다. 빵을 집어 허겁지겁 입에 쑤셔 넣었다. 빽빽해서 제대로 씹히질 않았다. 나오려는 눈물을 꾹꾹 참으며 물병을 집었다. 입안에 가득했던 빵이 물과 함께 목을 타고 넘어갔다. 그렇게 빵 한 개를 꾸역꾸역 다 먹었다.

'엄말 그렇게 잃고도 내가 정신을 못 차린 거지. 꼼짝 말고 아

버지 모시고 시골에서 살았어야 했는데, 아내도 없이 얼마나 외롭게 사셨을까. 나 때문에, 다 나 때문에.'

뻔뻔하게도 윤의 음성을 듣는 순간, 기대고 싶은 마음이 죄책감 사이로 비집고 나왔다.

어떻게? 어떻게 감히!

아무것도 모르는 윤은 상처받았겠지. 어쩌면 힘들어서 투정을 부리고 있다고 받아줄지도 모른다. 그는 속 깊고 다정한 남자니까.

'인정하고 싶지 않아도 나는 경수혁의 생물학적 딸이야. 그것만으로도 지금은 윤에게 기댈 수 없어. 아니, 그와 더는 엮이면 안 돼.'

전생까지 운운하고 싶지 않지만, 이쯤 되니 신에게 묻고 싶어졌다. 도대체 얼마나 큰 죄를 어떻게 지었길래, 숨도 쉴 수 없을 만큼 힘든 시련이 한꺼번에 들이닥치는 것이냐고.

갑자기 울컥하고 헛구역질이 나왔다. 빈속에 먹은 빵이 탈이 난듯싶었다. 속이 울렁거리고 창자가 꼬인 것처럼 아팠다.

당장이라도 뿜을 것 같아, 은효는 손으로 입을 막은 채 화장실로 뛰어 들어갔다. 곧, 먹었던 빵과 약간의 물은 변기에 전부 토해졌다.

밤새 자다 깨기를 반복하던 은효는 새벽녘이 되어서야 잠이 들었다. 그마저도 아버지 옆에 앉아 엎드려 자는 쪽잠이었지만.

누군가 머리를 쓰다듬는 느낌이 들어 번쩍 눈을 떴다. 극도로 예민한 상태였기에 작은 인기척에도 몸이 반응했다.

"어, 아버지!"

죽은 듯 잠만 자던 아버지가 몸을 일으켜 앉아있었다. 볼살이 푹 꺼진 거무죽죽한 얼굴이 십 년은 더 나이 들어 보였다. 아버지는 눈꺼풀을 반만 뜬 채, 황달이 심한 눈동자로 은효를 바라보았다. 딸과 눈이 마주치자, 그가 비시시 웃었다.

"언제 일어나셨어? 뭐 필요한 거 있으세요? 목 안 말라요? 물 갖다 드릴까?"

"됐어. 우리 딸 보려고 일어났지."

"응. 저도 아빠 보고 싶은데 계속 주무셔서 막 깨우고 싶었어요."

"깨우지 그랬어."

"그러게. 깨울걸. 이렇게 잘 일어나 계실 줄 알았으면 진즉에 깨웠을 텐데."

목이 꽉 막혀서 말이 잘 나오지 않았다. 닦아준다고 했는데도, 아버지의 눈가엔 눈물 자국이 말라붙어 있었다. 은효는 입술을 안으로 모아 앞니로 꽉 물었다. 우는 모습을 보여주고 싶지 않았다.

"은효야."

숨소리 섞인 아버지의 음성은 꺼져가는 장작처럼 위태로웠다. 은효는 그의 손을 꼬옥 잡고 대답했다.

"응?"

"나 죽으면 니 친부가 하자는 대로 혀. 같이 살자면 같이 살고, 미워하지도 말고."

"아버지가 죽긴 왜 죽어!"

"네 엄마 떠났을 때처럼 넋 놓지 말고, 정신 줄 똑바로 잡고 금방 툴툴 털고 일어나. 그러겠다고 약속 혀."

"아버지!"

빽하고 지른 그녀의 음성에서 쉰 소리가 났다.

"툴툴 털고 일어나야 할 사람은 아버지잖아요! 날 두고 죽긴 왜 죽어. 나보고 어떻게 살라고!"

"니가 약속 안 하믄 애비 편히 눈 못 감어. 속이 썩어 문드러지게 니 걱정만 하다 죽게 할거여? 우리 딸이 부자 아버지 밑에서 호강하며 살겠구나 생각하니 세상 부러울 게 없구만."

눈물로 그득해 앞이 부옇게 흐려졌다. 은효는 울음을 참느라 실룩이는 입술에 힘을 주며 고개를 세차게 저었다.

"싫어! 아버지 돌아가심 나도 따라 죽을 거야! 그니까 나 생각해서라도 이겨내요. 아버지 이대로 가시면 안 돼! 안 되는 거잖아."

"니 친부 덕에 이래 호강하면서 니 옆에서 죽을 수 있게 됐는데, 그런 은인이 어딨어. 그니께 내 말 듣고, 애비도 보답할 수 있게 해 줘. 내 말대로 한다고 어여 약속 혀."

"나 버린 사람한테 왜 자꾸 가라고 그래요. 나는 아버지 딸인데!"

"그 양반 니 버린 거 아녀. 버린 거였음 날 찾아오지도 않았지. 꿈에도 몰랐다잖어. 어여 내 말 들어."

아버지가 숨이 가쁜 듯, 가슴을 크게 들썩였다. 게슴츠레 떴던 눈이 천천히 감겼다.

"내 말…… 안 들을 거냐? 애비 이대로…… 죽어? 니 걱정 하믄서?"

"아버지! 말씀 그만하고 누워. 간호사 불러줄게요."

그의 숨소리는 점점 더 탁하고 거칠어졌다. 은효가 일어서려 하자, 아버지가 그녀의 손을 잡았다.

"약속…… 혀."

"알았어요. 알았으니까 일단 편하게 눕자. 간호사 부를게."

"니, 내하고… 약속 안 지키믄…… 진짜 나쁜…… 딸이여. 알 겠제?"

"응, 응!"

은효는 눈물과 콧물이 범벅이 된 얼굴을 연신 끄덕이며, 아버지를 편하게 눕혔다. 그는 딸의 손을 꼭 잡은 채, 까무룩 잠이 들었다. 은효는 혹시나 아버지의 숨소리를 확인하고, 서둘러 간호사를 호출했다.

아버지와 대화를 나눴던 것은 꿈이었을까? 자가 호흡이 힘들어진 그는 결국 산소호흡기를 달았다. 호흡기의 반투명한 마스크가 얼굴의 반을 가리고 있으니 이젠 영락없는 중환자처럼 보였다.

'그 말 하려고 남은 기운 다 써서 일어나 계셨던 거예요? 숨도 못 쉴 만큼 힘들었으면서…… 내가 뭐라고, 지밖에 모르는 나쁜 딸년이 뭐가 이쁘다고…….'

몸이 자꾸 가라앉는 느낌이었다. 토한 뒤로 물만 조금씩 마신 터라 기운이 하나도 없었다. 음식 생각만 하면 헛구역질이 먼저 났다. 은효는 정신을 차리기 위해 화장실에 들어가 세수를 했다.

떡이 진 짧은 머리, 퀭한 눈, 핏기 하나 없는 버석한 피부, 각질이 일어난 입술…… 거울에 비친 그녀는 좀비 특수분장을 하다 만 것 같은 얼굴이었다. 은효는 손으로 양 볼을 찰싹 때리며 중얼거렸다.

"버텨! 쓰러지면 진짜 양심도 없는 거다."

비틀거리며 문을 열고 나오는데, 누군가 병실 안으로 들어왔다. 손에 뭔가를 잔뜩 든 지훈이었다.

"어? 이사님이 어떻게?"

지훈은 들고 온 것들을 테이블 위에 올려놓고 침대 쪽으로 다가갔다.

"아버님은 주무셔?"

"네."

"쾌차하시라는 입에 발린 말은 못 하겠다. 의사를 만나고 오는 길이야. 고통이 심하실 텐데…… 직접 뵈니 마음이 더 아프네."

지훈이 아버지의 손을 조심스레 잡았다.

"아버님. 처음 뵙겠습니다. 승지훈이라고 합니다. 걱정하실 것 같아, 제가 죽 가져왔어요. 책임지고 따님 먹일 테니 푹 주무세요."

"저는 괜찮아요."

그가 뒤돌아서며 인상을 찡그렸다.

"뭐가 괜찮다는 거지? 그 몰골로."

"사실…… 아무것도 목에 안 넘어가요. 음식 냄새 맡으면 토할 것 같아서."

"아버님 옆에 나란히 눕고 싶어? 간호하는 사람은 체력이 생명이야."

지훈은 머뭇거리는 은효의 어깨를 잡아, 소파에 데려가 앉혔다. 그는 맞은편에 앉아 가져온 쇼핑백을 열었다.

"이번에도 춘영이가 알려줬어요?"

그가 죽이 담긴 보온병과 수저를 꺼내며 고개를 끄덕였다.

"내 스토커 하려면 춘영이에게 친절하게 대해 주세요. 정보만 빼내지 말고. 춘영이는 제 가족이에요."

"다 죽어가는 얼굴로 말은 잘하네. 목소리는 왜 그래?"

"제가 목이 잘 쉬어요."

"이 죽, 산 거 아니야. 내가 만든 건 아니지만, 전문가에게 부탁해서 만든 거니 꾹 참고 먹어봐."

지훈이 작은 그릇에 죽을 덜어 은효 앞에 놓았다.

"고기 좋아해서 쇠고기 갈아달라고 했어. 일단, 이만큼만 먹자."

그는 종이로 감쌌던 수저를 꺼내 은효의 손에 쥐여주었다.

"혹시나 해서 하는 말인데, 부담 갖지 마. 은효 씨 성격에 혼자 꾸역꾸역 참으면서 힘들어할 거 뻔하니까, 그래서 왔어. 고마우면 나중에 우리 회사랑 계약하든가."

"저 이사님한테 모진 말 한 나쁜 애예요. 잘해주지 마요."

"그 이사님이라는 호칭 말인데, 언제까지 그렇게 부를 거야? 우리 회사 직원도 아니면서."

은효는 얼른 죽그릇을 잡아, 들었다.

"잘 먹겠습니다!"

"얼렁뚱땅 넘어갈 생각 말고, 다른 호칭으로 불러줘. 이사님 말고."

"에…… 이사님이 입에 착착 붙는데 말이죠."

"지훈 씨라고 안 부를 거면 오빠라고 부르라고 할 테니 둘 중에 골라봐."

은효가 어이없어 피식하고 웃었다.

"이젠 그만 울어. 얼마나 울었는지 안 봐도 알겠다. 얼굴이 그게 뭐냐."

"안 울어요."

"잘 먹고 예쁘게 하고 있어. 아버님께서 의식 돌아왔을 때 좋은 모습 보여드리자. 지금은 그게 효도하는 거다."

"저 지금 이상하다고 돌려 말하는 거죠?"

"알면 얼른 먹어. 다 식겠다."

지훈의 말대로 입에 발린 어설픈 위로가 없어서 더 위로가 되었다. 평소와 다를 바 없는 유쾌한 모습의 그가 고마웠다. 그리고 여전히 그의 마음을 받아 줄 수 없어 미안했다.

은효는 죽을 한 숟가락 떠서 입에 넣었다. 쇠고기의 구수한 풍미가 입안에 가득 찼다. 몇 번 씹어 목에 넘기려 하니, 욱하고 구역증이 느껴졌다.

"은효 씨, 맘을 편히 가져."

"미, 미안해요."

은효가 입에 있는 것을 겨우 삼키고는 물을 마셨다. 지훈이 심각한 얼굴로 그녀를 바라보았다.
 "거식증 초기 증상인 것 같은데, 여기 와서 제대로 먹은 음식……없지?"
 "먹은 거 다 토하고 그 뒤론 물만 마셨어요."
 "똑똑한 줄 알았더니 바보였네. 그러다 쓰러지면 아버님이 잘도 좋아하시겠다. 누워계시다가 벌떡 일어나시겠어. 칭찬해주시려고."
 은효가 시선을 내리고 시무룩한 표정을 지었다.
 "입장을 바꿔 생각해 봐. 은효 씨가 아버님이라면 어떻겠어?"
 "그런 생각 할 여유가 없어요. 아버지한테 너무 미안해서, 미안하고 또 미안해서……."
 "네가 뭘 아냐고, 함부로 아는 척하지 말라고 욕을 듣더라도 할 말은 해야겠다. 산 사람은 어떻게든 살아야 해. 떠나는 사람이 안심하고 갈 수 있게 마지막까지 씩씩한 모습 보여드려."
 "저 혼내주려고 오셨구나?"
 울지 않겠다고 해놓고 눈물이 눈치 없이 차올랐다. 볼을 타고 눈물은 흐르는데, 은효는 해죽 웃었다.
 "난 나이만 먹었는데, 이사님은 진짜 어른이네."
 "내가 많이 동안이지만 어른이지. 근데 또 이사님이네. 오빠라고 부르고 싶은가?"
 "어우야, 오늘까지만 봐주세요. 다음부터는 지, 지훈 씨라고 부를게요."

"약속 지켜."

지훈은 그녀의 손에 든 죽그릇을 가져갔다.

"죽은 내일 새로 만들어다 줄게. 오늘은 두유 마셔. 욕심내지 말고 몸이 받아주는 정도까지만 시작해. 괜히 먹고 또 토하지 말고."

"입에선 맛있는데 넘기려고만 하면……."

"두유하고 주스도 사 왔어. 주스는 빈속이라 안 좋을 것 같으니까……."

그는 밑에 내려뒀던 상자에서 두유를 꺼내었다. 그러고는 옆에 붙은 빨대를 떼어 꽂은 뒤, 은효에게 내밀었다.

"조금씩 흘리듯 넘겨. 수액을 맞는 것보다 근본적인 문제를 해결해 나가는 게 나아. 안 먹기 시작하면 더 힘들어져."

"어떻게 그리 잘 아세요?"

은효가 빨대를 입에 무는 것을 보며 그가 희미하게 웃었다.

"다이어트한다고 무리하게 단식하다, 거식증 걸린 친구들 여럿 봤지."

"아……."

"겉은 화려해 보여도 워낙 치열한 세계다 보니, 어느 것 하나 열심히 하지 않으면 살아남기 힘들지. 재능 없이 노력으로 버티는 친구들은 몇 배는 더 힘들 테고."

"그러고 보면 저는…… 비교적 수월한 삶이었네요."

"사피의 사회에서 슈피르는 특혜적 존재라 할 수 있지."

은효의 표정이 눈에 띄게 어두워졌다. 잠깐 그와 눈을 마주쳤다가 이내 시선을 내렸다. 아직은 아무에게도 경수혁과의 관계를 말하고 싶지 않았다.

'이사님이 알게 된다면 윤이 씨에게 알려지는 건 시간문제겠지. 그리되면 나 같은 건 쳐다보기도 싫어질 거야. 분명.'

은효가 저도 모르게 한숨을 내쉬었다.

"윤이 와는 연락하고 지내나?"

슈피르 남자들은 생각을 읽는 능력이 있는 게 분명했다. 은효는 입에 머금고 있던 두유를 얼떨결에 꿀꺽 삼켰다.

"그 녀석 지금 해외 출장 가서 오고 싶어도 못 올 텐데."

"어제 전화 와서 잠깐 통화했어요. 제가 엉망일 때라…… 투정만 잔뜩 부리고 버릇없이 끊었어요. 기분 나쁘셨을 거예요."

"이해할 거야. 그런 걱정은 하지 마."

"아뇨. 많이 무례하게 굴었어요."

시선을 떨구고 있는 그녀의 눈앞에 지훈의 손이 보였다. 그가 손가락을 튕겨 소리를 냈다.

"내가 이따 전화해서 은효 씨가 많이 미안해하고 있다고 말해 줄게. 그러니까 그런 못난이 같은 얼굴 그만해."

"저 지금 심하게 엉망이죠?"

"그래. 오후에 춘영 씨 온다고 하니까, 그때 머리도 감고 옷도 갈아입어."

은효가 아랫입술을 물었다 놓으며 입을 열었다.

"저, 이사님에게 이 은혜를 어떻게 갚죠?"

거칠거칠한 입술에 침을 적시고는, 드문드문 말을 이어갔다.

"이사님 오기 전까진…… 깡으로 버텼어요. 염치없이 당장 쓰러지고 싶을 만큼 힘들었어요. 아버지가 저리되실 동안 혼자 잘 먹고…… 잘살고 있었던 게 너무 미안해서, 숨도 쉴 수 없었어요. 무책임하게도…… 먼저 죽고 싶단 생각도 했어요."

"누군가 일부러 가해한 것이 아니라면, 사람이 죽는 것은 누구의 탓도 아니야. 운명론자는 아니지만, 죽음은 어떤 형태로든 오기 마련이거든."

"엄마 돌아가셨을 땐 춘영이가 저를 잡아줬어요. 그 아이 없었으면 저는 꽤 오랫동안 죄책감 속에서 벗어나지 못했겠죠. 지금도 많이 의지가 되지만 그때처럼 기대고 싶진 않아요. 자기 분야에서 최고가 되기 위해 고군분투하는 친구에게 더는 짐이 되면 안 되니까요."

은효가 아버지 쪽으로 시선을 돌렸다. 호흡기 덕에 숨소리는 훨씬 부드러웠다. 아버지를 바라보는 그녀의 얼굴도 조금은 편해졌다.

"응석은 오늘까지만 부릴게요. 내일부턴 씩씩해질 겁니다. 언제가 됐든 아버지가 의식이 들었을 때 웃는 모습을 보여드릴 거예요."

"내가 온 보람이 있네."

"고맙습니다."

은효의 인사에 지훈이 환하게 웃었다. 그제야 새삼 그의 얼굴이 눈에 들어왔다. 여느 때와 마찬가지로 촉촉한 짧은 머리와 짙은 눈썹이 매력적이었다. 그런데…….

"어? 이사님. 눈이 좀 충혈된 것 같은데, 혹시 어제 과음하셨어요? 그러고 보니 옅게 술 냄새가 나는 것 같기도 하고……."

"과음은 아니고, 안 마시던 소주를 마셨더니…… 나하곤 안 맞네. 그 술이. 하하."

"인제 그만 가세요. 회사 일도 바쁘실 텐데, 저는 괜찮아요."

"가지 말라고 해도 알아서 갑니다. 나 바쁜 사람이라니까?"

지훈이 일어섰다.

"따라 나오지 말고 앉아서 그거 반만 마셔. 이제 웬만하면 휴대폰은 자주 확인하고."

"문까지만 배웅할게요."

"어허, 오빠 말 들어."

은효가 일어서려 하다, 과장되게 다시 자리에 앉았다.

"안 들은 귀삽니다."

"하하, 내일 올게."

지훈은 침대 쪽으로 가서 아버지에게 조용히 인사를 하고는 병실에서 나갔다.

사람 소리가 들렸던 방은 다시 의료기구의 전자음과 아버지의 숨소리로 채워졌다. 은효는 들고 있던 두유 팩을 테이블에 내려놓았다.

윤이 보고 싶었다.

'정떨어질 만큼 매몰차게 전화 끊고, 무슨 낯으로? 그 사람이 보고 싶으면 어쩔 건데!'

왜 하필 지금 곁에 없냐고 원망하고 싶지 않았다. 오히려 그가 한국에 없어서 다행이라 생각했다. 미움을 받는 것보다는 그리워하는 쪽이 덜 아플 것 같았기 때문이다.

'좋아하지 말걸. 마음에 담지 말걸.'

다리를 모아, 소파에 올려 팔로 감쌌다. 은효는 한숨을 내쉬며 세워진 무릎에 얼굴을 묻었다.

'바보…… 그게 마음대로 되니?'

눈을 감으니 몸이 땅속으로 꺼지는 느낌이었다. 한없이 축축 늘어졌다. 은효는 그대로 잠이 들었다.

병원 건물 밖은 후텁지근했다.

'무슨 일 있으면 전화할 테니 좀 움직이고 와. 네 몸에서 곰팡이 냄새 나는 것 같아.'

퇴근하고 온 춘영에게 반강제로 떠밀려 밖으로 나왔다. 은효는 병원의 산책로를 따라 천천히 걸었다. 훈훈한 밤바람이 여름 냄새를 남기며 스쳐 지났다. 병원 특유의 무거운 공기에서 벗어나니, 시원하지 않아도 숨통이 트였다.

아버지와 마지막 대화를 나눈 지 사흘이 지났다. 그 뒤로 의식은 한 번도 돌아오지 않았다. 산소호흡기와 복잡한 의료기구들로 생명을 이어가고 있었다. 언제 어떤 상황이 생길지 몰라, 은효는 한 번도 병실을 떠난 적이 없었다. 그렇기에 밤 산책을 하는 그녀의 마음은 편하질 못했다.

마음의 부담을 많이 내려놨다고 생각했는데, 여전히 식사는 쉽지 않았다. 지훈이 매일 죽을 갖다주었지만, 억지로 먹은 날엔 어김없이 다 토하고 말았다.

내딛는 걸음걸음이 몹시 무거웠다. 움직임이 적은 병실에서는 몰랐던 체력의 한계가 느껴졌다.

'내일 수액이라도 맞아야 할까 보다.'

아버지 옆에 나란히 눕고 싶냐는 지훈의 말이 현실이 될 것 같았다. 어깨가 구부정한 자세로 걷던 은효는 무리하게 허리를 펴며 자세를 바로 했다. 순간, 귓가에 찡하는 이명이 들리며 눈앞이 아찔해졌다. 은효의 몸이 비틀거리며 뒤로 쓰러졌다.

기운은 없었지만, 정신은 멀쩡했던 터라 몸이 바닥에 부딪힐 거로 생각했다. 그러나 그녀의 몸은 따뜻한 무언가에 안기며 멈췄다.

눈을 뜨기 전에 후각이 먼저 은효를 깨웠다. 익숙하면서도 그리운 향기에 가슴이 뛰었다.

설마 바닥에 머리를 부딪쳐서 정신을 잃은 것은 아닐까? 그리움이 사무쳐 환각을 일으킨 것일지도 모른다. 은효는 느릿하게 눈을 떴다.

"윤······."

눈앞의 존재를 확인하기 무섭게 그녀의 몸이 붕 띄워졌다. 윤이 쓰러진 은효를 안아 들고 성큼성큼 걸었다.

"여긴 어떻게······."

윤은 아무 말도 하지 않았다. 흐릿하게 보이는 그의 얼굴은 왠지 화가 난 것 같았다. 아니, 뭔가 억울한 것 같기도 했고 눈물을 참는 것도 같았다.

"꿈인가?"

은효가 손을 뻗어 윤의 얼굴을 만져보았다. 부드럽고 따뜻했다.

"꿈이 아닌가?"

윤의 향기와 따뜻한 체온 때문일까. 온몸의 긴장이 얼음 녹듯 풀어졌다. 반쯤 떴던 눈이 스르륵 감겼다. 까칠하게 마른 은효의 입술에 엷은 미소가 그려졌다. 병원에 온 뒤 처음으로 깊게 잠이 들었다.

아늑한 느낌의 벽난로가 있는 거실에 낯익은 남녀가 보였다. 담요를 나란히 덮고서 뭐가 대화를 나누는 모습이었다.

붕대로 눈을 가린 윤과 앳돼 보이는 은효, 자신이었다.

'내가 너한테 거짓말을 했다면 어떨 것 같은데?'

'어떤 거짓말이냐에 따라 다르죠.'

'정말 그럴까? 어떤 이유든 속았다는 기분이 들면 너그러워질 수 없을 텐데?'

'그, 그럴 것 같기도 하고……'

'너, 나한테 숨기는 거 있지? 저번부터 거짓말을 언급하는 걸 보면 뭐가 하고 싶은 말이 있는 것 같아서 말이다.'

'거짓말이라기보다는……'

'뭔가 사정이 있어서 진실을 말하지 못했다 정도인가?'

은효가 고개를 끄덕이다, 우물쭈물 대답했다.

'네. 뭐 그런 비슷한……'
'나도 그런 거 있어. 너한테.'
'에? 윤이 형님도 저한테 숨기는 게 있다고요?'
'어. 있어.'

영화를 보듯 꿈을 꾸던 은효는 문득 의문이 들었다. 윤은 왜, 눈에 붕대를 감고 있을까?
 윤이 형님? 내가 왜 윤이 씨를 형님이라고 부르지? 두 번째 의문과 함께 뭔가가 떠오를 듯 머릿속이 간질간질했다.

'저는 정말 처음부터 그러려고 했던 게 아니고요, 어쩌다 보니 상황이 그리된 거거든요.'
'나도.'
'자꾸 따라 하지만 말고, 윤이 형님이 먼저 말해주시면 안 될까요? 그러면 저도 말씀드리기 편할 것 같은데.'
'싫은데?'

잃어버린 열쇠를 찾아, 자물쇠로 잠겼던 일기장을 연 기분이었다. 잊고 있던 일기장의 내용이 빠르게 떠올랐다.

'이봐요! 살아있는 거죠?'

'구해준 보답을 하고 싶은데…… 단기 고액 알바는 어때?'
'저, 전 어둠의 일 같은 건 안 합니다.'
'치료 후 회복할 때까지만 내 눈과 손이 되어줘. 힘든 일은 안 시킬 테니 미리 걱정하지 말고.'
'저기, 알바를 하고 싶긴 한데 그……'
'고졸 남학생 알바로는 나쁘지 않은 조건일 텐데?'

그리웠던 두 사람의 모습에 눈물이 났다. 은효는 설명할 수 없는 복잡한 기분에 젖어, 한참을 소리 내 울었다.

"은효야, 왜 그래?"
윤이 부르는 소리에 눈을 떴다. 숨이 가쁜 거로 봐서 계속 울었던 것 같다. 은효는 정신을 차리고 고개를 움직였다.
"어디 아파? 의사 부를까?"
윤의 얼굴이 보였다. 처음 보는 푸석한 얼굴. 많이 피곤해 보이는 모습이었다. 은효는 대답 없이 고개만 저었다.
아버지의 간호를 하는 동안 한 번도 자본적 없는 보호자 침대에 누워있었다. 은효는 한쪽 팔을 들어 호스가 연결된 것을 확인했다.
"수액 다 맞고 오늘은 푹 자. 내가 있을 테니까."
"제 친구는 집에 갔나요?"
"걱정 많이 하면서 갔어. 본인이 있겠다고 하는 걸 내가 보냈다."

"아버지는······."

윤이 손을 뻗어 은효의 눈가를 닦아주었다.

"아버님은 계속 같은 상태라고 의사에게 들었어."

얼굴을 감싼 채, 엄지로 눈 밑을 조심스레 쓸어주던 그가 움직임을 멈췄다. 잠들기 전, 얼핏 보았던 화가 난 것 같기도 하고 슬퍼 보이기도 했던 그 얼굴이었다.

"내가 미덥지 못했던 건가?"

윤이 숙였던 몸을 일으키며 은효의 얼굴에서 손을 거뒀다.

《힘들다고, 빨리 와달라고 왜 말하지 않았어. 이렇게 힘들면서, 몸이 음식을 거부할 만큼 힘들었으면서 왜!》

"일은 잘 끝내셨어요? 생각보다 빨리 오셨네요."

《오쿨리파시로 말해. 아버님 주무시는 데 방해하고 싶지 않아.》

"저 더 잘래요. 얘기는 아침에 해요."

'할 이야기가 너무 많거든요. 새벽에 소곤거리며 말하기엔 긴 이야기가 될 것 같아서요.'

은효는 당황한 기색이 역력한 그를 바라보며 미소 지었다.

"저 잠들 때까지 옆에 앉아서 손잡아주면 안 돼요?"

윤은 침대 옆에 앉아 은효의 손을 잡았다. 크고 따뜻한 손이 온 마음을 감싸주는 기분이었다. 밤마다 설렘으로 잠을 이룰 수 없었던 홍천의 열아홉 살 은효가 된 것 같았다.

은효가 잡힌 손을 마주 잡으며 힘을 주었다.

"아침에 봐요."

은효는 눈을 감았다.
"윤이 형님."
윤의 표정이 궁금했다.

## XVII.
## 키스하면 안 될까?

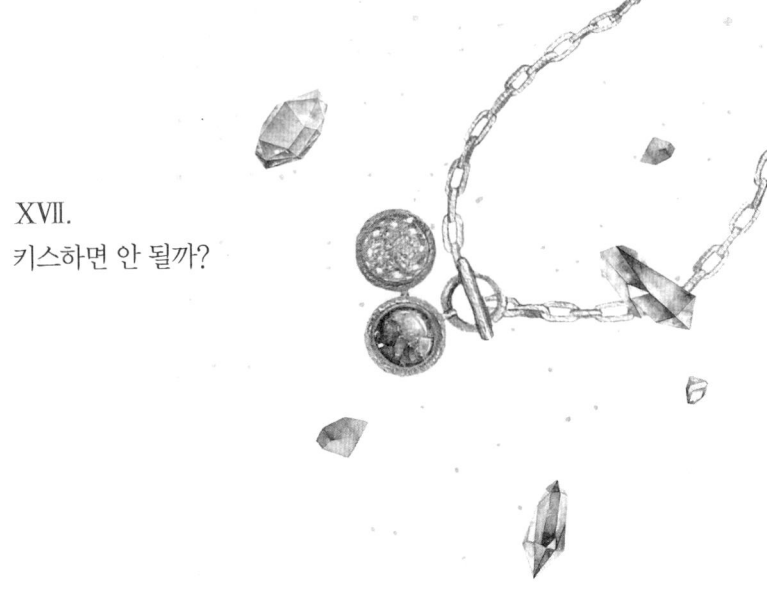

 팔이 따끔하여 눈을 떴다. 간호사가 팔에 연결된 링거를 제거하고 있었다. 은효가 알은체했다.
 "죄송해요. 번거롭게 해서."
 "사실 보호자님 볼 때마다 위태로워 보였어요. 간호는 체력싸움이에요. 잘 드셔야 해요."
 "네. 고맙습니다."
 간호사가 병실에서 나가는 것을 보며 은효는 누웠던 몸을 일으켜 앉았다. 그러고 보니 윤이 보이지 않았다.
 설마 지난밤 일들이 전부 꿈? 가슴이 덜컥 내려앉았다. 춘영에게 전화해서 확인을 해봐야 할 것 같았다. 은효는 서둘러 침대에서 내려갔다.

"어, 일어났어?"

마침 화장실 문이 열리고 윤이 밖으로 나왔다. 머리를 수건으로 감싸고 있는 것으로 보아 씻은 것 같았다. 은효는 저도 모르게 달려가 그를 힘껏 안았다.

"하, 다행이다. 없어져서 꿈인 줄 알았어요."

윤의 향기에 가슴이 뛰었다. 그의 숨결에 입꼬리가 올라갔다. 은효는 그의 가슴에 얼굴을 묻고 긴 숨을 들이마셨다.

"잘 잤어?"

"네. 죽었다 살아난 기분이에요. 몸이 너무 가벼워요."

"근데, 언제까지 붙어있을 건가? 머리 말려야 하는데."

"아."

은효가 민망해하며 얼른 물러섰다. 윤이 재빨리 그녀의 등을 감싸며 끌어안았다.

"다녀왔어."

"왜 이제 왔어요?"

"누가 그랬는데? 생각보다 빨리 왔다고."

"그건 인사치레죠. 내가 얼마나 기다린 줄 알아요? 나쁜 윤이 형님."

"은효야……."

은효가 몸을 떼며 그와 마주 보고 섰다. 말을 해야 하는데 눈물이 차올라 입이 떨어지지 않았다. 홍천 별장에서 뛰쳐나갔던 그날 이후, 드디어 윤이 형님을 만났다.

은효는 멈추지 않는 떨림을 다독이며 입을 열었다.

"단춧구멍 같은 눈이면 어쩌나 걱정했는데, 이렇게 잘생겼었군요. 붕대를 풀면 제일 먼저 축하한다고 말해주고 싶었어요. 윤이 형님! 고생하셨어요. 그리고 다 나아서 다행이에요."

"기억이 다…… 돌아온 거니?"

은효가 고개를 끄덕였다.

"이사님과 홍천 별장에 갔을 때, 어떤 장면들이 문득문득 떠올랐어요. 그리고, 지난밤 꿈에서 전부 기억났어요. 전화로 엄마 사고 소식을 듣고……."

은효는 아랫입술을 물었다 놓으며 말을 이었다.

"병원에 달려가서 쓰러진 뒤로 기억을 잃었거든요."

"아무것도 도와줄 수 없어서 안타까웠다. 위로조차 제대로 해줄 수 없었으니까."

"혹시…… 그때 병원에 오셨어요?"

이번엔 윤이 고개를 끄덕였다. 은효는 멍하니 중얼거렸다.

"그랬구나……. 그랬었구나."

"죄책감 때문에 힘들어하는 걸 보면서 내가 나타나면 안 될 것 같았어. 별장에서 내가 붙잡아둔 탓에 네가 오래 머물렀던 것은 사실이니까"

"윤이 형님이 아니더라도 저는 아마 오랫동안 집에 안 들어갔을 거예요. 지금도 그렇지만, 그땐 철이 더 없었거든요."

눈물을 글썽이며 코를 훌쩍이던 은효가 갑자기 눈을 동그랗게 뜨며 물었다.

"저기, 근데…… 저 여자인 거 알고도 화 안 났어요? 사기당

한…… 기분이었죠?"

윤이 손으로 입을 가리며 웃음을 참았다. 은효가 의심의 눈빛으로 그를 쳐다보았다.

"뭐죠? 그 웃음은?"

"내가 아무 정보도 없는 고딩을 그냥 고용했을 거로 생각하나?"

윤이 장난스럽게 눈썹을 올렸다. 설마, 아니지?

"바로 그다음 날 알았어. 은효가 여고생이라는 거."

"와, 하! 어떻게, 하!"

은효는 기가 막혀 연신 감탄사만 질러댔다. 번뇌로 가득했던 밤과 붕대를 감은 얼굴을 볼 때마다 느꼈던 죄책감은 어디서 보상받아야 한단 말인가. 마음을 들여다본 듯, 윤이 다가와 그녀의 허리를 감쌌다.

"지금 생각하면 나도 왜 그랬는지 모르겠어. 여학생인 걸 알았으면 보냈어야 했는데…… 이 실장에게 고집을 부렸거든. 말도 안 되는 이유를 대면서…… 그만큼 너를 곁에 두고 싶었겠지."

"이 팔 좀 풀어주시죠? 얼렁뚱땅 넘어갈 문제가 아닌 것 같은데. 제가 얼마나…… 하! 아오, 와!"

뭐라고 구구절절 따지기엔 시기를 놓쳐버렸다. 어찌 됐든 은효 역시 그에게 사실을 말하지 않은 잘못도 있으니 샘샘이라고 해야 하나.

"붕대를 풀면 제일 먼저 너를 보고 싶었어. 옆에서 늘 조잘대던 남자인 척했던 여자애를."

"저…… 윤이 형님 많이 좋아했어요."

"알아. 밤에 고백했잖아. 남자가 아닌 것도, 꿀알바를 놓치고 싶지 않았다는 것도 다 알고 있어."

"아앗!"

은효가 부끄러움에 괴성을 지르며 그를 밀어냈다. 하지만 윤은 꿈쩍도 하지 않고 오히려 단단히 그녀를 감싸 안았다.

"그것뿐인가? 잠자는 사람한테 몰래 뽀뽀하고 도망치고 눈 오던 날에도……."

"그, 그만 해요! 완전 못됐어! 놀리니까 재밌어요?"

"은효야."

가슴에 얼굴을 묻힌 채 식식대는 은효의 머리 위로 윤의 달콤한 음성이 내려앉았다.

"기억하지 못하는 너를 보면서 내가 얼마나 절망했는지 지금, 이 순간을 얼마나 기다려왔는지 말로는 설명할 수 없어. 내 감정을 담아낼 단어가 존재하질 않아."

은효의 목덜미 주위로 그의 숨결이 닿았다. 화를 냈던 이유 같은 건 어느새 증발해버렸다. 은효의 팔은 이미 그의 허리를 안고 있었다.

"하루에도 몇 번씩 다 때려치우고 날아오고 싶었어. 인도에서 미친 듯이 일을 끝내고 너를 만나러 왔는데…… 비틀거리며 걷는 뒷모습에 너무 화가 났어. 나한테 화가 났고 이 지경이 될 동안 전화 한번 하지 않은 너에게…… 서운했다."

두근거리던 가슴에 찬물이 끼얹어졌다. 정신이 번쩍 들었다. 윤의 허리를 감싸고 있던 팔에 힘이 빠졌다. 은효는 잊고 있던 중요한 사실을 떠올렸다.

경. 수. 혁.

열아홉의 기억을 찾은 기쁨에 현실을 망각하고 말았다. 왜 윤에게 전화할 수 없었는지…… 왜 매몰차게 끊었어야 했는지를.

"공항에서 바로 온 거예요?"

들떴던 음성이 차분히 가라앉았다.

"머리도 여기서 감고…… 식사도 못 했겠네요?"

"뭐 먹고 싶은 거 있어? 밑에 비서가 대기 중이야."

"이 실장님?"

"아니. 이 실장은 나보다 더 바쁜 사람이라 사사로운 심부름은 시킬 수 없지. 말해봐. 뭐가 먹고 싶은지."

은효가 품에서 떨어져 물러섰다. 윤의 얼굴을 물끄러미 바라보았다.

젖은 앞머리, 잘생긴 이마, 그토록 궁금했던 눈, 반듯하고 오뚝한 코, 언제봐도 설레는 입술……. 이 남자에게 미움을 받으면 어떡하지? 이 남자를 놓을 수 있을까? 반가움도 잠시, 설움이 밀려왔다.

"고기 먹고 싶은데 아직은 소화를 못 할 것 같고……."

목이 메어, 잠시 숨을 골랐다. 윤에게 영문 모를 바보 같은 모습은 보이고 싶지 않았다.

"그냥 집밥 같은 거 먹고 싶어요. 된장찌개랑 밥이랑 반찬이랑."

"그래, 같이 밥 먹자. 씻고 나와. 준비해 놓을 테니."

은효가 고개를 끄덕였다. 그때, 그녀의 머리에 따스한 손길이 느껴졌다.

쓰담쓰담-

은효는 결국 눈시울이 뜨거워져 허둥지둥 화장실로 뛰어 들어갔다.

대충 씻고 나왔다고 생각했는데, 테이블 위엔 어느새 제대로 된 한식 밥상이 차려지고 있었다. 뚝배기에 된장찌개와 노릇하게 구워진 조기, 맛깔스러운 밑반찬과 윤기 흐르는 잡곡밥이 차례차례 올려졌다.

비서가 나가고, 기다리고 있던 은효는 숟가락에 밥을 듬뿍 떠서 입에 넣었다. 부드러운 죽도 넘기기 힘들었던 어제와는 달리, 입안에 퍼지는 밥 냄새가 식욕을 돋웠다.

된장찌개 국물을 후루룩하고 맛보고는 잘 익은 호박과 두부를 같이 떠서 밥에 슥슥 비볐다. 저절로 행복해지는 맛이었다.

"이런 기분, 다신 못 느낄 줄 알았어요. 어쩌면 굶어 죽을지도 모른다는 생각까지 들었거든요. 의지와는 상관없이 음식물이 안 넘어가니……."

"꼭꼭, 오래 씹어 넘겨. 체하면 안 되니까."

"아, 이럴 줄 알았으면 고기도 먹는다고 할 것을. 윤이 씨도 얼른 드세요. 같이 먹어야 더 맛있지."

은효가 수저를 챙겨서 윤의 손에 쥐어 주었다.

"역시 밥이 보약이에요."

"미안하다. 너무 늦게 와서. 더 서둘렀어야 했는데."

"엄청나게 서둘러 오신 거 알고 있어요. 이사님한테 들었거든요. 꽤 큰 프로젝트가 걸린 일이라고."

"지훈이가 제대로 말을 안 해줘서 몰랐다. 녀석은 내 생각해서 그랬겠지. 그래도 이 지경일 줄은……."

"자자, 얼른 드시라니까!"

은효가 입안 가득 밥을 우물거리면서 발라낸 생선 살을 윤의 밥 위에 올려주었다.

"참, 이 실장님 말인데요."

윤이 생선 올린 밥을 입에 넣었다. 은효가 이번엔 쇠고기 장조림을 밥 위에 올려주며 주절거렸다.

"제 기억으론 무뚝뚝하긴 했어도 나쁜 사람은 아니었는데, 그땐 왜 그랬을까요? 식당에서 만났을 때 정말 무서웠거든요. 지금 생각해도 오싹할 만큼 살기가 느껴졌어요."

윤의 표정이 잠깐 어두워졌던 것은 착각이었을까? 그는 별 반응 없이 무덤덤하게 대답했다.

"은효의 감각에 교란이 일어났을 수도 있어. 이 실장은 내 최측근이야. 절대 은효에게 해를 가하는 일은 없을 거야."

"제가 그날 피곤해서 그랬을까요? 아니면……."

"아니면?"

은효가 짓궂은 표정으로 한쪽 눈썹을 슬쩍 올렸다.

"몰래 윤이 씨를 좋아하는 거 아닐까요? 오랜 짝사랑."

"이 실장이 알면 기절할 소리군. 어떻게 생각을 해도."

"저를 연적으로 생각하고 질투…… 아압!"

종알대는 은효의 입에 감자볶음이 강제로 투입됐다. 윤이 젓가락을 거두며 피식 웃었다.

"쓸데없는 소릴 하는 걸 보니 살아났네. 걱정 안 해도 되겠다."
"뭐지? 왜 부끄러워하는 것 같지?"

아무렇지 않은 척 능청을 떨었지만, 불쑥불쑥 암울한 현실이 떠올라 우울해졌다. 최악의 상황에서도 웃을 수 있게 해준 이 남자가 은효는 정말 고마웠다.

식사를 마치자, 언제 지시했는지 비서가 커피를 가져왔다. 테이블은 깨끗이 치워졌고 음식 냄새 대신 커피향기가 공간을 채웠다.

"속 괜찮아? 커피가 안 좋을 수 있는데."
"조금만 마실게요. 오랜만에 마시니 좋네."
"이 병원…… 현광재단에서 설립한 거 알고 있지? 그래서 경수혁 회장이 아버님을 이리로 모셨을 테고."

커피를 입에 가져가던 은효가 손을 멈췄다. 윤이 모를 리 없다고 짐작은 하고 있었지만, 막상 감추고 있던 것이 들춰지니 심장이 오그라들었다.

"그의 꿍꿍이가 뭔지 아직 알 수가 없어. 조심스러운 부분이 많아서 조사하기가 쉽지 않거든. 확실한 것은 경수혁 회장이 은효에게 마수를 뻗치기 시작했다는 것이지."

"그냥 선의의 도움이라고 생각하면 안 되나요? 만나 보니 그리 나쁜 사람처럼은 안 보이던데."

무슨 대답이라도 할 줄 알았는데, 윤은 아무 말도 하지 않았다.

슈피르고 경수혁이고 모르던 때로 돌아가고 싶었다. 그럴 수만 있다면 뭐든 할 수 있을 것 같았다. 은효는 허망하리만치 불가능한 소원을 마음속으로 빌었다. 윤에게만큼은 평생 들키지 않게 해달라고.

짧았지만 아픈 침묵이 흐르고, 윤이 입을 열었다.

"아버님은 어떻게 모시고 오게 된 거야?"

"회장님이 시골에 직접 가셔서 모시고 왔대요. 제 뒷조사하다가 아버지의 병원 기록을 본 것 같아요."

"예상한 대로군."

"그…… 회장님이 내게 나쁜 마음을 품었다면……."

은효는 아랫입술을 만지작거리다, 말을 이었다.

"느낌으로 알 수 있을 거예요. 근데…… 솔직히 말하면 따뜻함이 느껴졌어요. 윤이 씨가 그분을 안 좋아하는 거 알지만…… 숨기거나 거짓말하고 싶지 않아요. 저는…… 그랬어요."

"아니. 내 생각이 짧았어. 권유와 강요는 다르다는 걸 지금 깨달았다. 내게 위험한 사람임엔 변함없지만, 어찌 됐든 은효와 아버님께는 은인이니까."

"정말 그분이…… 나쁜 사람인가요?"

윤의 눈빛이 어두워졌다. 그에게서 느껴지는 감정은 분노가 아니었다. 깊은 상처에 의한 아픔이었다. 도대체 경수혁과는 무슨 일이 있었던 걸까?

"나쁜 사람이라……."

시선을 내리며 혼잣말처럼 중얼거리던 그가 씁쓸한 미소를 보였다.

"누구보다 아니길 바랐던 사람이야. 은효 말대로 따뜻한 사람이었거든. 내게 늘 위로가 되었던 고마운 사람이었다. 수혁 아저씨는."

윤의 입에서 처음 듣는 단어였다. 수혁 아저씨.

"문득 생각해. 내가 잘못 본 것이길, 이 실장의 조사가 전부 착오였기를, 하지만…… 이미 내 유년 시절의 선물이었던 그와의 기억은 부서졌다. 산산이."

"권력…… 때문이라고 하셨죠?"

"경수혁은 여전히 내게 좋은 아저씨야. 지훈이와는 실제로 친척 관계고. 내가 진실을 알고 있다는 건 그 두 사람은 몰라."

"많이 힘들었겠어요."

마음만큼이나 꺼내는 말, 한마디 한마디가 무거웠다. 이대로 윤과 함께 있어도 되는 건지 판단이 서질 않았다. 그에게 몹쓸 짓을 하는 것 같아 가슴이 아렸다.

"윤이 씨."

떨지 않겠다고, 중도에 절대 울지 않겠다고 다짐하며 윤을 불렀다.

"아니, 윤이 형님."

잘한 일이라고, 그게 최선이었다고 제발 누군가 말해주길 바랐다. 어쩌면 평생 후회할지도 모를 선택이지만, 은효는 멈추지 않았다.

"저는 경수혁 회장님의 은혜를 받았어요. 그분 아니었으면 아버지의 마지막을 지키지 못했을 테니까요."

"듣고 싶지 않아. 지금 네가 하려는 말."

"아버지도 고마워하셨어요. 다신 아버지 목소리를 들을 수 없을지도 모르지만……."

울지 않겠다는 다짐이 무너지려 했다. 눈시울이 뜨거워지면서, 윤의 얼굴이 점점 부옇게 흐려졌다.

"은인을 저버릴 수 없어요. 저는 이제…… 윤이 씨와 같은 길을 갈 수 없을 것 같아요. 제가 들은 것들은 죽을 때까지 비밀로 할게요."

"여기보다 더 좋은 병원으로 내가 모실게. 치료를……."

윤은 말을 더 잇지 못하고 입을 다물었다. 차마 거짓 희망을 약속할 수가 없었다. 언제든 마음의 준비를 하라던 의사의 말이, 그의 발목을 잡았다.

"너를 볼 수 없었던 나와, 나를 기억 못 했던 네가 이제야 서로 마주 보게 됐어. 그런데 뭐? 같은 길을 갈 수 없다고?"

"제가 곁에 있으면 윤이 씨가 많이 곤란해질 거예요. 회장님이 정말 나쁜 사람이라고 해도 저는 그분에게 등 돌릴 수 없을 테니까요. 아버지의 마지막 당부였어요."

"상관없어. 내가 지키면 돼. 경수혁 때문에 널, 잃고 싶지 않아."

내가 경수혁의 친자식이라고 해도 상관없어요? 질문이 목구멍까지 차올랐지만, 입 밖으로 뱉을 자신이 없었다. 은효의 양쪽 볼을 타고 눈물이 주룩, 흘러내렸다.

"저 때문에 윤이 씨가 곤란해지는 거 싫어요. 위험해지는 건 더 싫고…….”

"나를 잊고 살 수 있어?"

"안 되면 회장님 피라도 얻어서 마셔버리죠. 혼혈이니 기억을 지울 수도 있을…….”

《그걸 지금 말이라고 해?》

윤의 오쿨리파시에 머리가 쩌렁쩌렁 울렸다.

《어떻게 이렇게 잔인할 수가 있니? 어떻게 네 생각만 해. 내가 괜찮다잖아. 그 인간이 아무 짓도 못 하게 내가 지키겠다고!》

"한 번 해봤잖아요. 우리. 5년 전에.”

내뱉는 말이 예리한 칼이 되어 자신의 심장을 난도질했다. 욕심대로 윤의 곁에 있다가는 그에게 위협이 되는 존재가 될지도 모른다. 그것은 상상만으로도 끔찍했다.

은효는 손바닥으로 눈물을 닦아냈다. 좀 더 정이 떨어져 나갈 대사가 필요했다. 그녀는 멀쩡한 얼굴의 가면을 쓰고 슬픔을 감췄다.

"나는 기억을 잃었고 윤이 씨는 저를 위해 떠났어요. 우린 만나기 전까지 각자의 자리에서 잘 살아왔어요. 이번에도 그럴 수 있을 거예요.”

"내가 잘살아왔다고 생각하니?"

윤의 음성은 마른 나뭇가지처럼 건조했다.

"너의 목소리, 너의 향기…… 사소한 기척만으로도 설렐 수 있다는 게 행복했다. 다신 가질 수 없다고 포기했던 감정이었어. 너에게 해주고 싶었던 것들, 너와 함께하고 싶었던 것들을 묻어야 했던 내가…… 잘 살 수 있었을까?"

윤을 둘러싼 기의 흐름이 아지랑이처럼 너울댔다. 회색이었던 그것은 검푸른색으로 바뀌었다. 절망의 색이었다.

"기억을 지운다고? 나와의 시간이 너에겐 그리 하찮은 것이었나? 그렇게 쉽게 지운다고 말할 만큼 가벼웠냐고!"

"차라리 지워지고 싶어요. 윤이 형님에게 평생 미움받으면서 사느니…… 그렇게 사느니……."

언제까지 숨길 수 있을 거로 생각해? 이런다고 네가 경수혁의 딸이라는 건 변하지 않아. 먼저 버림받기 싫어서 발악하는 것뿐이라고!

한심하게도 눈물이 쏟아져 말을 이을 수 없었다. 부옇게 흐려진 시야는 윤의 얼굴도 가려버렸다.

"내가 널 왜 미워해? 은효 너……."

윤이 자리에서 일어섰다. 은효가 피할 새도 없이, 그가 옆으로 다가와 앉았다. 윤의 손이 반대편으로 숙인 그녀의 얼굴을 잡았다.

"무슨 일 있구나. 그렇지?"

그의 두 손에 잡힌 얼굴은 눈물로 엉망일 것이었다. 하지만 그런 건 하나도 부끄럽지 않았다. 그럼에도 은효는 마주한 그의 눈을 쳐다볼 수 없었다. 눈을 감아버렸다.

"눈 떠. 그래야 대화를 하지. 날 봐."

"싫어요."

"은효야."

"더 깊어지기 전에, 내 욕심이 더 커지기 전에…… 윤이 씨를 놓을 수 있게 해……."

은효의 말이 멈춰졌다. 울먹이던 흐느낌이 윤의 가슴에서 느릿하게 잦아들었다. 이따금 머리를 쓰다듬는 그의 손길이 느껴졌다. 윤은 오랫동안 은효의 얼굴을 가슴에 품은 채 아무 말도 하지 않았다.

"나를 믿어달라고 했던 말, 잊지 않았지?"

윤의 낮은 음성이 은효의 귓가에 내려앉았다. 그의 품에 안겨 있던 은효는 몸을 떼며 자세를 바로 했다. 은효가 고개를 끄덕였다.

윤의 손이 그녀의 양팔을 부드럽게 잡았다.

"믿는다고 해놓고…… 도망갈 생각이었어?"

은효가 보일 듯 말 듯 고개를 저었다. 팔을 잡았던 그의 손이 은효의 얼굴을 감쌌다.

"사랑해."

이보다 더 잔인한 사랑 고백이 있을 수 있을까? 이별을 준비해야 하는 그녀의 가슴이 물색없이 빠르게 뛰었다.

거짓말은 아니었지만 이런 식의 고백은 하고 싶지 않았다. 하지만 무방비상태였던 윤은 달리 자신의 감정을 감출 만한 방법이 떠오르지 않았다. 최대한 허둥대지 않고 당혹감을 감춰야만 했다.

"바보. 똑똑한 줄 알았는데 헛똑똑이네."

누구에게 한 말인지 모를 말. 은효에게 한 것처럼 뱉었지만 실은 자신에게 한 말이었다. 이렇게 명백하게 보이는 것을 왜 그동안 간과했을까. 왜!

윤은 고개를 숙여 은효의 이마에 입을 맞추었다. 그러고는 등을 감싸며 그녀를 끌어안았다.

"무슨 일이 있어도 네가 연은효란 사실은 변하지 않아. 도대체 날 어떻게 생각한 거냐."

빠르게 뛰는 가슴이 제어되질 않았다. 충분히 있을 수 있었던 변수를 왜 놓쳤을까. 놓쳐? 일부러 외면한 것은 아니고?

"이상하다 의심은 하면서도 거기까진 미처 예상하지 못했어. 좀 더 일찍 눈치챘더라면 네가 덜 상처받았을 텐데…… 미안하다."

"무슨 생각…… 하시는 거예요?"

"그러고 보니…… 하, 그러네. 왜 진즉에 알아채지 못했지."

"뭐가요?"

그의 손이 은효의 머리를 쓰다듬었다.

"경수혁, 아니 수혁 아저씨와 미묘하게 닮았어. 너."

은효가 괜히 군기침을 했다. 윤은 최대한 그녀를 안심시키기 위해 멋쩍은 웃음을 지었다.

"혼자 끙끙대고 고민한 결과가 나와 헤어지는 거였나? 내가 은효를 싫어할까 봐?"

"나쁜 사람이라면서요. 그분."

"그런데?"

"저하고 닮았다면서요. 그분."

"키스하고 싶었어. 어제부터 쭉, 네가 깨어났을 때부터."

은효의 등과 어깨를 감싼 팔에 힘을 주었다. 그리고 그녀의 목덜미에 얼굴을 묻었다.

"나쁜 놈이지? 위독하신 분이 누워있는 병원에서 이런 생각이나 하고 있으니."

"그러게. 나쁜 사람."

윤이 뜨거운 숨을 뱉으며 자조 섞인 음성으로 대답했다.

"어쩌면 다행인지도 몰라. 적어도 그가 너를 위험하게 하진 않을 테니까."

"윤이 씨는 내가 싫어지지 않겠어요?"

"키스하면 안 될까?"

"왜 자꾸 딴소릿……!"

그의 품에서 고개를 들었던 은효는 말을 할 수 없었다. 이미 욕을 먹기로 결심한 윤의 입술이 그녀의 입을 막아버렸기 때문이다.

병원, 아픈 아버지, 잠시만, 아주 잠시만 잊어버리기로 했다. 은효는 눈을 감고 윤을 느꼈다.

발끝에서부터 찌릿한 전류가 온몸을 타고 흘렀다. 그와 입술이 닿았을 뿐인데 아플 만큼 심장이 뛰었다.

'이젠 안 되겠어. 이 남자에게 미움을 받더라도 곁에 있고 싶어. 놓을 수 없을 것 같아.'

주책스럽게도 안도감에 눈물이 났다. 사랑받고 있다는 행복감에 웃음이 났다. 은효는 혀를 내밀어 윤의 아랫입술에 갖다 대었다. 그의 입술은 촉촉하고 따뜻하고, 아릿했다. 사랑의 맛이었다.

갑자기 윤의 입술이 멀어졌다. 은효는 얼떨결에 입맛을 다시며 눈을 떴다.

"더 했다간 진짜 나쁜 놈이 될 것 같은데, 누가 자꾸 도발하네."

은효가 손을 뻗어 윤의 얼굴을 감쌌다. 맛을 보다 말았던 그의 입술에 힘껏 입술 도장을 찍었다.

"윤이 형님은 이제 아무 데도 못 가요. 내가 안 놔 줄 거니까."

"듣던 중 반가운 협박이군."

"진짠데? 나 집착 완전 쩌는데?"

"그 말본새는 여전하구나."

"나 잡아줘서 고마워요."

눈도 벌겋고 코끝도 벌게진 은효가 해죽 웃었다.

"미움받을까 봐 겁났어요. 윤이 씨라면 금방 알아낼 테고……"

"많이 놀랐을 텐데 나 때문에 더 힘들었겠네."

"놀라긴 했지만, 아버지께 죄송해서…… 다른 생각은 하지도 않았어요. 아버지 잘못되면 나도 따라갈 생각이었으니까."

어쩌면 꿈이었을지도 모를 마지막 대화, 정신 줄 똑바로 잡으라고 했던 아버지의 당부가 없었다면 은효는 여전히 넋을 놓은 채 반송장처럼 있었을지도 모른다.

"윤이 씨말대로 나는 연은효예요."

"당연하지. 다른 생각은 하지 마. 씩씩하게, 무슨 일이 있어도 마음 굳게 먹고, 나를 믿어."

"네. 그런 의미에서 이제 그만 집에 가세요."

은효가 소파에서 일어났다.

"저는 덕분에 충분히 위로받았고, 밥도 먹게 되었고, 실연의 위기에서도 벗어났어요. 하지만 윤이 씨는 쓰러지기 일보 직전이잖아요."

구겨진 셔츠, 파르스름하게 올라온 수염 자국, 장거리 비행과 전날 밤 제대로 자지 못해 충혈된 눈…… 그런데도 멋진 것은 슈피르이기 때문인가? 새삼 까칠해진 윤의 모습을 바라보며 그녀는 다시 한번 고마움을 느꼈다.

은효가 그에게 손을 내밀었다.

"일어나요."

"내쫓는 건가?"

"네. 가서 따뜻한 물에 샤워하고 푹 주무세요."

"여기서도 쉴 수 있어."

"내가 불편해요. 자, 얼른!"

윤은 어쩔 수 없다는 듯, 피식 웃으며 그녀가 내민 손을 잡았다.

"그럼 저녁에……."

"내일 와요!"

은효가 힘을 주어 그를 일으켜 세웠다.

"내일 도시락 싸서 점심에 와요."

"같이 더 있고 싶은데……."

"저는 지금도 충분히 행복해요. 더 행복했다간…… 벌 받을 것 같아요. 아버지도 조금은 이해해 주시겠죠?"

아버지에 대한 죄책감, 뜬금없는 출생의 비밀, 그리고…… 줄

리엣이 되어 '아아, 당신은 왜 로미오인가요?'를 외쳐야 하는 이모든 상황이 삼단 콤보로 밀려와 정신을 차릴 수 없었다. 그렇기에 불과 몇 시간, 아니 몇 분 전만 해도 세상이 끝날 것처럼 절망적이었다. 이런 이야기를 하는 지금이 비현실적으로 느껴질 만큼.

"얼른 가요."

"그래, 그럼."

은효의 볼에 윤의 손이 잠시 스쳤다 멀어졌다.

"저녁에 전화할게."

"충분히 쉬고 나서 전화하세요. 꼭!"

"알았어."

은효가 미소를 머금으며 그를 바라보았다. 안도와 불안이 번갈아 가며 심장을 괴롭혔다. 꿈이 아니길 바라다가도 차라리 꿈이었으면 좋겠다고 생각했다. 몇 초 간격으로 감정이 오르락내리락하는 것을 감추기 위해 그녀는 일부러 더 환하게 웃었다.

XVIII.
아무도 몰랐던
둘의 인연.

병원에서 나온 윤은 대기하고 있던 차에 오르며 누군가에게 전화를 걸었다. 제법 길게 신호음이 흐른 뒤, 상대의 음성이 들렸다.

-네. 대표님. 회의 중이라 늦었습니다.

"경수혁 쪽에 뭔가 알아낸 건 없나?"

-인도에서 보고 받은 내용 이외엔 별다른 사항은 없습니다. 무슨 일 있으십니까?

"은효가 블뤼의 능력을 지닌 이유를 알았어."

심란한 표정의 윤이 이마를 손으로 문지르며 말을 이었다.

"경수혁, 그자가 은효의 친부다."

-네?

"정황으로 보아 그 역시 은효의 존재를 최근에 알아낸 것 같아."

-하, 어떻게 그런······.

"적어도 신변의 걱정은 안 해도 된다는 것인데······ 아마 다른 쪽으로 이용하려 들겠지. 은효의 아버지를 먼저 입원시킨 것도 그런 맥락일 테고."

여전히 착한 아저씨 행세 중인 경수혁에게 감정을 드러낼 수는 없다. 그쪽에서 먼저 숨긴 발톱을 보일 때까지는 속아줄 생각이었다.

-은효 양과는 거리를 두는 편이 좋겠습니다.

"왜?"

띠잉하는 이명과 함께 한 쪽 머리에 심한 통증이 느껴졌다. 스트레스를 받으면 찾아오는 고질적인 편두통이었다.

윤이 신경질적으로 되물었다.

"왜 그래야 하지?"

-속내를 모르는 숙적의 핏줄입니다. 대표님 말씀대로 경 회장이 어떤 식으로 은효 양을 이용할지 알 수가 없습니다. 마음이 더 깊어지기 전에 정리하시는 게······.

"또! 또! 선은 넘지 말라고 했지!"

언성을 높였던 윤이 이를 꽉 문 채, 숨을 길게 들이마셨다가 훅하고 뱉어냈다.

"지금 이 실장의 말은 부하가 상사에게 하는 직언이 아니라 오지랖이야. 분명히 말하는데, 은효의 털끝 하나라도 건드리면 누구도 가만두지 않을 거다."

-대표님은 솔칸이 되실 몸입니다. 이성적으로 판단하셔야 합니다.

"이성적? 그럼 이 실장이 보기엔 내가 지금 제정신이 아니란 말인가?"

-감정적으로 대처하고 계신다는 말씀을 드린 겁니다. 솔칸은 슈피르의 태양입니다. 태양이 무너져서는 안 됩니다.

화를 억누르기 위해 주먹을 움켜쥐었다. 손등 위로 굵은 핏줄이 불거졌다. 금방이라도 울 것 같은 얼굴을 한 윤이 키득, 웃음소리를 냈다.

"태양은 행복하면 안 돼? 태양도 행복할 권리가 있어."

-그런 말씀이 아니라…….

"고독을 강요하지 마. 이 이상 주제넘은 발언은 참지 않겠다. 명심해. 카루나는 솔칸을 보좌하는 역할이지 가르치는 자리가 아니라는 걸."

-죄송합니다. 명심하겠습니다.

망치로 뇌 신경을 때리는 것 같은 간헐적인 통증이 지속되었다. 윤은 눈을 감으며 아픈 쪽 관자놀이 주변을 손바닥으로 문질렀다.

"이 실장이 모르는 게 있어. 솔칸의 자격이 주어지는 서른이 되면 원하든 원하지 않든 온몸의 세포 하나하나가 숙명임을 받아들이게 돼. 만에 하나, 은효가 슈피르에 해가 되는 존재라면 내가 직접 제거할 거다. 그건 분명해."

-은효 양에 대해서 더는 언급하지 않겠습니다.

윤이 차에 갖춰진 생수를 집어 들었다. 손끝으로 살짝 건드리자, 뚜껑이 빠르게 회전하며 열렸다.

"지훈이와 경 회장이 단둘이 술집에서 만났다고 했었지?"

-네. 경 회장이 워낙 조심성이 많아서 근처까지 접근하지는 못했습니다.

"무슨 대화를 주고받았는지 알 수 없었겠군."

그가 물을 벌컥벌컥 들이켰다. 갈증도, 편두통도 물 몇 모금에 해결되지는 않았다.

"국내 일은 잘 돌아가고 있으니, 당분간은 인도 사업에 치중해. 경수혁 쪽은 뭐가 나올 때까지 계속 캐보고."

-스케줄은 어떻게 할까요?

"오늘은 집에 가서 쉬고 낼 오후에나 나갈 생각이야. 스케줄은 내일까지 아무것도 잡지 마"

알겠다는 이 실장의 대답을 끝으로 통화를 마쳤다. 윤은 차 의자에 머리를 기대고 눈을 감았다.

자식이 없는 경수혁은 지훈과 윤을 유독 잘 챙겨 주었다. 때론 삼촌처럼, 때론 친구처럼 유년 시절의 그들에게 수혁은 든든한 버팀목이었다. 특히 윤에게 그는 나무였고 바람이었고 샘물이었다.

행복했던 기억이 깊어질수록 끝은 매번 쓴맛을 남겼다. 윤은 아랫입술을 질끈 씹었다가 놓으며 짧게 혀를 찼다.

생각의 정리가 필요했다. 경수혁과 승지훈의 사적인 만남, 틀림없이 둘 사이에 오고 간 대화가 있을 것이었다.

'없던 딸이 생겼다. 아무리 경수혁이라 해도 혼란스럽겠지. 지훈이와 그냥 술을 마셨을 리는 없어. 은효에 관한 얘기를 했을 게 분명해. 그런데…… 지훈이는 내게 아무 말도 하지 않았다?'

은효가 식사를 제대로 하지 못해 죽을 갖다줬다는 말만 했을 뿐, 경수혁에 대한 언급은 없었다. 그와 술을 마셨다는 것도 이 실장의 보고로 알게 되었다. 뭔가 숨기는 것이 있다는 것이다.

윤이 자세를 바꾸며 미간을 찌푸렸다.

"에어컨 꺼."

편두통은 더 심해졌고 급기야 몸까지 으슬으슬 추웠다. 사피에 비해 질병에 노출될 확률이 낮았기에 슈피르는 감기나 몸살에 익숙지 않았다. 회복은 빠른 편이었지만 체감상 사피보다 증상의 고통은 심했다.

아무렇지 않은 척했지만, 은효의 이별 선언을 들었을 때 뒤통수를 맞은 기분이었다.

어쩌면, 아니겠지, 설마……. 반신반의하며 그녀에게 슬쩍 떠보았을 때, 마음속으로는 틀렸기를 바랐다. 지금 무슨 소릴 하느냐는 핀잔을 듣길 원했다.

쿨한 척했다. 온갖 척이란 척은 다 했지만 당황스러웠다. 경수혁의 딸이라고? 은효가? 내가 사랑하는 사람이? 왜 하필…….

'내가 싫어지지 않겠어요?'

비겁하게도 대답을 피했다. 혼란을 감추기 위해 키스를 했다.

'정말 괜찮을 수 있어? 나만 믿으라고 큰소리쳐놓고 정작 너는? 은효를 믿을 수 있겠나? 지금은 그렇다 쳐도 이다음엔? 경수혁이 무슨 농간을 부릴지 모르는데 태연할 수 있겠어?'

이명이 점점 심해졌다. 쿡쿡 쑤시던 머리가 감당할 수 없을 만큼 아팠다. 윤은 가죽 의자를 꽉 움켜잡으며 겨우 입을 열었다.

"현 박사님께 연결해. 집으로 오시라……."

윤은 말을 하던 도중, 결국 정신을 잃었다.

'피로 누적과 수면 부족에서 온 탈진입니다. 수액 맞고 하루 푹 쉬면 나아질 겁니다.'

현 박사를 배웅하고 침실로 돌아온 이 실장은 침대에 누운 윤의 모습을 바라보며 마뜩잖은 표정을 지었다.

'이대로 널 두고 보는 게 옳은 일인지 모르겠다.'

인도에서의 윤은 한시라도 빨리 일을 끝내기 위해 잠도 거르며 일을 했다. 매사에 완벽을 추구하는 성격임을 누구보다 잘 알기에 섣불리 쉬라는 말도 건넬 수 없었다.

'단순히 피로 누적만으로 쓰러질 체력이 아닌데, 도대체 얼마나 무거운 고민을 가슴에 품고 있는 것이냐.'

태양은 행복하면 안 되냐고 했던 윤의 말이 떠올랐다.

'세상을 비추는 태양은 외로울 수밖에 없어. 높은 곳에서 홀로 묵묵히 모두를 구원하지. 그건 태양의 숙명이야.'

일방적인 희생을 강요하는 것이라는 걸 안다. 음악을 사랑하는 자유로운 영혼의 윤에게 솔칸이라는 자리는 분명 족쇄처럼 갑갑할 것이었다.

'너의 자리가 있듯, 내가 해야 할 천명이 있다는 것을 이해해 주길 바라.'

고대 조상종이 모두 멸종한 가운데, 현생 인류 속에서 슈피르가 진화를 거듭해 생존할 수 있었던 이유 중의 하나는 강력한 힘을 지닌 각 나라의 솔칸이 있었기 때문이다. 그리고 솔칸으로 선택된 자는 슈피르의 전능한 수호신, 안테파사르의 절대적 보호가 있었다.

'호윤, 너는 훌륭한 솔칸이 될 거다. 역대 그 어떤 솔칸보다 강한 힘과 능력을 지녔으니까. 그리고 나를 카루나로 얻었으니까.'

연은효는 당분간 지켜보기로 했다. 경수혁이라는 존재와 따지기 좋아하는 연맹 쪽에서 알아서 해결해 줄 것이 분명했기 때문이다.

이 실장은 발소리를 죽여 조심스레 침실에서 나왔다. 밖에 대기하고 있던 남 집사에게 윤의 상태를 일러주었다.

"이따 깨면 소화 잘되는 보양식을 준비해주세요. 그리고…… 오늘은 어떻게든 푹 쉬게 하셔야 합니다."

"알겠습니다. 그런데, 이 실장님도 매우 피로해 보이시네요. 계셨다가 도련님과 같이 식사하고 가시지요."

"아닙니다. 회사에 처리할 일들이 많아서 빨리 가봐야 합니다. 그럼 부탁드리고 가겠습니다."

"너무 무리하지 마세요. 정 쉬어야 할 평계를 찾지 못하겠거든이 질문의 답을 떠올려 보십시오. 이 실장님이 쓰러지면 제일 힘들어할 사람이 누구인지를."

"명심하겠습니다. 무슨 일 있으면 바로 연락해 주세요."

단정한 그레이 헤어의 남 집사는 늘 그렇듯 사람 좋은 미소를 짓고 있었다. 이 실장은 정중히 인사하고는 거실을 가로질러 걸어갔다.

'나 서운한 티 내도 되는 거 맞지?'

은효가 입가에 크림까지 묻혀가며 조각 케이크를 맛있게 먹는다. 즐거워야 할 모습에 지훈은 떨떠름한 기분이 되어 퉁명스럽게 말했다.

"달콤한 거 먹고 싶다고 대답했을 때부터 이상하다 싶더니……."

"에이, 이사님, 아니 지훈 씨가 다 고쳐준 거죠. 덕분에 나은 거예요."

"식사도 했다면서…… 그러다 탈 나겠어."

은효는 포크를 내려놓으며 뾰로통하게 대답했다.

"언젠 안 먹는다고 뭐라 하시더니……."

"윤이…… 다녀갔었지?"

"네."

새침했던 그녀가 난처한 표정이 되었다. 그 모습을 보고 있자니 울컥 심사가 뒤틀렸다. 지훈이 참았던 속내를 드러냈다.

"어제만 해도 제대로 못 먹더니 하루 만에 사람이 달라졌네."

"꾸준히 좋아지고 있었어요."

"윤이가 재주가 좋구나. 난 며칠을 와도 못 고친 걸 한 번에."

"그렇게 말씀하지 마세요. 지훈 씨 아니었으면 저 지금 아버지 옆에 누워있을지도 몰라요."

그렇게 말하지 말아야 할 사람은 내가 아니라 은효 씨잖아. 삐딱한 기분이 가시질 않았다.

'다른 사람을 마음에 담고 있는 걸 알면서 놓지 못한 건 나야. 못나게 굴지 마.'

지훈은 자꾸만 지질해지는 자신이 견딜 수 없을 만큼 싫었다.

은효가 뭔가 말하려 머뭇거리는 모습을 보였다. 좋지 못한 예감이 들었다.

"제가 고3 겨울에 안 좋은 일을 겪고 나서 충격으로 기억을 잃은 적이 있거든요."

듣고 싶지 않다고 말하고 싶었다. 하지만 그가 할 수 있는 건 무표정의 가면을 쓰는 것뿐이었다.

"어제 잃었던 기억이 돌아왔어요."

어떤 얼굴을 하고 있는지 이젠 자신이 없었다. 자리를 박차고 일어나고 싶은 충동이 일었다. 지금 은효의 이야기를 들으면 미련을 버리지 못하는 명분이 사라져버릴 테니까.

"저 실은 고3 때……."

"아! 은효 씨를 빨리 보고 싶은 마음에 저녁에 중요한 약속이 있는 걸 깜빡했다. 케이크만 주고 바로 간다는 게 또 앉아버렸네. 흥미진진한 얘긴 다음에 듣는 거로 하자. 아, 이런 개똥 매너하고는. 정말 미안."

"아뇨. 급한 얘기 아니에요. 저 신경 쓰지 마세요. 그리고 담엔 바쁘면 오지 않으셔도 돼요."

은효가 먼저 자리에서 일어섰다.

"괜히 저 때문에 약속 늦으시겠어요. 얼른 가보세요."

"뭐지? 내가 일어나길 기다린 사람 같네?"

"어떻게 아셨지?"

"확 안 가버린다."

말은 그렇게 하면서도 지훈은 자리에서 일어나 문 쪽으로 걸어갔다.

"당분간 바쁠 것 같다. 그래도 은효 씨가 보고 싶다고 전화하면 달려올 테니 언제든 연락해."

"네!"

환하게 웃는 은효의 얼굴을 바라보며 지훈은 쓸쓸한 미소를 지었다.

'당신이 내가 보고 싶다고 전화하는 날이 오긴 할까?'

혹시나 기회가 왔다고 생각했는데 하늘은 그의 편이 아니었다. 왜 하필 지금 은효의 기억이 돌아온 것일까. 왜, 왜!

병실 문을 닫고 복도로 나온 지훈은 연신 헛웃음을 뱉었다. 이렇게 또 도망치고 말았다. 상황이, 현실이, 그리고 털어내지 못하는 자신이 뭐 같아서 웃음이 멈추질 않았다.

누군가의 시선이 느껴졌다. 우호적이기보다는 적대감이 더 강했다. 하지만 살기는 없었으므로 윤은 느긋하게 눈을 떴다.

어두웠지만 그것과는 별개로 사물이 또렷이 눈에 들어왔다. 고개를 조금 움직이니 미동 없이 그를 내려다보고 있는 지훈이 보였다.

"출장 다녀오자마자 녹다운이냐? 나 때문에 깬 건가?"

"불 꺼진 남의 침실에 함부로 들어온 사람이 할 질문은 아니지."

"우리 사이에 내외하기는. 몸은 괜찮냐?"

"미칠 것 같던 편두통은 사라졌군."

윤이 몸을 일으켜 앉았다. 무겁던 몸이 확실히 가벼워진 느낌이었다. 지훈이 리모컨을 집어 방에 불을 켰다.

"별일이군. 강철 체력 호윤이 방전이 다 되고."

그가 침대 끝에 걸터앉았다.

"보아하니 빨리 오려고 무리를 했구만. 눈물 나는 상봉이 끝나자마자 쓰러진 거냐?"

"어째 말투가 삐딱하다."

"은효 씨 만나고 왔어. 기억이 돌아왔다고 말을 꺼내길래…… 도망쳤다. 약속 있다고 거짓말하고 이리로 왔다."

"너는 나한테 할 말 없어?"

의심을 담아두기 싫었다. 계산하고 누군가를 대하는 것은 경수혁으로 족했다. 다 말해주길 기다렸다. 늘 그랬듯 숨김없이.

사뭇 진지한 윤과는 달리 지훈은 뭔가 떨떠름하면서도 황당한 표정을 지었다.

"뭐, 수혁 아저씨가 은효 씨 친부인 거? 병원에서 듣고 오지 않았나?"

"그러니까 왜 먼저 말해주지 않았느냐고."

"놀라운 일이긴 해도 크게 중요한 일은 아니잖아? 오면 자연스레 알게 될 일이라 말 안 했던 것뿐이야. 수혁 아저씨가 술 마시자고 부르더니 고백하시더라. 솔직히 혼외 자식이잖아. 떳떳한 입장은 아니지."

민감하게 받아치는 윤의 질문에 지훈은 대수롭지 않게 대답했다. 역시 혼자서 예민하게 굴었던 것인가. 윤은 여전히 혼란스러웠다.

전세가 역전되어, 이번엔 지훈이 호기심 가득한 눈으로 윤에게 물었다.

"뭐냐?"

"뭐가."

"뭔가 맘에 안 드는 눈치라서 말이다. 은효 씨가 수혁 아저씨 친자라서 별로야? 지인의 혼외 자식이라서?"

"쓸데없는 소리 마."

"아니면, 나 혼자 알고 있었던 것 같아 삐쳤냐? 아저씨가 나만 알려줘서? 아아, 그거구만!"

지훈이 이불을 잡더니 무방비상태의 윤에게 뒤집어씌웠다.

"쪼잔한 자식! 그딴 걸로 꽁하다니. 내 속은 새카맣게 타서 잿

더미가 돼가는 데."

"은효가…… 기억을 찾았다. 전부다."

"알아! 안다고!"

지훈은 이불을 걷어내는 윤에게 다시 덤벼들었다. 이번엔 반대로 지훈이 이불 속에 묻혔다.

"내가 점점 힘이 세져서 말이다."

"잘났다 새끼야!"

윤이 움켜잡고 있던 팔에 힘을 풀자, 지훈이 캑캑대며 몸을 일으켰다.

"나 좀 때려달라고 하려 했더니 너한테 맞으면 죽겠다."

"왜 맞고 싶은데?"

"정신 차릴 때가 된 것 같아서 그런다."

"죽지 않을 만큼 때려 줄 수는 있는데……."

윤은 사랑하는 사람에게 부끄러웠고 친구에게 미안했다. 맞아야 할 사람은 지훈이 아니라 자신이었다. 위선의 탈을 쓰고 그들을 기만했다는 자책이 들었다.

"내세울 거라곤 너보다 먼저 만났다는 것뿐이었는데, 그것조차도 아니었다니…… 네게 들었을 때 미련을 버렸어야 했는데, 결국 이렇게 됐다. 솔직히 아직도 모르겠어. 내가 정말 은효 씨를 놓을 수 있을지."

지훈이 이불에 엉망이 된 머리를 손으로 털어냈다.

"수혁 아저씨가 그러더라. 넌 아들 같고 난 사위 삼고 싶었다고. 내심 솔깃했는데 말이지."

"아들이라……."

"왜? 바꾸고 싶냐?"

몰랐더라면 꽤 기뻤을 말이었다. 한때는 솔칸의 아들보다 경수혁의 아들로 태어났으면 좋았을 거로 생각했을 때가 있었으니까.

"너한테 말하지 않은 게 있어."

윤이 진지한 얼굴로 운을 떼었다.

"난 이제 경수혁 회장을 믿지 않아."

"무슨…… 소리야?"

"많이 고민했다. 네게 알려야 할지, 아니면 끝까지 숨겨야 할지……."

지훈의 표정엔 긴장한 기색이 역력했다.

"하, 이건 또 뭔 일이래."

"그동안은 네가 모르는 편이 낫다고 생각했어. 하지만 앞으로 나의 행보에 네가 의문을 가질 일이 생기겠지. 그 의문에 대한 답을 지금 말해주려고 해."

"돌리지 말고 있는 그대로 말해."

"경수혁 회장은…… 날 여러 차례 죽이려 했어. 늘 미수에 그쳤지만, 은효와 만났던 5년 전엔 꽤 큰 사고를 당했지. 그땐 이 실장의 조사 결과도 믿지 않았어. 다른 누구보다 경수혁 회장을 믿었으니까."

"너 지금 무슨 말을 하는 거냐?"

지훈에게 말하는 게 정말 잘하는 짓일까? 더는 숨기고 싶지 않다는 핑계로 친구에게 짐을 지우는 것 같아 마음이 편칠 않았다. 윤의 입에서 저절로 한숨이 새어 나왔다.

"네게 괜히 말했나 보다. 동공 지진이 장난이 아니네."

"싱거운 소리 그만하고, 하던 말이나 계속해."

"우연히 내가 경수혁 회장의 본모습을 알게 됐어. 그는 모르고 있지만."

"뭔데?"

타인의 오쿨리파시를 볼 수 있는 능력은 아직 공개하지 않는 편이 나을 것 같았다. 윤은 최대한 진실에 가깝게 대답했다.

"부하에게 지시하는 걸 들었어. 내게 들키면 끝장이라고 잠잠할 때까지 꺼져있으라고 하더군."

"잘못 들은 거 아니냐? 제대로 들은 거 확실해? 도대체 아저씨가 왜!"

"솔칸의 자리가 갖고 싶은 거겠지."

"그럴 리가! 솔칸은 태어날 때 이미 정해지는 자리라고 했어. 네가 그렇듯이."

"내가 없어질 경우 차기 솔칸은 블뤼 중에 의식을 통과한 자가 된다고 들었어. 충분히 노릴 만하지."

지훈은 손바닥으로 얼굴 전체를 쓸어내렸다. 역시나 믿을 수 없다는 반응이었다. 고개를 숙인 채 마른 숨만 쉬던 그가 불쑥 윤에게 고개를 돌렸다.

"너! 그래서······."

뭐라 설명할 수 없는 표정이었다.

"하아, 일이 어찌 이렇게 꼬이냐. 네 말이 사실이라면 은효 씨는……."

"네겐 미리 말 안 했지만, 은효는 나와 경 회장과의 관계를 알고 있었어. 은효가 면접 보러 갔을 때 경 회장에게 슈피르인 걸 들켰다고 했거든. 그때 말해줬지. 경 회장이 은효를 이용하려 들지도 모른다고 생각했으니까."

"맙소사."

윤이 다리를 바닥에 내려놓으며 침대에 걸터앉았다.

"그것 때문에 많이 힘들었을 거다."

"그래서 네 전화를 안 받았구나."

"너에게 그리고 은효에게 난 강요만 했을 뿐, 정작 믿음을 주지 못했어. 불안해하고 의심하고……."

머릿속을 어지럽히던 것들이 명확해졌다. 그리고 깨달았다. 윤을 괴롭혔던 것은 다른 무엇도 아닌 지독한 자기애였다는 것을. 이대로라면 지금의 솔칸과 경수혁, 그 두 사람과 다를 게 없다는 것도.

"네가 어떤 선택을 하든 난 너를 존중할 거다. 믿을 거고, 먼저 네 손을 놓지 않을 거야."

"겁주는 거냐?"

"은효는 절대 뺏기지 않을 거다. 그 누구에게도."

"하, 밥맛 없는 색히! 나, 간다."

지훈이 일어서며 지저분해진 머리를 만졌다. 그 모습을 바라보던 윤이 나직이 말했다.

"경수혁 회장을 너까지 경계할 필요는 없어. 신경 쓰지 말고 지금처럼 지내."

"당연하지. 내가 솔칸이 될 것도 아닌데 왜 신경을 써. 근데 찝찝하지 않냐? 이참에 은효 씨를 나한테…… 악!"

윤이 베개를 집어 들어 지훈에게 던졌다. 지훈은 온갖 욕이란 욕은 다하며 침실 밖으로 나갔다. 윤은 피식 웃으며 자리에서 일어섰다. 친구의 뒤를 따르는 윤의 얼굴은 밝았다.

은효는 짧은 머리에 하얀 리본 핀을 꽂고, 까만 상복을 입고 있었다. 장례를 치르는 내내 그녀는 의연한 모습을 보였다.

은효의 아버지는 끝끝내 의식이 돌아오지 않았다.

의사가 마음의 준비를 하라고 했던 날 새벽, 은효의 아버지는 딸의 손을 잡은 채 숨을 거뒀다. 마지막 한 번만이라도 아버지의 목소리가 듣고 싶었던 은효의 소망은 이뤄지지 못했다. 윤이 한국에 돌아온 지 일주일 만이었다.

은효는 깨끗이 정리된 빈소에서 나와 장례식장 건물 앞에 섰다. 서류 정리를 끝내고 온 윤이 그녀의 옆으로 다가왔다. 그가 은효의 손을 잡았다.

"운구차가 오면 발인 절차가 시작될 거야."

"고마워요. 제가 할 일을 다 해주셔서."

"내가 한 게 뭐 있나. 상조회사가 알아서 했지."

"나 혼자였으면 많이 힘들었을 거예요. 윤이 씨가 옆에 있어 줘서 버틸 수 있었어요."

윤은 대답 대신 잡은 손에 힘을 주었다. 그의 마음이, 응원이 느껴져 은효는 입가에 작은 미소를 머금었다.

낯선 여자가 두 사람 쪽으로 다가왔다. 앞머리 없이 깔끔하게 뒤로 묶은 머리, 심플한 디자인의 검은 원피스를 입은 여자였다. 처음엔 그냥 지나치는 사람이겠거니 하고 대충 쳐다봤던 은효는 한 번 더 그 여자의 얼굴을 확인했다. 나이는 들었지만, 분명히 알 수 있었다. 사진으로만 봤던 언니, 연은정이었다.

"네가 은효구나."

좋지도 나쁘지도 않은 평범한 성인 여자의 목소리. 은효의 아랫입술이 파르르 떨렸다. 연은정의 목소리 따위, 듣고 싶지 않았다. 인제 와서 왜! 무슨 염치로. 은효는 감정을 억누르기 위해 어금니를 힘껏 물었다.

"그래도 딸이라고, 마지막 가시는 길에 내가 보고 싶으셨나 보네. 어제 한국에 도착했는데 부고를 전해 들었어. 타이밍도 참."

-짜악!

은효의 손이 사정없이 은정의 뺨을 후려쳤다.

"여기가 어디라고 와."

매서운 손과는 달리 은효의 음성은 낮고, 침착했다.

"당신이, 무슨 자격으로."

"성깔 있구나? 너."

은정이 붉어진 뺨에 손을 대며 옆으로 돌아간 얼굴을 바로 했다.

"근데, 왜 내가 너한테 맞아야 하지?"

은효의 뺨을 내리치려던 은정의 손은 윤에 의해 허공에서 멈춰졌다. 은정이 어이없는 표정을 지으며 그의 손에 잡힌 팔을 뿌리쳤다.

"하, 눈물 나네. 애인 없는 사람은 서러워서 살겠나. 나도 같이 올 걸 그랬네."

"이런 사람도 딸이라고, 아버진 마지막까지 당신 걱정하다 돌아가셨어. 미워하지 말라고, 당신 잘못 아니라고."

"맞아. 내 잘못 아니야. 한국에 못 오게 한 건 부모님이니까."

은정이 흐트러진 머리를 귀 뒤로 넘겼다.

"그래도 사랑받으며 자랐나 보네. 나 어릴 땐 바쁘다고 거들떠보지도 않으시더니."

그녀가 고개를 갸우뚱하며 눈시울이 붉어진 은효를 뚫어져라 바라보았다.

"이렇게 생겼었구나."

은정이 피식 웃었다.

"예쁘게 컸다."

"미친 소리 집어치워."

"부모님이 너무 오냐오냐 키우셨네. 처음 보는 언니한테 따귀 날리고, 반말이나 찍찍하고 말이야."

"당신한테 그런 소리 듣고 싶지 않아. 아버지가 돌아가셨는데 어떻게 그리 멀쩡한 얼굴로 올 수가 있어? 그러고도 당신이 사람이야?"

"네 말대로라면 우는 게 더 뻔뻔스럽지 않니? 안 그래?"

은효가 뭐라 대꾸하려 할 때, 기다리고 있던 운구차의 모습이 보였다. 주위에서 수군거리며 자매를 지켜보던 사람들, 그리고 건물 안에서 준비하던 사람들이 모이기 시작했다.

"내 아버지야. 몰랐으면 모를까. 네가 뭐라 하든, 가시는 길은 보고 갈 거야."

은정이 발인 준비가 된 장례식장 안으로 걸어갔다. 그 뒷모습을 바라보던 은효는 참고 있던 눈물을 흘렸다.

"아버지가 정말 언니를 부르셨을까요? 제가 잘못한 건가요?"

"은효 잘못 아니야. 하지만 지금은 운구차에 언니와 함께 타고 가. 아버님이 그걸 바라신 것 같다."

자꾸 옹졸해지려 했다. 결국 아버지는 친딸을 더 원하신 것 같아 서운한 마음마저 들었다. 언니를 미워하지 말라던 아버지의 마지막 당부가 원망스러웠다. 은효는 놓았던 윤의 손을 단단히 잡았다. 곧, 발인이 시작되었다.

호텔에 돌아온 은정은 샤워하고 나와, 냉장고에서 캔맥주를 꺼내 들었다. 아직도 얼얼한 뺨에 캔을 문지르며 소파에 앉았다. 생각할수록 기가 찼다. 처음 만난 딸에게 뺨을 맞다니, 그것도 고개가 돌아갈 만큼 세게…….

은정에게 딸은 세상에 없는 존재나 마찬가지였다. 얼굴조차 기억 안 나는 남자와의 하룻밤, 그 사고에 의한 결과물이었고,

재앙이었다.

은정은 맥주를 들이켜며, 25년 전의 악몽을 떠올렸다.

잠에서 깬 은정이 상황을 파악하기까지는 그리 오랜 시간이 걸리지 않았다. 실오라기 하나 걸치지 않은 알몸, 몸 여기저기의 낯선 흔적, 그리고 베개 옆에 놓인 수표…….

무엇에 홀린 것만 같은 밤이었다. 그 남자에게 호감을 느꼈던 것은 맞지만 거기까지 일뿐, 이런 결과는 상상도 하지 않았다. 누군가에게 조종당해 기억마저 빼앗긴 기분이었다.

'미치지 않고서야 어떻게 이래? 처음 만난 남자랑 어떻게 이럴 수 있냐고!'

은정은 벌겋게 충혈된 눈을 질끈 감았다 떴다. 숫자 1 옆에 동그라미 여덟 개……. 구경도 못 해본 액수에 그녀는 오히려 헛웃음이 나왔다.

한 학기 등록금을 모으기 위해 휴학을 반복하며 밤낮없이 아르바이트했다. 이름 없는 지방 음대였지만 어떻게든 졸업이라도 해야겠기에, 발악하는 심정으로 돈을 모았다. 그런데…….

'돈 벌기 참 쉬웠네. 호텔에서 하룻밤 자고 나니 세상이 달라져 있잖아? 이걸 운이 좋았다고 해야 하나?'

쉼 없이 눈물이 흘렀다. 무슨 이유인지 알면서도 외면하고 싶었다. 손에 쥔 수표를 찢어버려야 했지만 그러지 못하는 자신을 모른 체하고 싶은 것처럼.

체면? 자존심? 그런 건 지금의 자신에겐 사치일 뿐이라고 되뇌었다. 이 돈은 악몽을 꾼 대가이고, 꿈에서 곧 깨어나게 해 줄 것이라고 믿고 싶었다.

그러나 몇 달 뒤, 악몽보다 더 지독한 현실이 은정을 덮쳤다. 심하게 늦은 생리와 이유 없이 헛배가 불러 찾은 병원에서 의사에게 들은 대답은 말 그대로 청천벽력이었다.

"임신입니다."

임신 15주에 들어선 상황이라 배 속의 아기는 제법 사람의 모습을 하고 있다고 했다. 워낙 마른 몸이라 조금 나온 아랫배 말고는 여전히 임신한 사람처럼은 보이지 않았다. 평소에도 불규칙했던 생리였기에 딱히 의심하지 못했다.

은정은 카페의 구석 자리에 앉아 애꿎은 엄지손톱을 잘근잘근 씹고 있었다. 종합쇼핑몰과 단과병원이 모인 건물이라 카페 안은 다소 이른 시각이었지만 사람들로 북적댔다. 주문한 커피는 한 모금도 입에 대지 않은 채 싸늘히 식어있었고, 아무것도 바르지 않은 그녀의 입술은 바싹 말라 하얀 각질이 일었다. 수술 예약 시간이 이제 30분도 남지 않은 상황…… 은정은 여전히 결정을 내리지 못하고 갈등했다.

무서웠다. 수술이란 행위가 무서운 게 아니라 생명을 없애야 한다는 사실이 몸서리치게 두려웠다. 낳아 키울 자신도 없었지만, 아이를 지웠다는 죄책감을 안고 살 자신도 없었다.

"울지 마."

작고 따뜻한 손이 은정의 배 위에 조심스레 얹어졌다. 갑작스러운 상황에 그녀가 흠칫 놀라며 몸을 뒤로 뺐음에도 작은 손은 꿈쩍을 하지 않았다.

"울지 마. 울지 마."

언제 다가왔는지, 대여섯 살쯤 돼 보이는 남자아이는 은정의 배를 바라보며 계속 같은 말만 반복했다. 그녀가 어찌해야 할지 몰라 당황하고 있을 때, 아이가 고개를 들었다.

은정과 눈을 마주한 아이는 TV에 나오는 그 어떤 아역배우보다도 뛰어난 외모를 지니고 있었다. 투명하리만치 맑고 까만 눈동자에 그렁그렁 눈물이 맺혔다.

"울어요. 아기가…… 아기가 울어요."

"저, 저기……."

"울음소리가 작아서, 더 많이 슬퍼요."

뭐라 말을 할 수 없었다. 이미 양 볼엔 눈물이 흐르고 어깨마저 들썩이는 아이를 은정은 멍하니 바라보고만 있었다. 이 상황을 어떻게 받아들여야 하는 걸까.

"윤아! 가자!"

조금 떨어진 컨디먼트 바(Condiment Bar) 앞에서 커피를 든 남자가 아이를 불렀다. 아이는 잠시 머뭇거리다 은정의 배를 바라보며 말했다.

"울지 말라고 달래주세요. 아기 엄마잖아요."

아이는 소매로 얼른 눈가를 훔치고는 뒤돌아서서 남자에게로 달려갔다. 아버지인 듯 보이는 남자와 아이는 이내 카페 밖으로 사라졌다.

두 사람이 사라진 카페 문 쪽을 바라보던 은정은 왈칵 울음이

터졌다. 꾹꾹 눌렀던 감정들이 한꺼번에 밀려왔다. 은정은 배를 감싸 안으며 오열했다.

'네가 부른 거니? 살려달라고, 이 여자 좀 말려달라고, 네가 부른 거야?'

주변의 시선은 아랑곳하지 않은 채 은정은 오랫동안 울었다. 배 속의 아기에게 미안해서 울었고, 지금의 상황이 너무 비참해서 울었고, 앞으로 어찌 살아야 할지 두려워서 울었다.

그렇게 한참을 울던 은정은 좀 전의 아이처럼 소매로 눈가를 닦고는 자리에서 일어섰다. 수술 예약 시간은 이미 지난 후였고, 카페를 나선 그녀의 목적지는 병원이 아닌 지방의 본가였다.

몇 달 후, 은정은 여자아이를 낳았다. 그리고 다시 두어 달 후, 그녀는 부모에게 아이를 맡기고 미국으로 떠났다. 다시는 돌아오지 않겠다는 다짐과 함께.


아기를 낳고 아버지가 이름을 지어주었던 게 기억났다. 은정이의 동생 은효. 새벽의 은혜라는 뜻의 은효라고 했다.

'내가 애를 새벽에 낳았던가?'

다 마신 맥주캔을 우그러뜨리던 은정은 볼을 타고 흐르는 눈물에 당황했다. 부모님에겐 평생 지울 수 없는 불효를 저질렀기에 울 자격도 없다고 생각했었다.

미국에서 살아남기 위해 발버둥 치느라 어머니의 부고도 듣지 못했다. 뒤늦게 소식을 듣고 찾아간 수목장에서도 그녀는 울지 않았다. 눈물을 흘리는 것은 용서를 구하는 행위처럼 느껴져

스스로 용납할 수 없었기 때문이다.

 '은효는 우리 딸이여. 그니께 니는 니 인생을 살어. 괜히 애 핑계 대고 한국에 올 생각은 하지도 말고. 하고 싶은 공부도 하고 제대로 된 사람 만나서 잘 먹고 잘살아. 그게 니가 효도하는 거니께.'

 아이를 위해서도 어미인 것은 죽을 때까지 알리지 말라고 당부하셨다. 미혼모의 자식으로 사는 것보다는 늙은 부모 밑에서 사는 게 더 낫다고 하시며.
 '아버지 죄송해요. 저 혼자 잘 먹고 잘살아 보려고 새끼도 버리고 갔는데 너무 힘들었어요. 자포자기로 아무렇게나 살면서 죽고 싶단 생각도 했었어요. 결국 남은 건 괴팍해진 성격과 깡뿐이지만, 그래도 그 덕분에 지금껏 버티고 살아요.'
 바닥에 털썩 주저앉은 은정은 그동안 참았던 눈물을 한꺼번에 쏟아냈다. 돌아가신 부모님 때문도, 아무것도 모르는 자식 때문도 아니었다. 가족의 희생에도 불구하고 비참하게 살았던 자신이 너무 한심하고 불쌍했기 때문이다.
 '나 이제 좀 살만해졌는데…… 아버진 아무것도 모르고 가셨네. 연주자로 이름도 꽤 알려졌고, 한 번 더 여자로 살고 싶어졌는데…… 그런 사람을 만났는데…….'
 몇 년 전부터 기획했던 공연이 드디어 성사되어 귀국했다. 미국의 브라스밴드와 협연으로 이루어질 이번 공연은 재즈 피아니스트로서 한국에서의 인지도를 높여줄 것이라 기대하고 있었다.

'그래도 누구 때문에 지가 세상 구경하면서 사는데 싸가지 없이…….'

핏덩이일 때 버렸던 딸은 생각보다 낯설지 않았다. 장례를 치르느라 가칠해진 모습이었지만, 은효는 누가 봐도 미인이었다. 다짜고짜 맞은 얼굴이 아프긴 했지만 당돌한 성격이 마음에 들었다.

'그래, 넌 너대로 잘살아. 난 나대로 살 테니.'

실컷 울고 나니 응어리졌던 마음이 조금은 풀리는 기분이었다. 은정은 눈물로 범벅이 된 얼굴을 손으로 훔쳐내며 자리에서 일어섰다. 세수하려고 걸음을 옮기던 그녀는 문득, 은효의 옆에서 자기 손을 막았던 남자를 떠올렸다.

'묘하게 태준 씨를 닮았단 말이야. 은효 개가 남자 보는 눈은 있네.'

은정은 어깨를 한번 으쓱이고는 욕실로 들어갔다.

2권에서 계속

내 손안의 달콤한 로맨스

MARONG ROMANCE STORY

# 여름의 캐럴

박 영 장편소설

"여름의 어떤 날을 가장 좋아해?"
"캐럴 나올 때."

한철이고 한순간일 이 계절을
추억으로 남기려는 여자와
영원으로 끌고 가려는 남자의 이야기.

## 마야마루 스토어 한정 판매!

〈여름의 캐럴〉양장본 + 엽서 3종 + 시크릿 특전 세트